MAXI

Annales 2021

Sujets & corrigés

3e

- **Mathématiques**

Carole Feugère

Gilles Mora

- **Physique-Chimie - SVT - Technologie**

Nicolas Coppens
Olivier Doerler
Sébastien Guivarc'h
Laurent Lafond
Arnaud Lopin

- **Histoire-Géographie**

Enseignement moral et civique

Laure Genet
Pascal Jézéquel
Grégoire Pralon

- **Français**

Thomas Bouhours

Nathan

PRÉSENTATION

Ces *Annales ABC du Brevet* ont été conçues pour vous aider à préparer efficacement le *Brevet 2021* dans toutes les matières. Vous y trouverez les nouveaux sujets 2019 : celui de **France métropolitaine** et ceux des **centres étrangers** (Polynésie, Amérique du Nord...). Les corrigés sont rédigés par nos auteurs et conformes aux nouveaux programmes du collège qui sont entrés en application à la rentrée 2016. Vous pourrez ainsi vous entraîner sur des sujets conformes dans les conditions réelles de l'épreuve : c'est **la clé du succès**.

Les nouvelles épreuves du Brevet

→ **En juin 2021**, l'examen du Brevet est constitué de :
– **4 épreuves écrites :** Mathématiques, Physique-Chimie – SVT – Technologie, Français et Histoire-Géographie – Enseignement moral et civique;
– **1 épreuve orale.**

→ Nous proposons dans ce titre des sujets pour préparer les **épreuves écrites** dans les 4 matières et **5 sujets pour préparer l'oral**.

Un entraînement sur tout le programme

→ **Des sujets** sur toutes les matières du Brevet.

→ Les **sujets** sont **classés selon les notions et les thèmes** du programme.

→ **Les Infos-Brevet** : des dossiers complets dans chaque matière qui rassemblent des informations et des conseils pratiques pour bien aborder les nouvelles épreuves.

S'exercer pour le jour J

→ Chaque exercice est accompagné d'un **barème détaillé** et d'une **estimation du temps** imparti pour le résoudre.

→ **Des sujets complets** vous permettent de vous tester en conditions réelles.

Et en plus, une offre numérique innovante

→ **Gratuitement** avec ce livre, **un abonnement au site abcbrevet.com** vous est offert. Vous y trouverez des exercices et des fiches de révisions, ainsi que des sujets d'annales.

→ Grâce à l'**application gratuite Nathan live**, flashez les pages de votre ouvrage pour avoir accès à des exercices de révisions interactifs en direct et des audios pour les dictées.

COMMENT FAIRE ? C'EST FACILE !

(!) L'application nécessite une connexion Internet

1. Téléchargez l'application gratuite **Nathan live** disponible dans tous les stores sur votre smartphone ou votre tablette (Appstore, GooglePlay, Windows Store).
2. Ouvrez l'application. Flashez les pages de vos annales où ce logo apparaît en plaçant votre appareil au-dessus de la page.
3. Consultez les ressources !

Des sujets supplémentaires en flashant la couverture.

Crédits photos :

p. 122 : GAMMA RAPHO/Robert Doisneau ; **p. 133 :** AKGImages / Pirozzi ; **p. 143 :** DR ; **p. 153 :** DR ; **p. 163 :** Aruku hito / « L'homme qui marche », Jirô Taniguchi / PAPIER, 1992-2015 Avec l'accord de Furari Co., Ltd./ Bureau des Copyrights Français, Tokyo ; **p. 173 :** DR ; **p. 183 :** CHRISTOPHE L COLLECTION ; **p. 194 :** AFP ; **p. 206 :** CAMINITO S.a.s. Literary Agency © Joaquin S. Lavado (Quino) ; **p. 238 :** Sécurité Routière ; **p. 239 :** SHUTTERSTOCK ; **p. 248 :** BIOSPHOTO/ SPL/Andrew Syred ; **p. 253 ht :** MNHN ; **p. 253 bas :** Olivier Bernard, INRIA et Jean-Paul Cadoret, IFREMER ; **p. 271 ht :** Droits Réservés ; **p. 284 :** SHUTTERSTOCK ; **p. 285 :** SHUTTERSTOCK ; **p. 311 :** © R.Hesse, Bundesarchiv, 1961 ; **p. 347 :** © Ville de Floirac - Tous droits réservés ; **p. 351 :** DR / École BRASSART campus de Tours – création : Léo DUPUY ; **p. 361:** Fotofolia / aakutczenko ; **p. 368 :** QUEHEN Pascal / Graphic Soul ; **p. 382 :** AKG-Images / Erich Lessing, Otto Dix © Adagp, Paris 2016.

Couverture : Jean-Marc Denglos et Clémentine Largant **Cartes :** AFDEC - Légende Cartographie **Schémas :** COREDOC **Coordination éditoriale :** Sophie Zeegers – Léna Géniaux
Fabrication : Noëlle Lagoute **Mise en page :** Nord Compo
Conception graphique intérieur : Julie Lannes

Nathan 2020 - 92, avenue de France - 75013 Paris - ISBN 978-2-09-157517-9

Mon planning de révisions,

Ce planning propose une sélection de sujets variés dans toutes les matières pour vous aider à organiser vos révisions. N'hésitez pas à le personnaliser suivant vos objectifs !

BREVET – 6 semaines

Lun	**GÉOGRAPHIE** n° 8 EXERCICE 2 Aménager le territoire
Mar	
Mer	**FRANÇAIS** n° 1 SUJET COMPLET Se chercher, se construire
Jeu	
Ven	**MATHÉMATIQUES** n° 3 SUJET COMPLET
Sam	
Dim	**HISTOIRE** n° 1 EXERCICE 2 La Première Guerre mondiale

BREVET – 5 semaines

Lun	
Mar	**EMC** n° 12 EXERCICE 3 La citoyenneté française
Mer	
Jeu	**FRANÇAIS** n° 7 SUJET COMPLET Agir sur le monde
Ven	
Sam	**PHYSIQUE-CHIMIE** n° 3 EXERCICE Les mouvements et l'organisation...
Dim	

BREVET – 4 semaines

Lun	**SVT** n° 10 EXERCICE L'organisation et l'évolution du monde...
Mar	
Mer	**TECHNOLOGIE** n° 13 EXERCICE Le design, l'innovation et la créativité
Jeu	
Ven	
Sam	**FRANÇAIS** n° 3 SUJET COMPLET Vivre en société
Dim	**ÉPREUVE ORALE** n° 1 EPI

6 semaines avant le BREVET !

	BREVET – 3 semaines	BREVET – 2 semaines	BREVET – 1 semaine
Lun	MATHÉMATIQUES n° 1 SUJET COMPLET	emc	français ÉPREUVE ORALE n° 4 PARCOURS
Mar	Français	~~PHYSIQUE-CHIMIE~~ ~~n° 1~~ EXERCICE géo La constitution et les états…	math
Mer	FRANÇAIS n° 8 SUJET COMPLET Comprendre le monde	HISTOIRE n° 6 EXERCICE 2 La Ve République	SVT n° 7 EXERCICE La Terre, la biodiversité, l'environnement et l'action humaine
Jeu	EMC n° 13 EXERCICE 3 La laïcité	SVT	
Ven	histoire	techno	TECHNOLOGIE n° 12 EXERCICE Réseau informatique
Sam	français	FRANÇAIS n° 6 SUJET COMPLET Regarder le monde	
Dim	GÉOGRAPHIE n° 11 EXERCICE 2 La France et l'Union européenne	MATHÉMATIQUES n° 5 SUJET COMPLET	

SOMMAIRE

Comment obtenir le brevet ?

Comment obtenir le Brevet ?

Le DNB (Diplôme National du Brevet)

- Le Brevet permet d'**évaluer les compétences** acquises par l'élève à l'issue du collège et du **cycle 4**.
- Le DNB s'obtient par les notes :

– du **contrôle continu** qui représente **400 points** :

- l'évaluation des huit composantes du socle commun de compétences, de connaissances et de culture entre désormais dans le calcul des points pour l'obtention du brevet.
- la maîtrise de chacune des huit composantes du socle commun est évaluée lors du dernier conseil de classe de 3e.

– de **l'examen final** qui représente **400 points** :

- 4 épreuves écrites : 300 points.
- 1 épreuve orale : 100 points.

- Pour être déclaré admis au diplôme national du Brevet, il faut cumuler un total de **400 points** sur un total de **800** (soit 10 sur 20).
- Des **mentions sont attribuées** selon le barème suivant :

– mention assez bien pour un total de points au moins égal à 480 sur 800.
– mention bien pour un total de points au moins égal à 560 sur 800.
– mention très bien pour un total au moins égal à 640 sur 800.

Qu'est-ce qui change avec les aménagements du Brevet ?

- Un système de notation revu.
- 4 épreuves écrites.
- L'histoire des arts à l'épreuve orale.

Les 4 épreuves écrites

Mathématiques	Français	Sciences	Histoire-Géo-EMC
100 points	100 points	50 points	50 points
2 heures	3 heures	1 heure	2 heures

L'épreuve orale

- D'une durée de 15 minutes, l'épreuve orale évalue votre capacité à exposer un projet et est notée sur 100 points.
- Vous devez présenter un projet, de votre choix, que vous avez étudié lors des EPI (Enseignements pratiques interdisciplinaires), d'un parcours éducatif (Avenir, Citoyen, Éducation culturelle et artistique) ou en histoire des arts.
- L'oral se déroule en deux temps :

– présentation du projet (5 min) ;

– questions du jury (10 min).

- Vous pouvez présenter le projet seul ou en groupe de 2 ou 3.

Infographie

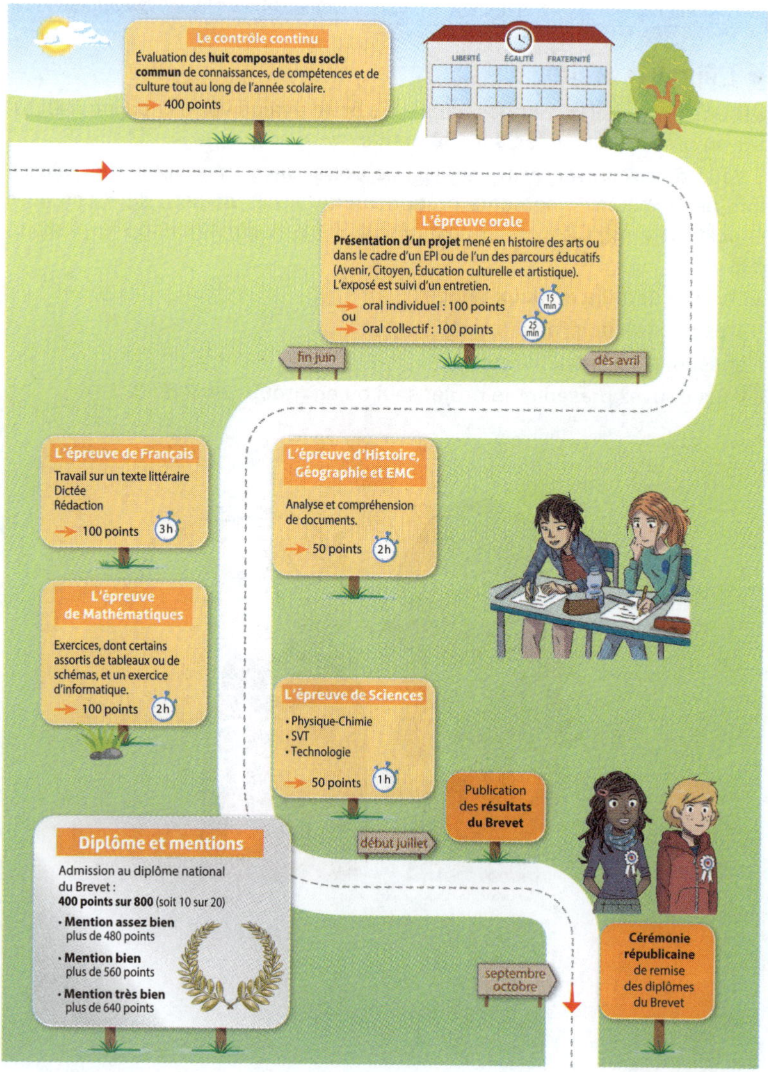

SOMMAIRE

L'épreuve de Maths expliquée

Comment s'organise l'épreuve ?

- **Durée** : 2 heures.
- **Notation** : sur 100 points.
- Un ou plusieurs exercices portent sur une thématique commune (par exemple la sécurité routière).
- Les exercices peuvent prendre différentes formes : exercices à prise d'initiative, questionnaire à choix multiples…
- Ils peuvent s'appuyer sur des situations issues de la vie courante ou d'autres disciplines.

Top chrono !

Pour vous organiser efficacement, prévoyez environ :

- **5 minutes pour lire attentivement le sujet.** Cela vous permet de cibler les exercices avec lesquels vous êtes le plus à l'aise et de commencer par ceux-là ;
- **10 à 30 minutes par exercice**, selon sa longueur. Surveillez attentivement le temps qu'il vous reste. Ne vous éternisez pas sur une question ;
- **5 minutes pour vous relire** en fin d'épreuve : mettez en évidence les résultats, effacez les ratures, vérifiez l'orthographe…

Quel matériel pour cette épreuve ?

- **Le kit du bon géomètre** : compas, règle, équerre et rapporteur.
- **Votre calculatrice** (avec les piles chargées) : indispensable et irremplaçable !
- **Attention** : « *L'utilisation des téléphones portables et, plus largement, de tout appareil permettant des échanges ou la consultation d'informations, est interdite* » et ce, dans tous les examens. Aussi vous n'avez pas le droit d'utiliser votre téléphone pour effectuer des calculs ou pour consulter l'heure. Vous devrez veiller à le ranger éteint (pas même en veille ou en mode silencieux) dans votre sac, lui-même déposé à l'entrée ou au fond de la salle d'examen.

La méthode pour le Brevet

De l'organisation

Comment aborder votre sujet

- **Prenez le temps de lire l'intégralité du sujet** avant de vous lancer. Ainsi, vous prenez connaissance des thèmes abordés et réfléchissez aux exercices par lesquels vous débuterez.
- **Commencez** par les exercices avec lesquels vous êtes le plus à l'aise. En effet, vous pouvez traiter les exercices dans l'ordre de votre choix.
- **Gérez correctement votre temps.** Prévoyez de garder un peu de temps pour la relecture.

Au brouillon

- **Utilisez les feuilles de brouillon** pour faire certains **calculs**, tracer les **figures** ou les **constructions** de manière à apprécier la place nécessaire à la réalisation sur la copie.
- **Pour les QCM**, faites les calculs intégralement sur votre brouillon pour vous assurer de la bonne réponse. Pas de précipitation !

En bref

Commencez par les exercices que vous préférez, vous prendrez confiance en vous au début de l'épreuve et gagnerez tout de suite des points !

De la rigueur et de la cohérence

- **Énoncez clairement les théorèmes utilisés** sans négliger de vérifier les hypothèses. Par exemple, pour faire de la trigonométrie, assurez-vous de travailler dans un triangle rectangle ; pour utiliser le théorème de Thalès, vous devez avoir des droites parallèles.
- **En géométrie**, complétez les mesures données par l'énoncé sur la figure si elle est fournie dans le sujet ou bien dessinez-en une sur votre brouillon. Cela vous aidera dans votre réflexion.
- **Essayez de traiter les questions les unes après les autres** dans un même exercice. Si toutefois vous séchez sur une question, passez à la suite (en laissant un peu de place, quitte à y revenir plus tard éventuellement) en considérant le résultat comme démontré.

Astuce

Parfois, le résultat d'une question peut apparaître plus loin dans l'exercice (d'où encore l'intérêt de lire avec attention l'énoncé en entier).

- **Soyez cohérent dans vos réponses.**

➜ Si l'on vous demande de montrer qu'un triangle est rectangle, c'est qu'il l'est ! Ne concluez pas qu'il n'est pas rectangle. Si tel est le cas, c'est qu'il y a une erreur quelque part… (si elle n'est pas dans l'énoncé, où est-elle d'après vous ?).

➜ De même dans un QCM, si vos calculs ne mènent à aucune des réponses proposées, vous devez chercher votre erreur…

➜ Si en calculant le prix d'un pain au chocolat par exemple, vous trouvez 256 €, interrogez-vous.

En bref

Les mathématiques sont une discipline scientifique qui requiert de la rigueur. Aussi, pensez à expliquer le plus clairement possible vos raisonnements.

Toutes les réponses doivent être justifiées, sauf si une indication contraire est donnée.

Pour chaque question, si le travail n'est pas terminé, laissez tout de même une trace de la recherche.

Elle sera prise en compte dans les notations

Du soin

- **Faites attention à l'orthographe.** Un théorème de *Phythagore* ou un théorème de *Talès* ne sont pas les bienvenus ! On leur préfère de très loin *Pythagore* et *Thalès*.
- **Évitez les ratures** qui nuisent à la lisibilité ou les « pâtés » de blanc correcteur.
- **Évitez le « je »** ou le **« nous »** dans la rédaction.
- **Soulignez ou encadrez vos résultats.** Et vérifiez par la même occasion que ce que vous avez mis en évidence répond bien à la question posée dans le sujet.

- **Notez bien les numéros des questions** quand vous traitez un exercice.

En bref

Les enseignants qui corrigent vos copies sont sensibles aux efforts faits pour rendre une copie soignée et agréable à lire. Prenez alors votre plus belle écriture et rendez un travail propre !

Le programme de Maths

Finalités et objectifs

Au collège, les mathématiques contribuent à entraîner les élèves à la pratique d'une démarche scientifique. L'objectif est de développer les capacités d'expérimentation et de raisonnement, d'imagination et d'analyse critique. La mise en œuvre du programme doit permettre de développer les six compétences majeures de l'activité mathématique : **chercher, modéliser, représenter, raisonner, calculer, communiquer**.

Partie 1 : Nombres et calculs

Attendus de fin de cycle :

- Utiliser les nombres pour comparer, calculer et résoudre des problèmes.
- Comprendre et utiliser les notions de divisibilité et de nombres premiers.
- Utiliser le calcul littéral.

Thèmes	Connaissances
Arithmétique	• Diviseurs, multiples. • Notions de nombres premiers. • Décomposition en produit de facteurs premiers. • Fractions irréductibles.
Écritures littérales	• Établir et utiliser une expression littérale. • Double distributivité. • Égalités remarquables. • Utiliser un calcul littéral pour prouver un résultat général, pour valider ou réfuter une conjecture.
Équations et inéquations du premier degré	• Résoudre une équation. • Propriétés des inégalités. • Résoudre une inéquation. • Résoudre des problèmes se ramenant au premier degré.

Partie 2 : Organisation et gestion de données, fonctions

Attendus de fin de cycle :

- Interpréter, représenter et traiter des données.
- Comprendre et utiliser des notions élémentaires de probabilités.
- Résoudre des problèmes de proportionnalité.
- Comprendre et utiliser la notion de fonction.

Thèmes	Connaissances
Notion de fonction	• Modéliser des phénomènes continus par une fonction. • Déterminer l'image d'un nombre. • Déterminer un antécédent d'un nombre.

Fonctions linéaires, fonctions affines	• Représenter une fonction linéaire ou une fonction affine. • Déterminer une fonction linéaire ou affine. • Fonctions linéaires et proportionnalité. • Résoudre un problème en utilisant une fonction linéaire ou affine.
Statistiques	• Moyenne, médiane, étendue. • Interpréter des caractéristiques de position ou de dispersion d'une série statistique.
Probabilités	• Notions de probabilités. • Calculer des probabilités dans un contexte simple.

Partie 3 : Grandeurs et mesures

Attendus de fin de cycle :

- Calculer avec des grandeurs mesurables ; exprimer les résultats dans les unités adaptées.
- Comprendre l'effet de quelques transformations sur des grandeurs géométriques.

Thèmes	Connaissances
Aires et volumes	• Calculer des aires et des volumes. • Étudier l'effet d'un agrandissement-réduction.
Grandeurs composées	• Étudier des grandeurs produits ou quotients (vitesse, débit, concentration, masse volumique...). • Changements d'unités.

Partie 4 : Espace et géométrie

Attendus de fin de cycle :

- Représenter l'espace.
- Utiliser les notions de géométrie plane pour démontrer.

Thèmes	Connaissances
Le théorème de Thalès	• Utiliser le théorème de Thalès pour calculer une longueur. • Réciproque du théorème de Thalès. • Homothéties. • Triangles semblables.
Trigonométrie	• Cosinus, sinus, tangente d'un angle aigu. • Calculer une longueur dans un triangle rectangle ou un angle.
Géométrie dans l'espace	• Se repérer dans l'espace. • Sections de solides.

Partie 5 : Algorithmique et programmation

Attendus de fin de cycle :

- Écrire, mettre au point et exécuter un programme simple.

Thèmes	Connaissances
Algorithmique et programmation	• Utilisation d'un nouveau type de variables. • Étude d'un algorithme. • Utilisation des boucles, des instructions conditionnelles.

Sujet 1 — France métropolitaine, juillet 2019

100 pts — 2 heures

Exercice 1

10 min — **10 pts**

Le capitaine d'un navire possède un trésor constitué de 69 diamants, 1 150 perles et 4 140 pièces d'or.

1 Décomposer 69, 1 150 et 4 140 en produits de facteurs premiers. **5 pts**

2 Le capitaine partage équitablement le trésor entre les marins.
Combien y a-t-il de marins sachant que toutes les pièces, perles et diamants ont été distribués ? **5 pts**

Exercice 2

25 min — **19 pts**

Dans cet exercice, on donnera, si nécessaire, une valeur approchée des résultats au centième près.

Pour construire le décor d'une pièce de théâtre (**figure 1**), Joanna dispose d'une plaque rectangulaire ABCD de 4 m sur 2 m dans laquelle elle doit découper les trois triangles du décor avant de les superposer. Elle propose un découpage de la plaque (**figure 2**).

Figure 1

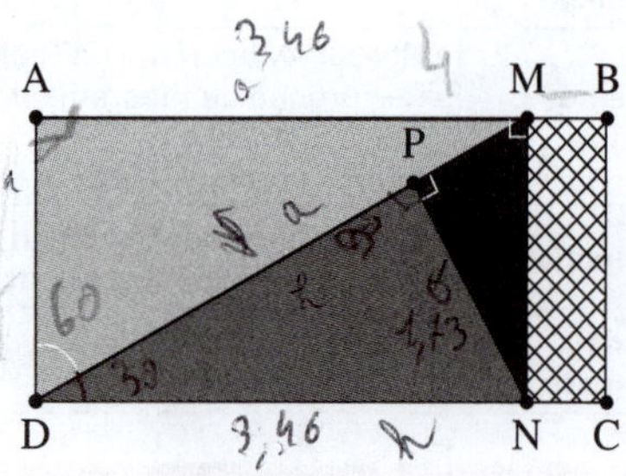

Figure 2

Le triangle ADM respecte les conditions suivantes :

- le triangle ADM est rectangle en A ;
- AD = 2 m ;
- $\widehat{ADM} = 60°$.

1 Montrer que [AM] mesure environ 3,46 m. **4 pts**

2 La partie de la plaque non utilisée est représentée en quadrillé sur la **figure 2**.
Calculer une valeur approchée au centième de la proportion de la plaque qui n'est pas utilisée. **3 pts**

3 Pour que la superposition des triangles soit harmonieuse, Joanna veut que les trois triangles AMD, PNM et PDN soient semblables. Démontrer que c'est bien le cas. **6 pts**

4 Joanna aimerait que le coefficient d'agrandissement pour passer du triangle PDN au triangle AMD soit plus petit que 1,5. Est-ce le cas ? Justifier. **6 pts**

Exercice 3

20 min **17 pts**

Les questions **1** *et* **2** *sont indépendantes.*

Un sablier est composé de :
– deux cylindres C_1 et C_2 de hauteur 4,2 cm et de diamètre 1,5 cm ;
– un cylindre C_3 ;
– deux demi-sphères S_1 et S_2 de diamètre 1,5 cm.
On rappelle le volume V d'un cylindre d'aire de base B et de hauteur h :

$$V = B \times h$$

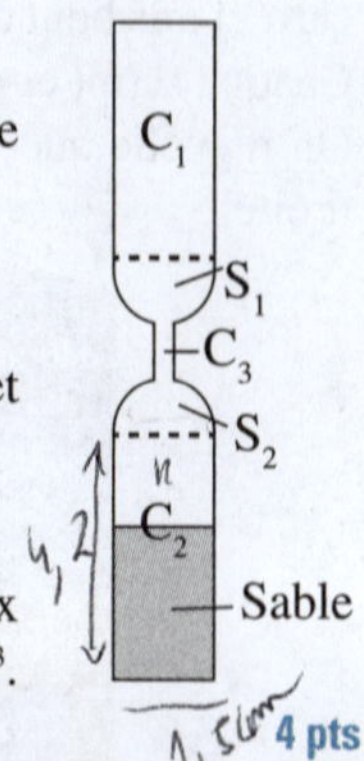

1 a. Au départ, le sable remplit le cylindre C_2 aux deux tiers. Montrer que le volume du sable est environ 4,95 cm³. **4 pts**

b. On retourne le sablier. En supposant que le débit d'écoulement du sable est constant et égal à 1,98 cm³/min, calculer le temps en minutes et secondes que va mettre le sable à s'écouler dans le cylindre inférieur. **4 pts**

2 En réalité, le débit d'écoulement d'un même sablier n'est pas constant.
Dans une usine où on fabrique des sabliers comme celui-ci, on prend un sablier au hasard et on teste plusieurs fois le temps d'écoulement dans ce sablier.
Voici les différents temps récapitulés dans le tableau suivant :

Temps mesuré	2 min 22 s	2 min 24 s	2 min 26 s	2 min 27 s	2 min 28 s	2 min 29 s	2 min 30 s
Nombre de tests	1	1	2	6	3	7	6

Temps mesuré	2 min 31 s	2 min 32 s	2 min 33 s	2 min 34 s	2 min 35 s	2 min 38 s
Nombre de tests	3	1	2	3	2	3

a. Combien de tests ont été réalisés au total ? **1 pt**

b. Un sablier est mis en vente s'il vérifie les trois conditions ci-dessous, sinon il est éliminé :

- l'étendue des temps est inférieure à 20 s ;
- la médiane des temps est comprise entre 2 min 29 s et 2 min 31 s ;
- la moyenne des temps est comprise entre 2 min 28 s et 2 min 32 s.

Le sablier testé sera-t-il éliminé ? **8 pts**

Exercice 4

25 min **19 pts**

On veut réaliser un dessin constitué de deux types d'éléments (tirets et carrés) mis bout à bout.
Chaque script ci-dessous trace un élément, et déplace le stylo.
On rappelle que « s'orienter à 90 » signifie qu'on oriente le stylo vers la droite.

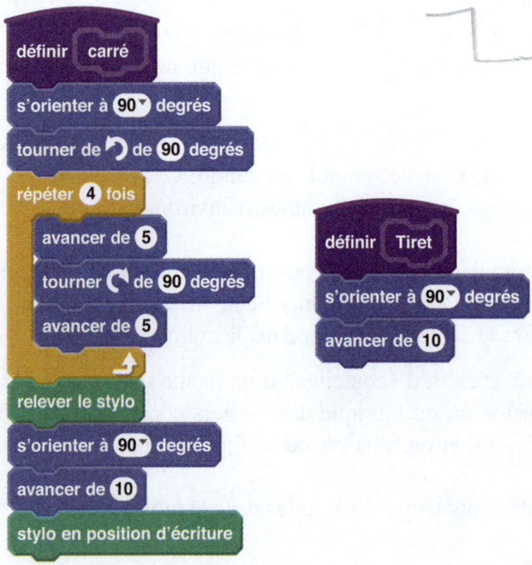

1 En prenant 1 cm pour 2 pixels, représenter la figure obtenue si on exécute le script « Carré ». Préciser les positions de départ et d'arrivée du stylo sur votre figure. **6 pts**

Pour tracer le dessin complet, on a réalisé deux scripts qui se servent des blocs « Carré » et « Tiret » ci-avant :

Script 1

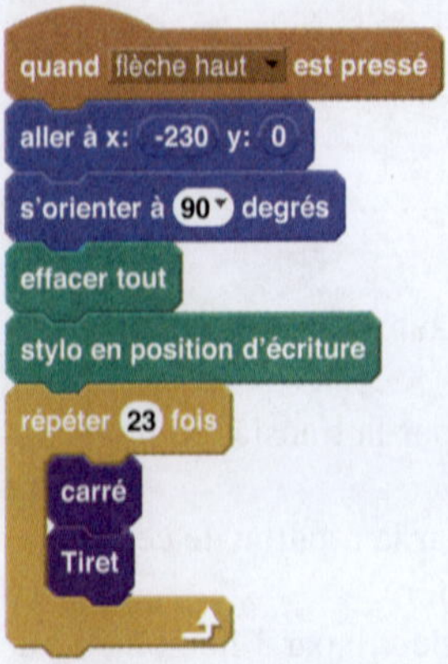

Script 2

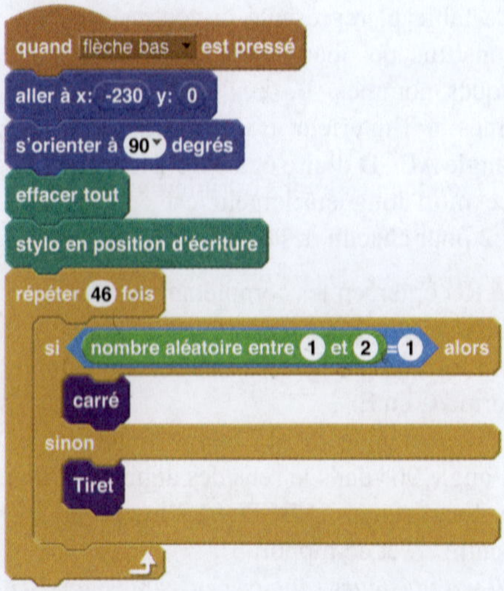

On exécute les deux scripts et on obtient les deux dessins ci-dessous.

Dessin A

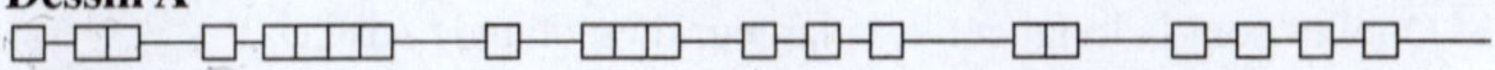

Dessin B

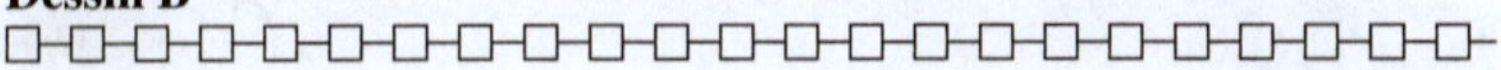

2 Attribuer à chaque script la figure dessinée. Justifier votre choix. **3 pts**

3 On exécute le **script 2**.

a. Quelle est la probabilité que le premier élément tracé soit un carré ? **2 pts**

b. Quelle est la probabilité que les deux premiers éléments soient des carrés ? **3 pts**

4 Dans le **script 2**, on aimerait que la couleur des différents éléments, tirets ou carrés, soit aléatoire, avec à chaque fois 50 % de chance d'avoir un élément noir et 50 % de chance d'avoir un élément rouge.
Écrire la suite d'instructions qu'il faut alors créer et préciser où l'insérer dans le **script 2**. **5 pts**

Indication : on pourra utiliser les instructions [mettre la couleur du stylo à rouge] et [mettre la couleur du stylo à noir] pour choisir la couleur du stylo.

Exercice 5

20 min **18 pts**

Olivia s'est acheté un tableau pour décorer le mur de son salon.
Ce tableau, représenté ci-contre, est constitué de quatre rectangles identiques nommés ①, ②, ③ et ④ dessinés à l'intérieur d'un grand rectangle ABCD d'aire égale à 1,215 m^2.
Le ratio longueur:largeur est égal à 3:2 pour chacun des cinq rectangles.

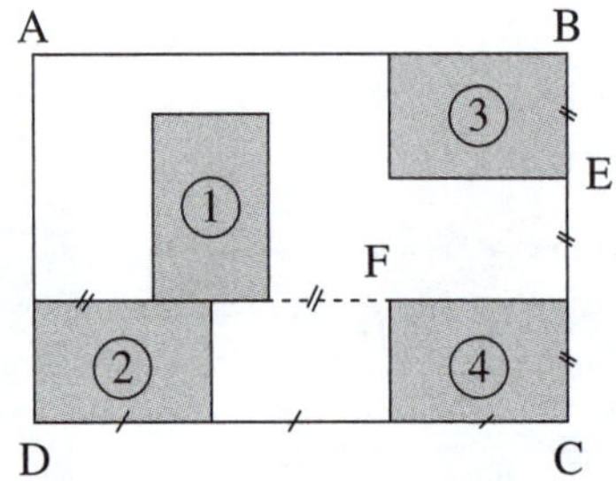

1 Recopier, en les complétant, les phrases suivantes.
Aucune justification n'est demandée.

a. Le rectangle … est l'image du rectangle … par la translation qui transforme C en E. **2 pts**

b. Le rectangle ③ est l'image du rectangle … par la rotation de centre F et d'angle 90° dans le sens des aiguilles d'une montre. **2 pts**

c. Le rectangle ABCD est l'image du rectangle … par l'homothétie de centre … et de rapport 3. **3 pts**
(*Il y a plusieurs réponses possibles, une seule est demandée.*)

2 Quelle est l'aire d'un petit rectangle ? **5 pts**

3 Quelles sont la longueur et la largeur du rectangle ABCD ? **6 pts**

Exercice 6

20 min **17 pts**

Voici deux programmes de calcul.

Programme 1

Choisir un nombre.

Le multiplier par 3.

Ajouter 1.

Programme 2

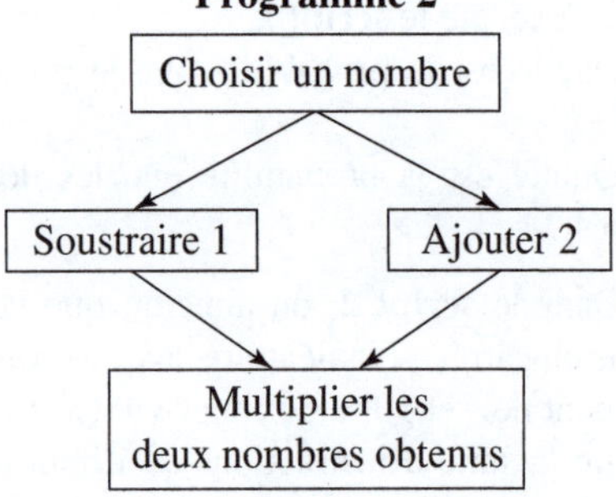

1 Vérifier que si on choisit 5 comme nombre de départ :
- le résultat du programme 1 vaut 16 ;
- le résultat du programme 2 vaut 28. **2 pts**

On appelle $A(x)$ le résultat du programme 1 en fonction du nombre x choisi au départ.
La fonction $B : x \mapsto (x - 1)(x + 2)$ donne le résultat du programme 2 en fonction du nombre x choisi au départ.

2 **a.** Exprimer $A(x)$ en fonction de x. **3 pts**
b. Déterminer le nombre que l'on doit choisir au départ pour obtenir 0 comme résultat du programme 1. **2 pts**
3 Développer et réduire l'expression :

$$B(x) = (x - 1)(x + 2)$$ **3 pts**

4 **a.** Montrer que $B(x) - A(x) = (x + 1)(x - 3)$. **4 pts**
b. Quels nombres doit-on choisir au départ pour que le programme 1 et le programme 2 donnent le même résultat ? Expliquer la démarche. **3 pts**

Sujet 1 Corrigé

Les clés pour réussir

Exercice 1

Révisez **L'arithmétique**

- Un nombre premier est un nombre admettant pour seuls diviseurs 1 et lui-même.
- Tout entier naturel (non premier) se décompose en produit de facteurs premiers.

Les difficultés du sujet

2 Le nombre de marins cherché est un diviseur de 69, 1 150 et 4 140. Repérez dans les décompositions faites dans la question **1** le(s) facteur(s) commun(s).

Exercice 2

Révisez **La géométrie dans le plan**

- Dans un triangle rectangle :

$$\cos \hat{x} = \frac{\text{côté adjacent à } \hat{x}}{\text{hypoténuse}} \qquad \sin \hat{x} = \frac{\text{côté opposé à } \hat{x}}{\text{hypoténuse}}$$

$$\tan \hat{x} = \frac{\text{côté opposé à } \hat{x}}{\text{côté adjacent à } \hat{x}}.$$

- Proportion (d'une surface) $= \dfrac{\text{surface de la partie}}{\text{surface totale}}$.

- Deux triangles semblables sont deux triangles qui ont leurs angles deux à deux de même mesure.
- Coefficient k d'agrandissement $= \dfrac{\text{longueur agrandie}}{\text{longueur initiale}}$.

Les difficultés du sujet

2 Calculez l'aire du rectangle MNCB, puis celle du rectangle ABCD. La proportion cherchée est le quotient de ces aires.

3 Dans chacun des trois triangles AMD, PNM et PDN, donnez (ou calculez) les mesures de chacun des angles. Vous penserez que la somme des mesures des angles d'un triangle vaut 180°.

4 • Deux triangles semblables ayant leurs côtés proportionnels, le coefficient d'agrandissement k s'obtient comme :

$$k = \frac{\text{longueurs du triangle AMD}}{\text{longueurs du triangle PDN}}.$$

- Pour calculer k, il est alors nécessaire de calculer la longueur DM (ou DP ou PN) avec la trigonométrie par exemple.
- Enfin, il faut conclure en comparant la valeur de k calculée avec 1,5.

Exercice 3

Révisez Les volumes, les grandeurs composées et les statistiques

- Aire d'un disque de rayon r : $\pi \times r^2$.
- Débit $= \dfrac{\text{volume écoulé}}{\text{temps d'écoulement}}$.
- L'étendue est la différence entre la plus grande et la plus petite valeur de la série.
- La médiane d'une série est la valeur qui partage cette série en deux « sous-séries » de même effectif. Il y a autant de valeurs de la série supérieures ou égales à la médiane, qu'inférieures ou égales à la médiane.
- La moyenne m est la somme des valeurs divisée par le nombre de valeurs : $m = \dfrac{n_1x_1 + n_2x_2 + \ldots}{n_1 + n_2 + \ldots}$.

Les difficultés du sujet

1 a. Calculez d'abord le volume du cylindre C_2 qui a pour base un disque de rayon 0,75 cm.

Le volume de sable cherché correspond aux deux tiers du volume de C_2.

b. Le temps obtenu doit être converti en minutes et secondes.

2 b. • Il s'agit de calculer, pour la série de 40 valeurs, son étendue, sa médiane et sa moyenne.

- La série compte 40 mesures de temps, la médiane Me partage donc en deux séries de 20 la liste des temps.
- Pour calculer le temps moyen d'écoulement *m*, additionnez tous les temps après les avoir convertis en secondes par exemple (1 × 142 + 1 × 144 + 2 × 146 +...), puis divisez par 40.

Exercice 4

Révisez **L'algorithmique et les probabilités**

Les difficultés du sujet

1 1 cm représente 2 pixels donc pour « Avancer de 5 », on trace un segment de longueur 2,5 cm.
Au démarrage, on s'oriente à 90° (donc vers la droite), mais juste après, on tourne de 90° dans le sens contraire des aiguilles d'une montre (donc le stylo s'oriente vers le haut).
Faites attention, la répétition de la commande « Avancer de 5 » deux fois dans la boucle indique que le carré aura un côté de longueur 10 pixels.

2 Soyez attentif à la figure qui doit être répétée 23 fois dans le **script 1** et 46 fois dans le **script 2**.

3 a. La commande « nombre aléatoire entre 1 et 2 » renvoie avec autant de chances 1 ou 2.
b. Utilisez un arbre pour compter le nombre de possibilités qu'il y a pour les deux premiers éléments.

4 Il s'agit d'inclure dans la boucle « Répéter 46 fois » le choix aléatoire de la couleur du stylo.

Exercice 5

Révisez **Les transformations du plan**

- La translation

Le point A′ est l'image du point A par la translation qui transforme B en B′.

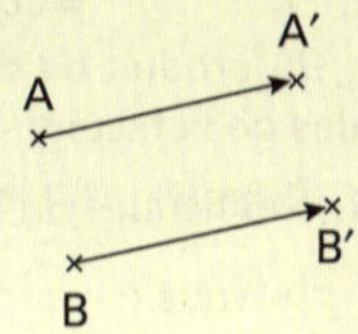

- La rotation

Le point A′ est l'image du point A par la rotation de centre O et d'angle α dans le sens des aiguilles d'une montre.

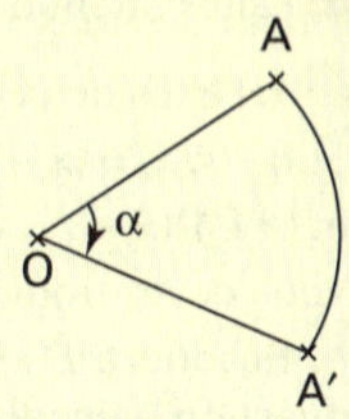

- L'homothétie

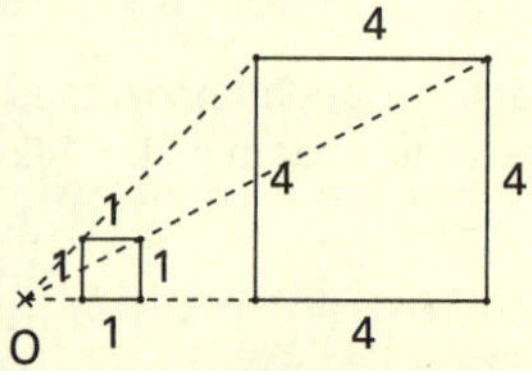

Le grand carré est l'image du petit carré par une homothétie de centre O et de rapport $k = 4$.

k est le coefficient d'agrandissement de la figure de départ.

- Dans un agrandissement de rapport k, les aires sont multipliées par k^2.
- Deux nombres a et b sont dans le ratio 3:2 si $\frac{a}{3} = \frac{b}{2}$, d'où $\frac{a}{b} = \frac{3}{2}$.

Les difficultés du sujet

1 b. Tracez le segment [FE]. Le point E est l'image du point G tel que : FE = EG et $\widehat{GFE} = 90°$ (angle droit).

c. Puisque le rapport de l'homothétie est 3, le rectangle cherché a des mesures 3 fois plus petites. Dans une homothétie, le centre est invariant.

2 Utilisez la question précédente.
Si les mesures des petits rectangles sont 3 fois plus petites que les mesures du grand rectangle, alors que peut-on dire des aires ?

3 Utilisez les données : le ratio longueur:largeur est 3:2.
Exprimez ainsi la longueur en fonction de la largeur, puis résolvez une équation dont l'inconnue est la longueur en utilisant l'égalité :
longueur × largeur = 0,135.

Exercice 6

Révisez **Le calcul littéral et les équations**

- $(a + b)(c + d) = a \times c + a \times d + b \times c + b \times d$
  $= ac + ad + bc + bd.$
- Un produit de deux facteurs est nul si et seulement si l'un au moins des deux facteurs est nul.

Les difficultés du sujet

2 b. Vous devez résoudre une équation.

3 Faites attention aux signes et n'oubliez pas de réduire.

4 a. Faites deux calculs séparés :
$B(x) - A(x) = (x - 1)(x + 2) - (3x + 1) = ...$
et $(x + 1)(x - 3) = ...$
Vous devez trouver le même résultat.

b. Résoudre $B(x) = A(x)$ revient à résoudre $B(x) - A(x) = 0$. Utilisez la question précédente.

Exercice 1

1 Décomposition en produit de facteurs premiers

- $69 = \mathbf{3 \times 23}$.

> **Gagnez des points !**
> Un nombre est divisible par 3 si la somme des chiffres qui le composent est un multiple de 3. Ici pour 69 : 6 + 9 = 15 est un multiple de 3. Donc 69 est divisible par 3.

1 150	2	(1 150 ÷ 2 = 575)
575	5	(575 ÷ 5 = 115)
115	5	(115 ÷ 5 = 23)
23	23	(23 ÷ 23 = 1)
1		

$1\,150 = 2 \times 5 \times 5 \times 23 = \mathbf{2 \times 5^2 \times 23}$.

> **Gagnez des points !**
> Un nombre est divisible par 5 s'il se termine par 0 ou 5.

4 140	2	(4 140 ÷ 2 = 2 070)
2 070	2	(2 070 ÷ 2 = 1 035)
1 035	3	(1 035 ÷ 3 = 345)
345	3	(345 ÷ 3 = 115)
115	5	(115 ÷ 5 = 23)
23	23	(23 ÷ 23 = 1)
1		

$4\,140 = 2 \times 2 \times 3 \times 3 \times 5 \times 23 = \mathbf{2^2 \times 3^2 \times 5 \times 23}$.

> **Autre méthode**
>
> On décompose en produit de facteurs « évidents » dans un premier temps (même s'ils ne sont pas premiers, comme 9, 10...).
> Dans un deuxième temps, on poursuit la décomposition jusqu'à n'avoir plus que des facteurs premiers.
> Enfin, on ordonne (par facteurs croissants) le produit.
> - $1\,150 = 10 \times 115 = (2 \times 5) \times (5 \times 23) = 2 \times 5 \times 5 \times 23$.
> - $4\,140 = 10 \times 414 = 10 \times 9 \times 46 = 2 \times 5 \times 3 \times 3 \times 2 \times 23$.
> $= 2 \times 2 \times 3 \times 3 \times 5 \times 23$.

2 Calcul du nombre de marins

- Le trésor composé de 69 diamants, 1 150 perles et 4 140 pièces d'or est partagé équitablement entre les marins : cela signifie que chaque marin a le même nombre de diamants, de perles et de pièces d'or.

Le nombre de marins est donc un diviseur commun à 69, 1 150 et 4 140.

- $69 = 3 \times 23$

$1\,150 = 2 \times 5^2 \times 23$

$4\,140 = 2^2 \times 3^2 \times 5 \times 23$

La décomposition faite en **1** permet d'établir que les seuls diviseurs communs à ces trois nombres sont 1 et 23. Comme l'énoncé précise « entre les marins », on suppose qu'il y en a plus de 1.

- En conclusion, **le navire compte 23 marins.**

L'astuce du prof

On cherche dans les trois décompositions le(s) facteur(s) commun(s).

Remarque

Chaque marin aura : $69 \div 23 = 3$ diamants ;
$1\,150 \div 23 = 50$ perles ; $4\,140 \div 23 = 180$ pièces d'or.

Exercice 2

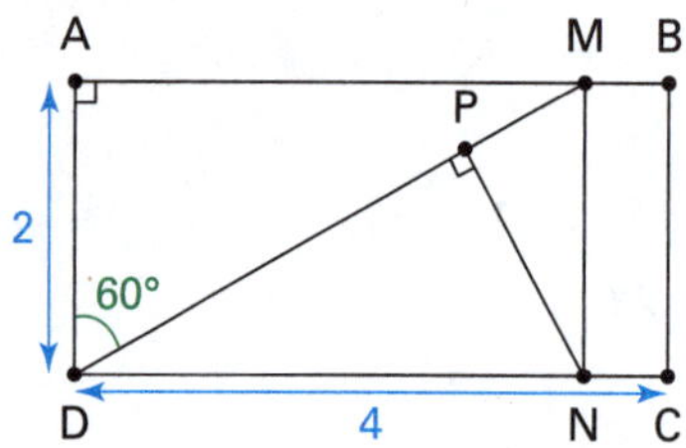

L'astuce du prof

Réalisez un croquis sur lequel vous portez les mesures connues et codez les informations de l'énoncé.

1 Justification de la longueur AM

Dans le triangle ADM rectangle en A,

$$\tan \widehat{ADM} = \frac{\text{côté opposé à } \widehat{ADM}}{\text{côté adjacent à } \widehat{ADM}} = \frac{AM}{AD}.$$

$$\tan 60° = \frac{AM}{2}$$

$AM = 2 \times \tan 60°$

$AM \simeq 3{,}46$.

[AM] mesure bien environ 3,46 m.

Gagnez des points !

Identifiez les côtés par rapport à l'angle $\hat{D}$. Ici, on cherche le côté opposé et on connaît le côté adjacent. On utilise donc la tangente.

Remarque

La calculatrice donne la valeur exacte de AM : $AM = 2\sqrt{3}$ m.

2 Proportion de plaque non utilisée

La proportion p de la plaque qui n'est pas utilisée est :

$$p = \frac{\mathcal{A}_{MNCB}}{\mathcal{A}_{ABCD}}.$$

- MNCB est un rectangle de longueur $BC = AD = 2$ m et de largeur $NC = MB = AB - AM$ (car les points A, M et B sont alignés) $= 4 - 3{,}46 = 0{,}54$ m.

$\mathcal{A}_{MNCB}$ = longueur × largeur $= BC \times MB = 2 \times 0{,}54 = 1{,}08$ m^2.

- ABCD est un rectangle de longueur AB = 4 m et de largeur AD = 2 m.
$\mathcal{A}_{ABCD} = 4 \times 2 = 8 \text{ m}^2$.
- D'où $p = \frac{1,08}{8} = 0,135$ (valeur exacte), soit $p \simeq 0,14$ (valeur approchée au centième).

Environ 14 % de la plaque n'est pas utilisée pour la construction du décor.

Pensez-y !
Une proportion est un nombre compris entre 0 et 1, sans unité. On l'exprime souvent en % pour le rendre plus représentatif.

3 Démonstration de triangles semblables

- Comparons les mesures des angles des trois triangles AMD, PNM et PDN.
- Dans le triangle AMD

Le triangle ADM est rectangle en A :
$\widehat{DAM} = 90°$.
$\widehat{ADM} = 60°$ (donnée de l'énoncé).
$\widehat{AMD} = 180 - 90 - 60 = 30°$.

Pensez-y !
$\widehat{ADM}$ et $\widehat{AMD}$ sont deux angles complémentaires : la somme de leurs mesures vaut 90°.

- Dans le triangle DPN

Le triangle DPN est rectangle en P : $\widehat{DPN} = 90°$.
$\widehat{PDN} = \widehat{ADN} - \widehat{ADP} = \widehat{ADC} - \widehat{ADM} = 90 - 60 = 30°$.
$\widehat{PND} = 180 - \widehat{DPN} - \widehat{PDN} = 180 - 90 - 30 = 60°$.

- Dans le triangle MPN

Le triangle PNM est rectangle en P : $\widehat{MPN} = 90°$.
$\widehat{PMN} = \widehat{AMN} - \widehat{AMD} = 90 - 30 = 60°$.
$\widehat{MNP} = 180 - \widehat{MPN} - \widehat{PMN} = 180 - 90 - 60 = 30°$.

Gagnez des points !
Le triangle MPN étant rectangle, ses angles aigus sont complémentaires.

- En conclusion, les triangles AMD, PNM et PDN ont leurs angles deux à deux de mêmes mesures (90°, 60° et 30°) : **ils sont donc semblables.**

Remarque
On dit aussi que ce sont des triangles de même forme.

4 Coefficient d'agrandissement

Les triangles PDN et AMD sont semblables. Leurs côtés sont donc deux à deux proportionnels.

Gagnez des points !
On met en correspondance les côtés de chaque triangle par ordre décroissant de longueurs par exemple.

Triangle PDN	DN	DP	PN
Triangle AMD	DM	AM	AD

$\times k$ (agrandissement)

Le coefficient d'agrandissement k pour passer du triangle PDN au triangle AMD est :

$$k = \frac{\text{longueur d'un côté du triangle AMD}}{\text{longueur du côté du triangle PDN correspondant}}.$$

$k = \frac{DM}{\text{(DN)}} = \frac{\text{(AM)}}{DP} = \frac{\text{(AD)}}{PN}$.

Pour obtenir k, il faut calculer une des longueurs inconnues, par exemple DM.

Dans le triangle ADM rectangle en M,

$\cos\widehat{ADM} = \frac{\text{côté adjacent à } \widehat{ADM}}{\text{hypoténuse}} = \frac{AD}{DM}$.

$\cos 60° = \frac{2}{DM}$

$DM \times \cos 60° = 2$

$DM = \frac{2}{\cos 60°} = 4$.

L'astuce du prof

On entoure les longueurs connues pour visualiser les longueurs manquantes.

Gagnez des points !

Il est indispensable de travailler dans un triangle rectangle pour utiliser la trigonométrie.

Autre méthode

On peut aussi calculer DM en appliquant le théorème de Pythagore dans le triangle ADM rectangle en A :

$DM^2 = DA^2 + AM^2 = 2^2 + 3{,}56^2 \simeq 15{,}97$

$DM = \sqrt{15{,}97}$ $(DM > 0)$ soit $DM \simeq 4$.

La valeur obtenue pour DM par cette méthode est approchée, puisque pour AM, on a utilisé également une valeur approchée.

On en déduit alors le coefficient d'agrandissement cherché :

$k = \frac{DM}{DN} = \frac{4}{3{,}46}$ soit $k \simeq 1{,}16 < 1{,}5$.

En conclusion, **le coefficient d'agrandissement étudié est bien inférieur à 1,5, comme le souhaitait Joanna.**

Remarque

Un coefficient supérieur à 1 indique un agrandissement. Un coefficient compris entre 0 et 1 indique une réduction.

Autres méthodes

- Pour obtenir k, on peut aussi calculer DP puisque $k = \frac{AM}{DP}$.

Dans le triangle DPN rectangle en P :

$\cos\widehat{PDN} = \frac{DP}{DN}$ soit $\cos 30° = \frac{DP}{3{,}46}$.

$DP = 3{,}46 \times \cos 30°$, soit $DP \simeq 3$.

On en déduit $k = \frac{AM}{DP} = \frac{3{,}46}{3}$, soit $k \simeq 1{,}15$.

De la même façon, on pouvait obtenir la longueur DP en utilisant l'angle $\widehat{PND} = 60°$ et le sinus.

- Pour obtenir k, on peut aussi calculer PN car $k = \frac{AD}{PN}$.

Dans le triangle DPN rectangle en P :

$\sin \widehat{PDN} = \frac{PN}{DN}$, soit $\sin 30° = \frac{PN}{3,46}$.

D'où PN = 3,46 × sin 30° = 1,73.

Et finalement $k = \frac{AD}{PN} = \frac{2}{1,73}$, soit $k \simeq 1,15$.

On pouvait aussi calculer PN en utilisant l'angle $\widehat{PND} = 60°$ et le cosinus.

Exercice 3

1 a. Volume $\mathcal{V}_s$ du sable

- Le cylindre C_2 est de hauteur $h = 4,2$ cm et de base un disque de rayon $r = \frac{\text{diamètre}}{2} = \frac{1,5}{2} = 0,75$ cm.

Le volume $\mathcal{V}_{C_2}$ de C_2 est :

$\mathcal{V}_{C_2} = B \times h = (\pi r^2) \times h$

$\mathcal{V}_{C_2} = \pi \times 0,75^2 \times 4,2$

$\mathcal{V}_{C_2} = 2,3625\pi$

$\mathcal{V}_{C_2} \simeq 7,42 \text{ cm}^3$

Gagnez des points !

La base du cylindre est un disque d'aire π × rayon².

- Le sable remplit C_2 aux deux tiers.

Le volume de sable cherché $\mathcal{V}_s$ est :

$\mathcal{V}_s \simeq \frac{2}{3} \times 7,42$

$\mathcal{V}_s \simeq 4,95 \text{ cm}^3$

C'est le résultat annoncé.

Remarque

La valeur exacte de $\mathcal{V}_s$ est :

$\mathcal{V}_s = 2,3625\pi \times \frac{2}{3} = 1,575\pi$.

b. Temps d'écoulement du sable

Débit (en cm³/min) $= \frac{\text{volume (en cm}^3)}{\text{temps (en min)}}$.

Le temps t nécessaire à l'écoulement de 4,95 cm³ de sable avec un débit de 1,98 cm³/min est tel que :

$1,98 = \frac{4,95}{t}$

$1,98 \times t = 4,95$

$t = \frac{4,95}{1,98} = 2,5$ min = 2 min 30 s.

Gagnez des points !

0,5 min = 0,5 × 60 s
= 30 s

Le sable s'écoule dans le cylindre inférieur en 2 minutes et 30 secondes.

2 a. Nombre de tests réalisés

1 + 1 + 2 + 6 + 3 + 7 + 6 + 3 + 1 + 2 + 3 + 2 + 3 = 40.

L'usine a effectué 40 tests au total.

b. Étude de la mise en vente du sablier

Il s'agit de vérifier les trois conditions en calculant les trois indicateurs utilisés : l'étendue, la médiane et la moyenne.

• L'étendue e des temps vaut :

e = (temps mesuré le plus grand) – (temps mesuré le plus petit)

e = 2 min 38 s – 2 min 22 s

e = 16 s.

e < 20 s : la condition sur l'étendue est vérifiée.

• La série compte 40 tests (un nombre pair), ordonnés ici dans le sens croissant.

Le temps médian Me est donc le temps qui coupe en deux ensembles de 20 temps chacun la liste proposée.

L'astuce du prof

Un schéma aide au calcul de la médiane.

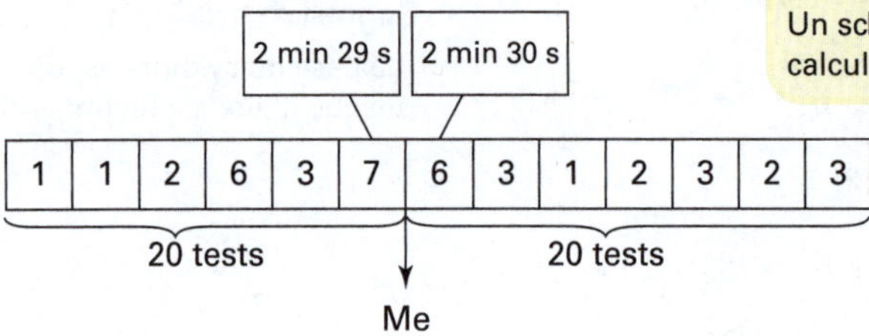

Ainsi, Me se situe entre 2 min 29 s et 2 min 30 s.

La condition sur la médiane des temps (comprise entre 2 min 29 s et 2 min 31 s) est donc vérifiée.

Remarque

On aurait pu conclure Me = 2 min 29,5 s.
Mais l'énoncé demande seulement un encadrement.

• Pour calculer la moyenne m des temps, on va d'abord convertir tous les temps mesurés en secondes sachant que 2 min = 120 s.

Ainsi, 2 min 22 s = 120 + 22 = 142 s,

2 min 24 s = 120 + 24 s = 144 s, etc.

$m = (1 \times 142 + 1 \times 144 + 2 \times 146 + 6 \times 147 + 3 \times 148 + 7 \times 149 + 6 \times 150 + 3 \times 151 + 1 \times 152 + 2 \times 153 + 3 \times 154 + 2 \times 155 + 3 \times 158) \div 40$

m = 150,1 s = 120 s + 30,1 s = 2 min 30,1 s.

m est bien comprise entre 2 min 28 s et 2 min 32 s.

La condition sur la moyenne des temps est vérifiée.

Rappel

m = somme des temps ÷ nombre de mesures.

Remarque

0,1 s = un dixième de seconde.

Autre méthode

Comme tous les temps mesurés sont de la forme 2 min + ... s, on pouvait aussi calculer la moyenne « des secondes », soit :
$1 \times 22 + 1 \times 24 + 2 \times 26 + ... + 3 \times 38) \div 40 = 30{,}1$.
Le temps moyen d'écoulement est donc 2 min 30,1 s.

- En conclusion, les trois conditions sont vérifiées par le sablier testé : **celui-ci ne sera pas éliminé** et pourra bien être mis en vente.

Gagnez des points !
Pensez à conclure.

Exercice 4

1 Représentation de la figure obtenue

À condition que le stylo soit en position d'écriture au départ, on obtient :

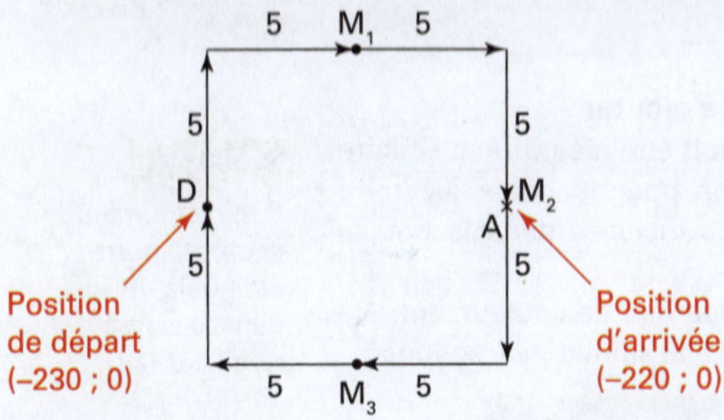

Pensez-y !
Le bloc s'appelle « carré ». Vous devez donc obtenir un carré comme figure.

Explications :

- Le stylo est en M_1 après le premier passage dans la boucle.
- Après le deuxième passage, il est en M_2 ; puis après le troisième, il est en M_3, et enfin après le quatrième, il est en D.
- Après les quatre passages, le stylo est relevé et s'oriente à 90° (donc vers la droite). Il avance de 10. Il se retrouve finalement en A (qui est confondu avec la position M_2).

2 Choix des figures

Le **script 1** répète 23 fois le carré suivi du tiret.
La figure de base (carré + tiret) est donc répétée 23 fois.
Il s'agit donc du dessin B qui est associé au script 1. Par déduction, **le dessin A est associé au script 2.**

3 a. Probabilité que le premier élément tracé soit un carré

Un nombre aléatoire est choisi parmi 1 et 2.
Il y a autant de chances d'obtenir 1 que 2.

Remarque
La commande « nombre aléatoire entre 1 et 2 » donne soit 1, soit 2.

Ainsi, **la probabilité que le premier élément tracé soit un carré est $\frac{1}{2}$.**

b. Probabilité que les deux premiers éléments tracés soient des carrés
Voici les possibilités :

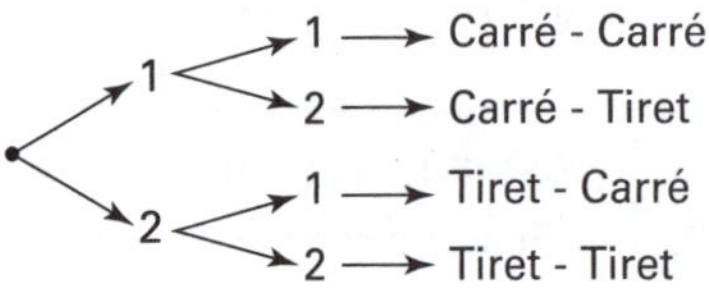

Gagnez des points !
Faites un arbre pour compter (et voir toutes les issues).

Il y a donc 4 possibilités toutes équiprobables. Puisqu'il n'y a qu'une seule possibilité d'avoir carré-carré, sur 4 possibilités, **la probabilité que les 2 éléments soient des carrés est : $p = \frac{1}{4} = 0{,}25$.**

Rappel
« Équiprobable » signifie que chacune des 4 issues a exactement la même probabilité d'être obtenue.

4 Suite d'instructions à ajouter

Le choix de la couleur doit être aléatoire et se faire 46 fois. Les instructions pour le choix aléatoire de la couleur sont donc incluses dans la boucle « Répéter 46 fois ».
Pour obtenir un choix aléatoire de couleur, entre le rouge et le noir, on utilise la suite d'instructions :

Pensez-y !
Cette commande choix aléatoire était déjà utilisée dans le script, réutilisez-la !

Cette suite d'instructions doit donc être insérée entre la ligne 6 et 7 du script 2.

Exercice 5

1 Phrases complétées

a. Image par une translation
Par la translation qui transforme C en E :
- le point I a pour image le point B ;
- le point H a pour image le point J ;
- le point F a pour image le point K.

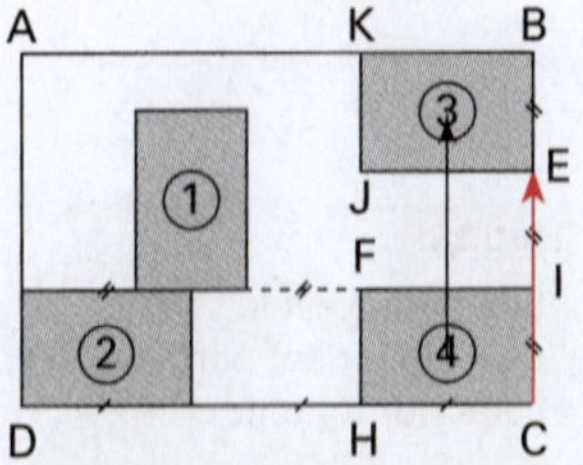

Remarque

Cette translation est matérialisée par la flèche de C vers E.

Le rectangle ③ est l'image du rectangle ④ par la translation qui transforme C en E.

b. Image par une rotation

Par la rotation de centre F et d'angle 90° dans le sens des aiguilles d'une montre :

- le point B est l'image du point N (on a bien FN = FB et $\widehat{NFB}$ = 90°) ;
- le point K est l'image du point O (on a bien FO = FK et $\widehat{OFK}$ = 90°) ;
- le point E est l'image du point M (on a bien FM = FE et $\widehat{MFE}$ = 90°) ;
- le point J est l'image du point L (on a bien FL = FJ et $\widehat{LFJ}$ = 90°).

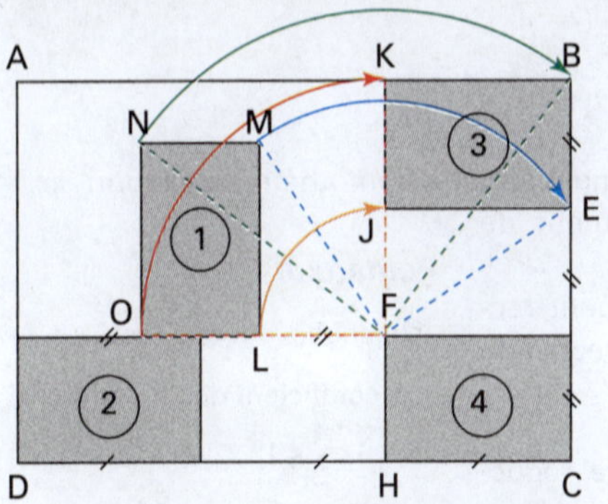

Méthode

Identifiez les points qui ont pour images les sommets du rectangle ③.

Le rectangle ③ est l'image du rectangle ① par la rotation de centre F et d'angle 90° dans le sens des aiguilles d'une montre.

c. Image par une homothétie

Par l'homothétie de centre D et de rapport 3 :

- le point B est l'image du point Q (on a bien DB = 3 × DQ) ;
- le point C est l'image du point P (on a bien DC = 3 × DP) ;
- le point A est l'image du point R (on a bien DA = 3 × DR) ;
- le point D est l'image du point D.

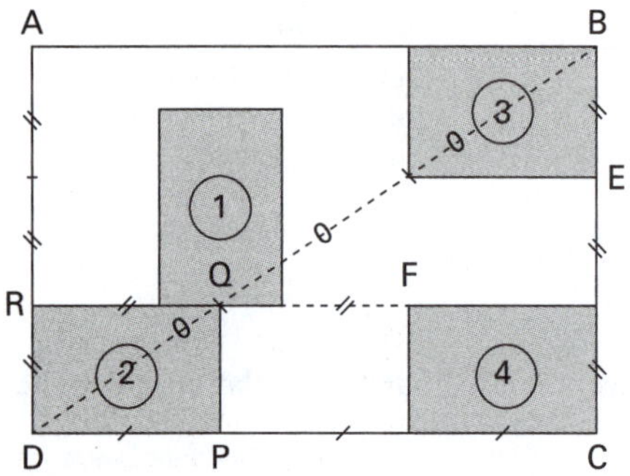

Le rectangle ABCD est l'image du rectangle ② par l'homothétie de centre D et de rapport 3.

Rappel
Le point D est le seul point invariant par cette homothétie.

Autres réponses possibles

- Le rectangle ABCD est l'image du rectangle ③ par l'homothétie de centre B et de rapport 3.
- Le rectangle ABCD est l'image du rectangle ④ par l'homothétie de centre C et de rapport 3.

2 Aire d'un petit rectangle

ABCD est l'image d'un petit rectangle par une homothétie de rapport 3.

ABCD est donc un agrandissement de coefficient 3 d'un petit rectangle.

On peut également dire qu'un petit rectangle est une réduction du rectangle ABCD de coefficient $\frac{1}{3}$.

Dans un agrandissement ou une réduction, si les longueurs sont multipliées par k, les aires sont multipliées par k^2.

Ainsi, on a :

$$\text{Aire (petit rectangle)} = \left(\frac{1}{3}\right)^2 \times \text{Aire (ABCD)}$$
$$= \frac{1}{9} \times 1{,}215$$
$$= 0{,}135$$

L'aire d'un petit rectangle est 0,135 m².

Remarque
Un coefficient de $\frac{1}{3}$ est un coefficient de réduction, car $0 < \frac{1}{3} < 1$.

Remarque
Multiplier par $\frac{1}{9}$ revient à diviser par 9.

Remarque
Dans ABCD, il y a 9 petits rectangles.

3 Dimensions du rectangle ABCD

Le ratio longueur:largeur est égal à 3:2 signifie que $\frac{\text{longueur}}{3} = \frac{\text{largeur}}{2}$ et que $\frac{\text{longueur}}{\text{largeur}} = \frac{3}{2}$.

Ainsi, longueur $= \frac{3}{2} \times$ largeur $= 1{,}5 \times$ largeur.

En notant L la longueur et ℓ la largeur, on obtient $L = 1{,}5 \times \ell$.

L'aire d'un petit rectangle s'écrit alors :

$\underbrace{L}_{1{,}5\,\ell} \times \ell = 0{,}135$

$1{,}5\,\ell \times \ell = 0{,}135$

$1{,}5\,\ell^2 = 0{,}135$ — on divise par 1,5

$\ell^2 = \frac{0{,}135}{1{,}5}$

$\ell^2 = 0{,}09$

$\ell = \sqrt{0{,}09} = 0{,}3$

Comme $L \times \ell = 0{,}135$, alors $L \times 0{,}3 = 0{,}135$ soit $L = \frac{0{,}135}{0{,}3} = 0{,}45$.

La longueur d'un petit rectangle est 0,45 m et sa largeur 0,3 m.

Méthode

On connaît l'aire du petit rectangle. L'idée est de trouver une équation qui modélise la situation.

Rappel

Il y a deux nombres dont le carré est 0,09 : $-\sqrt{0{,}09}$ et $\sqrt{0{,}09}$. Ici, on sait que ℓ est positif.

Vérification

On a bien : $\frac{0{,}45}{3} = \frac{0{,}3}{2}$ et $\frac{0{,}45}{0{,}3} = \frac{3}{2}$.

Exercice 6

1 Vérifications

Avec le programme 1 :

- Choisir un nombre : 5.
- Le multiplier par 3 : $3 \times 5 = 15$.
- Ajouter 1 : $15 + 1 = 16$.

Avec le programme 2 :

- Choisir un nombre : 5.
- Soustraire 1 : $5 - 1 = 4$.
- Ajouter 2 : $5 + 2 = 7$.
- Multiplier les 2 nombres obtenus : $4 \times 7 = 28$.

Le résultat du programme 1 est bien 16 et celui du programme 2 est 28.

2 a. Expression de $A(x)$ en fonction de x

- Choix du nombre de départ : x.
- Le multiplier par 3 : $3 \times x = 3x$.
- Ajouter 1 : $3x + 1$.

L'expression de $A(x)$ en fonction de x est $\mathbf{A(x) = 3x + 1}$.

Méthode

On refait les mêmes calculs que dans la question précédente, mais avec x comme nombre de départ.

b. Détermination d'un nombre

On cherche x tel que $A(x) = 0$:

$$A(x) = 0$$
$$3x + 1 = 0$$
$$3x + 1 - 1 = 0 - 1$$
$$\frac{3x}{3} = -\frac{1}{3}$$
$$x = -\frac{1}{3}$$

Pour obtenir 0 comme résultat du programme 1, il faut entrer $-\frac{1}{3}$.

3 Développement de $B(x)$

$B(x) = (x - 1)(x + 2)$

$= x \times x + x \times 2 - 1 \times x - 1 \times 2$

$= x^2 + 2x - x - 2$

$= \mathbf{x^2 + x - 2}$

expression développée et réduite

Rappel
Développer, c'est transformer un produit en somme.

4 a. Justification d'une égalité

- $B(x) - A(x) = (x - 1)(x + 2) - (3x + 1)$
  $= x^2 + x - 2 - 3x - 1$
  $= x^2 - 2x - 3.$

Pensez-y !
N'oubliez pas les parenthèses autour de $3x + 1$.

- Or $(x + 1)(x - 3) = x \times x - 3 \times x + 1 \times x - 1 \times 3$
  $= x^2 - 3x + x - 3$
  $= x^2 - 2x - 3$

On retrouve le résultat précédent.

Ainsi, $\mathbf{B(x) - A(x) = (x + 1)(x - 3)}$.

b. Recherche des nombres x tels que $A(x) = B(x)$

Rechercher les nombres x tels que $A(x) = B(x)$ revient à chercher les nombres x tels que $B(x) - A(x) = 0$.

Cette dernière équation s'écrit, grâce à la question 4 a. : $(x + 1)(x - 3) = 0$.

Un produit de deux facteurs est nul si et seulement si l'un au moins de ses facteurs est nul.

$$x + 1 = 0 \text{ ou } x - 3 = 0$$
$$x = -1 \text{ ou } x = 3$$

Les nombres qu'il faut choisir pour que les deux programmes donnent les mêmes résultats sont – 1 et 3.

Pensez-y !
Utilisez le résultat de la question 4 a.

Rappel
On reconnaît une équation produit nul.

L'astuce du prof
On peut vérifier les résultats obtenus :
- pour $x = -1$, $A(-1) = B(-1) = -2$;
- pour $x = 3$, $A(3) = B(3) = 10$.

Sujet 2 — Centres étrangers, juin 2019

100 pts — 2 heures

Exercice 1

15 min — **15 pts**

Cet exercice est un questionnaire à choix multiples (QCM). Pour chaque question, une seule des trois réponses proposées est exacte. Indiquer le numéro de la question et recopier, sans justifier, la réponse choisie. Une bonne réponse rapporte 3 points ; aucun point ne sera enlevé en cas de mauvaise réponse.

3 pts par question

Questions	Réponse A	Réponse B	Réponse C
1 Quelle est la décomposition en produit de facteurs premiers de 28 ?	4×7	2×14	$2^2 \times 7$
2 Un pantalon coûte 58 €. Quel est son prix en euros après une réduction de 20 % ?	38	46,40	57,80
3 Quelle est la longueur en m du côté [AC], arrondie au dixième près ? 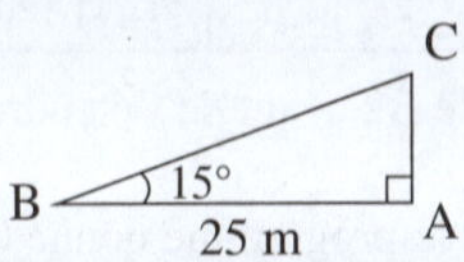	6,5	6,7	24,1
4 Quelle est la médiane de la série statistique suivante ? 2 ; 5 ; 3 ; 12 ; 8 ; 6	5,5	6	10
5 Quel est le rapport de l'homothétie qui transforme le carré A en carré B ? 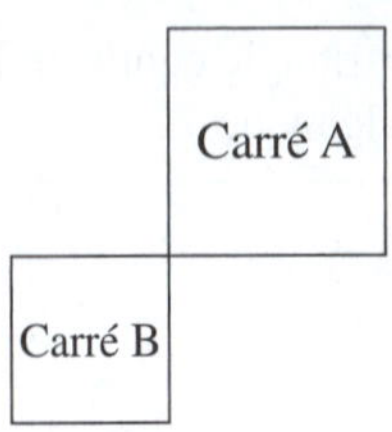	–0,5	0,5	2

Exercice 2

15 min **14 pts**

On considère le programme de calcul :

- Choisir un nombre.
- Prendre le carré de ce nombre.
- Ajouter le triple du nombre de départ.
- Ajouter 2.

1 Montrer que si on choisit 1 comme nombre de départ, le programme donne 6 comme résultat. **1 pt**

2 Quel résultat obtient-on si on choisit –5 comme nombre de départ ? **2 pts**

3 On appelle x le nombre de départ, exprimer le résultat du programme en fonction de x. **3 pts**

4 Montrer que ce résultat peut aussi s'écrire sous la forme $(x + 2)(x + 1)$ pour toutes les valeurs de x. **4 pts**

5 La feuille de tableur suivante regroupe des résultats du programme de calcul précédent.

	A	B	C	D	E	F	G	H	I	J
1	x	–4	–3	–2	–1	0	1	2	3	4
2	$(x + 2)(x + 1)$	6	2	0	0	2	6	12	20	30

a. Quelle formule a été écrite dans la cellule B2 avant de l'étendre jusqu'à la cellule J2 ? **2 pts**

b. Trouver les valeurs de x pour lesquelles le programme donne 0 comme résultat. **2 pts**

Exercice 3

20 min **16 pts**

Partie I

Dans cette partie, toutes les longueurs sont exprimées en centimètres.

On considère les deux figures ci-dessous, un triangle équilatéral et un rectangle, où x représente un nombre positif quelconque.

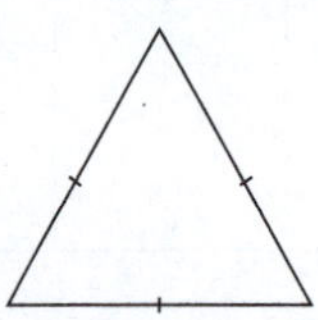

$4x + 1$

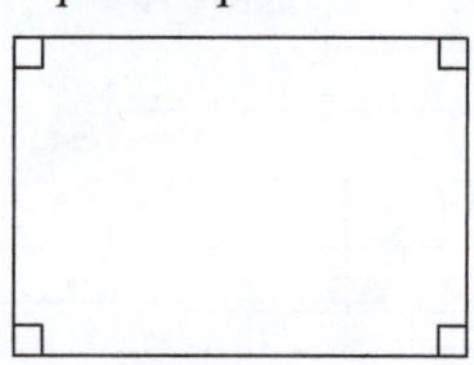

$2x$

$4x + 1{,}5$

1 Construire le triangle équilatéral pour $x = 2$. **2 pts**

2 a. Démontrer que le périmètre du rectangle en fonction de x peut s'écrire $12x + 3$. **3 pts**

b. Pour quelle valeur de x le périmètre du rectangle est-il égal à 18 cm ? **3 pts**

3 Est-il vrai que les deux figures ont le même périmètre pour toutes les valeurs de x ? Justifier. **4 pts**

Partie II

On a créé les scripts ci-dessous sur Scratch qui, après avoir demandé la valeur de x à l'utilisateur, construisent les deux figures de la **Partie I**.
Dans ces deux scripts, les lettres A, B, C et D remplacent des nombres.
Donner des valeurs à A, B, C et D pour que ces deux scripts permettent de construire les figures de la **Partie I** et préciser alors la figure associée à chacun des scripts. **4 pts**

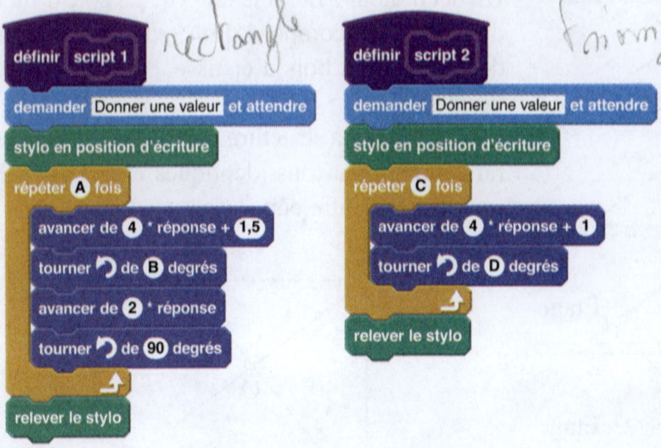

Exercice 4

15 min **13 pts**

Dans la vitrine d'un magasin A sont présentés au total 45 modèles de chaussures. Certaines sont conçues pour la ville, d'autres pour le sport et sont de trois couleurs différentes : noire, blanche ou marron.

1 Compléter le tableau suivant. **3 pts**

Modèle	Pour la ville	Pour le sport	Total
Noir	15	5	20
Blanc	7	10	17
Marron	5	3	8
Total	27	18	45

2 On choisit un modèle de chaussures au hasard dans cette vitrine.

a. Quelle est la probabilité de choisir un modèle de couleur noire ? **2 pts**

b. Quelle est la probabilité de choisir un modèle pour le sport ? **2 pts**

c. Quelle est la probabilité de choisir un modèle pour la ville de couleur marron ? **2 pts**

3 Dans la vitrine d'un magasin B, on trouve 54 modèles de chaussures dont 30 de couleur noire. On choisit au hasard un modèle de chaussures dans la vitrine du magasin A, puis dans celle du magasin B.
Dans laquelle des deux vitrines a-t-on le plus de chance d'obtenir un modèle de couleur noire ? Justifier. **4 pts**

Exercice 5

20 min **14 pts**

Dans l'exercice suivant, les figures ne sont pas à l'échelle.

Un décorateur a dessiné une vue de côté d'un meuble de rangement composé d'une structure métallique et de plateaux en bois d'épaisseur 2 cm, illustré par la **figure 1**.
Les étages de la structure métallique de ce meuble de rangement sont tous identiques et la **figure 2** représente l'un d'entre eux.

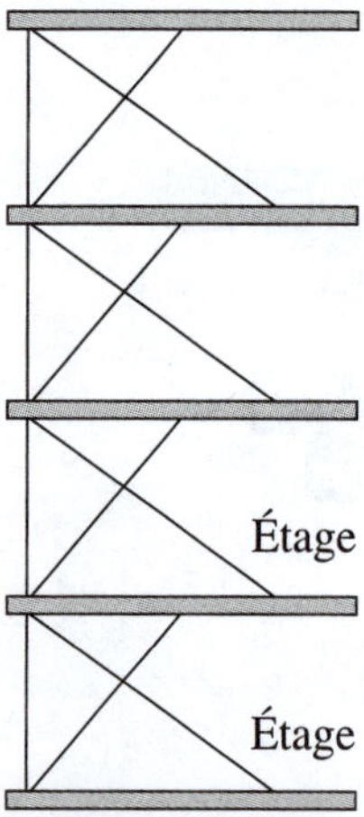

Plateau en bois d'épaisseur 2 cm

Figure 1

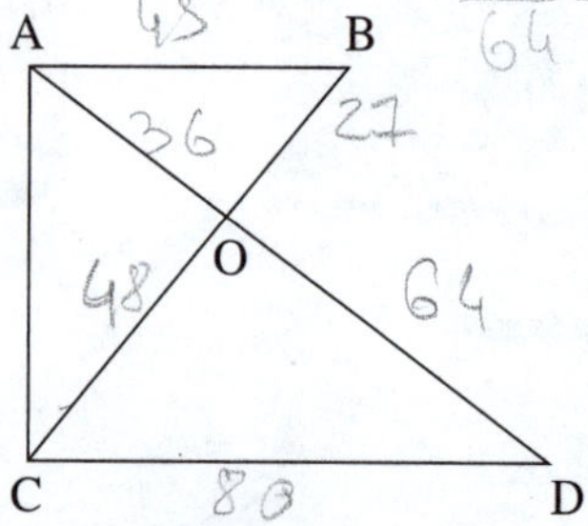

Figure 2

On donne :

- OC = 48 cm ; OD = 64 cm ; OB = 27 cm ; OA = 36 cm et CD = 80 cm ;
- les droites (AC) et (CD) sont perpendiculaires.

1 Démontrer que les droites (AB) et (CD) sont parallèles. **4 pts**

2 Montrer par le calcul que AB = 45 cm. **4 pts**

3 Calculer la hauteur totale du meuble de rangement. **6 pts**

Exercice 6

15 min **14 pts**

Une famille a effectué une randonnée en montagne. Le graphique ci-dessous donne la distance parcourue en km en fonction du temps en heures.

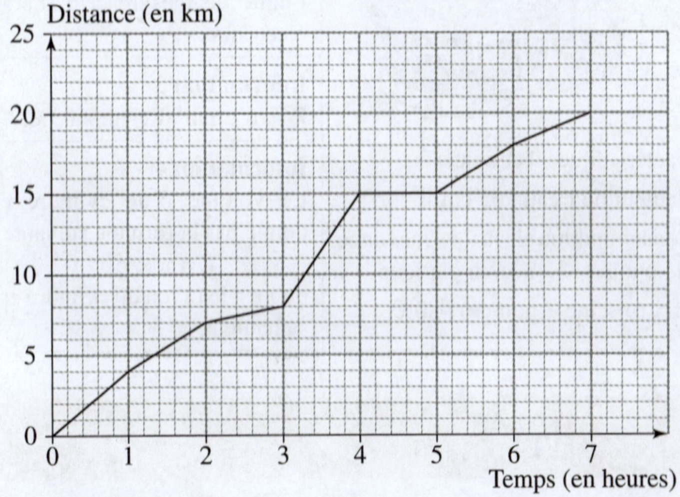

1 Ce graphique traduit-il une situation de proportionnalité ? Justifier la réponse. **3 pts**

2 On utilisera le graphique pour répondre aux questions suivantes.
Aucune justification n'est demandée.

a. Quelle est la durée totale de cette randonnée ? **1 pt**

b. Quelle distance cette famille a-t-elle parcourue au total ? **1 pt**

c. Quelle est la distance parcourue au bout de 6 h de marche ? **1,5 pt**

d. Au bout de combien de temps ont-ils parcouru les 8 premiers km ? **1,5 pt**

e. Que s'est-il passé entre la 4e et la 5e heure de randonnée ? **2 pts**

3 Un randonneur expérimenté marche à une vitesse moyenne de 4 km/h sur toute la randonnée. Cette famille est-elle expérimentée ? Justifier la réponse. **4 pts**

Exercice 7

20 min **14 pts**

Une famille désire acheter, pour les enfants, une piscine cylindrique hors sol équipée d'une pompe électrique. Elle compte l'utiliser cet été du mois de juin au mois de septembre inclus. Elle dispose d'un budget de 200 €.
À l'aide des documents suivants, dire si le budget de cette famille est suffisant pour l'achat de cette piscine et les frais de fonctionnement.

Information 1	Information 2
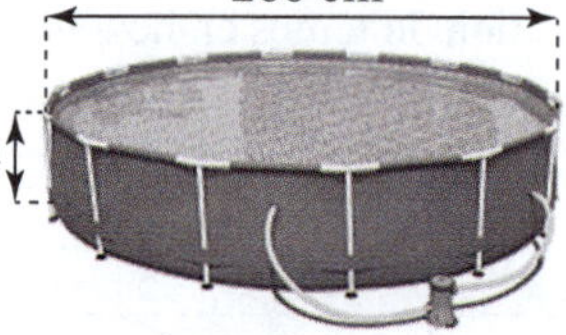 Caractéristiques techniques : • Hauteur de l'eau : 65 cm. • Consommation électrique moyenne de la pompe : 3,42 kWh par jour. • Prix (piscine + pompe) : 80 €.	Prix d'un kWh : 0,15 €. Le kWh (kilowatt-heure) est l'unité de mesure de l'énergie électrique. **Information 3** Prix d'un m^3 d'eau : 2,03 €. **Information 4** Le volume d'un cylindre est donné par la formule suivante : $V = \pi \times r^2 \times h$ où r est le rayon du cylindre et h sa hauteur.

Sujet 2 Corrigé

Les clés pour réussir

Exercice 1

Révisez L'arithmétique, les pourcentages et les statistiques, et la géométrie dans le plan

- Un nombre premier admet exactement deux diviseurs : 1 et lui-même.
- Diminuer un nombre de t %, c'est le multiplier par $1 - \frac{t}{100}$.
- Dans un triangle rectangle :

$$\cos \widehat{x} = \frac{\text{côté adjacent à } \widehat{x}}{\text{hypoténuse}} \qquad \sin \widehat{x} = \frac{\text{côté opposé à } \widehat{x}}{\text{hypoténuse}}$$

$$\tan \widehat{x} = \frac{\text{côté opposé à } \widehat{x}}{\text{côté adjacent à } \widehat{x}}$$

- Dans une série ordonnée dans le sens croissant, la médiane partage la série en deux groupes de même effectif.

Les difficultés du sujet

4 Commencez par ordonner la série des six nombres du plus petit au plus grand.

5 Réfléchissez en deux étapes :
– le carré B est-il plus petit ou plus grand que le carré A ?

– recherchez le centre de l'homothétie (en prenant deux points et leurs images), puis regardez si le carré B est du même côté que le carré A par rapport au centre ou non. Cela vous donnera le signe du rapport de cette homothétie (qui est un agrandissement ou une réduction ?).

Exercice 2

Révisez **Les calculs numériques et littéraux et le tableur**

- $(a + b)(c + d) = a \times c + a \times d + b \times c + b \times d$.

Les difficultés du sujet

2 Le carré d'un nombre négatif est un nombre positif.

4 En développant l'expression $(x + 2)(x + 1)$, vous devez retrouver la forme développée de la question **3**. Sinon, il faut chercher l'erreur…

5 a. Pour calculer $(x + 2)(x + 1)$, remplacez x par le contenu de la cellule B1, puis C1, D1… jusque J1.

Exercice 3

Révisez **Les périmètres, le calcul numérique et les algorithmes**

- Périmètre d'un triangle équilatéral = 3 × longueur d'un côté.
- Périmètre d'un rectangle = 2 × (longueur + largeur).

Partie I

2 b. Il s'agit de résoudre l'équation du premier degré $12x + 3 = 18$.

3 Exprimez en fonction de x le périmètre du triangle équilatéral, puis comparez l'expression obtenue à $12x + 3$.

Partie II

- A représente le nombre de répétitions du tracé « longueur-largeur ».
- B correspond à la mesure de l'angle entre la longueur et la largeur.
- C correspond au nombre de répétitions du tracé « côté ».
- D est l'angle en degrés entre « l'horizontale » et un côté du triangle.

Exercice 4

Révisez **Les probabilités**

- En situation d'équiprobabilité, une probabilité p se calcule avec la formule : $p = \dfrac{\text{nombre de cas favorables}}{\text{nombre de cas possibles}}$.

Les difficultés du sujet

3 Il s'agit de comparer deux probabilités.

Exercice 5

Révisez **La géométrie dans le plan**

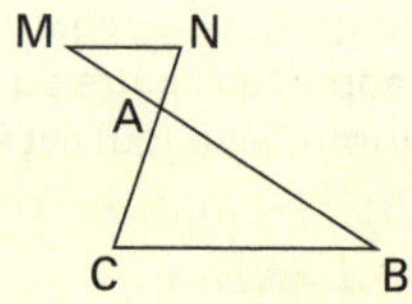

- La réciproque du théorème de Thalès permet de montrer, à partir de points bien placés et de quotients égaux, que deux droites sont parallèles.
- Si (MN) // (BC), d'après le théorème de Thalès :

$$\frac{AM}{AB} = \frac{AN}{AC} = \frac{MN}{BC}$$

- Le théorème de Pythagore permet de calculer la longueur manquante dans un triangle rectangle dont on connaît les deux autres longueurs.

Les difficultés du sujet

3 Le meuble de rangement est décomposé en cinq plateaux de hauteur connue et quatre rangements, chacun de hauteur AC à calculer avec le théorème de Pythagore.

Exercice 6

Révisez **Les lectures graphiques, la proportionnalité et la vitesse**

- Une situation de proportionnalité entre deux grandeurs se traduit graphiquement par une droite passant par l'origine du repère.
- Vitesse moyenne (en km/h) = $\dfrac{\text{distance parcourue (en km)}}{\text{temps de parcours (en h)}}$.

Les difficultés du sujet

1 Deux conditions sont à vérifier : la courbe passe-t-elle par l'origine du repère ? la courbe est-elle une droite ?

Exercice 7

Révisez **Les grandeurs composées et les volumes**

Les difficultés du sujet

La difficulté de cet exercice réside dans le fait d'utiliser convenablement les informations proposées.

Vous devez procéder par étapes pour établir le coût total cherché qui se répartit en trois éléments :
– l'achat de la piscine et de la pompe ;
– les dépenses en électricité : après avoir calculé le nombre de jours d'utilisation de la pompe, calculez le nombre de kWh utilisés durant cette période (*information 1*) et enfin le prix correspondant (*information 2*) ;
– les dépenses en eau : calculez le volume d'eau utilisé (*information 1* et formule donnée dans l'*information 4*) et son prix (*information 3*).

Exercice 1

1 Décomposition en produit de facteurs premiers

$28 = 2 \times 14 = 2 \times 2 \times 7 = 2^2 \times 7$.

Réponse C

Autre méthode

On peut trouver la bonne réponse en procédant par éliminations :

- 4 n'est pas un nombre premier. Donc la réponse A est exclue ;
- il en est de même pour 14, ce qui exclut la réponse B.

2 Calcul de prix réduit

Appliquer une réduction de 20 %, c'est multiplier par $1 - \frac{20}{100} = 1 - 0{,}2 = 0{,}8$.

Le pantalon remisé coûte alors :
$58 \times 0{,}8 = 46{,}40$ €.

Réponse B

Autre méthode

- On calcule le montant de la remise : 20 % de $58 = 0{,}2 \times 58 = 11{,}6$.
- On retranche cette somme au prix initial : $58 - 11{,}6 = 46{,}4$.

3 Calcul de longueur dans un triangle rectangle

Dans le triangle ABC rectangle en A,

$$\tan \hat{B} = \frac{\text{côté opposé à } \hat{B}}{\text{côté adjacent à } \hat{B}} = \frac{AC}{AB}$$

$$\tan 15° = \frac{AC}{25}$$

Par produit en croix, on déduit :
$AC = 25 \times \tan 15°$
$AC \simeq 6{,}7$ cm

Réponse B

Méthode

Dans le triangle ABC, on connaît l'angle $\hat{B}$, le côté adjacent, et on cherche le côté opposé. C'est donc la tangente qu'on va utiliser.

4 Détermination d'une médiane

Commençons par ordonner la série : 2 ; 3 ; 5 ; 6 ; 8 ; 12.

Cette série compte un nombre pair (6) de termes. La médiane est donc la demi-somme des deux termes « du milieu », soit $\frac{5+6}{2} = 5{,}5$.

Réponse A

Remarque

Parfois, la médiane n'est pas une valeur de la série, comme ici.

5 Rapport d'une homothétie

- La figure obtenue (le carré B) est une réduction du carré A dans laquelle les longueurs ont été divisées par 2, soit multipliées par 0,5. Cela exclut la réponse C.
- Par ailleurs, les carrés A et B se trouvent de part et d'autre du point commun des deux carrés (centre de l'homothétie), donc le rapport cherché est négatif. C'est – 0,5.

Réponse A

Autre méthode

On peut aussi faire un croquis du carré obtenu par une homothétie de rapport k.

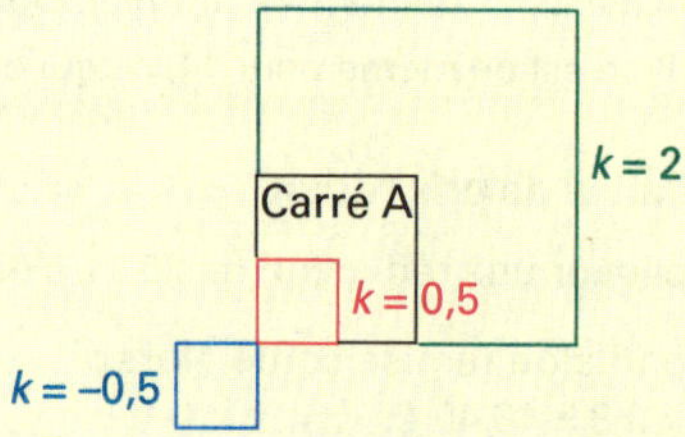

Exercice 2

1 Vérification d'un résultat

- On choisit 1 comme nombre de départ.
- On prend le carré de ce nombre : $1^2 = 1 \times 1 = 1$.
- On ajoute le triple du nombre de départ : $1 + 3 \times 1 = 1 + 3 = 4$.
- On ajoute 2 : $4 + 2 = 6$.

En choisissant 1 pour nombre de départ, on obtient bien 6 pour résultat.

L'astuce du prof

Cette vérification permet de s'assurer que vous avez bien compris le fonctionnement du programme de calcul.

2 Application du programme au nombre – 5

- Le nombre choisi au départ est – 5.
- $(-5)^2 = (-5) \times (-5) = 25$.
- $25 + 3 \times (-5) = 25 + (-15) = 25 - 15 = 10$.
- $10 + 2 = 12$.

Le programme de calcul appliqué au nombre – 5 donne pour résultat 12.

3 Application du programme au nombre x

- Le nombre choisi au départ est x.
- Le carré de ce nombre est x^2.
- Ajoutons à x^2 le triple de x : on obtient $x^2 + 3x$.
- Ajoutons 2 au résultat : on obtient $x^2 + 3x + 2$.

En choisissant x pour nombre de départ, le programme retourne pour résultat $x^2 + 3x + 2$.

L'astuce du prof

- Pour $x = 1$, vous retrouvez $1^2 + 3 \times 1 + 2 = 6$ (question 1).
- Pour $x = -5$, vous retrouvez $(-5)^2 + 3 \times (-5) + 2 = 12$ (question 2).

4 Autre expression du résultat

- Développons l'expression proposée par distributivité :

$(x+2)(x+1) = x \times x + x \times 1 + 2 \times x + 2 \times 1$
$= x^2 + x + 2x + 2$
$= x^2 + 3x + 2$

- Pour toutes les valeurs de x : $x^2 + 3x + 2 = (x+2)(x+1)$.

Le résultat du programme de calcul peut aussi s'écrire sous la forme $(x+2)(x+1)$.

5 a. Formule écrite en B2

= (B1 + 2) * (B1 + 1)

Gagnez des points !

Remplacez dans le calcul $(x+2)(x+1)$ le x par le contenu de la cellule B1.

b. Lecture dans la feuille de calcul

Les résultats du programme de calcul sont donnés dans la ligne 2.

Ainsi, le programme donne 0 (en D2 et E2) pour $x = -2$ (en D1) et pour $x = -1$ (en E1).

Remarque

On peut retrouver ces résultats par le calcul.

$x^2 + 3x + 2 = 0$
$(x+2)(x+1) = 0$ d'après la question 4

On reconnaît une équation produit-nul dans laquelle l'un au moins des facteurs est nul.

$x + 2 = 0$ ou $x + 1 = 0$

$x = -2$ ou $x = -1$.

Exercice 3

Partie I

1 Construction du triangle équilatéral pour $x = 2$

Pour $x = 2$: $4x + 1 = 4 \times 2 + 1 = 9$.

Le triangle à construire est donc un triangle équilatéral de côté 9 cm.

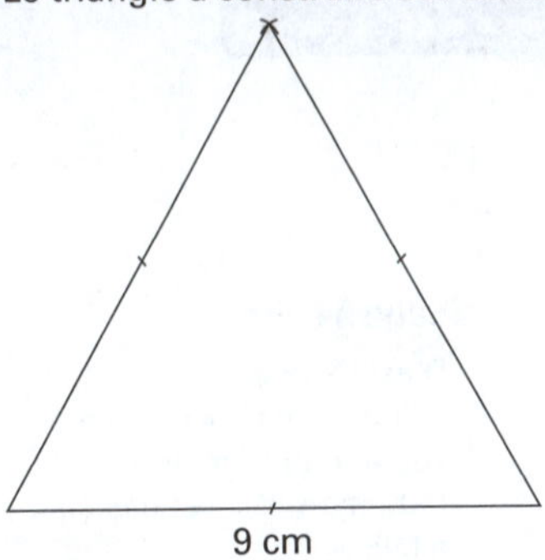

L'astuce du prof

Utilisez une règle et un compas pour tracer ce triangle.

La figure n'est pas à l'échelle.

2 a. Périmètre du rectangle en fonction de x

Le périmètre $\mathcal{P}$ du rectangle est :

$\mathcal{P} = 2 \times (\text{longueur} + \text{largeur}) = 2 \times (4x + 1{,}5 + 2x)$

$\mathcal{P} = 2 \times (6x + 1{,}5) = 2 \times 6x + 2 \times 1{,}5$

$\mathcal{P} = 12x + 3.$

Le périmètre du rectangle en fonction de x s'écrit $12x + 3$.

b. Valeur de x pour laquelle $\mathcal{P} = 18$ cm

Il s'agit de déterminer la valeur de x pour laquelle :

$\mathcal{P} = 18$

$12x + 3 = 18$

$12x = 18 - 3$

$12x = 15$

$x = \dfrac{15}{12}$

$x = \dfrac{5}{4} = 1{,}25.$

Gagnez des points !

Pour résoudre une équation du premier degré, on isole dans le membre de gauche les x, et dans celui de droite les « non x ». Puis l'équation $ax = b$ a pour solution $x = \dfrac{b}{a}$.

Le périmètre du rectangle est égal à 18 cm quand x vaut 1,25 cm.

3 Comparaison des périmètres

- Le périmètre du rectangle est $\mathcal{P} = 12x + 3$.
- Le périmètre $\mathcal{P}'$ du triangle équilatéral est :

$\mathcal{P}' = 3 \times (4x + 1) = 3 \times 4x + 3 \times 1 = 12x + 3$

- On remarque que $\mathcal{P} = \mathcal{P}'$: **pour toutes les valeurs de x, les deux figures ont le même périmètre.**

Gagnez des points !

Exprimez en fonction de x le périmètre du triangle.

Partie II

Scripts à compléter

- Le script 1 permet de construire le rectangle (on « reconnaît » la longueur $4x + 1{,}5$ et la largeur $2x$ dans les étiquettes [avancer de (4) * réponse + (1,5)] et [avancer de (2) * réponse]).

A = 2 et B = 90.

- Le script 2 permet de construire le triangle équilatéral (on « reconnaît » la longueur du côté $4x + 1$ dans l'étiquette [avancer de (4) * réponse + (1)]).

C = 3 et D = 120.

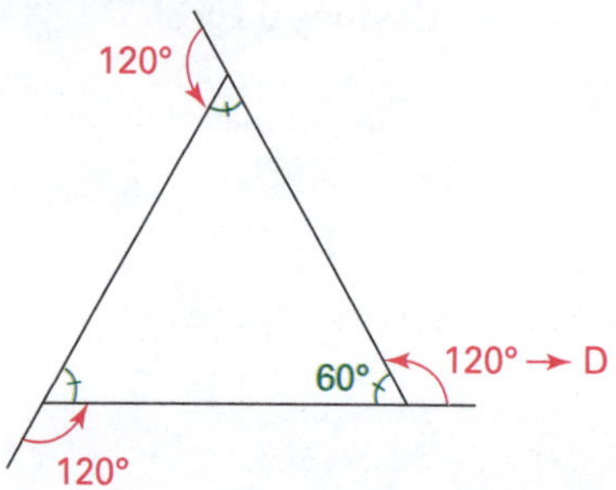

Piège à éviter

D est l'angle entre « l'horizontale » et le côté suivant du triangle (attention, D n'est pas égal à 60).

Exercice 4

1 Tableau complété des modèles de chaussures du magasin A

Modèle	Pour la ville	Pour le sport	Total
Noir	**15**	5	20
Blanc	7	**10**	**17**
Marron	**5**	3	**8**
Total	27	**18**	45

2 a. Probabilité p_1 de choisir un modèle de couleur noire

$$p_1 = \frac{\text{nombre de modèles noirs}}{\text{nombre de modèles}} = \frac{20}{45}$$

$$p_1 = \frac{4}{9}$$

Gagnez des points !

$\frac{4}{9}$ est la valeur exacte de p_1 ; 0,44 est une valeur approchée seulement. Écrivez les probabilités sous forme de fractions irréductibles.

b. Probabilité p_2 de choisir un modèle pour le sport

$$p_2 = \frac{\text{nombre de modèles pour le sport}}{\text{nombre de modèles}} = \frac{18}{45}$$

$$p_2 = \frac{2}{5} = 0{,}4$$

Remarque

$\frac{2}{5}$ est la forme fractionnaire de p_2 ; 0,4 est la forme décimale de p_2.

c. Probabilité p_3 de choisir un modèle pour la ville marron

$$p_3 = \frac{\text{nombre de modèles pour la ville marron}}{\text{nombre de modèles}} = \frac{5}{45}$$

$$p_3 = \frac{1}{9}$$

3 Comparaison de probabilités

- Dans le magasin A, la probabilité d'avoir en vitrine un modèle de couleur noire est $p_1 = \frac{4}{9}$ (calculé en **2 a.**).
- Dans le magasin B, la probabilité d'avoir en vitrine un modèle de couleur noire est :

$$p' = \frac{\text{nombre de modèles noirs}}{\text{nombre de modèles}} = \frac{30}{54} = \frac{5}{9}$$

- $\frac{4}{9} < \frac{5}{9}$

L'astuce du prof

Les deux fractions ont le même dénominateur 9. Pour les comparer, il suffit seulement de comparer les deux numérateurs 4 et 5.

En conclusion, **on a le plus de chance d'obtenir un modèle de couleur noire dans la vitrine du magasin B que dans celle du magasin A.**

Exercice 5

Pour bien aborder l'exercice, il est indispensable de faire un croquis et d'y reporter toutes les données de l'énoncé.

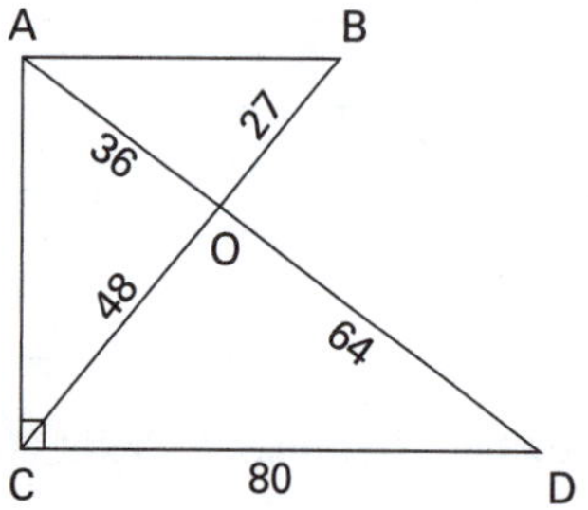

L'astuce du prof

Ce croquis permet de repérer des configurations clés : Thalès et Pythagore.

1 Justification du parallélisme de [AB] et [CD]

Les points A, O et D d'une part ainsi que les points B, O et C d'autre part sont alignés dans cet ordre.

$$\left.\begin{array}{l}\dfrac{OA}{OD}=\dfrac{36}{64}=\dfrac{9}{16}=0{,}5625\\[2mm]\dfrac{OB}{OC}=\dfrac{27}{48}=\dfrac{9}{16}=0{,}5625\end{array}\right\}\text{ donc }\dfrac{OA}{OD}=\dfrac{OB}{OC}.$$

On en déduit, d'après la réciproque du théorème de Thalès, que **les droites (AB) et (CD) sont parallèles.**

Gagnez des points !

Pour comparer les quotients, on utilise les valeurs exactes : ici $\dfrac{9}{16}$ ou 0,5625.

2 Calcul de la longueur AB

Dans les triangles OAB et OCD, (AB) et (CD) étant parallèles, on applique le théorème de Thalès :

$$\frac{OA}{OD}=\boxed{\frac{OB}{OC}=\frac{AB}{CD}}$$

L'égalité encadrée s'écrit : $\dfrac{27}{48}=\dfrac{AB}{80}$.

Par produit en croix, on obtient :

$48 \times AB = 27 \times 80$

$$AB=\frac{27\times 80}{48}$$

AB = 45 cm. C'est le résultat annoncé.

Remarque

On dit que les triangles OAB et OCD sont en configuration de Thalès.

Gagnez des points !

Aux numérateurs des quotients figurent les longueurs des côtés du triangle OAB, et les longueurs correspondantes du triangle OCD aux dénominateurs.

Remarque

On aurait tout aussi bien pu utiliser l'autre quotient :

$\dfrac{OA}{OD}=\dfrac{AB}{CD}$ soit $\dfrac{36}{64}=\dfrac{AB}{80}$.

D'où, par un raisonnement analogue : $AB=\dfrac{36\times 80}{64}=45$.

3 Calcul de la hauteur h du meuble de rangement

- Le meuble se décompose en deux parties, 5 plateaux en bois et 4 étagères de structure métallique. Sa hauteur h s'écrit :
$h = 5 \times$ épaisseur du plateau en bois $+ 4 \times$ hauteur d'une étagère métallique.
- La hauteur d'une étagère métallique correspond à la longueur AC.
Le théorème de Pythagore appliqué au triangle ACD rectangle en C permet d'écrire :
$AD^2 = AC^2 + CD^2$
Les points A, O et D étant alignés :
$AD = AO + OD = 36 + 64 = 100.$
$100^2 = 80^2 + CD^2$
$CD^2 = 100^2 - 80^2 = 10\,000 - 6\,400 = 3\,600.$
$CD = \sqrt{3600}$ (car $CD > 0$)
$CD = 60$ cm.

Autre méthode

À condition d'avoir, au préalable, justifié que le triangle ABC est rectangle en A, on pouvait aussi calculer AC en utilisant le théorème de Pythagore dans le triangle ABC.

- En effet, dans le triangle ABC, (AB) // (CD) d'après la question 1 et (AC) ⊥ (CD) d'après l'énoncé.
Par conséquent, (AB) ⊥ (AC) et le triangle ABC est bien rectangle en A.
- D'après le théorème de Pythagore appliqué au triangle ABC rectangle en A :
$BC^2 = AB^2 + AC^2$
Les points C, O, B étant alignés : $BC = BO + OC = 27 + 48 = 75.$
$75^2 = 45^2 + AC^2$
$AC^2 = 75^2 - 45^2 = 5\,625 - 2\,025 = 3\,600.$
D'où $AC = \sqrt{3600} = 60$ cm.

- La hauteur totale h du meuble de rangement est :
$h = 5 \times 2 + 4 \times 60 = 250.$
En conclusion, le meuble de rangement mesure 250 cm de hauteur.

Pensez-y !
N'oubliez pas la conclusion.

Exercice 6

1 Étude de proportionnalité

Une situation de proportionnalité entre deux grandeurs s'illustre graphiquement par une droite passant par l'origine du repère.
Le graphique représenté passe par l'origine du repère, mais n'est pas une (seule et même) droite. Par conséquent, **ce graphique ne traduit pas une situation de proportionnalité**.

Remarque
On dit que la fonction représentée est affine par morceaux.

2 Lectures graphiques

> **Méthode**
> Le temps de parcours se lit en abscisse (en x) et la distance parcourue en ordonnée (en y).

a. Durée totale de la randonnée

La randonnée dure **7 heures** (voir pointillés noirs).

b. Distance totale parcourue par la famille

La famille a parcouru un total de **20 km** (voir pointillés verts).

c. Distance parcourue au bout de 6 h de marche

Au bout de 6 heures de marche, la famille a parcouru **18 km** (voir pointillés rouges).

d. Temps de parcours des 8 premiers kilomètres

Les 8 premiers kilomètres ont été parcourus en **3 heures** (voir pointillés bleus).

e. Interprétation graphique du résultat entre la 4e et 5e heure

Entre la 4e et la 5e heure de randonnée, la fonction représentée est constante (horizontale, voir surligné jaune) : la distance parcourue par la famille reste la même, égale à 15 km. La famille a marqué un temps de pause entre la 4e et la 5e heure de randonnée.

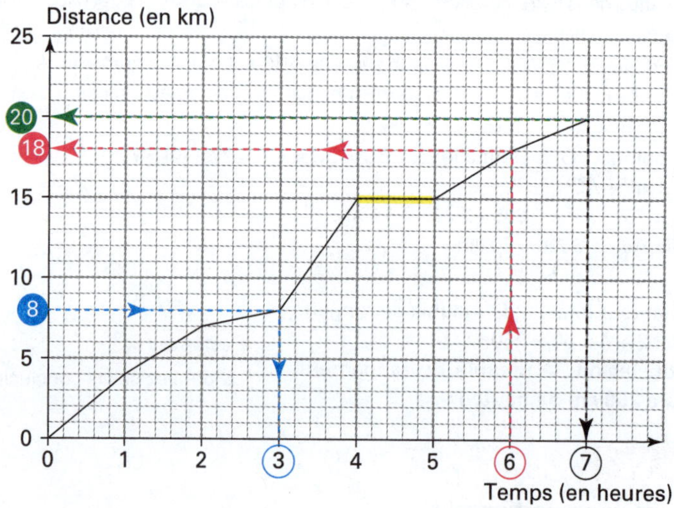

3 Étude de la vitesse de la famille

La famille a effectué la randonnée de 20 km en 7 heures.

Sa vitesse moyenne v est :

$$v = \frac{\text{distance parcourue}}{\text{temps de parcours}} = \frac{20}{7} \text{ km/h}$$

> **Gagnez des points !**
> Comparez la vitesse calculée à la vitesse d'un randonneur expérimenté pour conclure.

$v \simeq 2{,}9$ km/h soit $v < 4$ km/h.

En conclusion, cette famille n'est pas considérée comme expérimentée.

Autre méthode

Un randonneur expérimenté parcourt 4 km en 1 heure, donc $7 \times 4 = 28$ km en 7 heures.
Pour être expérimentée, la famille aurait dû parcourir au moins 28 km. Elle en a parcouru 20. Donc elle n'est pas considérée comme expérimentée.

Exercice 7

Calcul des différentes dépenses liées à l'achat et au fonctionnement de la piscine

- **Achat du matériel**

La piscine et la pompe coûtent 80 €.

- **Dépenses d'électricité liées au fonctionnement de la pompe**

– La piscine est utilisée de juin à septembre, soit un total de $30 + 31 + 31 + 30 = 122$ jours.

– Chaque jour, la pompe consomme 3,42 kWh (*information 1*).

Sur l'été, seront consommés :
$122 \times 3{,}42 = 417{,}24$ kWh.

– Le prix d'un kWh est de 0,15 € (*information 2*).

Sur l'été, cela correspond à une dépense de :
$417{,}24 \times 0{,}15 \simeq 62{,}59$ €.

Pensez-y !

Juin compte 30 jours, juillet et août 31 jours, et septembre 30 jours.

Piège à éviter

- Rayon = diamètre ÷ 2.
- Attention aux unités à convertir en mètres pour obtenir un volume en mètres cubes.

- **Dépenses liées au remplissage de la piscine**

– Le volume $\mathcal{V}$ d'eau mis dans la piscine correspond au volume d'un cylindre de rayon $r = \frac{260}{2}$ cm = 130 cm = 1,3 m et de hauteur $h = 65$ cm $= 0{,}65$ m (*information 2*).

$\mathcal{V} = \pi \times r^2 \times h$ (*information 4*)

$\mathcal{V} = \pi \times 1{,}3^2 \times 0{,}65$

$\mathcal{V} = 1{,}0985\ \pi$ m^3 (volume exact)

$\mathcal{V} \simeq 3{,}45$ m^3 (volume approché)

Remarque

Attention, la hauteur de l'eau est 65 cm.

– Un m^3 d'eau coûte 2,03 € (*information 3*).

Le prix correspondant au volume $\mathcal{V}$ d'eau est : $3{,}45 \times 2{,}03 \simeq 7$ €.

- Les dépenses totales associées à la piscine s'élèvent à :

achat matériel + dépenses électricité + dépenses eau
$= 80 + 62{,}59 + 7$
$= 149{,}59$ € < 200 €.

En conclusion, le budget de la famille (de 200 €) est suffisant pour l'achat de cette piscine et les frais de fonctionnement.

Gagnez des points !

Comparez les dépenses totales au budget de la famille pour conclure.

Sujet 3 — Amérique du Nord, juin 2019

100 pts — 2 heures

Exercice 1

15 min — 14 pts

On considère la figure ci-dessous, réalisée à main levée et qui n'est pas à l'échelle.

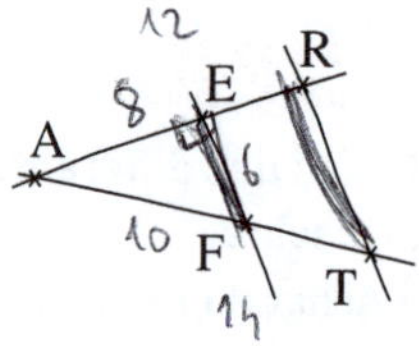

On donne les informations suivantes :

- les droites (ER) et (FT) sont sécantes en A ;
- AE = 8 cm, AF = 10 cm, EF = 6 cm ;
- AR = 12 cm, AT = 14 cm.

1 Démontrer que le triangle AEF est rectangle en E. **5 pts**

2 En déduire une mesure de l'angle $\widehat{EAF}$ au degré près. **4 pts**

3 Les droites (EF) et (RT) sont-elles parallèles ? **5 pts**

Exercice 2

15 min — 17 pts

Voici quatre affirmations. Pour chacune d'entre elles, dire si elle est vraie ou fausse. On rappelle que la réponse doit être justifiée.

1 **Affirmation 1 :** $\frac{3}{5}+\frac{1}{2}=\frac{3+1}{5+2}$. **4 pts**

2 On considère la fonction $f : x \mapsto 5-3x$.

Affirmation 2 : l'image de –1 par f est –2. **3 pts**

3 On considère deux expériences aléatoires :

- expérience n° 1 : choisir au hasard un nombre entier compris entre 1 et 11 (1 et 11 inclus) ;
- expérience n° 2 : lancer un dé équilibré à six faces numérotées de 1 à 6 et annoncer le nombre qui apparaît sur la face du dessus.

Affirmation 3 : il est plus probable de choisir un nombre premier dans l'expérience n° 1 que d'obtenir un nombre pair dans l'expérience n° 2. **5 pts**

4 **Affirmation 4 :** pour tout nombre x, $(2x+1)^2-4=(2x+3)(2x-1)$. **5 pts**

Exercice 3

15 min **12 pts**

Le diagramme ci-dessous représente, pour six pays, la quantité de nourriture gaspillée (en kg) par habitant en 2010.

Quantité de nourriture gaspillée en kg par habitant en 2010

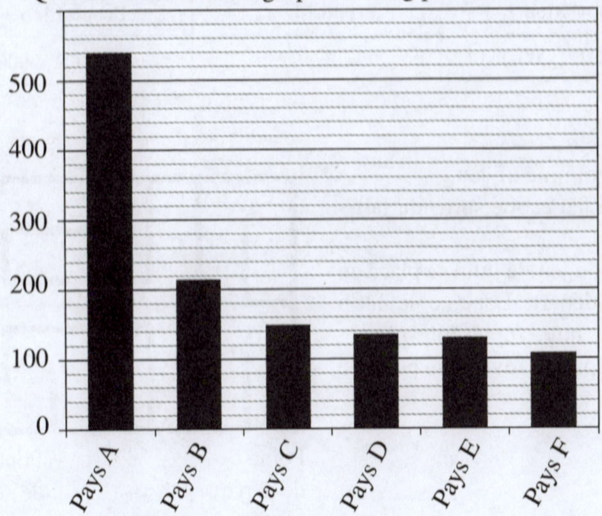

1 Donner approximativement la quantité de nourriture gaspillée par un habitant du pays D en 2010. **2 pts**

2 Peut-on affirmer que le gaspillage de nourriture d'un habitant du pays F représente environ un cinquième du gaspillage de nourriture d'un habitant du pays A ? **4 pts**

3 On veut rendre compte de la quantité de nourriture gaspillée pour d'autres pays. On réalise alors le tableau ci-dessous à l'aide d'un tableur.
Rappel : 1 tonne = 1 000 kg.

	A	B	C	D
1		Quantité de nourriture gaspillée par habitant en 2010 (en kg)	Nombre d'habitants en 2010 (en millions)	Quantité totale de nourriture gaspillée (en tonnes)
2	Pays X	345	10,9	3 760 500
3	Pays Y	212	9,4	
4	Pays Z	135	46,6	

a. Quelle est la quantité totale de nourriture gaspillée par les habitants du pays X en 2010 ? **2 pts**

b. Voici trois propositions de formule, recopier celle qu'on a saisie dans la cellule D2 avant de l'étirer jusqu'en D4. **4 pts**

Proposition 1	Proposition 2	Proposition 3
= B2*C2*1 000 000	= B2*C2	= B2*C2*1 000

Exercice 4

10 min **10 pts**

On a programmé un jeu.
Le but du jeu est de sortir du labyrinthe.
Au début du jeu, le lutin se place au point de départ. Lorsque le lutin touche un mur, représenté par un trait noir épais, il revient au point de départ.

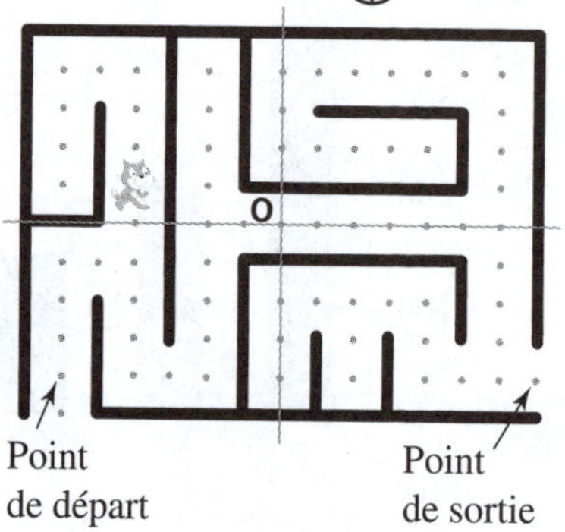

L'arrière-plan est constitué d'un repère d'origine O avec des points espacés de 30 unités verticalement et horizontalement.
Dans cet exercice, on considèrera que seuls les murs du labyrinthe sont noirs.
Voici le programme :

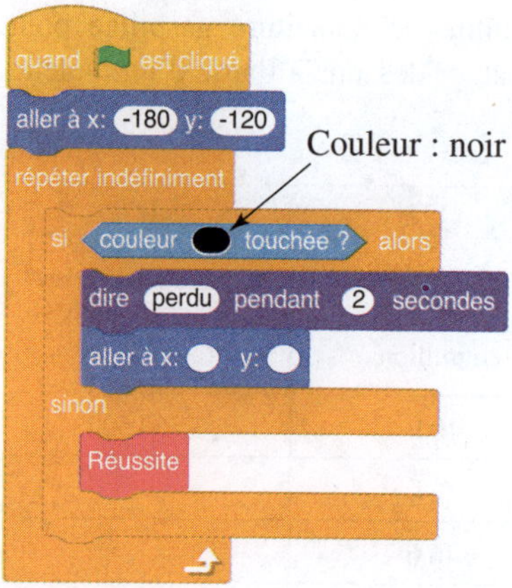

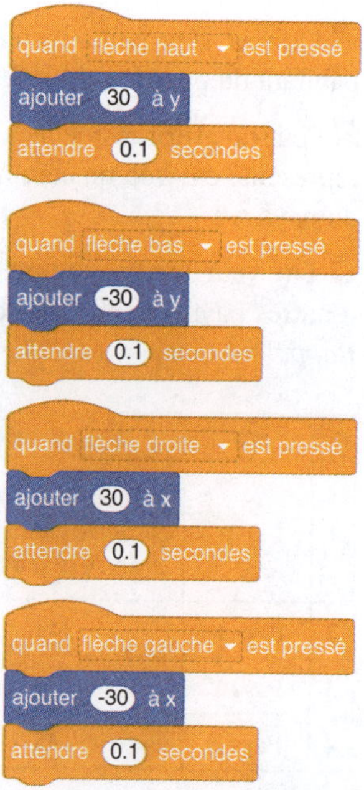

Le bloc Réussite correspond à un sous-programme qui fait dire « Gagné ! » au lutin lorsqu'il est situé au point de sortie ; le jeu s'arrête alors.

1 Recopier et compléter l'instruction aller à x: ( ) y: ( ) du programme pour ramener le lutin au point de départ si la couleur noire est touchée. **2 pts**

2 Quelle est la distance minimale parcourue par le lutin entre le point de départ et le point de sortie ? **4 pts**

3 On lance le programme en cliquant sur le drapeau. Le lutin est au point de départ. On appuie brièvement sur la touche ↑ (« flèche haut »), puis sur la touche → (« flèche droite »).
Quelles sont toutes les actions effectuées par le lutin ? **4 pts**

Exercice 5

10 min **10 pts**

Dans cet exercice, aucune justification n'est attendue.

On considère l'hexagone ABCDEF de centre O représenté ci-dessous.

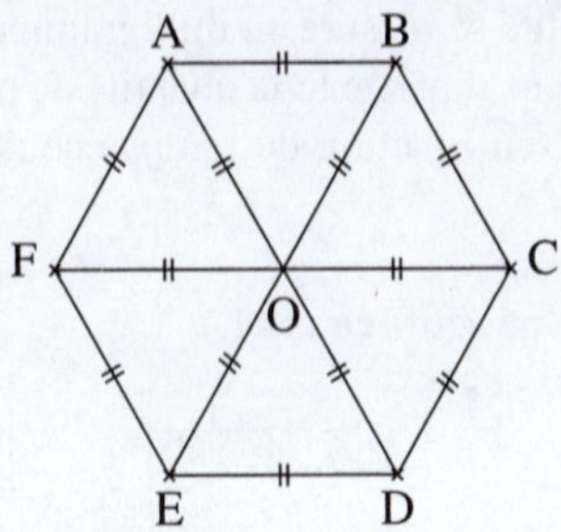

1 Parmi les propositions suivantes, recopier celle qui correspond à l'image du quadrilatère CDEO par la symétrie de centre O. **2 pts**

Proposition 1	Proposition 2	Proposition 3
FABO	ABCO	FODE

2 Quelle est l'image du segment [AO] par la symétrie d'axe (CF) ? **2 pts**

3 On considère la rotation de centre O qui transforme le triangle OAB en le triangle OCD. Quelle est l'image du triangle BOC par cette rotation ? **3 pts**

La figure ci-contre représente un pavage dont le motif de base a la même forme que l'hexagone ci-avant. On a numéroté certains de ces hexagones.

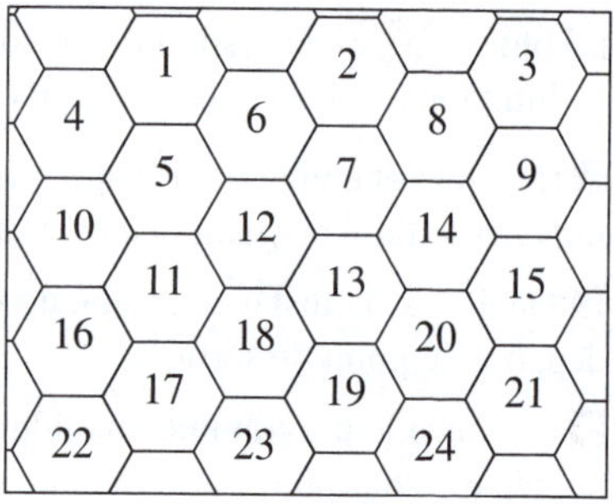

4 Quelle est l'image de l'hexagone 14 par la translation qui transforme l'hexagone 2 en l'hexagone 12 ? **3 pts**

Exercice 6

20 min **12 pts**

Les deux parties I et II sont indépendantes.

Partie I

Absorption du principe actif d'un médicament

Lorsqu'on absorbe un médicament, que ce soit par voie orale ou non, la quantité de principe actif de ce médicament dans le sang évolue en fonction du temps. Cette quantité se mesure en milligrammes par litre de sang.
Le graphique ci-dessous représente la quantité de principe actif d'un médicament dans le sang, en fonction du temps écoulé, depuis la prise de ce médicament.

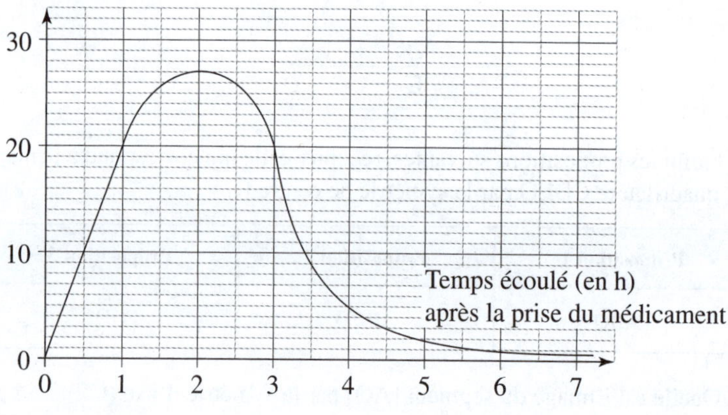

1 Quelle est la quantité de principe actif dans le sang, trente minutes après la prise de ce médicament ? **2 pts**

2 Combien de temps, après la prise de ce médicament, la quantité de principe actif est-elle la plus élevée ? **2 pts**

Partie II

Comparaison de masses d'alcool dans deux boissons

On fournit les données suivantes :

Formule permettant de calculer la masse d'alcool en g dans une boisson alcoolisée : $m = V \times d \times 7{,}9$ V : volume de la boisson alcoolisée en cL d : degré d'alcool de la boisson (exemple : un degré d'alcool de 2 % signifie que d est égal à 0,02)	**Deux exemples de boissons alcoolisées**	
	Boisson ① Degré d'alcool : 5 % Contenance : 33 cL	**Boisson ②** Degré d'alcool : 12 % Contenance : 125 mL

Question : la boisson ① contient-elle une masse d'alcool supérieure à celle de la boisson ② ? **8 pts**

Exercice 7

20 min **15 pts**

Pour ranger les boulets de canon, les soldats du XVIe siècle utilisaient souvent un type d'empilement pyramidal à base carrée, comme le montrent les dessins suivants :

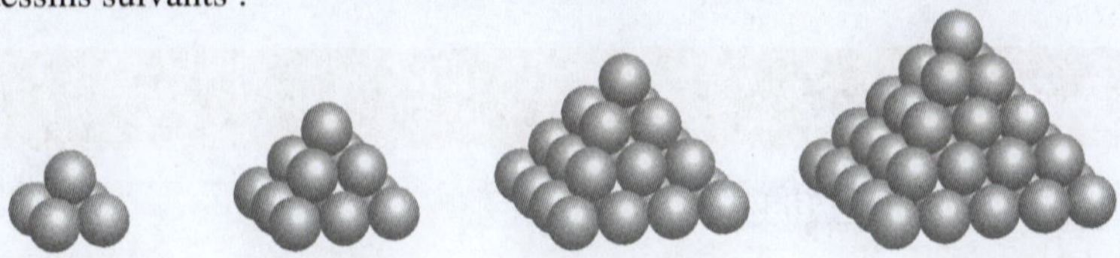

Empilement à 2 niveaux — **Empilement à 3 niveaux** — **Empilement à 4 niveaux** — **Empilement à 5 niveaux**

1 Combien de boulets contient l'empilement à 2 niveaux ? **2 pts**

2 Expliquer pourquoi l'empilement à 3 niveaux contient 14 boulets. **3 pts**

3 On range 55 boulets de canon selon cette méthode. Combien de niveaux comporte alors l'empilement obtenu ? **4 pts**

4 Ces boulets sont en fonte ; la masse volumique de cette fonte est de 7 300 kg/m^3. On modélise un boulet de canon par une boule de rayon 6 cm. Montrer que l'empilement à 3 niveaux de ces boulets pèse 92 kg, au kg près. **6 pts**

Rappels :

- Volume d'une boule = $\frac{4}{3} \times \pi \times$ rayon $\times$ rayon $\times$ rayon.
- Une masse volumique de 7 300 kg/m^3 signifie que 1 m^3 pèse 7 300 kg.

Exercice 8 15 min **10 pts**

Dans une classe de Terminale, huit élèves passent un concours d'entrée dans une école d'enseignement supérieur.
Pour être admis, il faut obtenir une note supérieure ou égale à 10.
Une note est attribuée avec une précision d'un demi-point (par exemple : 10; 10,5; 11...).
On dispose des informations suivantes :

Information 1	Information 2	
Notes attribuées aux 8 élèves de la classe qui ont passé le concours : 10; 13; 15; 14,5; 6; 7,5; ◆; ●	La série constituée des huit notes : – a pour étendue 9; – a pour moyenne 11,5; – a pour médiane 12.	75 % des élèves de la classe qui ont passé le concours ont été reçus.

1 Expliquer pourquoi il est impossible que l'une des deux notes désignées par ◆ ou ● soit 16. **3 pts**

2 Est-il possible que les deux notes désignées par ◆ et ● soient 12,5 et 13,5 ? **7 pts**

Sujet 3 Corrigé

Les clés pour réussir

Exercice 1

Révisez **La géométrie plane**

- Réciproque du théorème de Pythagore :

Si dans un triangle ABC, $AB^2 + AC^2 = BC^2$, alors ABC est rectangle en A.

- Trigonométrie dans un triangle rectangle :

$$\cos\hat{x} = \frac{\text{côté adjacent à } \hat{x}}{\text{hypoténuse}} \qquad \sin\hat{x} = \frac{\text{côté opposé à } \hat{x}}{\text{hypoténuse}}$$

$$\tan\hat{x} = \frac{\text{côté opposé à } \hat{x}}{\text{côté adjacent à } \hat{x}}$$

- Réciproque ou contraposée du théorème de Thalès :

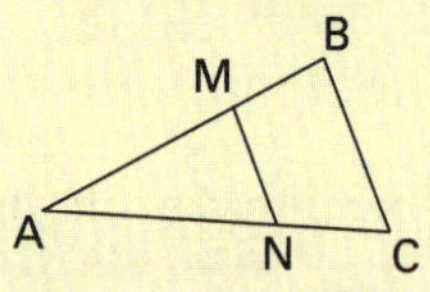

Si les points A, M et B d'une part et A, N et C d'autre part so… dans le même ordre et :

– si $\dfrac{AM}{AB} = \dfrac{AN}{AC}$, alors les droites (MN) et (BC) sont parallèles (récipro… du théorème de Thalès) ;

– si $\dfrac{AM}{AB} \neq \dfrac{AN}{AC}$, alors les droites (MN) et (BC) ne sont pas parallèles (contraposée du théorème de Thalès).

Les difficultés du sujet

1 On connaît les trois longueurs du triangle AEF et on veut montrer qu'il est rectangle. Identifiez le plus grand côté, puis utilisez la réciproque d'un théorème très connu.

2 Vous avez le choix puisque le triangle est rectangle et que l'on connaît les longueurs de ses trois côtés.

3 Utilisez la réciproque ou la contraposée du théorème de Thalès.

Exercice 2

Révisez **Le calcul numérique et littéral et les probabilités**

- Pour additionner deux fractions, on les met au même dénominateur.
Si $b \neq 0$, $\dfrac{a}{b} + \dfrac{c}{b} = \dfrac{a+c}{b}$.
- Pour calculer l'image d'un nombre par une fonction, on remplace *x* par ce nombre dans l'expression de *f*.
- Un nombre premier est un nombre qui admet exactement deux diviseurs (distincts) : 1 et lui même.
- Règle de la double distributivité :

$$(a+b)(c+d) = a \times c + a \times d + b \times c + b \times d$$

Les difficultés du sujet

1 Calculez $\dfrac{3}{5} + \dfrac{1}{2}$ et $\dfrac{3+1}{5+2}$ sous forme de fraction irréductible et comparez ces deux résultats.

2 Faites attention au redoutable « moins par moins ».

3 Calculez les probabilités correspondant à chacune des expériences.
Dans une situation d'équiprobabilité, on calcule une probabilité avec la formule : $\dfrac{\text{nombre d'issues favorables}}{\text{nombre d'issues au total}}$.

4 Faites votre choix :
- développez les deux membres ;
- factorisez le membre de gauche (difficile).

Exercice 3

Révisez Les proportions et le tableur

Les difficultés du sujet

2 y représente le cinquième de x si $x \div 5 = y$ ou si $\frac{x}{y} = 5$.
Par exemple, 10 est le cinquième de 50.

3 b. Attention aux unités !
La quantité est donnée en kilogrammes et on la veut en tonnes ; le nombre d'habitants est donné en millions.
1 tonne = 1 000 kg.

Exercice 4

Révisez L'algorithmique

Les difficultés du sujet

1 Il s'agit simplement de ramener le lutin au point de départ. Celui-ci est donné dans le programme.

2 Les points sont espacés de 30 unités aussi bien horizontalement que verticalement.

3 Indiquez pour ces deux instructions ce qui se passe pour le lutin. Vous pouvez indiquer ses positions à l'aide des coordonnées.

Exercice 5

Révisez Les transformations du plan

- L'image d'un point A par une symétrie de centre O est le point A′ tel que O est le milieu de [AA′].

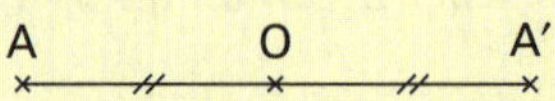

- L'image d'un point A par une rotation de centre O et d'angle α est le point A′ tel que : OA′ = OA et $\widehat{AOA'} = \alpha$.

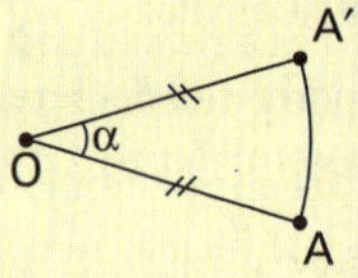

- L'image d'un point A par une translation est un point A′ obtenu par un déplacement (caractérisé par une direction, un sens et une longueur).

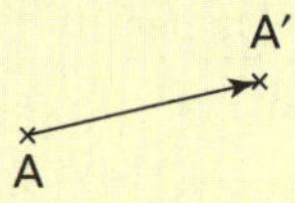

- L'image d'un point A par une symétrie d'axe *d* est le point A′ tel que *d* soit la médiatrice du segment [AA′].

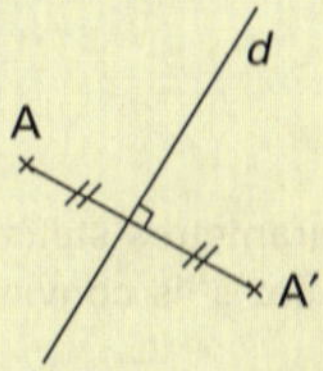

Les difficultés du sujet

D'une manière générale, regardez quelles sont les images de chacun des points qui composent les figures.

Exercice 6

Révisez **Les fonctions (lectures graphiques) et le calcul numérique**

Les difficultés du sujet

Partie I

1 et **2** Repérez bien les axes sur lesquels vous allez faire les lectures. Sur l'un, on lit des temps et sur l'autre, des quantités.

30 minutes = 0,5 heure.

Partie II

Faites attention aux unités pour l'application de la formule.

Exercice 7

Révisez **Le calcul numérique et les grandeurs composées**

Les difficultés du sujet

1 **2** Fiez-vous aux dessins.

3 Le niveau cherché n'est pas très grand. Pour chaque niveau, le nombre de boulets est un carré. Par exemple, le premier niveau (le plus bas) de l'empilement à 4 niveaux contient $4^2 = 4 \times 4 = 16$ boulets.

4 Calculez le volume d'un boulet en m^3 en utilisant 6 cm = 0,06 m.

Exercice 8

Révisez **Les statistiques**

- L'étendue d'une série statistique est la différence entre la plus grande valeur de la série et la plus petite.
- La moyenne se calcule par le quotient de la somme des valeurs divisé par le nombre de valeurs.

- La médiane est une valeur qui partage la série en deux groupes de même effectif quand les valeurs sont rangées par ordre croissant.

Les difficultés du sujet

1 Testez l'étendue.

2 Calculez les différents paramètres statistiques avec les valeurs 12,5 et 13,5 pour ◆ et ●, et vérifiez s'ils conviennent avec les données de l'information 2.

Exercice 1

Avant de commencer la résolution de cet exercice, indiquez les longueurs données par l'énoncé sur le graphique.

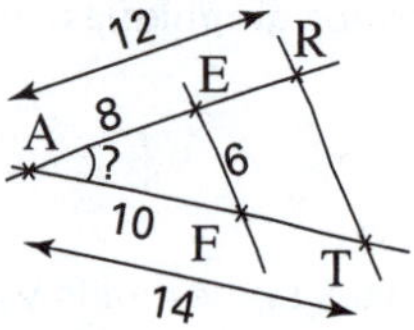

1 Nature du triangle AEF

[AF] est le plus grand côté. Ainsi, le triangle AEF ne peut être rectangle que en E.

- $AF^2 = 10^2 = 100$
- $AE^2 + EF^2 = 8^2 + 6^2 = 100$

Ainsi, $AF^2 = AE^2 + EF^2$.

D'après la réciproque du théorème de Pythagore, **le triangle AEF est rectangle en E.**

Gagnez des points !

Faites deux calculs séparés et précisez le théorème utilisé.

2 Mesure de l'angle $\widehat{EAF}$

Dans le triangle rectangle EAF :

$$\cos \widehat{EAF} = \frac{\text{côté adjacent à } \widehat{EAF}}{\text{hypoténuse}}$$

$$\cos \widehat{EAF} = \frac{EA}{AF}$$

$$\cos \widehat{EAF} = \frac{8}{10} = 0{,}8$$

$\widehat{EAF} = \cos^{-1}(0{,}8)$

$\widehat{EAF} \simeq$ **37°** (valeur arrondie au degré près).

Gagnez des points !

Précisez le triangle rectangle utilisé.

Pensez-y !

On utilise la calculatrice pour trouver l'angle.

Autres méthodes

Comme les trois longueurs du triangle EAF sont connues, on pouvait aussi utiliser le sinus ou la tangente :

- $\sin \widehat{EAF} = \dfrac{\text{côté opposé à } \widehat{EAF}}{\text{hypoténuse}} = \dfrac{EF}{AF} = \dfrac{6}{10}$

D'où $\widehat{EAF} = \sin^{-1}\left(\dfrac{6}{10}\right)$, soit $\widehat{EAF} \simeq 37°$.

- $\tan \widehat{EAF} = \dfrac{\text{côté opposé à } \widehat{EAF}}{\text{côté adjacent à } \widehat{EAF}} = \dfrac{EF}{AE} = \dfrac{6}{8}$

D'où $\widehat{EAF} = \tan^{-1}\left(\dfrac{6}{8}\right)$, soit $\widehat{EAF} \simeq 37°$.

3 Position des droites (EF) et (RT)

Les points A, E et R d'une part et A, F et T d'autre part sont alignés dans cet ordre.

$$\left.\begin{array}{l} \dfrac{AE}{AR} = \dfrac{8}{12} = \dfrac{2}{3} \\ \dfrac{AF}{AT} = \dfrac{10}{14} = \dfrac{5}{7} \end{array}\right\} \text{donc } \dfrac{AE}{AR} \neq \dfrac{AF}{AT}$$

Pensez-y !
Comparez les quotients écrits sous forme irréductible.

Ainsi, **les droites (EF) et (RT) ne sont pas parallèles** (d'après la contraposée du théorème de Thalès).

Exercice 2

1 Étude de l'affirmation 1

Méthode
Calculez le dénominateur commun en multipliant les deux dénominateurs.

- $\dfrac{3}{5} + \dfrac{1}{2} = \dfrac{3 \times 2}{5 \times 2} + \dfrac{1 \times 5}{2 \times 5} = \dfrac{6}{10} + \dfrac{5}{10}$

  $= \dfrac{11}{10} = 1{,}1$

- $\dfrac{3+1}{5+2} = \dfrac{4}{7}$ et $\dfrac{4}{7} \approx 0{,}6$.

- $\dfrac{11}{10} \neq \dfrac{4}{7}$ donc **l'affirmation 1 est fausse.**

Autre méthode

$\dfrac{11}{10} > 1$ (car $11 > 10$) et $\dfrac{4}{7} < 1$ (car $4 < 7$) donc $\dfrac{11}{10} \neq \dfrac{4}{7}$.

2 Étude de l'affirmation 2

$f(-1) = 5 - 3 \times (-1) = 5 + 3 = 8$

$8 \neq -2$ donc **l'affirmation 2 est fausse.**

3 Étude de l'affirmation 3

- Avec l'expérience n° 1 :

Il y a 5 nombres premiers compris entre 1 et 11 (1 et 11 inclus) :

2, 3, 5, 7 et 11

Puisque l'on est dans une situation d'équiprobabilité, la probabilité p d'obtenir un nombre premier est :

$$p' = \frac{\text{nombre d'issues favorables}}{\text{nombre total d'issues}}$$

$$p' = \frac{5}{11}.$$

Rappel

Les issues favorables sont les nombres premiers compris entre 1 et 11 (inclus).

- Avec l'expérience n° 2 :

Il y a 3 nombres pairs compris entre 1 et 6 (1 et 6 inclus) :

2, 4 et 6

Puisque l'on est dans une situation d'équiprobabilité, la probabilité p' d'obtenir un nombre pair est :

$$p' = \frac{\text{nombre d'issues favorables}}{\text{nombre total d'issues}}$$

$$p' = \frac{3}{6} = \frac{1}{2}$$

- Comparaison

$$\left.\begin{aligned} \frac{5}{11} &= \frac{10}{22} \\ \frac{1}{2} &= \frac{11}{22} \end{aligned}\right\} \frac{10}{22} < \frac{11}{22} \text{ soit } \frac{5}{11} < \frac{1}{2}.$$

Méthode

Pour comparer deux fractions, mettez-les au même dénominateur.

Ainsi, il est plus probable d'obtenir un nombre pair lors de la 2e expérience.

Donc **l'affirmation 3 est vraie.**

4 Étude de l'affirmation 4

$$\begin{aligned} (2x + 1)^2 - 4 &= (2x + 1)(2x + 1) - 4 \\ &= 2x \times 2x + 2x \times 1 + 1 \times 2x + 1 \times 1 - 4 \\ &= 4x^2 + 2x + 2x + 1 - 4 \\ &= 4x^2 + 4x - 3 \end{aligned}$$

Remarque

Le développement de $(2x + 1)^2$ peut se faire avec l'égalité remarquable $(a + b)^2 = a^2 + 2ab + b^2$ avec $a = 2x$ et $b = 1$.

- $(2x+3)(2x-1) = 2x \times 2x - 2x \times 1 + 3 \times 2x - 3 \times 1$

$= 4x^2 - 2x + 6x - 3$

$= 4x^2 + 4x - 3$

Ainsi, $(2x+1)^2 - 4 = (2x+3)(2x-1)$.

L'affirmation 4 est vraie.

Autre méthode

- On peut factoriser $(2x+1)^2 - 4$ en utilisant l'égalité remarquable $a^2 - b^2 = (a+b)(a-b)$ avec $a = 2x+1$ et $b = 2$.

Alors $(2x+1)^2 - 4 = \underbrace{(2x+1)^2}_{a^2} - \underbrace{2^2}_{b^2}$

$= (\underbrace{2x+1}_{a} + \underbrace{2}_{b})(\underbrace{2x+1}_{a} - \underbrace{2}_{b})$

$= (2x+3)(2x-1)$.

Exercice 3

1 Lecture graphique

On lit graphiquement que la quantité de nourriture gaspillée par un habitant du pays D en 2010 est environ **135 kg**.

Remarque

La valeur 130 kg est aussi acceptable.

2 Calcul d'une proportion

Gaspillage de nourriture d'un habitant du pays F : 110 kg.

Gaspillage de nourriture d'un habitant du pays A : 540 kg.

Le cinquième du gaspillage de nourriture d'un habitant du pays A est donné par :

$$\frac{1}{5} \times 540 = 108$$

On peut donc affirmer que **le gaspillage de nourriture d'un habitant du pays F représente environ un cinquième de nourriture d'un habitant du pays A.**

Pensez-y !

Prendre le cinquième d'une quantité revient à la multiplier par $\frac{1}{5}$, ou plus simplement à la diviser par 5.

3 a. Quantité totale de nourriture gaspillée par les habitants du pays X

On lit cette valeur dans la cellule D2 : **3 760 500 tonnes.**

Autre méthode

La quantité totale de nourriture gaspillée en tonnes peut se calculer :

345 kg = 0,345 t

10,9 millions = 10 900 000

$0{,}345 \times 10\,900\,000 = 3\,760\,500$ t

b. Formule dans le tableau

Pour calculer la quantité totale de nourriture gaspillée en tonnes, il faut multiplier la quantité de nourriture gaspillée par habitant en tonnes par le nombre d'habitants.

- Le nombre d'habitants est donné en millions.
Il faut donc le multiplier par 1 000 000.

- La quantité est donnée en kg et on la veut en tonnes.
Il faut donc la diviser par 1 000, car 1 t = 1 000 kg.
Par exemple, pour le pays X, on obtient cette quantité par :

$$\underbrace{(345 \div 1\,000)}_{\text{quantité de nourriture en tonnes}} \times \underbrace{10{,}9 \times 1\,000\,000}_{\text{nombre d'habitants}} = 3\,760\,500.$$

Dans la cellule D2, on peut donc saisir :

= B2 ÷ 1 000 * C2 * 1 000 000

ou plus simplement :

= B2 * C2 * 1 000

C'est donc la proposition 3 qui convient.

Pensez-y !
Diviser par 1 000 puis multiplier par 1 000 000 revient à multiplier par 1 000.

Exercice 4

1 Instruction complétée

Au début du programme, on trouve l'instruction `aller à x: -180 y: -120` qui indique la position du lutin au point de départ.
C'est donc cette instruction qu'il faut répéter pour ramener le lutin au point de départ.

2 Distance minimale parcourue par le lutin

Pour arriver au point de sortie, le lutin doit parcourir 27 déplacements, soit $27 \times 30 = 810$ unités de longueur.

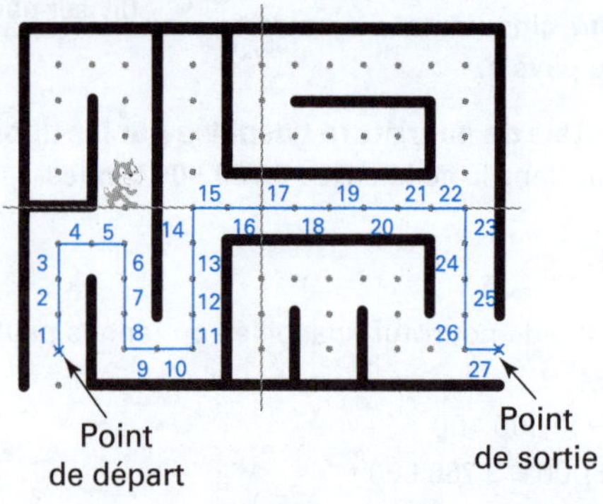

3 Actions effectuées par le lutin

En appuyant sur la touche ↑ (« flèche haut »), la valeur de y augmente de 30. Le lutin se retrouve donc un point au-dessus du point de départ.

En appuyant sur la touche → (« flèche droite »), la valeur de x augmente de 30. Le lutin se retrouve un point à droite de sa position précédente.

Il heurte alors un mur (trait noir). Le jeu affiche « perdu ». Et le lutin revient au point de départ.

Remarque

Sa position a alors pour coordonnées (–180 ; –90).
↑
–120 + 30

Remarque

Sa position a alors pour coordonnées (–150 ; –90).
↑
–180 + 30

Exercice 5

1 Image du quadrilatère CDEO

Par la symétrie de centre O :

– C a pour image F ;
– D a pour image A ;
– E a pour image B ;
– O a pour image O.

Par conséquent, **l'image du quadrilatère CDEO est le quadrilatère FABO.**

Remarque

Le point O ne bouge pas. On dit qu'il est invariant. C'est le seul.

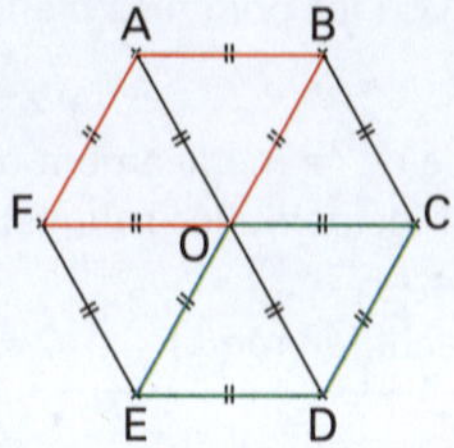

2 Image du segment [AO]

Par la symétrie d'axe (CF) :

– A a pour image E ;
– O a pour image O.

Par conséquent, **l'image du segment [AO] est le segment [OE].**

Remarque

La droite (AO) est invariante. Les points qui sont sur cette droite ne « bougent » pas.

3 Image du triangle BOC

Par la rotation de centre O qui transforme OAB en OCD :

– B a pour image D ;
– O a pour image O ;
– C a pour image E.

Par conséquent, **l'image du triangle BOC est le triangle DOE.**

Remarque

O est seul point invariant. L'angle de cette rotation est 120° dans le sens horaire (sens des aiguilles d'une montre).

4 Image de l'hexagone 14

L'image de l'hexagone 14 est l'**hexagone 19**.

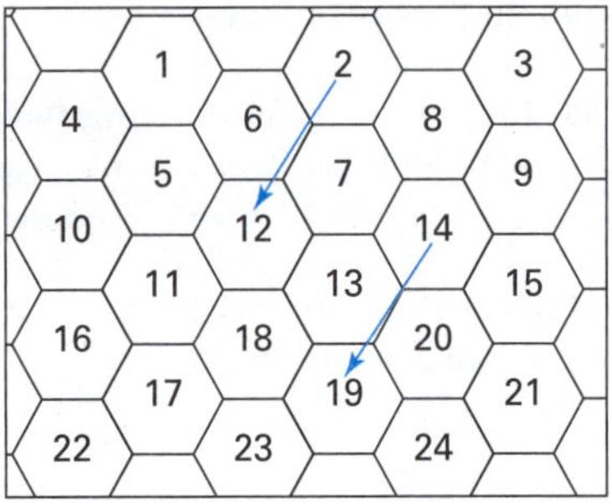

Exercice 6

Partie I

1 Lecture graphique

30 minutes = 0,5 heure.

30 minutes après la prise de ce médicament, la quantité de principe actif dans le sang est **10 mg/L** (voir les pointillés bleus).

2 Lecture graphique.

C'est **2 heures après la prise** de ce médicament que la quantité de principe actif est la plus élevée (voir les pointillés rouges).

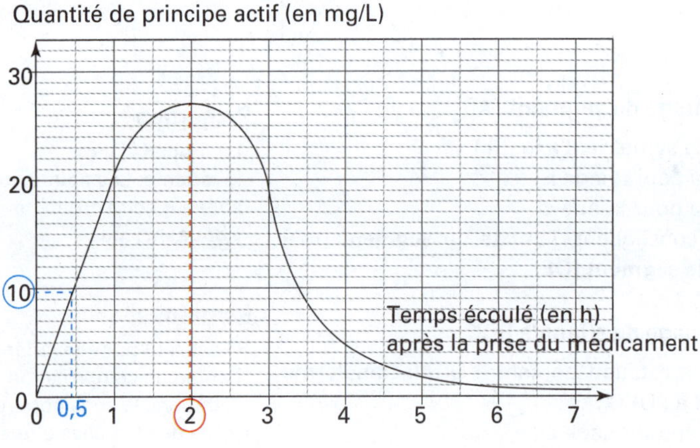

Partie II

Pour appliquer la formule permettant de calculer la masse d'alcool présente dans la boisson, on a besoin :
- du volume de la boisson en cL ;
- du degré d'alcool.

Remarque
$5\ \% = \frac{5}{100} = 0{,}05$.

- **Pour la boisson ①**

Volume de la boisson : 33 cL.
Degré d'alcool : 5 % = 0,05.
$m = V \times d \times 7{,}9$
$m = 33 \times 0{,}05 \times 7{,}9$
$m = 13{,}035$.
La masse d'alcool dans la boisson ① est d'environ 13 g.

- **Pour la boisson ②**

Volume de la boisson : 125 mL = 12,5 cL
Degré d'alcool : 12 % = 0,12.
$m = V \times d \times 7{,}9$
$m = 12{,}5 \times 0{,}12 \times 7{,}9$
$m = 11{,}85$.
La masse d'alcool dans la boisson ② est 11,85 g.

Pensez-y !
N'hésitez pas à faire un petit tableau de conversion :

L	dL	cL	mL
	1	2,	5

Conclusion : la boisson ① contient une masse d'alcool plus importante que la boisson ②.

Exercice 7

1 Nombre de boulets pour un empilement à 2 niveaux

Le premier niveau de l'empilement contient 4 boulets et le deuxième niveau, un seul.
Au total, **un empilement à 2 niveaux contient 5 boulets.**

2 Nombre de boulets pour un empilement à 3 niveaux

Dans un empilement à 3 niveaux :

- le premier niveau (le plus bas) contient $3 \times 3 = 9$ boulets :

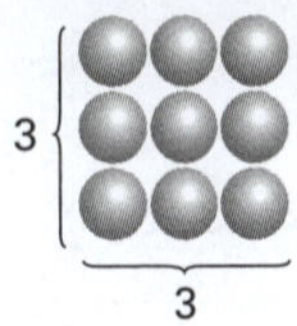

L'astuce du prof
Vous pouvez faire des schémas pour vous aider.

- le deuxième niveau en contient $2 \times 2 = 4$:

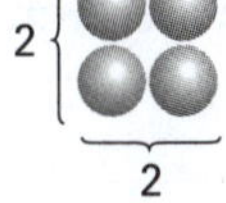

- le troisième et dernier niveau en contient 1.

$9 + 4 + 1 = 14$
Au total, **un empilement à 3 niveaux contient 14 boulets.**

3 Recherche de niveaux

Pour un empilement à 4 niveaux, il faut un niveau de plus que le précédent, soit $4 \times 4 = 16$ boulets de plus.
$14 + 16 = 30$.
Pour un empilement à 4 niveaux, le nombre de boulets est 30.
Il faut donc un niveau supplémentaire.
Pour un empilement à 5 niveaux, il faut $5 \times 5 = 25$ boulets de plus.
$30 + 25 = 55$.
C'est donc un empilement à 5 niveaux qui contient 55 boulets.

L'astuce du prof

Le nombre de boulets n'étant pas très important, on peut raisonner à tâtons.

4 Masse d'un empilement à 3 niveaux

Dans un empilement à 3 niveaux, il y a 14 boulets.

- Le volume d'un boulet en m³ est :

$$\mathcal{V} = \frac{4}{3} \times \pi \times 0,06 \times 0,06 \times 0,06$$

$\mathcal{V} = 0,000\,288\,\pi\ \text{m}^3$ (valeur exacte)

$\mathcal{V} \simeq 0,000\,905\ \text{m}^3$ (valeur approchée)

Remarque

On peut écrire :
$0,06 \times 0,06 \times 0,06 = 0,06^3$.

- $0,000\,288\,\pi \times 14 = 0,004\,032\,\pi$

Les 14 boulets ont un volume de $0,004\,032\,\pi\ \text{m}^3$ soit environ $0,012\,67\ \text{m}^3$.

- 1 m³ de fonte a une masse de 7 300 kg, donc la masse de $0,004\,032\,\pi\ \text{m}^3$ est donnée par :

$0,004\,032\,\pi \times 7\,300 = 29,433\,6\,\pi$ kg, soit environ 92 kg.

L'empilement à 3 niveaux a donc une masse totale d'environ 92 kg.

Remarque

On pouvait aussi calculer les masses en cm³.

- $\mathcal{V} = \frac{4}{3}\pi \times 6 \times 6 \times 6 = 288\,\pi\ \text{cm}^3$
- Les 14 boulets ont un volume de $14 \times 288\,\pi = 4\,032\,\pi\ \text{cm}^3$.
- $1\ \text{m}^3 = 10^6\ \text{cm}^3$ de fonte pèse 7 300 kg.

1 cm³ de fonte pèse $\frac{7\,300}{10^6} = 0,0073$ kg.

- D'où la masse des boulets cherchée :

$4\,032\,\pi \times 0,0073 = 29,4336\,\pi$, soit environ 92,5 kg.

Exercice 8

1 Valeurs impossibles pour ◆ et ●

Si l'une des deux notes est 16, alors l'étendue est :

16	–	6	=	10
↑		↑		
plus grande valeur		plus petite valeur		

Or l'étendue est 9. Donc **cette valeur est impossible.**

2 Valeurs possibles pour ◆ et ●

> **Méthode**
> On teste les conditions données par l'information 2.

Si les deux notes désignées par ◆ et ● sont 12,5 et 13,5 alors :

- l'étendue est :
$15 - 6 = 9$
- la moyenne est :
$$\frac{10 + 13 + 15 + 14{,}5 + 6 + 7{,}5 + 12{,}5 + 13{,}5}{8} = 11{,}5$$
- la médiane est :
$$\underbrace{6 \quad 7{,}5 \quad 10 \quad 12{,}5}_{4 \text{ valeurs}} \underset{\text{Médiane}}{\uparrow} \underbrace{13 \quad 13{,}5 \quad 14{,}5 \quad 15}_{4 \text{ valeurs}}$$

On trouve que la médiane est strictement supérieure à 12.
Or la médiane est 12 d'après l'information 2.

Conclusion : les deux notes désignées par ◆ et ● ne peuvent pas être 12,5 et 13,5.

> **Remarque**
>
> Intéressons-nous à la dernière information : 75 % des élèves de la classe qui ont passé le concours ont été reçus.
> Parmi les 8 élèves, 6 ont obtenu une note supérieure ou égale à 10.
> $$\frac{6}{8} = \frac{3}{4} = 0{,}75 = 75\ \%$$
> 75 % des élèves de la classe qui ont passé le concours ont été reçus.
> Cette information était également vérifiée avec les notes 12,5 et 13,5.

Sujet 4 — France métropolitaine, juin 2018

100 pts — 2 heures

Exercice 1

10 min — 11 pts

Le gros globe de cristal est un trophée attribué au vainqueur de la Coupe du monde de ski. Ce trophée pèse 9 kg et mesure 46 cm de hauteur.

1 Le biathlète français Martin Fourcade a remporté le sixième gros globe de cristal de sa carrière en 2017 à Pyeongchang en Corée du Sud.
Donner approximativement la latitude et la longitude de ce lieu repéré sur la carte ci-dessous. **2 pts**

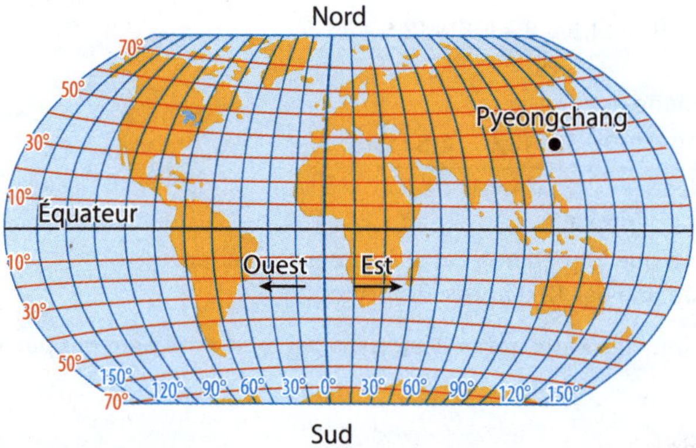

2 On considère que ce globe est composé d'un cylindre en cristal de diamètre 6 cm, surmonté d'une boule de cristal (voir schéma ci-contre).
Montrer qu'une valeur approchée du volume de la boule de ce trophée est de 6 371 cm^3. **3 pts**

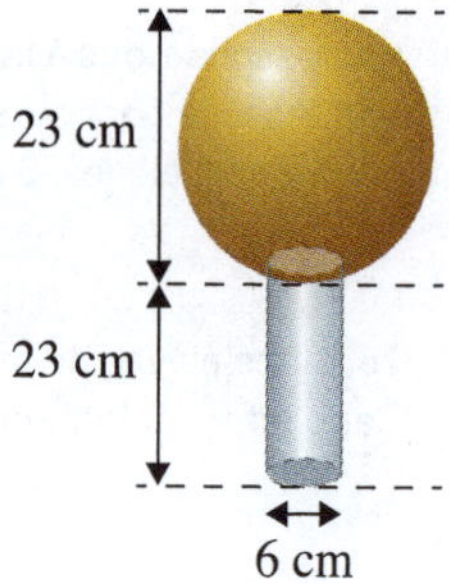

3 Marie affirme que le volume de la boule de cristal représente environ 90 % du volume total du trophée. A-t-elle raison ? **6 pts**

Rappels :

- Volume d'une boule de rayon R : $\mathcal{V} = \frac{4}{3}\pi R^3$.
- Volume d'un cylindre de rayon r et de hauteur h : $\mathcal{V} = \pi r^2 h$.

Exercice 2

15 min **14 pts**

Parmi les nombreux polluants de l'air, les particules fines sont régulièrement surveillées.

Les PM10 sont des particules fines dont le diamètre est inférieur à 0,01 mm. En janvier 2017, les villes de Lyon et Grenoble ont connu un épisode de pollution aux particules fines. Voici des données concernant la période du 16 au 25 janvier 2017 :

Données statistiques sur les concentrations journalières en PM10 du 16 au 25 janvier 2017 à Lyon

Moyenne : 72,5 µg/m^3
Médiane : 83,5 µg/m^3
Concentration minimale : 22 µg/m^3
Concentration maximale : 107 µg/m^3

Source : http://www.air-rhonealpes.fr

Relevés des concentrations journalières en PM10 du 16 au 25 janvier 2017 à Grenoble

Date	Concentration PM10 en µg/m^3
16 janvier	32
17 janvier	39
18 janvier	52
19 janvier	57
20 janvier	78
21 janvier	63
22 janvier	60
23 janvier	82
24 janvier	82
25 janvier	89

1 Laquelle de ces deux villes a eu la plus forte concentration moyenne en PM10 entre le 16 et le 25 janvier ? **4 pts**

2 Calculer l'étendue des séries des relevés en PM10 à Lyon et à Grenoble. Laquelle de ces deux villes a eu l'étendue la plus importante ? Interpréter ce dernier résultat. **5 pts**

3 L'affirmation suivante est-elle exacte ? Justifier votre réponse.
« Du 16 au 25 janvier, le seuil d'alerte de 80 µg/m^3 par jour a été dépassé au moins 5 fois à Lyon. » **5 pts**

Exercice 3

15 min **12 pts**

Dans son lecteur audio, Théo a téléchargé 375 morceaux de musique. Parmi eux, il y a 125 morceaux de rap. Il appuie sur la touche « lecture aléatoire » qui lui permet d'écouter un morceau choisi au hasard parmi tous les morceaux disponibles.

1 Quelle est la probabilité qu'il écoute du rap ? **4 pts**

2 La probabilité qu'il écoute du rock est égale à $\frac{7}{15}$.

Combien Théo a-t-il de morceaux de rock dans son lecteur audio ? **4 pts**

3 Alice possède 40 % de morceaux de rock dans son lecteur audio.
Si Théo et Alice appuient tous les deux sur la touche « lecture aléatoire » de leur lecteur audio, lequel a le plus de chances d'écouter un morceau de rock ? **4 pts**

Exercice 4

15 min **14 pts**

La figure ci-dessous n'est pas représentée en vraie grandeur.
Les points C, B et E sont alignés.
Le triangle ABC est rectangle en A.
Le triangle BDC est rectangle en B.

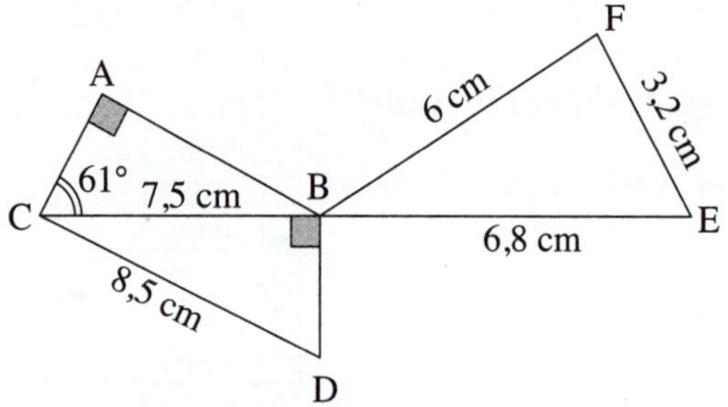

1 Montrer que la longueur BD est égale à 4 cm. **3 pts**

2 Montrer que les triangles CBD et BFE sont semblables. **3 pts**

3 Sophie affirme que l'angle $\widehat{BFE}$ est un angle droit. A-t-elle raison ? **3 pts**

4 Max affirme que l'angle $\widehat{ACD}$ est un angle droit. A-t-il raison ? **5 pts**

Exercice 5

20 min **16 pts**

Voici un programme de calcul.

- Choisir un nombre
- Multiplier ce nombre par 4
- Ajouter 8
- Multiplier le résultat par 2

1 Vérifier que si on choisit le nombre –1, ce programme donne 8 comme résultat final. **1 pt**

2 Le programme donne 30 comme résultat final, quel est le nombre choisi au départ ? **3 pts**

Dans la suite de l'exercice, on nomme x le nombre choisi au départ.

3 L'expression $A = 2(4x + 8)$ donne le résultat du programme de calcul précédent pour un nombre x donné.
On pose $B = (4 + x)^2 - x^2$.
Prouver que les expressions A et B sont égales pour toutes les valeurs de x. **4 pts**

4 Pour chacune des affirmations suivantes, indiquer si elle est vraie ou fausse. On rappelle que les réponses doivent être justifiées.

- **Affirmation 1** : Ce programme donne un résultat positif pour toutes les valeurs de x. **4 pts**
- **Affirmation 2** : Si le nombre x choisi est un nombre entier, le résultat obtenu est un multiple de 8. **4 pts**

Exercice 6

20 min **16 pts**

Les longueurs sont en pixels.
L'expression « s'orienter à 90 » signifie que l'on s'oriente vers la droite.
On donne le programme suivant :

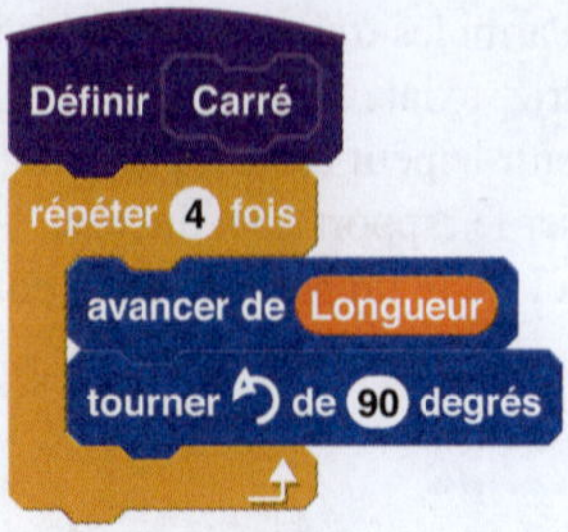

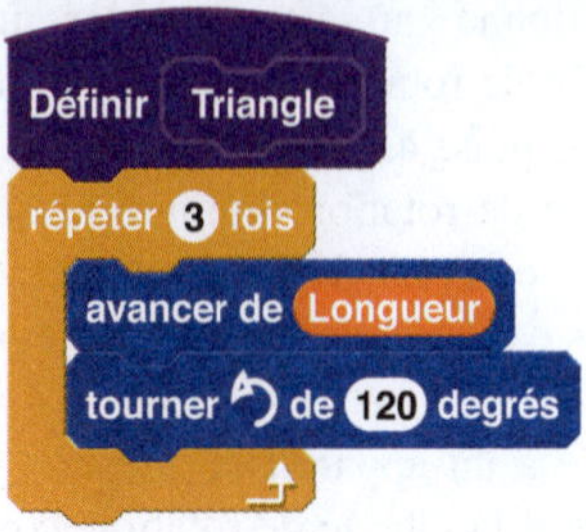

1 On prend comme échelle 1 cm pour 50 pixels.

a. Représenter la figure obtenue si le programme est exécuté jusqu'à la ligne 7 comprise. **6 pts**

b. Quelles sont les coordonnées du stylo après l'exécution de la ligne 8 ? **2 pts**

2 On exécute le programme complet et on obtient la figure ci-dessous qui possède un axe de symétrie vertical.

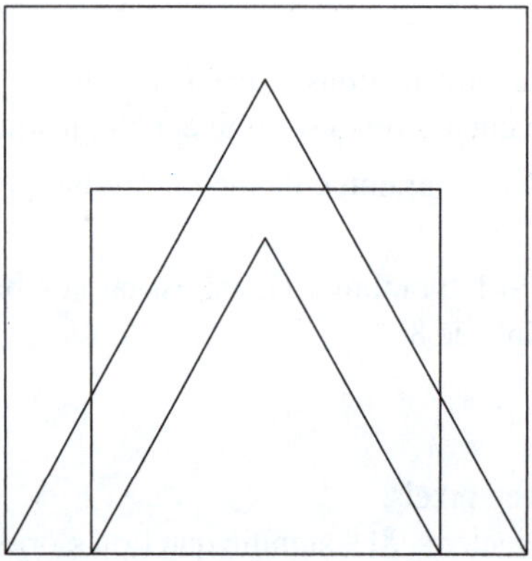

Recopier et compléter la ligne 9 du programme pour obtenir cette figure. **2 pts**

3 **a.** Parmi les transformations suivantes, translation, homothétie, rotation, symétrie axiale, quelle est la transformation géométrique qui permet d'obtenir le petit carré à partir du grand carré ?
Préciser le rapport de réduction. **3 pts**

b. Quel est le rapport des aires entre les deux carrés dessinés ? **3 pts**

Exercice 7

25 min **17 pts**

Le hand-spinner est une sorte de toupie plate qui tourne sur elle-même.

On donne au hand-spinner une vitesse de rotation initiale au temps $t = 0$, puis, au cours du temps, sa vitesse de rotation diminue jusqu'à l'arrêt complet du hand-spinner. Sa vitesse de rotation est alors égale à 0.

Grâce à un appareil de mesure, on a relevé la vitesse de rotation exprimée en nombre de tours par seconde.

Sur le graphique ci-dessous, on a représenté cette vitesse en fonction du temps exprimé en secondes :

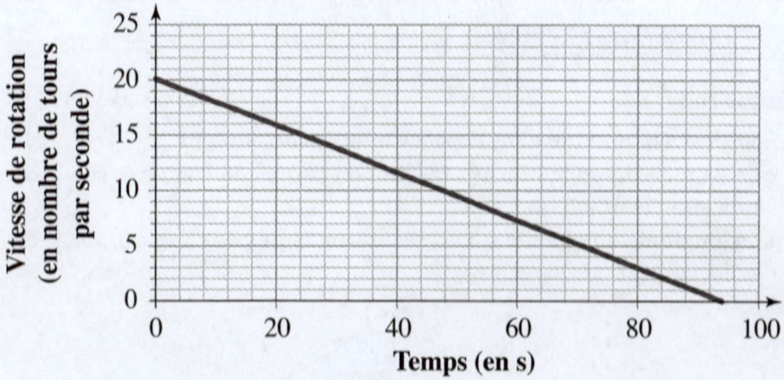

Inspiré de https://www.sciencesetavenir.fr/fondamental/ combien-de-temps-peut-tourner-votre-hand-spinner_112808

1 Le temps et la vitesse de rotation du hand-spinner sont-ils proportionnels ? Justifier. **2 pts**

2 Par **lecture graphique,** répondre aux questions suivantes :

a. Quelle est la vitesse de rotation initiale du hand-spinner (en nombre de tours par seconde) ? **1 pt**

b. Quelle est la vitesse de rotation du hand-spinner (en nombre de tours par seconde) au bout d'1 minute et 20 secondes ? **2 pts**

c. Au bout de combien de temps le hand-spinner va-t-il s'arrêter ? **2 pts**

3 Pour calculer la vitesse de rotation du hand-spinner en fonction du temps t, notée $V(t)$, on utilise la fonction suivante :

$$V(t) = -0{,}214 \times t + V_{\text{initiale}}$$

• t est le temps (exprimé en s) qui s'est écoulé depuis le début de rotation du hand-spinner ;

• V_{initiale} est la vitesse de rotation à laquelle on a lancé le hand-spinner au départ.

a. On lance le hand-spinner à une vitesse initiale de 20 tours par seconde. Sa vitesse de rotation est donc donnée par la formule : $V(t) = -\,0{,}214 \times t + 20$. Calculer sa vitesse de rotation au bout de 30 s. **2 pts**

b. Au bout de combien de temps le hand-spinner va-t-il s'arrêter ? Justifier par un calcul. **4 pts**

c. Est-il vrai que, d'une manière générale, si l'on fait tourner le hand-spinner deux fois plus vite au départ, il tournera deux fois plus longtemps ? Justifier. **4 pts**

Sujet 4 Corrigé

Les clés pour réussir

Exercice 1

Révisez **La géométrie dans l'espace et les pourcentages**

- La latitude du point M est la mesure en degrés de l'angle α, suivie de l'indication Nord ou Sud.
- La longitude du point M est la mesure en degrés de l'angle β, suivie de l'indication Est ou Ouest.

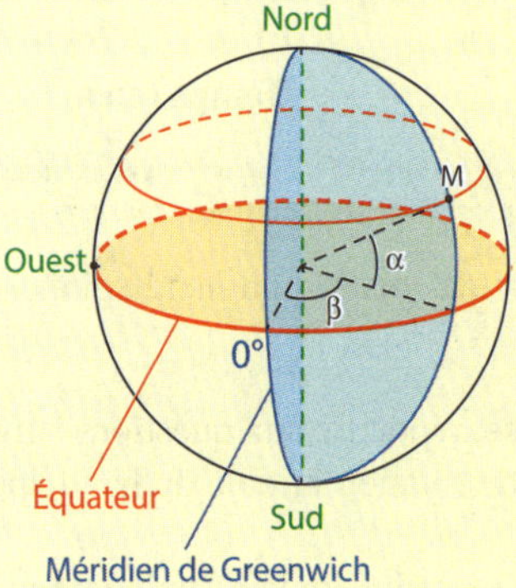

- Une proportion p d'un volume se calcule comme :

$$p = \frac{\text{volume partiel}}{\text{volume total}}$$

Les difficultés du sujet

1 Les mesures en degrés des latitudes et longitudes ne tombent pas exactement sur des graduations indiquées. La valeur centrale entre a et b est $\frac{a+b}{2}$.

2 Le volume d'une boule se calcule à partir du rayon r de la boule. r = diamètre ÷ 2.

3 Calculez d'abord le volume du cylindre de rayon r puis déduisez-en le volume total du trophée. Enfin, comparez le quotient $\frac{\text{volume boule}}{\text{volume total}}$ à 90 % = 0,9 pour déterminer si Marie a raison ou tort.

Exercice 2

Révisez **Les statistiques**

- Moyenne d'une série de valeurs = $\frac{\text{somme des valeurs}}{\text{nombre de valeurs}}$

- Étendue d'une série = valeur maximale – valeur minimale
- Dans une série, il y a autant de valeurs supérieures ou égales à la médiane que de valeurs inférieures ou égales.

Les difficultés du sujet

1 La concentration moyenne est donnée dans l'énoncé pour Lyon, alors qu'elle doit être calculée pour Grenoble.

3 Il s'agit d'interpréter concrètement la valeur de la concentration médiane à Lyon, sachant que cette concentration médiane dépasse le seuil d'alerte de 80 µg/m³.

Exercice 3

Révisez **Les probabilités**

- En situation d'équiprobabilité, une probabilité *p* se calcule avec la formule : $p = \dfrac{\text{nombre de cas favorables}}{\text{nombre de cas possibles}}$.
- proportion = $\dfrac{\text{effectif}}{\text{effectif total}}$

Les difficultés du sujet

2 $\dfrac{7}{15}$ correspond à la proportion de titres de rock dans le lecteur audio.

Exercice 4

Révisez **La géométrie dans le plan**

- Le théorème de Pythagore permet de calculer la longueur manquante dans un triangle rectangle, dont on connaît les deux autres longueurs.
- Deux triangles semblables ont leurs côtés deux à deux proportionnels, et leurs angles deux à deux de même mesure.
- Dans un triangle rectangle :

$\cos\widehat{x} = \dfrac{\text{côté adjacent à } \widehat{x}}{\text{hypoténuse}}$ $\sin\widehat{x} = \dfrac{\text{côté opposé à } \widehat{x}}{\text{hypoténuse}}$

$\tan\widehat{x} = \dfrac{\text{côté opposé à } \widehat{x}}{\text{côté adjacent à } \widehat{x}}$

Les difficultés du sujet

2 Dans les triangles CBD et BFE, calculez les trois quotients :
$\dfrac{\text{grand côté CBD}}{\text{grand côté BFE}}$, $\dfrac{\text{petit côté CBD}}{\text{petit côté BFE}}$, $\dfrac{3^e \text{ côté CBD}}{3^e \text{ côté BFE}}$.
La proportionnalité des côtés justifie les triangles semblables.

3 Pensez à utiliser la propriété selon laquelle deux triangles semblables ont des angles deux à deux égaux.
Le triangle BCD est rectangle en B, donc...

4 L'angle $\widehat{ACD}$ se décompose en $\widehat{ACB}$ et $\widehat{BCD}$.
La trigonométrie permet de calculer une mesure de $\widehat{BCD}$.

Exercice 5

Révisez **Les calculs numériques et littéraux**

- $(a + b)^2 = (a + b)(a + b) = a^2 + 2ab + b^2$
- Un nombre a est un multiple de b lorsqu'il s'écrit sous la forme $a = n \times b$ où n est un nombre entier.

Les difficultés du sujet

2 Remontez le programme de calcul en partant du résultat 30.

3 Utilisez la distributivité pour développer A et B. Vous devez obtenir deux expressions égales.

4 • Cherchez une valeur de x pour laquelle $2(4x + 8)$ est négatif.

• A peut être factorisée davantage encore en remarquant que $4x + 8$ admet pour facteur commun 4 de part et d'autre du signe +.
$2 \times 4 = 8$: un facteur 8 apparaît dans la forme factorisée de A.

Exercice 6

Révisez **L'algorithmique et les transformations**

- Une homothétie de rapport k ($k > 0$) est une transformation qui multiplie les distances par k et les aires par k^2.

Les difficultés du sujet

1 La figure de l'énoncé vous guide dans la construction attendue.

3 **a.** Une seule transformation géométrique est caractérisée par le rapport qui vaut $\frac{\text{côté du petit carré}}{\text{côté du grand carré}}$.

b. Le rapport cherché est $\frac{\text{aire du petit carré}}{\text{aire du grand carré}}$.

Exercice 7

Révisez **Les fonctions**

- Une situation de proportionnalité entre deux grandeurs est illustrée par une droite passant par l'origine du repère.
- L'équation $at + b = 0$ a pour solution $t = -\frac{b}{a}$.

Les difficultés du sujet

2 **a.** La vitesse initiale est celle obtenue pour $t = 0$ s.

c. Le hand-spinner est à l'arrêt quand sa vitesse de rotation est égale à 0 tour/s.

3 b. Vous êtes ramené à résoudre une équation du premier degré dans laquelle vous devez isoler t.

c. • La vitesse de rotation est $V(t) = -0{,}214\ t + V_{\text{initiale}}$.
Commencez par chercher pour quelle valeur de t on a : $V(t) = 0$.
Le calcul est très proche de celui fait en **3 b.**

• Puis résolvez à nouveau l'équation $V(t) = 0$ quand la vitesse initiale a doublé, soit quand $V(t) = -0{,}214\ t + 2\ V_{\text{initiale}}$.

• Comparez les deux valeurs de t ainsi obtenues.

Exercice 1

1 Lecture de coordonnées géographiques

Pyeongchang se situe approximativement :

– à une **latitude de 35° Nord** : en effet, la valeur centrale entre 30° et 40° est 35° ;

– à une **longitude de 128° Est** :
les méridiens sont gradués tous les 15°. Le point étudié se situe au milieu des méridiens de degrés 120 et 135.

Gagnez des points !

$$\frac{120 + 135}{2} = 127{,}5$$

soit environ 128.

2 Volume $\mathcal{V}$ de la boule du trophée

La boule du trophée a pour diamètre 23 cm, soit pour rayon :
$r = 23 \div 2 = 11{,}5$ cm.
Son volume $\mathcal{V}$ correspondant est :

$$\mathcal{V} = \frac{4}{3}\pi r^3$$

$$\mathcal{V} = \frac{4}{3} \times \pi \times 11{,}5^3$$

$$\mathcal{V} = \frac{12167\ \pi}{6}\ \text{cm}^3 \text{ (volume exact)}$$

$\mathcal{V} \approx 6\ 371\ \text{cm}^3$ (valeur arrondie au cm^3 près).

Une valeur approchée du volume de la boule de ce trophée est bien 6 371 cm³.

L'astuce du prof

Lisez attentivement l'énoncé. Les formules utilisées sont rappelées à la fin.

3 Étude de l'affirmation de Marie

• Le volume $\mathcal{V}'$ du cylindre portant la boule est :

$\mathcal{V}' = \pi r^2 h$

or $r = \dfrac{\text{diamètre}}{2} = \dfrac{6}{2} = 3$ cm

d'où $\mathcal{V}' = \pi \times 3^2 \times 23$.

$\mathcal{V}' = 207\pi\ \text{cm}^3$ (volume exact)

$\mathcal{V}' \approx 650\ \text{cm}^3$ (valeur arrondie au cm^3 près)

Pensez-y !

Les formules proposées utilisent des rayons. L'énoncé donne des diamètres.

• Le trophée complet a pour volume :
$\mathcal{V}_{\text{trophée}} = \mathcal{V} + \mathcal{V}' = 6\,371 + 650 = 7\,021$ cm³.

• Le volume de la boule de cristal par rapport au trophée complet représente une proportion p :

$$p = \frac{\mathcal{V}}{\mathcal{V}_{\text{trophée}}}$$

$$p = \frac{6371}{7021}$$

$p \approx 0{,}907$
soit $p \approx 90{,}7$ %.
En conclusion, le volume de la boule de cristal représente bien environ 90 % du volume total du trophée : **l'affirmation de Marie est exacte.**

Rappel
Une proportion est un nombre compris entre 0 et 1, exprimé en % pour être plus représentatif.

Gagnez des points !
N'oubliez pas de conclure !

Exercice 2

1 Comparaison de concentrations moyennes en PM10

• À Lyon, la concentration moyenne en PM10 entre le 16 et le 25 janvier 2017 est de 72,5 µg/m³.

• À Grenoble, cette concentration est de :

$$\frac{32 + 39 + 52 + 57 + 78 + 63 + 60 + 82 + 82 + 89}{10} = 63{,}4 \text{ µg/m}^3.$$

Gagnez des points !

$$\text{moyenne} = \frac{\text{somme des 10 concentrations}}{10}$$

• 72,5 > 63,4.
Lyon a la plus forte concentration moyenne en PM10 entre le 16 et le 25 janvier.

2 Comparaison des étendues de concentration en PM10

• À Lyon, la concentration minimale est de 22 µg/m³ et la concentration maximale est de 107 µg/m³.
L'étendue correspondante est : $e_{\text{Lyon}} = 107 - 22 = 85$ µg/m³.

• À Grenoble, la concentration en PM10 varie entre 32 µg/m³ (le 16 janvier) et 89 µg/m³ (le 25 janvier).
L'étendue correspondante vaut : $e_{\text{Grenoble}} = 89 - 32 = 57$ µg/m³.

• 85 > 57 soit $e_{\text{Lyon}} > e_{\text{Grenoble}}$.
La ville de Lyon a l'étendue de concentration la plus importante en PM10.

• Interprétation du résultat :
C'est la ville de Lyon qui a connu les écarts les plus importants en concentration de PM10 entre le 16 et le 25 janvier 2017.

Remarque
Interpréter une étendue, c'est donner une explication concrète du résultat dans le contexte de l'exercice.

3 Étude du dépassement du seuil d'alerte à Lyon

La concentration médiane en PM10 à Lyon s'élève à 83,5 µg/m³ sur les 10 jours relevés. Cela signifie concrètement qu'au moins la moitié des concentrations relevées sont supérieures ou égales à la médiane. Ainsi, au moins 5 jours (sur 10 relevés) ont connu une concentration supérieure ou égale à 83,5 µg/m³.

Remarque
La médiane Me est aussi la valeur telle qu'au moins la moitié des valeurs sont inférieures ou égales à Me.

Le seuil d'alerte étant fixé à 80 µg/m³, on peut conclure que le seuil d'alerte a été dépassé au moins 5 fois à Lyon : **l'affirmation proposée est exacte.**

Exercice 3

1 Probabilité d'écouter du rap

Théo a 125 morceaux de rap parmi 375 morceaux de musique.

La probabilité p pour Théo d'écouter un morceau de rap est :

$p = \frac{125}{375}$

$p = \frac{1}{3}$.

Remarque
La lecture aléatoire justifie la situation d'équiprobabilité où les probabilités se calculent comme :

$p = \frac{\text{nombre de cas favorables}}{\text{nombre de cas possibles}}$

2 Nombre de morceaux de rock

Sur 375 morceaux de musique, $\frac{7}{15}$ sont des morceaux de rock.

$\frac{7}{15} \times 375 = 175$.

Théo a 175 titres de rock dans son lecteur audio.

Gagnez des points !
effectif
= proportion × effectif total

3 Comparaison de probabilités

- Alice possède 40 % de morceaux de rock dans son lecteur audio.

La probabilité p_1 qu'Alice écoute du rock est :

$p_1 = \frac{40}{100} = 0,4$.

- La probabilité pour Théo d'écouter du rock est :

$p_2 = \frac{7}{15}$ (donnée de la question 2).

$p_2 \simeq 0,47$.

Remarque
On écrit les deux probabilités sous forme décimale pour les comparer.

- $p_1 < p_2$

Théo a plus de chances qu'Alice d'écouter un titre de rock.

Exercice 4

1 Calcul de la longueur BD

Dans le triangle BCD rectangle en B, on applique le théorème de Pythagore :

$$BC^2 + BD^2 = CD^2$$

$7{,}5^2 + BD^2 = 8{,}5^2$
$BD^2 = 8{,}5^2 - 7{,}5^2$
$BD^2 = 16$
$BD = \sqrt{16}$ $(BD > 0)$
$BD = 4$ cm

La longueur BD est bien égale à 4 cm.

Gagnez des points !

Précisez le triangle dans lequel vous travaillez, surtout quand il y en a plusieurs sur la figure.

2 Triangles semblables

Dans un tableau, on met en correspondance les côtés de chaque triangle, par ordre décroissant de longueur par exemple.

Triangle CBD	CD = 8,5 cm	CB = 7,5 cm	BD = 4 cm
Triangle BFE	BE = 6,8 cm	BF = 6 cm	EF = 3,2 cm

$\frac{8{,}5}{6{,}8} = 1{,}25$; $\frac{7{,}5}{6} = 1{,}25$; $\frac{4}{3{,}2} = 1{,}25$.

Les côtés de ces deux triangles sont proportionnels avec comme coefficient 1,25 : **les triangles CBD et BFE sont donc semblables.**

Remarque

Le triangle CBD est un agrandissement du triangle BFE de coefficient 1,25.

Autre méthode

On peut aussi calculer les quotients inverses :

$\frac{6{,}8}{8{,}5} = 0{,}8$; $\frac{6}{7{,}5} = 0{,}8$; $\frac{3{,}2}{4} = 0{,}8$.

Les trois quotients sont égaux : les triangles CBD et BFE sont semblables.
Le triangle BFE est une réduction du triangle CBD de coefficient 0,8.

3 Étude de l'affirmation de Sophie

D'après la question 2, les triangles CBD et BFE sont semblables.

Ainsi, les angles de l'un sont égaux aux angles de l'autre : le triangle BCD possède un angle droit en B. Son angle associé dans le triangle BFE est l'angle $\widehat{BFE}$ (qui a donc même mesure).

On en déduit que l'angle $\widehat{BFE}$ est un angle droit : **l'affirmation de Sophie est alors exacte.**

Remarque

On a aussi $\widehat{BCD} = \widehat{FBE}$ et $\widehat{BCD} = \widehat{BEF}$.

Autre méthode

La réciproque du théorème de Pythagore permet également de montrer que le triangle BFE est rectangle en E (donc que $\widehat{BFE}$ est un angle droit).

En effet, $\begin{cases} BE^2 = 6{,}8^2 = 46{,}24 \\ BF^2 + FE^2 = 6^2 + 3{,}2^2 = 36 + 10{,}24 = 46{,}24 \end{cases}$

L'égalité $BE^2 = BF^2 + FE^2$ permet de conclure.

4 Étude de l'affirmation de Max

- Dans le triangle BCD rectangle en B, utilisons la trigonométrie.

$$\cos\widehat{BCD} = \frac{\text{côté adjacent à } \widehat{BCD}}{\text{hypoténuse}} = \frac{CB}{CD} = \frac{7{,}5}{8{,}5}$$

- À la calculatrice, on déduit :

$$\widehat{BCD} = \cos^{-1}\left(\frac{7{,}5}{8{,}5}\right)$$

$$\widehat{BCD} = 28{,}1° .$$

Gagnez des points !

Dans un triangle rectangle dont les longueurs des côtés sont connues, la trigonométrie permet de calculer les mesures des angles.

Autres méthodes

Comme on connaît les mesures des trois côtés du triangle BCD, on peut aussi utiliser le sinus ou la tangente.

- $\sin\widehat{BCD} = \dfrac{\text{côté opposé à } \widehat{BCD}}{\text{hypoténuse}} = \dfrac{BD}{CD} = \dfrac{4}{8{,}5}.$

D'où $\widehat{BCD} = \sin^{-1}\left(\dfrac{4}{8{,}5}\right)$, soit $\widehat{BCD} \simeq 28{,}1°$.

- $\tan\widehat{BCD} = \dfrac{\text{côté opposé à } \widehat{BCD}}{\text{côté adjacent à } \widehat{BCD}} = \dfrac{BD}{CB} = \dfrac{4}{7{,}5}.$

D'où $\widehat{BCD} = \tan^{-1}\left(\dfrac{4}{7{,}5}\right)$, soit $\widehat{BCD} \simeq 28{,}1°$.

- Revenons à l'angle étudié :

$\widehat{ACD} = \widehat{ACB} + \widehat{BCD} = 61 + 28{,}1 = 89{,}1°$

$\widehat{ACD} \neq 90°$

En conclusion, l'angle $\widehat{ACD}$ n'est pas un angle droit : **l'affirmation de Max est donc fausse.**

Exercice 5

1 Vérification d'un résultat

- On choisit le nombre – 1.
- Multiplions ce nombre par 4 : $-1 \times 4 = -4$.
- Ajoutons 8 : $-4 + 8 = 4$.
- Multiplions le résultat par 2 : $4 \times 2 = 8$.

Si on choisit le nombre – 1, ce programme donne bien 8 comme résultat final.

2 Calcul d'un nombre de départ connaissant le résultat

L'idée est de « remonter le programme à l'envers ».

- Le résultat est 30.
- Divisons le résultat par 2 : $30 \div 2 = 15$.
- Soustrayons 8 : $15 - 8 = 7$.
- Divisons ce nombre par 4 : $7 \div 4 = \frac{7}{4} = 1{,}75$.

Le nombre choisi au départ donnant 30 pour résultat final est 1,75.

Pensez-y !

L'opération « inverse » d'une addition est une soustraction ; l'opération « inverse » d'une multiplication est une division.

Vérification

$1{,}75 \times 4 = 7$
$7 + 8 = 15$
$15 \times 2 = 30$.
Quand on choisit 1,75 pour nombre de départ, le programme retourne bien 30 pour résultat.

3 Égalité de deux expressions

- $A = 2\,(4x + 8)$
  $= 2 \times 4x + 2 \times 8 = 8x + 16$
- $B = (4 + x)^2 - x^2$
  $= (4 + x) \times (4 + x) - x^2$
  $= 4 \times 4 + 4 \times x + x \times 4 + x \times x - x^2$
  $= 16 + 4x + 4x + \cancel{x^2} - \cancel{x^2} = 8x + 16$

Gagnez des points !

On développe les deux expressions et on montre qu'elles sont égales.

Autre méthode

On développe la première partie de B en utilisant l'identité remarquable $(a + b)^2 = a^2 + 2ab + b^2$ avec $a = 4$ et $b = x$.
$B = (4 + x)^2 - x^2 = 4^2 + 2 \times 4 \times x + x^2 - x^2 = 16 + 8x$

- A et B ont la même forme développée.

Ainsi, *A* et *B* sont égales pour toutes les valeurs de *x*.

Autre méthode

- $A = 2(4x + 8) = 2 \times (2 \times 2x + 2 \times 4) = 2 \times 2 \times (2x + 4) = 4(2x + 4)$
- $B = (4 + x)^2 - x^2$

On factorise B en utilisant l'identité remarquable $a^2 - b^2 = (a - b)(a + b)$ avec $a = 4 + x$ et $b = x$.
$B = (4 + \cancel{x} - \cancel{x})(4 + x + x) = 4(4 + 2x)$
- A et B ont même forme factorisée : $A = B$.

Méthode

Pour montrer que deux expressions sont égales pour toutes les valeurs de x, il faut montrer l'égalité des expressions littérales (avec les x).
En effet, ce n'est pas parce que deux expressions sont égales pour une valeur de x, qu'elles sont égales pour toutes les valeurs de x.
Ainsi, si vous calculez (par exemple) A et B pour $x = 1$:
$A = 2(4 \times 1 + 8) = 2 \times (4 + 8) = 2 \times 12 = 24$
$B = (4 + 1)^2 - 1^2 = 5^2 - 1^2 = 25 - 1 = 24$
Vous avez (seulement !) montré que $A = B$ pour $x = 1$; mais ce raisonnement est incomplet et donc insuffisant.

4 Vrai – Faux

- **Étude de l'affirmation 1**

D'après la question 3, si x est le nombre choisi au départ, le programme retourne pour résultat $A = 2\,(4x + 8)$.
Pour $x = -5$: $A = 2\,(4 \times (-5) + 8) = 2 \times (-20 + 8)$
$A = 2 \times (-12) = -24$.
Pour $x = -5$, ce programme retourne pour résultat un nombre négatif (–24).
L'affirmation 1 est fausse.

Gagnez des points !
Pour prouver qu'une égalité est fausse, il suffit de trouver une valeur de x pour laquelle l'égalité n'est pas vérifiée. On parle de contre-exemple.

Autre méthode

Le nombre –5 n'est pas le seul nombre qui retourne un résultat négatif.
En effet, tous les nombres strictement inférieurs à –2 renvoient un résultat négatif.
Pour justifier cela, on résout l'inéquation :

$2(4x + 8) < 0$ $\quad$ ÷ 2
$4x + 8 < 0$ $\quad$ – 8
$4x < -8$ $\quad$ ÷ 4
$x < -\frac{8}{4}$
$x < -2$

• **Étude de l'affirmation 2**

$A = 2\,(4x + 8)$

$A = 2\,(4 \times x + 4 \times 2)$ — on remarque le facteur commun 4

$A = 2 \times 4(x + 2)$ — on factorise $(4x + 8)$ par 4

$A = 8\,(x + 2)$ — on calcule 2×4

Si x est le nombre choisi au départ, le programme renvoie pour résultat A qui s'écrit aussi $8(x + 2)$.

Si le nombre x choisi est un nombre entier, $(x + 2)$ est aussi un nombre entier. Et par conséquent, le nombre $8 \times (x + 2)$ est un multiple de 8.

L'affirmation 2 est vraie.

L'astuce du prof
Un multiple de 8 s'écrit $8 \times k$ où k est un entier.

Exercice 6

1 a. Figure obtenue

– Initialement, le stylo est à l'origine du repère [aller à x : 0 y : 0].

– Là, le stylo trace un trait horizontal vers la droite [s'orienter à 90] de longueur 300 (donc 6 cm sur la figure).

– Grâce au bloc [carré], un carré de côté 300 est construit.

– Le bloc [Triangle] permet de construire un triangle équilatéral.

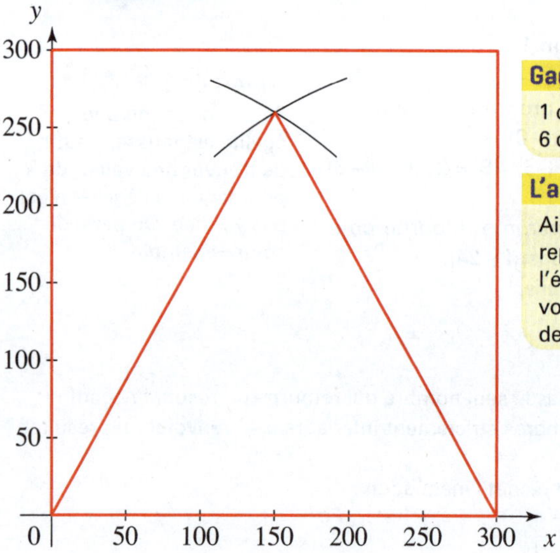

Gagnez des points !
1 cm ↔ 50 pixels
6 cm ↔ 6×50 pixels

L'astuce du prof
Aidez-vous de la figure représentée dans l'énoncé pour vous faire une idée de la figure obtenue.

b. Position du stylo après la ligne 8

Une fois le triangle construit, le stylo est revenu à sa position initiale et orienté vers la droite, soit au point de coordonnées (0 ; 0). L'instruction [avancer de (Longueur / 6)] déplace le stylo de $300 \div 6 = 50$.

Après l'exécution de la ligne 8, les coordonnées du stylo sont donc (50 ; 0).

2 Ligne 9 à compléter

Pour compléter la ligne 9, il faut d'abord analyser la figure obtenue.
La donnée manquante correspond à la longueur du côté du carré vert ou du triangle équilatéral vert.

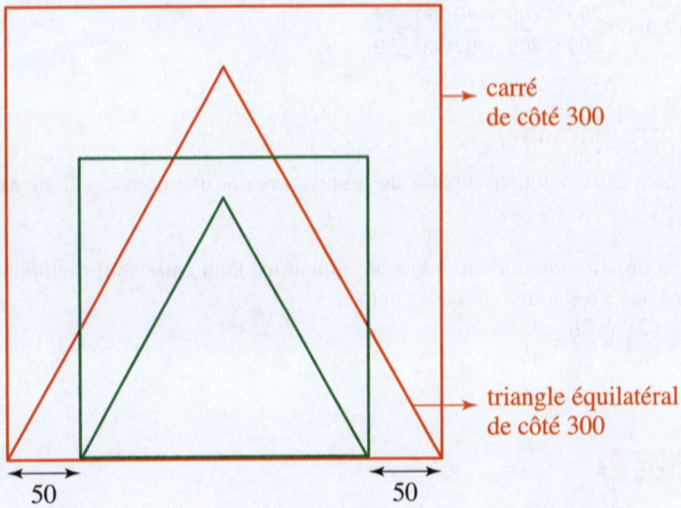

On en déduit que le côté vert a pour longueur 300 – 50 – 50 = 200.

D'où la ligne 9 : mettre Longueur à 200

3 a. Transformation donnant le petit carré

La transformation géométrique permettant d'obtenir le petit carré à partir du grand carré est une **homothétie de rapport** $\frac{\text{longueur du petit carré}}{\text{longueur du grand carré}} = \frac{200}{300} = \mathbf{\frac{2}{3}}$.

Remarque

Un rapport de réduction est un nombre compris entre 0 et 1.

Autres méthodes

On peut trouver la transformation cherchée en procédant par élimination.

- On cherche une transformation qui permet d'obtenir un petit carré à partir d'un grand carré.

On cherche donc une transformation qui ne conserve pas les distances. Or une translation, une rotation ou une symétrie axiale conservent les distances. La seule transformation qui ne conserve pas les distances est une homothétie.

- L'énoncé demande de préciser un rapport de réduction. La seule transformation à laquelle est associée un rapport (d'agrandissement ou de réduction) est l'homothétie.

b. Rapport des aires des carrés

Le rapport des aires entre les deux carrés dessinés est le nombre :

$$\frac{\text{aire du carré vert}}{\text{aire du carré rouge}}$$

On a donc : $\frac{200 \times 200}{300 \times 300} = \frac{40\,000}{90\,000} = \frac{4}{9}$

Autre méthode

Le petit carré s'obtient à partir du grand carré par une homothétie de rapport $k = \frac{2}{3}$.

Dans un agrandissement/réduction, quand les longueurs sont multipliées par k, les aires sont multipliées par k^2 :

$k^2 = \left(\frac{2}{3}\right)^2 = \frac{2^2}{3^2} = \frac{4}{9}$.

Exercice 7

1 Proportionnalité temps/vitesse de rotation

La vitesse de rotation du hand-spinner en fonction du temps est représentée par une droite ne passant pas par l'origine du repère.

Ainsi, temps et vitesse de rotation de hand-spinner ne sont pas proportionnels.

2 Lectures graphiques

a. Vitesse initiale

La vitesse de rotation initiale du hand-spinner est la vitesse lue pour $t = 0$ s ; elle est de **20 tours par seconde** (voir point rouge).

b. Vitesse au bout d'une minute et 20 secondes

1 min 20 s = 60 s + 20 s = 80 s.

Pour $t = 80$ s, on lit $v = 3$ tours/s (voir pointillés bleus).

Au bout d'une minute et 20 secondes, la vitesse du hand-spinner est de 3 tours par seconde.

L'astuce du prof

Tracez des pointillés pour vos lectures graphiques.

c. Arrêt du hand-spinner

On lit (voir point vert) $v = 0$ tours/s pour $t \approx 93$ s, soit 1 min 33 s.

Le hand-spinner s'arrête au bout d'une minute et 33 secondes.

Pensez-y !

93 s = 60 s + 33 s
= 1 min 33 s

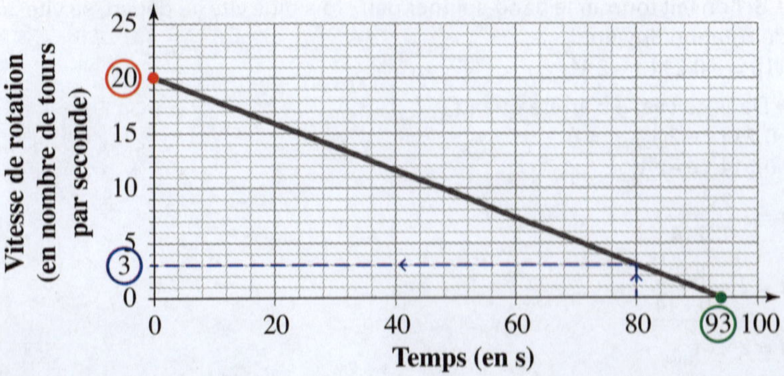

3 Calculs

a. Vitesse au bout de 30 s

Pour $t = 30$ s, on obtient :

$V(30) = -0{,}214 \times 30 + 20 = 13{,}58$.

Au bout de 30 secondes, la vitesse de rotation du hand-spinner est de 13,58 tours par seconde.

b. Arrêt du hand-spinner

Il s'agit de déterminer pour quelle valeur de t on obtient $V(t) = 0$.

> **Gagnez des points !**
> On résout une équation du premier degré.

$-0{,}214 \times t + 20 = 0$ (on soustrait 20 de part et d'autre du =)

$-0{,}214\ t = -20$ (on isole t en divisant par $-0{,}214$)

$t = \dfrac{-20}{-0{,}214}$

$t \simeq 93$ (résultat arrondi à l'unité).

Le hand-spinner s'arrête au bout de 93 secondes, soit au bout d'une minute et 33 secondes.

c. Étude d'une affirmation

- Quand on fait tourner le hand-spinner, sa vitesse de rotation est : $V(t) = -0{,}214\ t + V_{\text{initiale}}$.
- Le hand-spinner s'arrête quand :

$-0{,}214\ t + V_{\text{initiale}} = 0$

$-0{,}214\ t = -V_{\text{initiale}}$

$t = \dfrac{-V_{\text{initiale}}}{-0{,}214}$

$t = \dfrac{V_{\text{initiale}}}{0{,}214}$

> **L'astuce du prof**
> Les calculs sont identiques à ceux faits en 3b sauf qu'on remplace 20 par V_{initiale}.

Quand le hand-spinner a une vitesse initiale notée V_{initiale}, il s'arrête au bout d'un temps $t_{\text{arrêt}} = \dfrac{V_{\text{initiale}}}{0{,}214}$.

- Si l'on fait tourner le hand-spinner deux fois plus vite au départ, sa vitesse de rotation devient :
$V(t) = -0{,}214\ t + 2\ V_{\text{initiale}}$.
- Dans ce cas, il s'arrête quand :
$-0{,}214\ t + 2\ V_{\text{initiale}} = 0$
$-0{,}214\ t = -2\ V_{\text{initiale}}$

$$t = \frac{-2\,V_{\text{initiale}}}{-0{,}214}$$

$$t = 2 \times \underbrace{\frac{V_{\text{initiale}}}{0{,}214}}$$

$$t = 2 \times\ t_{\text{arrêt}}$$

- En conclusion, quand la vitesse initiale de rotation du hand-spinner double (passant de V_{initiale} à $2 \times V_{\text{initiale}}$), alors le temps d'arrêt du hand-spinner double aussi (passant de $t_{\text{arrêt}}$ à $2 \times t_{\text{arrêt}}$).
Il est donc vrai de dire que **si l'on fait tourner le hand-spinner deux fois plus vite au départ, il tournera deux fois plus longtemps.**

Sujet 5 Amérique du Nord, juin 2018

100 pts 2 heures

MATHÉMATIQUES

Exercice 1

15 min **14 pts**

Le tableau ci-dessous a été réalisé à l'aide d'un tableur.
Il indique le nombre d'abonnements Internet à haut débit et à très haut débit entre 2014 et 2016, sur réseau fixe, en France. (*Sources : Arcep et Statistica.*)

	A	B	C	D
1		2014	2015	2016
2	Nombre d'abonnements Internet à haut débit (en millions)	22,855	22,63	22,238
3	Nombre d'abonnements Internet à très haut débit (en millions)	3,113	4,237	5,446
4	Total (en millions)	25,968	26,867	27,684

1 Combien d'abonnements Internet à très haut débit, en millions, ont été comptabilisés pour l'année 2016 ? **2 pts**

2 Vérifier qu'en 2016, il y avait 817 000 abonnements Internet à haut débit et à très haut débit de plus qu'en 2015. **4 pts**

3 Quelle formule a-t-on pu saisir dans la cellule B4 avant de la recopier vers la droite, jusqu'à la cellule D4 ? **4 pts**

4 En 2015, seulement 5,3 % des abonnements Internet très haut débit utilisaient la fibre optique.
Quel nombre d'abonnements Internet à très haut débit cela représentait-il ? **4 pts**

Exercice 2

15 min **14 pts**

La figure ci-contre n'est pas en vraie grandeur.
On donne les informations suivantes :

- Le triangle ADE a pour dimensions : AD = 7 cm, AE = 4,2 cm et DE = 5,6 cm.
- F est le point de [AD] tel que AF = 2,5 cm.
- B est le point de [AD) et C est le point de [AE) tels que : AB = AC = 9 cm.
- La droite (FG) est parallèle à la droite (DE).

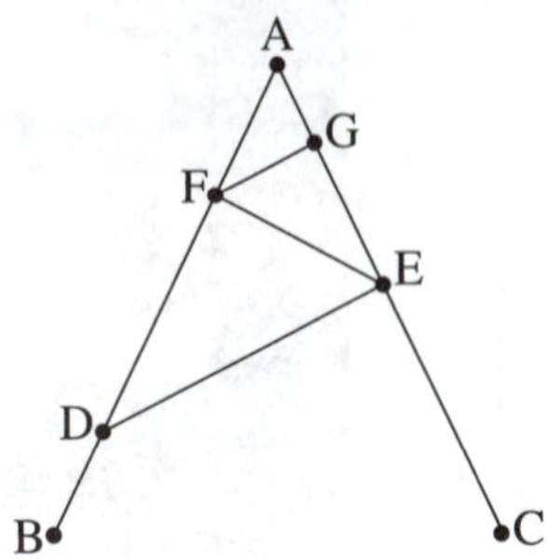

1 Réaliser une figure en vraie grandeur. **2 pts**

2 Prouver que ADE est un triangle rectangle en E. **6 pts**

3 Calculer la longueur FG. **6 pts**

Exercice 3

15 min **15 pts**

Deux urnes contiennent des boules numérotées indiscernables au toucher. Le schéma ci-contre représente le contenu de chacune des urnes.

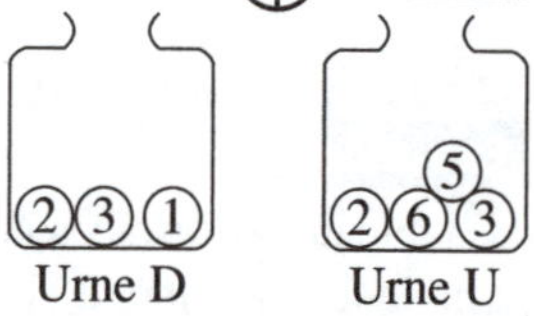

On forme un nombre entier à deux chiffres en tirant au hasard une boule dans chaque urne :

- le chiffre des dizaines est le numéro de la boule issue de l'urne D ;
- le chiffre des unités est le numéro de la boule issue de l'urne U.

Exemple : en tirant la boule ① de l'urne D et ensuite la boule ⑤ de l'urne U, on forme le nombre 15.

1 A-t-on plus de chance de former un nombre pair que de former un nombre impair ? **4 pts**

2 **a.** Sans justifier, indiquer les nombres premiers qu'on peut former lors de cette expérience. **3 pts**

b. Montrer que la probabilité de former un nombre premier est égale à $\frac{1}{6}$. **3 pts**

3 Définir un événement dont la probabilité de réalisation est égale à $\frac{1}{3}$. **5 pts**

Exercice 4

15 min **14 pts**

Dans cet exercice, aucune justification n'est attendue.

Simon travaille sur un programme. Voici des copies de son écran :

Script principal

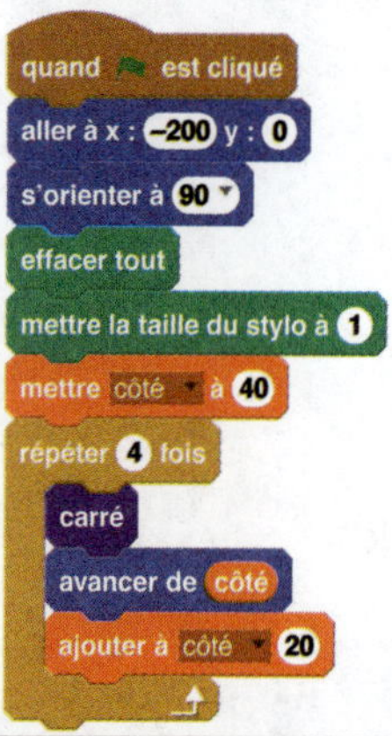

Bloc carré

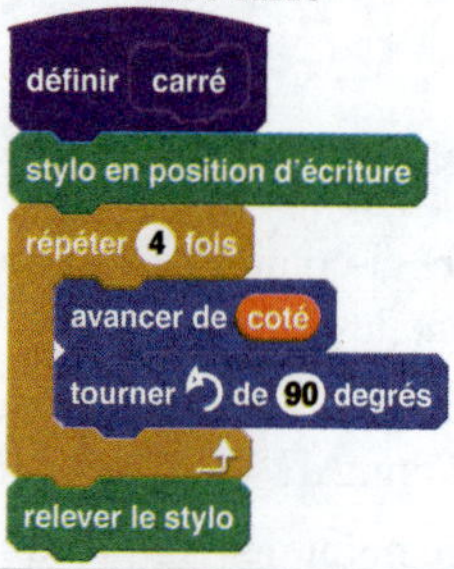

Information

L'instruction « s'orienter à 90 » signifie qu'on se dirige vers la droite.

1 Il obtient le dessin ci-contre.

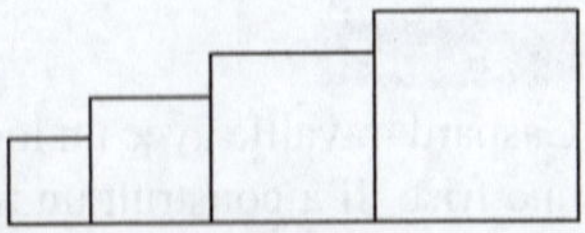

a. D'après le script principal, quelle est la longueur du côté du plus petit carré dessiné ? **2 pts**

b. D'après le script principal, quelle est la longueur du côté du plus grand carré dessiné ? **3 pts**

2 Dans le script principal, où peut-on insérer l'instruction `ajouter 2 à la taille du stylo` de façon à obtenir le dessin ci-contre ? **4 pts**

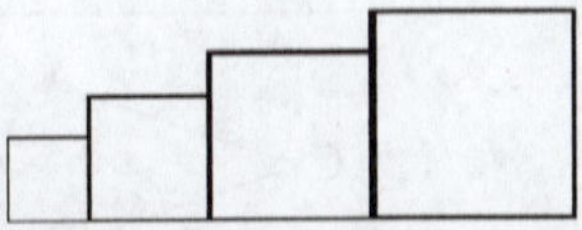

3 On modifie maintenant le script principal de la façon suivante :
Parmi les dessins ci-dessous, lequel obtient-on ? **5 pts**

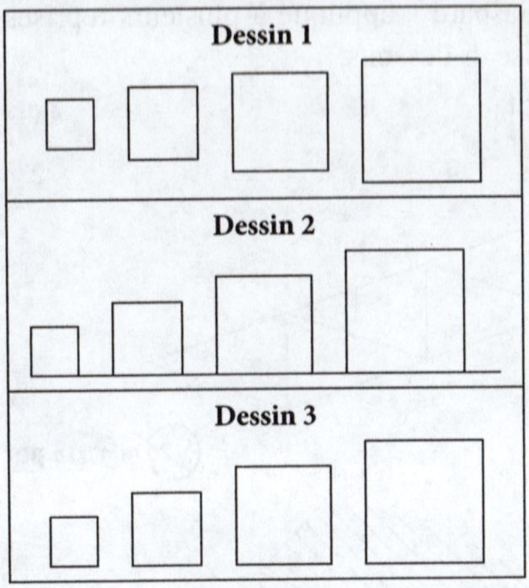

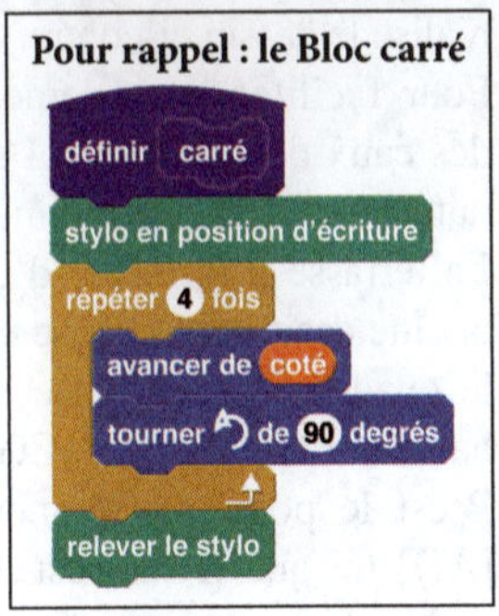

Exercice 5

10 min **6 pts**

Gaspard travaille avec un logiciel de géométrie dynamique pour construire une frise. Il a construit un triangle ABC isocèle en C (motif ①), puis il a obtenu le losange ACBD (motif ②).

Voici des captures d'écran de son travail.

Motif ①	**Motif ②**
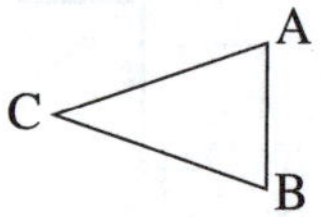	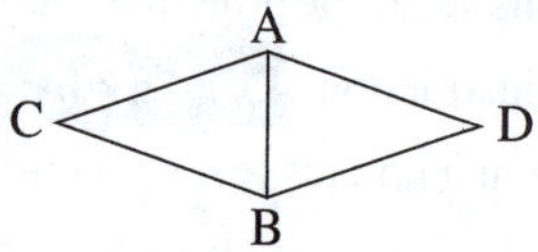

1 Préciser une transformation permettant de compléter le motif ① pour obtenir le motif ②. **3 pts**

2 Une fois le motif ② construit, Gaspard a appliqué à plusieurs reprises une translation. Il obtient ainsi la frise ci-dessous.

Préciser de quelle translation il s'agit. **3 pts**

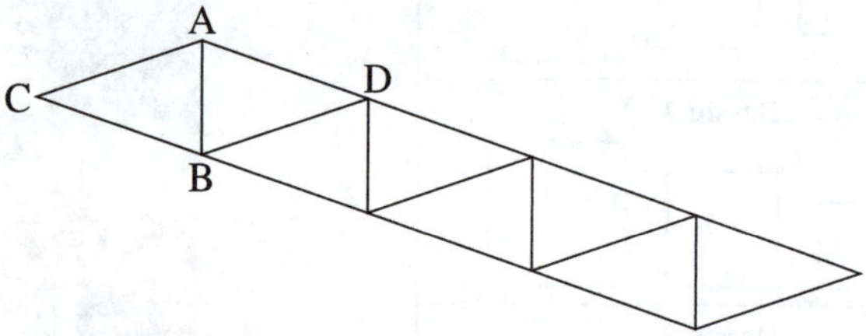

Exercice 6

20 min **16 pts**

Madame Martin souhaite réaliser une terrasse en béton en face de sa baie vitrée. Elle réalise le dessin ci-contre.

Pour faciliter l'écoulement des eaux de pluie, le sol de la terrasse doit être incliné.

La terrasse a la forme d'un prisme droit dont la base est le quadrilatère ABCD et la hauteur est le segment [CG].

P est le point du segment [AD] tel que BCDP est un rectangle.

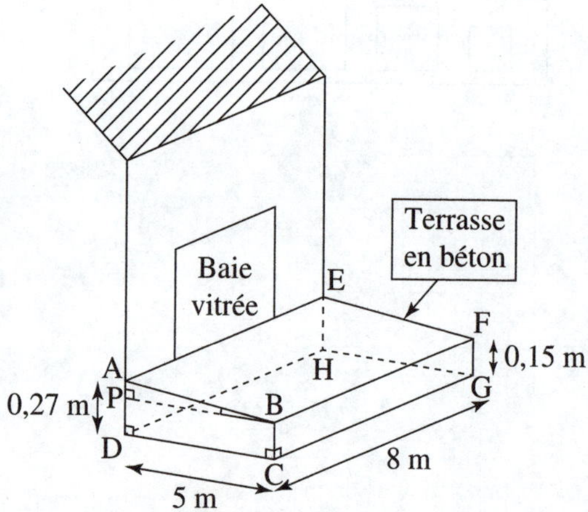

1 L'angle $\widehat{ABP}$ doit mesurer entre 1° et 1,5°.
Le projet de Madame Martin vérifie-t-il cette condition ? **6 pts**

2 Madame Martin souhaite se faire livrer le béton nécessaire à la réalisation de sa terrasse. Elle fait appel à une entreprise spécialisée.
À l'aide des informations ci-après, déterminer le montant de la facture établie par l'entreprise. **10 pts**

Information 1
Distance entre l'entreprise et la maison de Madame Martin : 23 km.

Information 2 – Formule du volume d'un prisme droit
Volume d'un prisme droit = aire de la base du prisme × hauteur du prisme.

Information 3 – Conditions tarifaires de l'entreprise spécialisée
- Prix du m^3 de béton : 95 €.
- Capacité maximale du camion-toupie : 6 m^3.
- Frais de livraison : 5 € par km parcouru par le camion-toupie.
- L'entreprise facture les distances aller et retour (entreprise/lieu de livraison) parcourues par le camion-toupie.

Exercice 7

20 min **15 pts**

Les trois questions suivantes sont indépendantes.

1 $A = 2x(x - 1) - 4(x - 1)$. Développer et réduire l'expression A. **5 pts**

2 Montrer que le nombre –5 est une solution de l'équation :
$$(2x + 1) \times (x - 2) = 63$$ **4 pts**

3 On considère la fonction f définie par $f(x) = -3x + 1,5$.

a. Parmi les graphiques ci-dessous, lequel représente la fonction f ? **2 pts**

b. Justifier votre choix. **4 pts**

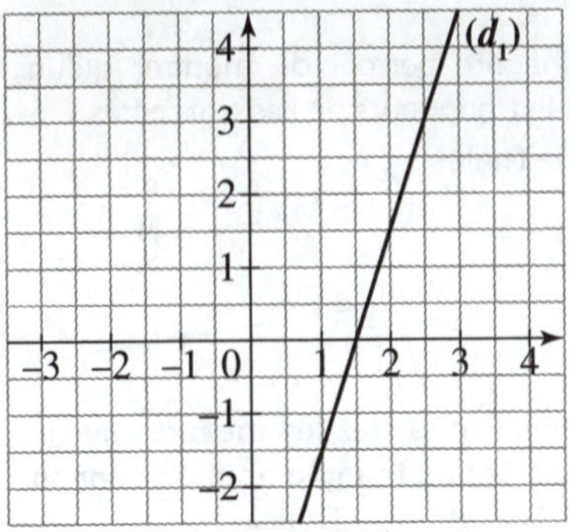

Graphique A

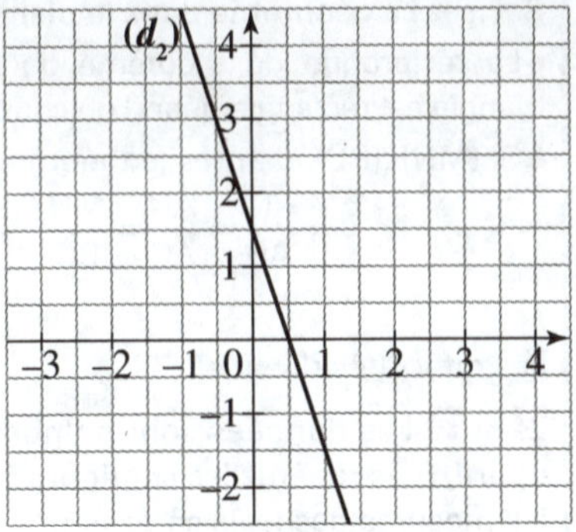

Graphique B

Exercice 8 10 min **6 pts**

On considère la fenêtre de téléchargement ci-dessous.

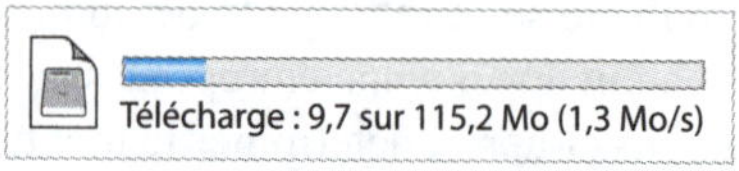

Si la vitesse de téléchargement reste constante, faudra-t-il plus d'une minute et vingt-cinq secondes pour que le téléchargement se termine ?

Sujet 5 Corrigé

Les clés pour réussir

Exercice 1

Révisez **Le tableur et les pourcentages**

- Prendre t % d'un nombre revient à le multiplier par $\frac{t}{100}$.
- Une formule dans un tableur est précédée par le signe « = ».

Les difficultés du sujet

2 et **4** Les données sont proposées en millions. Il s'agit de les transformer en unités, par exemple, 0,817 million = 817 000.

Exercice 2

Révisez **La géométrie dans le plan**

- La réciproque du théorème de Pythagore permet de montrer qu'un triangle est rectangle quand on connaît les longueurs de ses trois côtés.
- Si (MN)//(BC), d'après le théorème de Thalès :

$$\frac{AM}{AB} = \frac{AN}{AC} = \frac{MN}{BC}$$

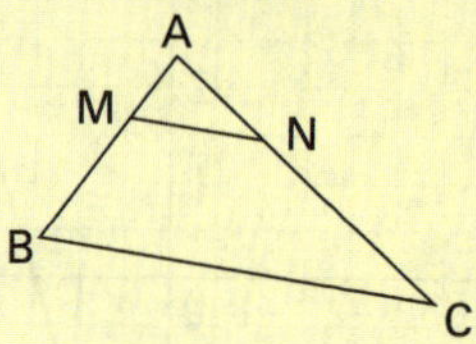

Les difficultés du sujet

2 et **3** Les données sont nombreuses. Complétez les mesures sur la figure, puis repérez les configurations-clés : un triangle dont on connaît les mesures des trois côtés et une configuration de Thalès.

Exercice 3

Révisez Les probabilités et l'arithmétique

- En situation d'équiprobabilité, une probabilité p se calcule avec la formule :

$$p = \frac{\text{nombre d'issues favorables}}{\text{nombre d'issues possibles}}$$

- Un nombre pair est un nombre qui a pour chiffre des unités 0 ; 2 ; 4 ; 6 ; 8.
- Un nombre premier est un nombre admettant exactement deux diviseurs : 1 et lui-même.

Les difficultés du sujet

1 C'est la composition de l'urne U qui détermine la parité du nombre formé.

3 On peut former 12 nombres avec les boules proposées. Il s'agit alors de définir un événement composé de 4 issues puisque $\frac{4}{12} = \frac{1}{3}$. Il y a plusieurs réponses possibles.

Exercice 4

Révisez Les algorithmes

Les difficultés du sujet

1 a. La réponse se trouve dans le script principal.

1 b. Ce programme construit 4 carrés dont chaque côté augmente de 20.

3 Procédez par élimination en comparant les trois dessins obtenus. Étudiez la valeur de y et le lever de stylo.

Exercice 5

Révisez Les transformations

Les difficultés du sujet

Deux translations permettent d'obtenir la frise proposée.

Exercice 6

Révisez La trigonométrie, les calculs numériques et les grandeurs composées

- Dans un triangle ABC rectangle en C :

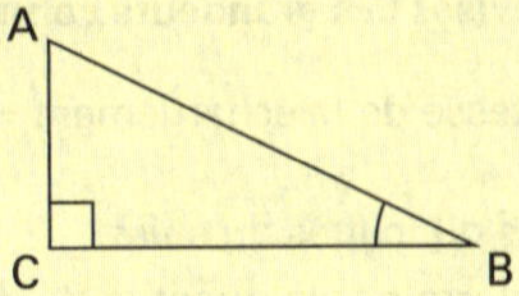

$$\cos \hat{B} = \frac{\text{côté adjacent à } \hat{B}}{\text{hypoténuse}}$$

$$\sin \hat{B} = \frac{\text{côté opposé à } \hat{B}}{\text{hypoténuse}}$$

$$\tan \hat{B} = \frac{\text{côté opposé à } \hat{B}}{\text{côté adjacent à } \hat{B}}$$

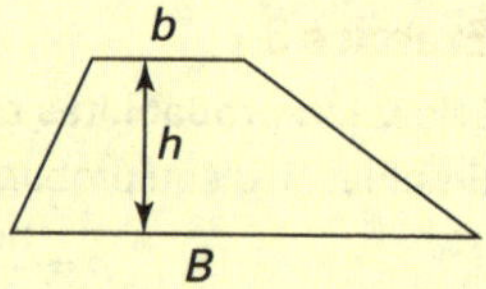

- Aire d'un trapèze = $\dfrac{(b + B) \times h}{2}$

Les difficultés du sujet

1 En utilisant la touche $\tan^{-1}$ de la calculatrice, vous obtenez une mesure de l'angle cherché à partir de la valeur de sa tangente.

2 La difficulté de cette question réside dans la longueur des calculs à mener. Soyez méthodique et procédez par étape :

- Calculez le volume de la terrasse.
- Déduisez-en le montant de la facture de béton.
- En fonction du volume de béton nécessaire, déterminez le nombre de trajets aller-retour du camion-toupie.
- Calculez la distance à parcourir.
- Déduisez-en le montant des frais de transport.
- La somme du prix du béton et des frais de transport donnera le montant total de la facture.

Exercice 7

Révisez **Les calculs et les fonctions**

- Un nombre est solution d'une équation quand il vérifie l'égalité correspondant à cette équation.
- Une fonction affine $f(x) = ax + b$ est représentée graphiquement par une droite de coefficient directeur a et d'ordonnée à l'origine b.

Les difficultés du sujet

1 Soyez vigilant avec le signe « – » devant le facteur $(x - 1)$.

3 **b.** Le choix du graphique peut être justifié par un calcul d'image, l'ordonnée à l'origine, le coefficient directeur…

Exercice 8

Révisez **Les grandeurs composées**

Vitesse de téléchargement = $\dfrac{\text{quantité de données chargées}}{\text{temps de téléchargement}}$

Les difficultés du sujet

Déterminez la quantité de données qu'il reste à télécharger. Calculez le temps nécessaire à ce téléchargement, et comparez-le à 1 min 25 s.

Exercice 1

1 Lecture de données

Pour l'année 2016, **5,446 millions** d'abonnements Internet à très haut débit ont été comptabilisés (en case D3).

Remarque
5,446 millions = 5 446 000

2 Comparaison de données

En 2016, le nombre d'abonnements Internet à haut et très haut débit comptabilisés est de 27,684 millions contre 26,867 millions en 2015.
Cela correspond à une augmentation de :
27,684 – 26,867 = 0,817 million, soit 817 000 abonnements.
C'est le résultat annoncé.

Rappel
1 million = 1 000 000

3 Formule saisie dans la cellule B4

La cellule B4 contient la somme des nombres d'abonnements Internet contenus dans les cellules B2 et B3.
Ainsi, on entre en B4 :
= B2+B3 ou = SOMME(B2:B3)

L'astuce du prof
Pour déterminer la formule, on remplace les nombres par le nom de la cellule correspondante.

4 Nombre d'abonnements Internet à très haut débit utilisant la fibre optique

En 2015, 5,3 % des abonnements Internet à très haut débit (au nombre de 4,237 millions) utilisaient la fibre optique.

$\frac{5,3}{100} \times 4,237 = 0,224\,561$ million

soit **224 561 utilisateurs.**

Remarque
On fait les calculs dans la même unité (en millions), puis on convertit le résultat.

Exercice 2

1 Construction en vraie grandeur

Programme de construction :

- Tracez un segment [AD] de longueur 7 cm.
- Avec un compas pointé en A, construisez un arc de cercle de rayon 4,2 cm. Avec un compas pointé en D, construisez un arc de cercle de rayon 5,6 cm. À l'intersection des deux arcs se trouve le point E.
- Placez F à 2,5 cm de A sur [AD) (au compas ou à la règle).
- Construisez B et C (au compas ou à la règle) à 9 cm de A sur [AD) et sur [AE).
- Tracez la droite (DE), puis la parallèle à (DE) passant par F : vous obtenez le point G situé sur le segment [AE].

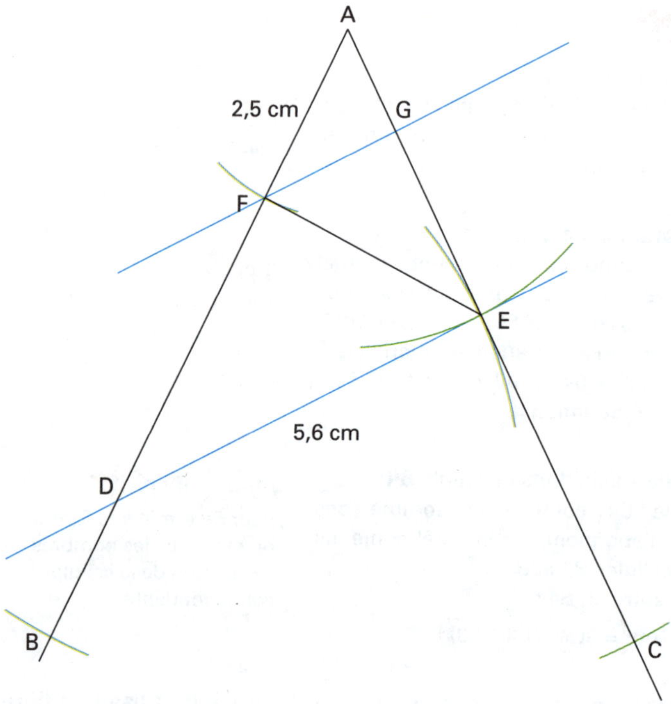

2 Nature du triangle ADE

Dans le triangle ADE où [AD] est le plus grand côté :

$AD^2 = 7^2 = 49$
$AE^2 + DE^2 = 4{,}2^2 + 5{,}6^2 = 17{,}64 + 31{,}36 = 49$ } On déduit : $AD^2 = AE^2 + DE^2$.

D'après la réciproque du théorème de Pythagore, **le triangle ADE est rectangle en E.**

3 Calcul de la longueur FG

Les points A, F, D et les points A, G, E sont alignés dans cet ordre.
Les droites (FG) et (DE) sont parallèles.
D'après le théorème de Thalès :

$\frac{AG}{AE} = \frac{AF}{AD} = \frac{FG}{DE}$, soit $\frac{AG}{4{,}2} = \boxed{\frac{2{,}5}{7} = \frac{FG}{5{,}6}}$.

Par produit en croix, on déduit de l'égalité encadrée : $7 \times FG = 2{,}5 \times 5{,}6$.

$FG = \frac{2{,}5 \times 5{,}6}{7} = \frac{14}{7}$ d'où **FG = 2 cm.**

Remarque

Avec l'égalité des deux premiers quotients, on aurait pu calculer la longueur AG.

L'astuce du prof

On peut vérifier sur la construction que la valeur calculée correspond.

Exercice 3

1 Comparaison de probabilités

L'urne des unités contient les 4 chiffres {2 ; 3 ; 5 ; 6}.

Ainsi, un nombre pair aura sa terminaison en 2 ou en 6.

La probabilité de former un nombre pair vaut alors : $\frac{2}{4} = \frac{1}{2} = 0{,}5$.

La probabilité de former un nombre impair (se terminant par 3 ou 5) est : $\frac{2}{4} = \frac{1}{2} = 0{,}5$.

Finalement, il y a **autant de chances de former un nombre pair qu'un nombre impair.**

Remarque

« Obtenir un nombre pair » et « obtenir un nombre impair » sont deux évènements contraires, dont la somme des probabilités vaut 1.

Autre méthode

On écrit la liste des 12 issues possibles. On dénombre 6 issues formant un nombre pair. La probabilité cherchée est donc $\frac{6}{12} = 0{,}5$.

2 a. Liste des nombres premiers que l'on peut former

Les seuls nombres premiers que l'on peut former avec pour chiffre des dizaines {1 ; 2 ; 3} et pour chiffre des unités {2 ; 3 ; 5 ; 6} sont **13 et 23**.

b. Probabilité de former un nombre premier

- Pour constituer un nombre, on choisit un chiffre des dizaines parmi 3 et un chiffre des unités parmi 4.
Il y a donc $3 \times 4 = 12$ nombres possibles.
- On peut former 2 nombres premiers.
La probabilité p de former un nombre premier est donc :

$$p = \frac{2}{12} = \frac{\cancel{2} \times 1}{\cancel{2} \times 6} = \frac{1}{6}.$$

On trouve bien le résultat annoncé.

Remarque

Un nombre est constitué de chiffres (de 0 à 9), comme un mot est constitué de lettres.

3 Évènement de probabilité $\frac{1}{3}$

- On peut former 12 nombres :
{12 ; 13 ; 15 ; 16 ; 22 ; 23 ; 25 ; 26 ; 32 ; 33 ; 35 ; 36}
- On cherche un évènement de probabilité :

$$p' = \frac{1}{3} = \frac{4}{12}$$

$$p' = \frac{\text{nombre de cas favorables}}{\text{nombre de cas possibles}} = \frac{\text{nombre de cas favorables}}{12}$$

On est donc ramené à chercher un évènement composé de 4 issues.
Il y en a plusieurs, par exemple :
– « obtenir un multiple de 3 » (12 ; 15 ; 33 ; 36) ;
– « obtenir un multiple de 4 » (12 ; 16 ; 32 ; 36) ;
– « obtenir un nombre commençant par un 1 » (ou un 2 ou un 3) ;
– « obtenir un nombre compris entre 14 et 24 »...

Exercice 4

1 a. Longueur du côté du plus petit carré

Dans le script principal, l'instruction `mettre côté à 40` indique que la longueur du carré est initialisée à **40**.

b. Longueur du côté du plus grand carré

Dans le script principal, l'instruction `ajouter à côté 20` est répétée 4 fois.
Les quatre carrés représentés ont pour côtés 40 ; 60 ; 80 ; 100.
La longueur du côté du plus grand carré est 100.

2 Ajout d'une instruction

• En étudiant le nouveau dessin obtenu, il apparaît qu'à chaque nouvelle construction, le trait est épaissi.

• Ainsi, on insère l'instruction `ajouter 2 à la taille du stylo` dans le script principal après l'instruction `carré`.

3 Dessin obtenu avec le nouveau script

• Dans le script principal, l'instruction `avancer de coté` est remplacée par `avancer de côté + 30`. Le reste est identique.

• Sur le dessin 1, l'ordonnée y est modifiée à chaque nouveau carré. Dans le script, il n'y a pas de modification de la valeur de y (qui reste donc égal à 0).
Le dessin 1 n'est donc pas celui obtenu avec le nouveau script.

L'astuce du prof
On compare les deux scripts pour comprendre la différence.

Gagnez des points !
Analysez les dessins obtenus et procédez par élimination pour trouver le dessin obtenu.

• Sur le dessin 2, le stylo reste en position d'écriture du début à la fin. Or le bloc carré, répété 4 fois, a pour dernière instruction `relever le stylo`. Le dessin 2 n'est donc pas celui obtenu avec le nouveau script.

• En conclusion, **le nouveau script permet de réaliser le dessin 3.**

Exercice 5

1 Transformation permettant d'obtenir le motif ②

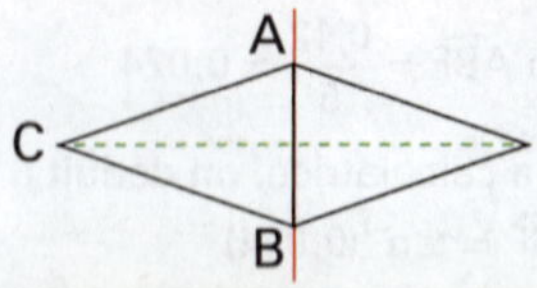

Le motif ABD est le symétrique par rapport à la droite (AB) du motif ABC.
Le motif ② est obtenu à partir du motif ① par la **symétrie d'axe (AB)**.

Remarque
La symétrie d'axe (AB) a le même rôle qu'un miroir.

2 Transformation permettant d'obtenir la frise

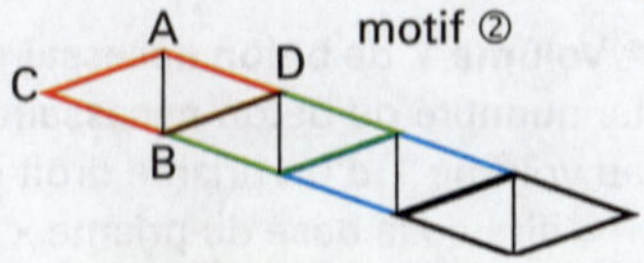

On repère sur la frise la répétition du motif ②.
Le motif vert est obtenu par « glissement » du motif ② de A vers D (ou de C vers B) ; de même, on obtient le motif bleu à partir du vert et le noir à partir du bleu.
La translation permettant d'obtenir la frise est donc la **translation transformant A en D (ou C en B)**.

Remarque
La translation qui transforme A en D sera étudiée en seconde et notée « translation de vecteur $\overrightarrow{AD}$ ».

Exercice 6

1 Étude de la faisabilité du projet

Il s'agit de déterminer une mesure de l'angle $\widehat{ABP}$.

- **Justification d'égalité de longueurs**

Le quadrilatère BCDP étant un rectangle, on a :
FG = BC = PD = 0,15 m
BP = CD = 5 m

Vue de face

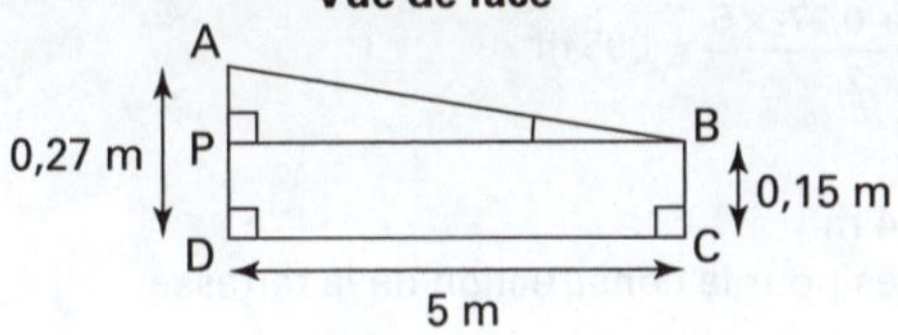

L'astuce du prof
Faites un croquis sur lequel vous reportez les longueurs connues.

- **Calcul de la longueur AP**

Le point P est situé sur le segment [AD], donc :
AP = AD – PD = 0,27 – 0,15
AP = 0,12 m

- **Calcul de la mesure de $\widehat{ABP}$**

Dans le triangle APB rectangle en P,

$$\tan \widehat{ABP} = \frac{\text{côté opposé à } \widehat{ABP}}{\text{côté adjacent à } \widehat{ABP}} = \frac{AP}{PB}$$

Gagnez des points !
Assurez-vous d'être dans un triangle rectangle pour utiliser la trigonométrie.

$\tan \widehat{ABP} = \frac{0,12}{5} = 0,024$

À la calculatrice, on déduit :

$\widehat{ABP} = \tan^{-1}(0,024)$

$\widehat{ABP} \simeq 1,37°$

Pensez-y !
Vérifiez que votre calculatrice est bien en mode degrés.

• En conclusion, l'angle $\widehat{ABP}$ est compris entre 1° et 1,5° : **le projet de Madame Martin vérifie la condition de bon écoulement des eaux de pluie.**

2 Calcul du montant de la facture

• **Volume $\mathcal{V}$ de béton nécessaire**

La quantité de béton nécessaire à la réalisation de la terrasse correspond au volume $\mathcal{V}$ d'un prisme droit de base ABCD et de hauteur CG.

$\mathcal{V}$ = aire de la base du prisme × hauteur du prisme (*information 2*)

$\mathcal{V} = \mathcal{A}_{ABCD} \times CG$

On décompose le quadrilatère ABCD en un rectangle PBCD et un triangle APB :

$\mathcal{A}_{ABCD} = \mathcal{A}_{PBCD} + \mathcal{A}_{APB}$

$\mathcal{A}_{PBCD} = \text{longueur} \times \text{largeur} = DC \times BC = 5 \times 0,15 = 0,75$

$\mathcal{A}_{APB} = \frac{\text{base} \times \text{hauteur}}{2} = \frac{PB \times AP}{2} = \frac{5 \times 0,12}{2} = 0,3$

$\mathcal{A}_{ABCD} = 0,75 + 0,3 = 1,05 \text{ m}^2$

Autre méthode

Le quadrilatère ABCD est un trapèze d'aire :

$$\frac{(\text{petite base} + \text{grande base}) \times \text{hauteur}}{2}$$

$$\mathcal{A}_{ABCD} = \frac{(BC + AD) \times DC}{2} = \frac{(0,15 + 0,27) \times 5}{2} = 1,05 \text{ m}^2$$

On en déduit : $\mathcal{V} = 1,05 \times 8 = 8,4 \text{ m}^3$.

8,4 m^3 de béton sont nécessaires pour la construction de la terrasse.

• **Prix du béton**

1 m^3 de béton coûte 95 € (*information 3*).

$8,4 \times 95 = 798$.

Le béton est facturé 798 €.

• **Nombre de toupies de béton nécessaires**

La capacité maximale du camion-toupie est 6 m^3 (*information 3*).

Ayant besoin de 8,4 m^3 de béton, 2 toupies de béton seront nécessaires.

• **Distance parcourue par le camion-toupie**

L'entreprise facture les distances aller et retour parcourues par le camion-toupie (*information 3*).

L'entreprise se situe à 23 km du domicile de Madame Martin (*information 1*).

Sachant que le camion-toupie devra effectuer deux trajets, il parcourra :

$$\underbrace{(23 \times 2)}_{\text{trajet aller-retour}} \times \underbrace{2}_{\text{2 trajets}} = 92 \text{ km}$$

Gagnez des points !

Lisez attentivement l'énoncé, car il contient de nombreuses informations.

• **Frais de livraison**

1 km parcouru est facturé 5 € (*information 3*).

$92 \times 5 = 460$.

Les frais de livraison s'élèvent à 460 €.

• En conclusion, la facture de Madame Martin s'élève à :

prix du béton + frais de livraison

$= 798 + 460 =$ **1 258 €**

Gagnez des points !

N'oubliez pas la conclusion.

Exercice 7

1 Développement et réduction

$A = 2x(x - 1) - 4(x - 1)$

$A = 2x \times x - 2x \times 1 - 4 \times x - 4 \times (-1)$

$A = 2x^2 - 2x - 4x + 4$

$\mathbf{A = 2x^2 - 6x + 4}$

Méthode

On applique la distributivité : $k(a - b) = ka - kb$.

2 Solution d'une équation

On calcule $(2x + 1) \times (x - 2)$ pour $x = -5$.

$(2 \times (-5) + 1) \times (-5 - 2)$

$= (-10 + 1) \times (-7) = (-9) \times (-7) = 63$

Le nombre –5 est donc solution de l'équation $(2x + 1) \times (x - 2) = 63$.

Méthode

Il suffit de remplacer x par –5 dans le produit et de vérifier si oui ou non on obtient 63.

3 a. Représentation graphique de la fonction *f*

Le **graphique B** représente la fonction *f*.

b. Justification

$f(x) = -3x + 1{,}5$.

f est une fonction affine représentée graphiquement par une droite dont l'ordonnée à l'origine est $f(0)$.

$f(0) = -3 \times 0 + 1{,}5 = 1{,}5$

La droite représentant *f* coupe donc l'axe vertical en 1,5 : c'est $\boldsymbol{d_2}$.

Remarques

• $f(1) = -3 \times 1 + 1{,}5 = -1{,}5$.
La droite représentant *f* passe par le point de coordonnées (1 ; –1,5).
d_1 et d_2 passent toutes deux par ce point. Aussi ce calcul ne permet-il pas de justifier notre choix.

• La droite d_1 représente la fonction $f(x) = 1{,}5x - 3$.

Autres méthodes

- **Avec le coefficient directeur de la droite**

On a $f(x) = -3x + 1{,}5$. La fonction f est représentée par une droite dont le coefficient directeur est –3. (C'est le « a » de $ax + b$.)

Pour d_1, on lit $a = 3$. Pour d_2, on lit $a = -3$.

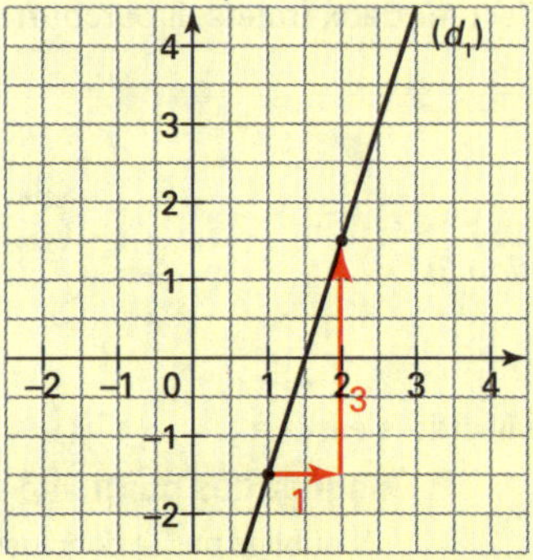

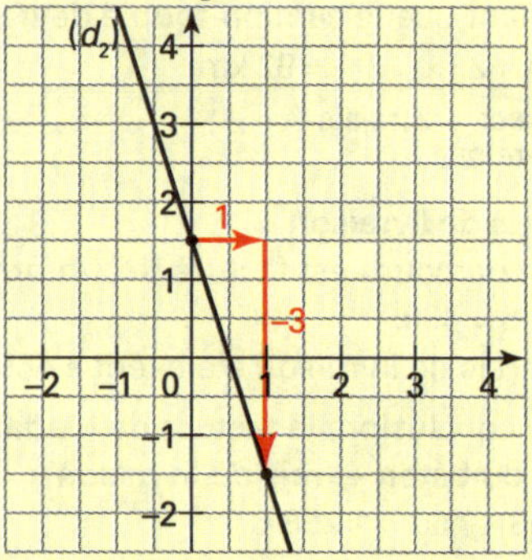

La fonction représentant f est donc d_2.

- **Avec un calcul d'image**

$f(x) = -3x + 1{,}5$.

Par exemple, on calcule $f(2) = -3 \times 2 + 1{,}5 = -4{,}5$. La droite représentant f passe donc par le point de coordonnées $(2\ ;\ -4{,}5)$: c'est le cas pour d_2 ; mais pas pour d_1.

Exercice 8

- 9,7 Mo sont téléchargés sur un total de 115,2 Mo.

Restent à télécharger : 115,2 – 9,7 = 105,5 Mo.

- La vitesse de téléchargement est de 1,3 Mo/s.

Le temps t de téléchargement de 105,5 Mo est donc de :

$$t = \frac{105{,}5}{1{,}3}$$

$t \approx 81$ s (temps arrondi à la seconde près)

Gagnez des points !
Attention aux unités !

- 81 s = 60 s + 21 s = 1 min 21 s.

Il faudra donc **moins d'une minute et vingt-cinq secondes** pour que le téléchargement se termine.

Autre méthode

1 min 25 s = (60 + 25) s = 85 s. En 85 s, on peut télécharger $85 \times 1{,}3 = 110{,}5$ Mo.
Il reste 105,5 Mo à télécharger. $105{,}5 < 110{,}5$: le temps proposé est donc suffisant pour télécharger le reste des données.

SOMMAIRE

L'épreuve de Français expliquée

La nouvelle épreuve du brevet

- L'épreuve de Français se compose de deux parties obligatoires :

– **une première partie,** d'une durée **d'1 h 10**, évalue votre capacité à comprendre, analyser et interpréter des documents et des œuvres qu'ils soient littéraires ou artistiques.

– **une seconde partie,** d'une durée d'**1 h 50**, évalue principalement votre maîtrise de la langue (orthographe) et votre capacité à rédiger un texte long (rédaction).

- Le sujet comporte **un texte** qui peut être accompagné d'un document iconographique (photo, affiche, schéma, œuvre d'art, etc).

Comment s'organise l'épreuve de Français ?

- **Durée** : l'épreuve dure en tout **3 heures**, et se divise en **deux parties** séparées par une pause. Les vingt dernières minutes de la première partie sont consacrées à la dictée.
- **Notation** : la notation globale est sur **100 points**. Dans la première partie, les questions liées au texte littéraire sont notées sur **50 points, la dictée est notée sur 10 points**. La seconde partie est évaluée sur **40 points**.
- **L'épreuve** comporte quatre types de sujets différents expliqués dans le tableau ci-dessous :

Grammaire et compétences linguistiques	Compréhension et compétences d'interprétation	Dictée	Rédaction
Questions sur des points de langue précis et exercice de réécriture.	Questions sur l'interprétation du texte et de l'image.	Extraite le plus souvent de la même œuvre que celle du texte d'étude ou dont le thème est semblable.	Choix entre **un sujet d'imagination** et **un sujet de réflexion** en lien avec le texte étudié.

Quels sont les critères d'évaluation de ma copie de Brevet ?

- On attend de vous que vous soyez capable de :

– **rédiger entièrement** vos réponses en reprenant des éléments de la question ;

– **faire figurer les citations** du texte entre guillemets ;

– **respecter les consignes** et veiller à ne pas faire de **faute d'orthographe**.

- **Dans la réécriture**, les fautes de copie et les modifications non demandées sont sanctionnées.
- **Dans la dictée**, on vous retirera :

– **1 point** par faute grammaticale (homophones, accords, conjugaison) ;

– **0,5 point** par faute lexicale ;

– **0,5 point** par erreur de ponctuation, majuscule, trait d'union ou accent (à hauteur de 2 points).

La méthode pour le Brevet

Les questions 1 h 10

Lire le texte et les questions

- **Lisez d'abord le paratexte** (nom de l'auteur, titre du livre, année de publication, introduction figurant en italique avant l'extrait qui fournit des informations sur le contexte et parfois le type de texte à analyser) afin de comprendre de quoi il s'agit. Parfois, une question peut demander de s'y référer pour justifier la réponse.

Remarques

- Les copies et les feuilles de brouillon vous sont fournies.
- Aucun document n'est autorisé.

- **Lisez le texte lentement** une première fois pour en comprendre le sens général (narrateur, personnages, lieu, époque, thème).
- **Procédez à une relecture** afin de mieux le mémoriser, dégager sa structure, saisir les images, l'implicite ou simplement ce qui aurait pu échapper à la première lecture.
- **Soyez attentif(ve) aux questions en deux parties.**

Soigner les réponses et la copie

- **Développez et approfondissez les réponses qui valent le plus de points.**
- **Apportez d'abord une explication,** puis justifiez à l'aide du texte : recopier seulement des mots du texte ne constitue pas une explication.
- **Prélevez uniquement les mots ou groupes de mots essentiels à la justification** et non des passages entiers. Chacun d'entre eux doit figurer entre guillemets.

Conseil

Vous pouvez utilisez le signe [...] pour éviter de recopier une phrase en entier. Veillez cependant à ce que les mots qui justifient la réponse figurent bien sur la copie.

- **Notez le numéro de la question** et les subdivisions (a., b., c.) quand il y en a. Aérez votre copie en sautant des lignes entre les questions.
- Si les deux dernières questions portent sur un document iconographique joint au texte, **réfléchissez aux points communs et aux différences entre les documents.**

Les questions les plus fréquentes

- **En vocabulaire,** les questions portent souvent sur : les synonymes et les antonymes ; la décomposition d'un mot en radical, préfixe et suffixe ; le champ lexical ; la définition d'un mot ; les figures de style (surtout la métaphore, la comparaison et la personnification).
- **En grammaire,** les questions portent souvent sur : les types et formes de phrases ; les natures et les fonctions grammaticales ; les temps du mode indicatif et leurs valeurs (surtout l'imparfait, le passé simple, le présent) ; le rapport logique entre les propositions (une prédilection pour la cause et la conséquence) ; le passage de la coordination à la subordination (et inversement) ; les discours direct et indirect ; le point de vue du narrateur.

La réécriture

- **Montrez-vous méthodique** afin de ne pas oublier certaines transformations en cours de copie.
- **Demandez-vous quels mots sont touchés** par la transformation et soulignez-les d'abord dans l'extrait à modifier.
- **Soyez attentif(ve)** en recopiant le reste du texte.

Les différents types de réécriture

- **Le changement de genre** → Faites attention aux adjectifs qualificatifs, aux pronoms et déterminants possessifs, aux participes passés.
- **Le changement de nombre** → Faites attention à la terminaison des verbes, des adjectifs qualificatifs et participes passés et aux déterminants possessifs et pronoms.
- **Le passage d'un temps simple à un temps composé** → Faites attention à la terminaison des participes passés selon l'auxiliaire employé.
- **Le passage du discours direct au discours indirect (ou l'inverse)** → Faites attention à la ponctuation, aux déterminants possessifs et aux pronoms, aux temps verbaux et aux indications de temps et de lieu.

La dictée 20 min

Comment se déroule la dictée ?

Elle se déroule en **trois temps** :
1. une première lecture expressive ;
2. la dictée effective du texte, par groupes de mots cohérents, avec les liaisons obligatoires et la ponctuation ;
3. une relecture de l'ensemble, sans ponctuation.
Attention : à partir de l'étape 3, il ne sera répondu à aucune de vos questions.

- **Écoutez** attentivement la lecture du texte pour en comprendre le sens.
- **Écrivez sans vous arrêter sur l'orthographe d'un mot** afin de ne pas perdre le rythme de la dictée et repérez les liaisons effectuées par le lecteur.
- **Suivez la relecture** pour vérifier que vous n'avez oublié aucun mot.
- **Relisez soigneusement** votre copie par étapes. Vérifiez :

– d'abord **l'orthographe grammaticale** :
les homophones : « a » / « à », « ou » / « où », « et » / « est », « mes » / « mais », « se » / « ce » ;
les verbes : y a-t-il un sujet ? est-il conjugué ? est-ce lui qui est conjugué ou un auxiliaire ? est-ce une action ou un état ? quel est le féminin du participe passé ? ;
les accords : déterminant/nom, adjectif qualificatif ou participe passé/nom ;
– puis **l'orthographe lexicale** : certains préfixes doublent la consonne ; chercher un mot de la même famille peut renseigner sur la consonne finale ; dégager le radical peut aider à écrire le mot.

> **Conseil**
> **Écrivez lisiblement** : tout doute du correcteur est compté comme une erreur.

La rédaction 1 h 30

Comment aborder la rédaction ?

- Pour ce travail d'écriture, vous devez **choisir un sujet** entre les deux.
- **Lisez avec beaucoup d'attention le sujet choisi,** ainsi que les consignes d'écriture qui le suivent.
- **Vérifiez le sens des mots incompris** dans le dictionnaire.

> **Conseil**
> Les sujets de rédaction s'appuient sur le texte distribué au cours de la première partie de l'épreuve : laissez-le sur la table afin de vous y reporter si nécessaire.

Le sujet d'imagination

- **Notez à quelle personne le devoir doit être rédigé** (première ou troisième personne).
- **Notez également le plan** si le sujet le précise (parties, paragraphes). S'il n'est pas indiqué, c'est à vous d'en construire un.

> **Conseil**
> **Organisez vos idées** au brouillon et rédigez directement au propre.

- **Relevez la forme que doit prendre le devoir** (lettre, journal intime, récit et dialogue, récit et description, suite de texte...) et **listez ses caractéristiques** afin de ne pas oublier de les appliquer.
- **Dégagez ensuite le contenu** : quel est le thème ? De quels personnages s'agit-il ? Quelles sont les circonstances ? Des sentiments doivent-ils être exprimés ?

Remarque

Un dictionnaire sur support papier est autorisé.

- **Vérifiez que toutes les contraintes ont été respectées,** une fois le brouillon terminé.
- **Vérifiez la construction des phrases et l'orthographe,** veillez à supprimer les répétitions.

Le sujet de réflexion

- **Soulignez les mots-clés** du sujet et **notez le thème.**
- **Construisez un plan** selon le type de sujet : demande-t-il les avantages et les inconvénients ? Les causes et les conséquences ? Une explication et un commentaire ? Votre avis personnel ?
- **Rédigez entièrement au brouillon l'introduction et la conclusion :**

– l'introduction amène le sujet et le situe dans un contexte ; elle présente ensuite le sujet, puis le plan ;

– la conclusion résume l'argumentation qui a été présentée et se termine par une phrase d'ouverture, toujours en rapport avec le sujet traité, qui élargit la réflexion.

- **Organisez le devoir** en parties distinctes et en paragraphes (saut de ligne, retour à la ligne).
- **Reliez les paragraphes et les arguments entre eux** à l'aide d'indicateurs logiques (ensuite, ainsi, en effet...).

Le programme

Attention !

- Les indications qui suivent sont conformes au texte du *Bulletin Officiel* de l'Éducation nationale du 26 novembre 2015. Les nouveaux programmes sont entrés en vigueur à la rentrée 2016.
- La **réforme du collège** a mis en place un enseignement par cycles.
- Le **cycle 4** correspond aux **trois classes du collège** : 5e, 4e et 3e.
- **En Français**, il y a un programme pour chaque niveau du collège.

Les 5 thèmes du programme

Entrée du cycle 4	Thème étudié en classe de 3e
Se chercher, se construire	Se raconter, se représenter
Vivre en société, participer à la société	Dénoncer les travers de la société
Regarder le monde, inventer des mondes	Visions poétiques du monde
Agir sur le monde	Agir dans la cité : individu et pouvoir
Questionnements complémentaires	Progrès et rêves scientifiques

→ Chaque entrée du cycle 4 est approfondie dans chaque niveau du cycle.

Sujet 1

3 heures

Albert Camus, *Le Premier Homme*

France métropolitaine, juillet 2019

Travail sur le texte littéraire et sur l'image

1 h 10 50 pts

Document A Texte littéraire

Dans son roman Le Premier Homme, *Albert Camus raconte son enfance en Algérie dans les années 1920. Il s'est représenté dans le personnage de Jacques et évoque ici les jeux qu'il partage avec ses camarades.*

Tous les jours, à la saison, un marchand de frites activait son fourneau. La plupart du temps, le petit groupe n'avait même pas l'argent d'un cornet. Si par hasard l'un d'entre eux avait la pièce nécessaire, il achetait son cornet, avançait gravement vers la plage, suivi du cortège respectueux des camarades et, devant la mer, à l'ombre d'une vieille barque démantibulée, plantant ses pieds dans le sable, il se laissait tomber sur les fesses, portant d'une main son cornet bien vertical et le couvrant de l'autre pour ne perdre aucun des gros flocons croustillants. L'usage était alors qu'il offrît une frite à chacun des camarades, qui savourait religieusement l'unique friandise chaude et parfumée d'huile forte qu'il leur laissait. Puis ils regardaient le favorisé qui, gravement, savourait une à une le restant des frites. Au fond du paquet, restaient toujours des débris de frites. On suppliait le repu[1] de bien vouloir les partager. Et la plupart du temps, sauf s'il s'agissait de Jean, il dépliait le papier gras, étalait les miettes de frites et autorisait chacun à se servir, tour à tour, d'une miette. […] Le festin terminé, plaisir et frustration aussitôt oubliés, c'était la course vers l'extrémité ouest de la plage, sous le dur soleil, jusqu'à une maçonnerie à demi détruite qui avait dû servir de fondation à un cabanon disparu et derrière laquelle on pouvait se déshabiller. En quelques secondes, ils étaient nus, l'instant d'après dans l'eau, nageant vigoureusement et maladroitement, s'exclamant, bavant et recrachant, se défiant à des plongeons ou à qui resterait le plus longtemps sous l'eau. La mer était douce, tiède, le soleil léger maintenant sur les têtes mouillées, et la gloire de la lumière emplissait ces jeunes corps d'une joie qui les faisait crier sans arrêt. Ils régnaient sur la vie et sur la mer, et ce que le monde peut donner de plus fastueux[2], ils le recevaient et en usaient sans mesure, comme des seigneurs assurés de leurs richesses irremplaçables.

Ils en oubliaient même l'heure, courant de la plage à la mer, séchant sur le sable l'eau salée qui les faisait visqueux, puis lavant dans la mer le sable qui les habillait de gris. Ils couraient, et les martinets[3] avec des cris rapides commençaient de voler plus bas au-dessus des fabriques et de la plage. Le ciel, vidé de la touffeur[4] du jour, devenait plus pur puis verdissait, la lumière se détendait et, de l'autre côté du golfe, la courbe des maisons et de la ville, noyée jusque-là dans une sorte de brume, devenait plus distincte. Il faisait encore jour, mais des lampes s'allumaient déjà en prévision du rapide crépuscule d'Afrique. Pierre, généralement, était le premier à donner le signal : « Il est tard », et aussitôt, c'était la débandade, l'adieu rapide. Jacques avec Joseph et Jean couraient vers leurs maisons sans se soucier des autres. Ils galopaient hors de souffle. La mère de Joseph avait la main leste[5]. Quant à la grand-mère de Jacques…

Albert Camus, *Le Premier Homme,* © Éditions Gallimard, 1994.

1. *Le repu* : celui qui n'a plus faim.
2. *Fastueux* : très luxueux.
3. *Martinets* : oiseaux au vol rapide, qui ressemblent aux hirondelles.
4. *Touffeur* : chaleur étouffante.
5. *Avoir la main leste* : donner facilement des gifles, des coups, en guise de réprimande.

Document B **Image**

La Voiture fondue, 1944, © Atelier Robert Doisneau.

Les réponses aux questions doivent être entièrement rédigées.

Grammaire et compétences linguistiques → corrigé p. 125

1 « L'usage était alors qu'il offrît une frite à chacun des camarades, qui savourait religieusement l'unique friandise chaude et parfumée d'huile forte qu'il leur laissait » (ll. 9-11).

a. Quel est le groupe complément d'objet de « savourait » ? **1 pt**

b. Pour vérifier la délimitation de ce groupe complément d'objet, réécrivez la phrase en le remplaçant par un pronom. **1 pt**

c. Relevez deux expansions du nom « friandise » de nature (ou classe) grammaticale différente. Précisez la nature (ou classe) grammaticale de chacune d'elles. **4 pts**

2 « Le festin terminé, plaisir et frustration aussitôt oubliés, c'était la course vers l'extrémité ouest de la plage » (ll. 6-7). Remplacez les deux groupes soulignés par deux propositions subordonnées conjonctives compléments circonstanciels de temps. **2 pts**

3 Réécrivez le passage ci-dessous en remplaçant « *l'un d'entre eux* » par « *deux d'entre eux* ». Faites toutes les modifications nécessaires.

« *Si par hasard l'un d'entre eux avait la pièce nécessaire, il achetait son cornet, avançait gravement vers la plage, suivi du cortège respectueux des camarades et, […] plantant ses pieds dans le sable, il se laissait tomber sur les fesses, portant d'une main son cornet bien vertical et le couvrant de l'autre.* » (ll. 3-8) **10 pts**

Compréhension et compétences d'interprétation → corrigé p. 125

1 Lignes 1 à 16 :

a. La scène évoquée se répète plusieurs fois. Qu'est-ce qui l'indique précisément ? Deux éléments de réponse sont attendus. **2 pts**

b. Pourquoi ce moment est-il particulièrement important pour les enfants ? Vous justifierez votre réponse en vous appuyant sur le texte. Deux éléments de réponse sont attendus. **4 pts**

2 Lignes 16 à 28 :

a. Comment l'écrivain montre-t-il que les enfants sont heureux au moment de la baignade ? Vous justifierez votre réponse en vous appuyant sur le texte. Deux éléments de réponse sont attendus. **4 pts**

b. Pourquoi peut-on dire qu'ils sont transformés par la baignade ? Vous justifierez votre réponse en vous appuyant sur le texte. Deux éléments de réponse sont attendus. **4 pts**

FRANÇAIS

3 Lignes 29 à 42 : quels changements apparaissent à la fin du texte ? Développez trois éléments de réponse en vous appuyant sur des passages précis. **6 pts**

4 En vous aidant de vos réponses aux questions précédentes, donnez un titre significatif à chacun des trois moments de la journée évoqués dans le texte (ll. 1-16, ll. 16-28 et ll. 29-42). **6 pts**

5 Quels liens pouvez-vous établir entre la photographie de Robert Doisneau et le texte d'Albert Camus ? Développez votre réponse en vous appuyant sur des éléments précis. **6 pts**

Dictée → *corrigé p. 127* 20 min **10 pts**

› Écoutez la dictée avec l'application Nathan Live.

Consignes :

– On dictera le texte à haute voix à plusieurs reprises.

– On inscrira au tableau de manière lisible par l'ensemble des candidats le titre de l'œuvre, le nom de l'auteur et le mot **glycines**.

– On précisera que les nombres doivent être écrits en lettres.

– On indiquera aux candidats que le « **ils** » utilisé dans le texte de la dictée désigne Jacques et ses camarades.

Rédaction 1 h 30 **40 pts**

Vous traiterez au choix l'un des deux sujets suivants :

Sujet d'imagination → *corrigé p. 128*

› Devenu adulte, un des enfants de la photographie de Robert Doisneau raconte, comme Albert Camus, les jeux de son enfance. Il évoque la scène représentée sur la photographie. Vous imaginerez son récit en montrant comment le jeu permet aux enfants, dans un moment de joie partagée, de transformer la réalité qui les entoure.

Vous choisirez d'écrire votre récit à la première ou à la troisième personne.

Sujet de réflexion → *corrigé p. 129*

› La littérature, le cinéma et les autres arts permettent de découvrir la vie de personnages fictifs ou réels. Que peut vous apporter cette découverte ?

Vous développerez votre point de vue en vous appuyant sur des exemples précis, issus de votre culture personnelle et des œuvres étudiées lors de votre scolarité.

Sujet 1 Corrigé

Grammaire et compétences linguistiques → énoncé p. 123

Les clés pour réussir

1 a. Un « groupe complément d'objet » est un **COD** ou un **COI**. Il répond à la question « Quoi ? » ou « À/De quoi ? » posée après le verbe.

c. Les expansions du nom les plus fréquentes sont les **adjectifs qualificatifs**, les **groupes prépositionnels** et les **propositions subordonnées relatives**. On attend ici deux expansions de nature différente.

2 Une proposition subordonnée conjonctive complément circonstanciel de temps doit être introduite par une **conjonction de subordination** (*quand, lorsque, dès que, aussitôt que...*) et contenir un **verbe conjugué**.

1 a. « l'unique friandise chaude et parfumée d'huile forte qu'il leur laissait » est le groupe complément d'objet du verbe « savourait ».

b. « L'usage était alors qu'il offrît une frite à chacun des camarades, qui la savourait religieusement. »

c. Le nom « friandise » est complété par :

– des adjectifs qualificatifs : « unique » et « chaude » ;

– une proposition subordonnée relative : « qu'il leur laissait » ;

– un groupe participe passé employé comme adjectif : « parfumée d'huile forte ».

2 « Quand le festin était terminé, dès que plaisir et frustration étaient oubliés, c'était la course vers l'extrémité ouest de la plage. »

3 « Si par hasard deux d'entre eux avaient la pièce nécessaire, ils achetaient leur cornet, avançaient gravement vers la plage, suivis du cortège respectueux des camarades et, [...] plantant leurs pieds dans le sable, ils se laissaient tomber sur les fesses, portant d'une main leur cornet bien vertical et le couvrant de l'autre. »

Compréhension et compétences d'interprétation → énoncé p. 123

Les clés pour réussir

Pour ces questions d'interprétation, soyez très attentif aux **indications de lignes**.

1 a. La répétition peut être indiquée par le **lexique**, mais aussi par la **valeur d'un temps** particulier.

2 a. Vous devez chercher des **procédés d'écriture** particuliers.

FRANÇAIS

3 Cette question nécessite une réponse **développée**. Chaque élément de réponse devra être justifié par une **citation** précise du texte.

5 Soyez attentif aux **points communs** entre le texte et l'image, à la fois dans le **décor**, les **personnages** et leurs **occupations**. Attention, ne faites pas d'erreur sur la date : les deux documents n'évoquent pas la même période.

1 **a.** Les éléments qui indiquent que la scène se répète plusieurs fois sont nombreux :
– les indications temporelles : « Tous les jours » (l. 1), « La plupart du temps » (l. 2 et 14), « toujours » (l. 13) ;
– l'utilisation de l'imparfait d'habitude : « activait » (l. 1), « dépliait » (l. 14)... ;
– l'emploi du mot « usage » (l. 9).

b. La dégustation d'un cornet de frites est pour les enfants un moment exceptionnel car c'est une gourmandise qui est rare et chère pour eux : « La plupart du temps, le petit groupe n'avait même pas l'argent d'un cornet » (ll. 2-3). Ils ne veulent donc pas en perdre la moindre miette : « [il] étalait les miettes de frites » (l. 15). C'est aussi un moment de partage et d'amitié : « L'usage était alors qu'il offrît une frite à chacun » (l. 9), « [il] autorisait chacun à se servir » (l. 15).

2 **a.** Le bonheur des enfants au moment de la baignade est exprimé par :
– l'énumération des actions : « nageant [...], s'exclamant, bavant et recrachant, se défiant » (ll. 21-22) ;
– le champ lexical du bonheur : « joie », « crier » (l. 25) ;
– la comparaison (« comme des seigneurs », l. 27) et la métaphore (« Ils régnaient sur la vie et sur la mer », ll. 25-26) ;
– l'expression de l'intensité : « vigoureusement » (l. 21), « le plus » (l. 22), « sans arrêt » (l. 25), « sans mesure » (l. 27), « irremplaçables » (l. 28).

b. Les enfants ne sont plus les mêmes une fois dans l'eau parce qu'ils ne sont plus pauvres. Leur joie efface la pauvreté (« régnaient », l. 25 ; « fastueux », l. 26 ; « richesses », l. 28), au point qu'ils deviennent « comme des seigneurs » (l. 27). On a l'impression que les enfants fusionnent avec le monde : « la gloire de la lumière emplissait ces jeunes corps » (ll. 24-25).

3 À la fin du texte, la réalité s'impose aux enfants et met fin à l'état de bonheur dans lequel ils étaient. La ville réapparaît (« la courbe des maisons et de la ville [...] devenait plus distincte », ll. 34-36) tandis que la nuit tombe (« des lampes s'allumaient », ll. 36-37). Les enfants se dépêchent alors de rentrer en oubliant le groupe : « c'était la débandade, l'adieu rapide. Jacques avec Joseph et Jean couraient vers leurs maisons sans se soucier des autres » (ll. 39-40). Les règles familiales s'imposent à eux : « La mère de Joseph avait la main leste » (l. 41).

4 La journée festive du texte fait apparaître trois moments que l'on pourrait nommer ainsi :
– le rituel du partage du cornet de frites (ll. 1-16) : « Le Festin » ;
– l'instant de joie intense pendant la baignade (ll. 16-28) : « La Baignade » ;
– le retour brutal à la réalité (ll. 29-42) : « Le Retour ».

5 Le texte d'Albert Camus et la photographie de Robert Doisneau ont de nombreux points communs. Dans le texte, un groupe d'enfants joue sur la plage ; sur la photographie, un groupe d'enfants joue dans la carcasse d'une voiture. Dans les deux cas, les enfants semblent heureux : ils sourient sur la photographie et sont transportés par « une joie qui les faisait crier sans arrêt » (l. 25) dans le texte. Dans les deux cas, les enfants font abstraction du délabrement du lieu et le transforment par leur présence : la « maçonnerie à demi détruite » (l. 18) devient une cabine de plage dans le texte, de même que la voiture fondue devient un carrosse sur la photographie. Enfin, dans le texte comme sur la photographie, les enfants se tiennent à l'écart de la ville et du monde des adultes, avec des postures de héros : « comme des seigneurs » (l. 27).

Dictée

→ *énoncé p. 124*

Les clés pour réussir

Bien conjuguer

- L'**imparfait** de l'indicatif a les mêmes terminaisons pour tous les verbes : *-ais, -ais, -ait, -ions, -iez, -aient*.

Bien accorder

- Le « **ils** » utilisé dans le texte est au **pluriel.**
- Les verbes au **participe présent** sont **invariables.**
- Les **participes passés** employés comme **adjectifs** s'accordent **avec le nom** auquel ils se rapportent.

Ne pas confondre

- « **ras** » / « **raz** » / « **rat** » : « ras » est un adjectif qualificatif employé dans l'expression « à ras bord » ; « raz » est un nom désignant un courant marin ; « rat » est un nom désignant l'animal.

Bien orthographier

- « **champ** » : pas de « s » final.
- « **loin** » : pas de « g » final (ne pas confondre avec « long »).

Dès qu'ils étaient au complet, ils partaient, promenant la raquette le long des grilles rouillées des jardins devant les maisons, avec un grand bruit qui réveillait le quartier et faisait bondir les chats endormis sous les glycines poussiéreuses. Ils couraient, traversant la rue, essayant de s'attraper, couverts déjà d'une bonne sueur, mais toujours dans la même direction, vers le champ, non loin de leur école, à quatre ou cinq rues de là. Mais il y avait une station obligatoire, à ce qu'on appelait le jet d'eau, sur une place assez grande, une énorme fontaine ronde à deux étages, où l'eau ne coulait pas, mais dont le bassin, depuis longtemps bouché, était rempli jusqu'à ras bord, de loin en loin, par les énormes pluies du pays.

Albert Camus, *Le Premier Homme*, © Éditions Gallimard, 1994.

Travail d'écriture – Sujet d'imagination → énoncé p. 124

Les clés pour réussir

La situation de communication

- On attend un texte **narratif** à la **première** ou à la **troisième personne.**
- Le récit doit contenir une **description précise** de la scène représentée sur la **photographie.**
- Le narrateur doit exprimer ses **impressions**, ses **sensations**, ses **émotions.**

La transformation de la réalité

- Les **jeux de l'enfance** doivent transformer le décor délabré lié à la guerre. Il est donc important d'associer la photographie à un moment de **joie.**

Le récit d'un souvenir

- Vous devez introduire votre récit par l'évocation des **circonstances** qui ont entraîné le **retour dans le passé.**
- Pensez à montrer que le recul a permis au narrateur d'**analyser son souvenir.**

Méthode

Pour vous aider, nous vous avons indiqué en couleur les parties de la rédaction qui répondent aux consignes.

|…| Description de la photographie — Narrateur adulte — Jeu qui transforme la réalité

« Dis papi, c'est toi sur la photo là ? » Ma petite-fille, plongée dans un vieil album photo, me désignait du doigt une photographie en noir et blanc, jaunie par le temps. Je fixai un instant l'image et tous les souvenirs de cette période commencèrent à resurgir dans ma mémoire comme une vague de nostalgie.

C'était l'été 1944. Le Débarquement avait déjà eu lieu et notre ville avait été libérée du joug de l'occupant allemand. Nous habitions alors en Normandie et les bombardements avaient été violents : de nombreux bâtiments avaient été soufflés et avaient laissé place à un champ de ruines, un peu à l'écart des habitations épargnées. Nous étions une bande de copains et ce terrain devint vite notre aire de jeux favorite.

Sur la photo, nous étions cinq. Nous avions pris d'assaut la carcasse à demi brûlée d'une vieille voiture. Je reconnus sans peine Marcel, qui se penchait par la portière pour guetter d'éventuels poursuivants. Derrière lui se tenaient fièrement ses deux petites sœurs, dont j'ai oublié les prénoms. On les appelait « princesses » ! On avait dû leur dire de s'asseoir là, passagères uniques de notre diligence improvisée. Sur le capot, bravant tous les dangers, Émile trônait, scrutant un horizon que nous n'atteindrions sans doute jamais… C'était le plus grand d'entre nous, le chef de la bande, et personne ne lui disputait ce rôle – son père avait été résistant. Et moi, sept ans à peine, j'étais assis sur le toit de la voiture. Armé d'un fil électrique sûrement trouvé au milieu des décombres, je fouettais les chevaux imaginaires de notre diligence en leur lançant des insultes avec un accent *yankee* que je pensais parfait !

Les semaines précédentes, nous avions croisé quelques soldats américains et accumulé des trésors que nous devions absolument protéger : un paquet de chewing-gums, un « cricket » du Débarquement et sans doute quelques barres de chocolat.

Le champ de ruines était une bénédiction pour nous : à l'abri du regard de nos parents, nous étions libres d'imaginer les plus folles aventures. Des Indiens convoitaient notre trésor, mais notre diligence était si rapide que plus rien ne pouvait nous inquiéter. Comme Émile, nous regardions vers l'avenir avec le sourire.

Ma petite-fille me rappela à la réalité : « C'est tout cassé ! C'était la guerre ? ». « C'était la guerre, oui… » pensai-je. Mais nous voulions tellement l'oublier, et nos jeux d'enfants nous permettaient d'y échapper pendant que les adultes pansaient leurs plaies ou se battaient encore.

Travail d'écriture – Sujet de réflexion → énoncé p. 124

Les clés pour réussir

L'introduction

- Annoncez le **thème** : la littérature et les arts.
- Présentez le **sujet** : recopiez ou reformulez la question posée par le sujet.
- Annoncez votre **plan**.

FRANÇAIS

Le développement

Le sujet vous invite à **présenter votre point de vue** en développant vos idées dans au moins **trois paragraphes** illustrés d'exemples précis et variés. On n'attend pas ici un plan en deux parties (pour/contre).

La conclusion

- Précisez votre avis **en répondant clairement à la question posée** par le sujet.
- Terminez avec une phrase d'**ouverture** pour élargir la question en restant sur le même thème.

Méthode

Pour vous aider, nous vous avons indiqué en couleur les parties de la rédaction qui répondent aux consignes.

Indicateurs logiques Arguments |...| Exemples

Le rapport de proximité des œuvres d'art avec la vie est permanent, comme l'écrivait la graffeuse Miss. Tic : « L'art et la vie ne font qu'un ». La littérature, le cinéma et les autres arts permettent en effet de découvrir la vie de personnages fictifs ou réels. On peut s'interroger sur ce que nous apportent ces découvertes. Nous présenterons ici quatre réponses à cette question, en nous appuyant sur des exemples précis.

Dans un premier temps, la découverte de la vie de personnes réelles à travers des œuvres littéraires ou cinématographiques est un moyen efficace d'enrichir ses connaissances, d'apprendre et de réfléchir grâce aux expériences vécues et racontées. Ainsi, à la lecture de *Patients*, l'autobiographie du chanteur Grand Corps Malade, on découvre le monde du handicap et du milieu médical à travers le récit poignant de Fabien qui se réveille dans une ambulance, paralysé suite à un plongeon en piscine, et qui va devoir apprendre à devenir « patient » dans tous les sens du terme. Son expérience nous fait découvrir de l'intérieur un univers auquel on a souvent peur de se confronter.

On peut également lire ou regarder la vie des personnages avec l'intention de mieux connaître les autres. De nombreux films appelés « biopics » racontent ainsi la vie de personnes célèbres. C'est le cas du film *Mandela*, qui retrace la vie de Nelson Mandela, de sa jeunesse à la campagne jusqu'à son accession à la présidence, en passant par son incarcération. Sa vie illustre et incarne les injustices de l'*apartheid* en Afrique du Sud.

De plus, découvrir la vie de personnages fictifs permet souvent de vivre des aventures par procuration. On sort de la réalité en s'identifiant au héros de la fiction que l'on découvre. Par exemple, les lecteurs de la série littéraire *U4* peuvent évoluer, à l'instar des personnages, dans un monde post-apocalyptique ravagé par un virus qui n'épargne que les adolescents. En tant que lecteur, on a l'impression de ressentir les mêmes émotions, les mêmes peurs que les personnages.

Enfin, l'apport principal de la découverte de la vie de personnages réels ou fictifs concerne certainement la connaissance de soi. En effet, en lisant ce que vivent et ressentent des personnages dont on se sent proche, on apprend à mieux se connaître. Par exemple, les interrogations de Lou dans le roman de Delphine de Vigan *No et moi* sont universelles. L'humanisme dont elle fait preuve face à une jeune fille sans domicile fixe est touchant et nous pousse à nous poser la question de nos propres réactions si l'on se trouvait dans la même situation.

Pour conclure, on comprend bien l'intérêt que l'on porte aux personnages de la littérature et des arts : ils nous offrent des exemples riches d'enseignement et de divertissement, et nous permettent à la fois de mieux comprendre les autres mais aussi de mieux nous comprendre nous-mêmes. En ce sens, il pourrait être intéressant d'élargir cette réflexion aux arts du spectacle vivant.

Sujet 2 Michel Tremblay, *Bonbons assortis*

3 heures

Centres étrangers, juin 2018

Travail sur le texte littéraire et sur l'image

1 h 10 — 50 pts

Document A Texte littéraire

Il ouvrit toute grande la porte ; une trombe d'eau tiède nous submergea d'un seul coup et je me dis ça y est, c'est là qu'on meurt ! Dehors, c'était chaud, humide, l'orage battait son plein, des éclairs jaillissaient presque sans cesse et le tonnerre semblait tomber un peu partout en provoquant des échos horrifiants. Ça sentait fort quelque chose que j'ignorais encore être de l'ozone, les arbres étaient secoués de bourrasques de pluie, le monde entier était mouillé et la colère du ciel tombait sur nous en vagues enragées et destructrices. Comme si la nature s'était vengée de quelque chose que je ne saisissais pas encore.

« R'garde si c'est beau, Michel ! R'garde ça si c'est beau ! »

Beau ?

Mais c'était la fin du monde !

J'étais tellement terrifié que j'étais convaincu que j'allais d'une seconde à l'autre faire pipi sur la bedaine naissante de mon père.

Il s'assit sur la chaise à bascule de sa mère, me retourna dans ses bras, m'installa sur ses genoux.

« Garde pas les yeux fermés comme ça… Ouvre-les. Pis regarde ça… »

Il se releva aussitôt que j'eus les yeux ouverts et s'approcha de la rambarde du balcon contre laquelle il s'appuya. Il se pencha même un peu au-dessus du vide.

Ça non plus, les arbres, les escaliers extérieurs, les balcons voisins, la rue, je n'avais jamais vu ça d'aussi haut et, au lieu d'avoir peur, les pieds battants au-dessus du gouffre et la tête sous la pluie, je connus un des plus agréables vertiges de mon enfance.

La pluie nous tombait dessus, les éclairs éclataient, suivis du tonnerre qu'on prétendait si dangereux, les arbres étaient secoués par un vent violent et produisaient un bruissement qui aurait dû me terroriser, mais plus rien ne semblait dangereux parce que j'étais à vingt pieds du sol, dans les bras de mon père qui, par la seule force de sa volonté, faisait en sorte que rien ne m'arrive !

Rien ne pouvait m'arriver !

Protégé contre tout mal, rendu invincible par la présence de mon père qui affrontait la tempête au lieu de se cacher, j'étais l'enfant le plus heureux du monde.

Michel Tremblay, « Sturm and Drang »[1] dans *Bonbons assortis*, Léméac/Actes Sud 2012.

1. « Sturm and Drang » : ce titre signifie tempête et passion.

Document B Image

Enée, Anchise et Ascagne, Le Bernin, 1618-1619, sculpture en marbre, Rome.

(Enée porte son père Anchise, âgé et souffrant, sur son épaule. Derrière lui, se trouve son fils Ascagne. Ils fuient la ville de Troie, assiégée et incendiée.)

Les réponses aux questions doivent être entièrement rédigées.

Grammaire et compétences linguistiques → corrigé p. 135

1 « Beau ? / Mais c'était la fin du monde ! » (lignes 11 et 12)

a. Quels sont les deux types de phrases employés ? **1 pt**

b. Quels sentiments sont ainsi exprimés ? **1 pt**

2 a. Quel est le niveau de langue utilisé dans le dialogue ? Relevez deux exemples et expliquez en quoi ils relèvent de ce niveau de langue. **2 pts**

b. Comment expliquez-vous l'emploi de ce niveau de langue par le père ? **1 pt**

3 « […] plus rien ne me semblait dangereux parce que j'étais à vingt pieds du sol, dans les bras de mon père […] » (lignes 29 et 30)

a. Identifiez le connecteur logique et donnez sa classe grammaticale. **2 pts**

b. Quel rapport logique exprime ce connecteur ? **1 pt**

c. Quelle conjonction de coordination exprime le même rapport logique ? **1 pt**

4 « Invincible » (ligne 33)

a. Analysez la composition de ce mot. **1 pt**

b. Expliquez son sens. **1 pt**

c. Donnez sa classe grammaticale. **1 pt**

5 « La pluie nous tombait dessus, les éclairs éclataient, suivis du tonnerre qu'on prétendait si dangereux, les arbres étaient secoués par un vent violent et produisaient un bruissement […] » (lignes 26 à 28)

Réécrivez ce passage au passé composé. **10 pts**

Compréhension et compétences d'interprétation → corrigé p. 136

1 Qu'avez-vous compris de ce texte ? **2 pts**

2 Quel est le point de vue adopté dans ce texte ? Justifiez votre réponse avec au moins trois indices. **4 pts**

3 a. Dans le premier paragraphe, relevez deux figures de style que vous nommerez. **2 pts**

b. À partir de cette réponse, comment le narrateur raconte-t-il l'orage ? **2 pts**

4 a. Quels sont les sentiments successifs ressentis par l'enfant ? **2 pts**

b. Comment expliquez-vous cette succession ? **2 pts**

5 Dans ce récit, quel est le rôle du père ? Expliquez. **4 pts**

6 Selon vous, pour quelles raisons le narrateur décide-t-il de raconter cet épisode ? Vous vous appuierez précisément sur le texte. **4 pts**

7 Quelles ressemblances et quelles différences percevez-vous entre la sculpture et le texte ? Appuyez-vous entre autres sur la disposition des personnages. 6 pts

Dictée → corrigé p. 138 20 min 10 pts

› Écoutez la dictée avec l'application Nathan Live.

Consignes :

– On dictera le texte à haute voix à plusieurs reprises.

– On inscrira au tableau de manière lisible par l'ensemble des candidats le titre de l'œuvre et le nom de l'auteur ainsi que les mots **Robertine** et **hockey**.

Rédaction 1 h 30 40 pts

Vous traiterez au choix un des deux sujets de rédaction suivants :

Sujet d'imagination → corrigé p. 139

› Racontez un épisode heureux de votre enfance lors duquel un adulte a joué un rôle déterminant.

Vous insisterez sur la succession des sentiments éprouvés. Vous évoquerez la leçon que vous en avez tirée.

Sujet de réflexion → corrigé p. 140

› Comment concevez-vous le rôle des parents dans l'éducation de leurs enfants ?

Vous répondrez à cette question en développant plusieurs arguments.

Sujet 2 Corrigé

Grammaire et compétences linguistiques → énoncé p. 134

Les clés pour réussir

1 On distingue quatre types de phrases : **déclaratives, interrogatives, injonctives** (ou **impératives**) et **exclamatives.**

2 **a.** et **b.** On appelle **niveaux de langue** les **différentes manières de s'exprimer** selon la situation des interlocuteurs et leurs rapports. Il existe trois niveaux de langue : **familier, courant** et **soutenu.** Un niveau de langue permet de **caractériser des personnages** (âge, milieu social…) ou de jouer sur la **tonalité du texte** (humoristique, solennelle…).

3 **a.**, **b.** et **c.** Les **connecteurs** (ou **indicateurs**) **logiques** sont les mots ou expressions qui permettent d'**établir un lien logique entre deux propositions** ou deux paragraphes. Les liens les plus marqués sont la **cause**, la **conséquence** et l'**opposition** ; ils sont exprimés notamment grâce aux **conjonctions de subordination** (parce que, si bien que, alors que...) ou de **coordination** (car, donc, mais...).

4 **a.** Analyser la composition d'un mot c'est trouver son **radical,** son **préfixe** et son **suffixe. Attention,** les trois éléments ne sont pas toujours présents.

1 **a.** Les phrases employées sont de type interrogatif et exclamatif. On les reconnaît aux signes de ponctuation utilisés : point d'interrogation et point d'exclamation.

b. Ces phrases traduisent la surprise et la peur du narrateur.

2 Le dialogue est rédigé dans un niveau de langue familier. Plusieurs exemples sont caractéristiques de ce registre de langage : « R'garde » fait l'élision d'une lettre comme pour reproduire une tournure orale et familière ; « Garde pas les yeux fermés comme ça » est marqué par l'absence du premier élément de négation « ne ».

3 **a.** Le connecteur logique est la conjonction de subordination « parce que ».

b. Ce connecteur permet d'établir un lien de cause entre les deux propositions.

c. Ce connecteur pourrait être remplacé par la conjonction de coordination « car » qui exprime également la cause.

4 **a.** Le mot « invincible » est composé du préfixe « in- », du radical « vinc- » et du suffixe « -ible ».

b. Le préfixe « in- » indique le contraire, le radical est issu du verbe vaincre, et le suffixe « -ible » indique la possibilité. Ce mot signifie donc « qui ne peut être vaincu ».

c. Ce mot est un adjectif qualificatif.

5 La pluie nous est tombée dessus, les éclairs ont éclaté, suivis du tonnerre qu'on a prétendu si dangereux, les arbres ont été secoués par un vent violent et ont produit un bruissement. »

Compréhension et compétences d'interprétation → *énoncé p. 134*

Les clés pour réussir

1 Cette première question très ouverte peut être déstabilisante, il suffit en fait de **résumer l'intention de l'auteur** du texte : pourquoi a-t-il écrit ce texte et que raconte-t-il ?

2 Pour trouver le point de vue narratif d'un texte, **il faut se demander « qui voit » la scène**. Il existe trois points de vue : **omniscient** (le narrateur voit tout et sait tout), **interne** (le narrateur ne voit et dit que ce que voit et dit le personnage), **externe** (le narrateur raconte l'histoire comme si elle était filmée, il ne connaît pas les pensées des personnages).

3 a. On appelle **figures de style** des **façons de parler ou d'écrire pour attirer l'attention du destinataire, rendre le texte plus expressif et plus imagé** en ne se contentant pas d'un usage informatif de la langue.

1 Ce texte évoque un souvenir d'enfance pendant un orage. Le narrateur exprime ce qu'il a ressenti alors et comment la présence de son père a fait évoluer ses impressions.

2 Ce texte adopte un point de vue interne. Les pronoms de la première personne renvoient au narrateur « je, mon... » ; il s'agit d'un souvenir autobiographique où l'auteur livre à la fois ce qu'il a ressenti dans l'enfance et ce qu'il en pense aujourd'hui « Ça sentait fort quelque chose que j'ignorais encore être de l'ozone » (ll. 5-6) ; et l'on ne connaît que les sentiments du narrateur « j'étais l'enfant le plus heureux du monde » (ll. 34-35).

3 a. Les figures de style présentes dans le premier paragraphe sont la métaphore « une trombe d'eau tiède nous submergea » (l. 1), l'hyperbole « c'est là qu'on meurt ! » (l. 2), « le monde entier était mouillé » (l. 7), et la personnification « la colère du ciel » (l. 7), « vagues enragées (l. 8), « Comme si la nature s'était vengée » (ll. 8-9).

b. Ces figures de style produisent deux effets : non seulement elles exagèrent et amplifient l'orage pour le transformer en déluge de fin du monde, mais aussi elles le personnifient, lui donnent vie, et l'orage devient ainsi un monstre inquiétant doué de sentiments humains (colère, vengeance).

4 a. L'enfant ressent d'abord de la peur « J'étais tellement terrifié » (l. 13). Il est ensuite pris d'un sentiment trouble entre la peur et le plaisir « je connus un des plus agréables vertiges » (ll. 24-25). Enfin, le bonheur finit par l'emporter sur tout le reste « j'étais l'enfant le plus heureux du monde » (ll. 34-35).

b. L'évolution des sentiments de l'enfant est liée à la présence rassurante de son père qui ne craint pas l'orage et qui communique son courage à son fils « rendu invincible par la présence de mon père qui affrontait la tempête au lieu de se cacher » (ll. 34-35).

5 Dans cet extrait, le père aide l'enfant à découvrir le monde, à le voir autrement et à repousser ses peurs « R'garde ça si c'est beau ! » (l. 10). Son attitude sereine offre une protection à l'enfant qui s'abandonne à lui en toute confiance « plus rien ne me semblait dangereux [...] dans les bras de mon père » (ll. 29-30).

6 Le narrateur décide de raconter cet épisode pour montrer l'importance du rôle protecteur de son père dans son éducation « mon père qui, par la seule force de sa volonté, faisait en sorte que rien ne m'arrive ! » (ll. 30-31). De plus, il veut montrer, comme souvent dans les récits autobiographiques, qu'il a changé, et que plusieurs aspects de sa vie d'adulte sont liés à cet épisode « ça sentait fort quelque chose que j'ignorais encore être de l'ozone » (ll. 5-6), « quelque chose que je ne saisissais pas encore. » (l. 9) l'adverbe « encore » répété montre qu'il a acquis depuis de nouvelles connaissances.

7 La sculpture du Bernin montre un épisode très important de la mythologie : la fuite deTroie par Énée qui va aller fonder Rome. On y voit trois générations : Énée qui porte son père Anchise, et Ascagne qui le suit. On retrouve le modèle du père sur lequel le fils règle ses pas et derrière lequel il se protège, mais la position est inversée par rapport au texte : ici c'est le fils qui porte le père pour le protéger. La présence des trois générations de haut en bas sur la sculpture insiste aussi sur la transmission des parents aux enfants.

Dictée → *énoncé p. 135*

Les clés pour réussir

Bien conjuguer

- Le **conditionnel présent** : il se forme sur le **radical du futur** auquel on ajoute les **terminaisons de l'imparfait** (exemple : crier → futur : il criera ; conditionnel présent → il crierait).

Ne pas confondre

- on n'avait pas/ on avait : il faut être attentif à l'ensemble de la phrase pour **savoir s'il y a une négation ou pas.**

Bien orthographier

- « plusieurs » : ne pas oublier le « s ».
- « printemps » prend toujours un « s ».
- « semblable » : attention au son « -ble » qui est répété.

Les mots difficiles

- **désobligeant, e** : adj., peu aimable.

On n'avait pourtant rien annoncé de particulier pour cette nuit-là, à part une belle pluie d'août qui viendrait enfin dissiper cette horrible et collante humidité que nous avions eue à endurer sans relâche plusieurs semaines de suite. Un front froid s'avançait [...]. Toute la maisonnée s'était préparée à cette pluie en soupirs de satisfaction et remarques désobligeantes pour le maudit été trop chaud, trop long, trop collant. Ma grand-mère prétendait soudain détester l'été, ma tante Robertine rêvait au mois d'octobre, mes frères parlaient déjà de hockey. Six mois plus tard, aux premiers frémissements du printemps, ils proféreraient des horreurs semblables au sujet de l'hiver.

Michel Tremblay, « Sturm and drang », *Bonbons assortis*, Léméac/Actes Sud, 2012.

On notera au tableau : Robertine et hockey.

Travail d'écriture – Sujet d'imagination → énoncé p. 135

Les clés pour réussir

On vous demande le récit d'un souvenir heureux faisant intervenir un adulte. Pensez à respecter les points suivants :

L'introduction pour présenter le souvenir

Précisez les circonstances de votre récit (où ? quand ? avec qui ?...).

Le récit d'un souvenir heureux

L'anecdote peut être liée au quotidien, elle n'a pas besoin d'être exceptionnelle. Vous n'êtes pas non plus obligé de raconter un souvenir réel, mais il faut qu'il soit vraisemblable.

Sentiments

Plusieurs sentiments doivent être évoqués, ils peuvent évoluer au cours du récit.

La conclusion

Elle montre la leçon tirée de l'épisode.

Méthode

Pour vous aider, nous vous avons indiqué en couleur les parties de la rédaction qui répondent aux consignes.

Récit du souvenir avec l'adulte | Sentiments | Leçon

Je me souviens très bien de ces vacances passées chez mes grands-parents lorsque j'étais petite, ces vacances où papy m'a dit que je pourrais l'aider à planter les pommes de terre dans le jardin avec lui. Cette proposition me transporta de joie : une mission de « grand » à laquelle j'allais pouvoir participer. J'imaginais qu'on allait pouvoir planter des milliers de pommes de terre puis les revendre et ainsi gagner beaucoup d'argent ! Quelle bonne nouvelle ! J'étais tellement excitée qu'au moment d'aller au lit, il m'a été difficile de m'endormir !

Le lendemain, au petit matin, papy m'attendait pour planter ces fameuses pommes de terre ! J'étais prête : habillée avec des vieux tee-shirt à son odeur, un vieux jean pour ne pas me salir, les bottes pour être dans le jardin... J'étais la plus heureuse des petites filles !

J'arrivai dans le jardin, il fallait commencer par préparer le terrain, désherber, retourner la terre... C'était fatigant mais j'attendais ce jour avec impatience et je voulais faire la grande donc pas question de me plaindre ! Puis, enfin, on a planté les patates « germées » dans la terre. Je les trouvais amusantes avec leurs petites cornes, elles ressemblaient à des rhinocéros ! Papy m'a quand même expliqué que c'était

FRANÇAIS

ces « petites cornes » qui permettaient de faire un pied de patates mais moi je croyais qu'il me racontait des bêtises : il me parlait de « pied » or je savais bien que les pommes de terres ne marchaient pas !!! Quel farceur ce papy !

Puis il m'expliqua que ça suffisait pour cette première journée et que je reviendrai les « butter » dans quinze jours. « Butter les patates ? Mais pourquoi papy ? On les a plantées ensemble on ne va pas les tuer quand même ? » m'exclamai-je. Il sourit puis m'expliqua que cela consistait seulement à les mettre en terre dans des petits « tas » lorsqu'elles auraient grandies. J'étais rassurée mais un peu déçue car il allait falloir attendre longtemps avant de pouvoir les récolter et les manger...

Ce jour-là, mon grand-père m'apprit qu'avant de pouvoir arriver à quelque chose qui nous tient à cœur il faut savoir faire preuve de patience et ça je le vois tous les jours dans chaque chose que je fais, chaque tâche que je veux accomplir.

Travail d'écriture – Sujet de réflexion → énoncé p. 135

Les clés pour réussir

L'introduction

- Annoncez le thème de l'éducation parentale, par exemple à l'aide d'une citation.
- **Présentez le sujet** : reprenez la question posée par le sujet.
- Annoncez clairement votre **plan**.

Le développement

- Ce sujet invite clairement à développer plusieurs arguments (au moins trois) qui expliquent **le rôle des parents dans l'éducation de leurs enfants** ; vous pourrez explorer entre autres, les pistes suivantes :

– protection ;
– bienveillance ;
– découverte du monde ;
– éducation à la vie en société ;
– modèle...

- Pensez **à illustrer vos arguments avec des exemples** tirés de votre expérience personnelle, de vos lectures ou de films que vous connaissez.

La conclusion

- Précisez votre avis.
- **Terminez avec une phrase d'ouverture** pour élargir la question en restant sur le même thème.

Méthode

Pour vous aider, nous vous avons indiqué en couleur les parties de la rédaction qui répondent aux consignes.

Indicateurs logiques Arguments Exemples

« Pères et mères sont les architectes de l'éducation » déclarait déjà Plaute dans une comédie latine du IIe s. av. J.-C. La question du rôle des parents dans l'éducation de leurs enfants est ancienne et sans cesse renouvelée avec les évolutions de la société. Nous proposerons ici plusieurs arguments pour expliquer ce rôle.

En premier lieu, les parents se doivent d'apporter à leurs enfants une bienveillance et une attention qui les aident à se construire, à avoir une estime d'eux-mêmes qui leur permettra de grandir dans de bonnes conditions et de s'épanouir. Ainsi le roman *Le Sagouin*, de François Mauriac, illustre les désastres causés par la cruauté d'une mère qui répète sans cesse à son fils : « Tu es vilain, sale et bête », comment être épanoui dans ces conditions ?

De plus, l'amour apporté par les parents aux enfants prend la forme d'encouragements, de réprimandes ou de conseils sur leur façon d'aborder les épreuves de la vie auxquelles ils sont confrontés. Les reproches des parents seront d'autant plus efficaces et auront d'autant plus de valeur s'ils sont motivés par l'amour parental et la volonté d'éduquer correctement ses enfants. L'exemple de la mère de Romain Gary dans *La Promesse de l'Aube* montre à quel point les conseils qu'elle lui donne – même après sa mort – sont importants et deviennent des exhortations qui le poussent toujours vers la réussite.

Enfin, comme on le voit avec la statue d'Ascagne qui pose ses pieds dans les pas de son père, les parents jouent un rôle de modèle qui est primordial pour aider les enfants à découvrir le monde et à construire leurs relations sociales. Par exemple, dans *Les cahiers d'Esther*, la bande dessinée de Riad Sattouf, on peut voir l'attachement et l'admiration que porte la jeune Esther à ses parents. Cela lui permet de s'y référer lorsqu'elle est en difficultés en dehors de chez elle ou bien de s'opposer librement à eux pour mieux se construire. La présence constante de ses parents lui offre cette double possibilité de s'identifier à eux ou de les critiquer, ce qui est essentiel dans la construction de sa personnalité.

Pour conclure, les parents sont donc des acteurs essentiels de l'éducation des enfants, et le regard qu'ils portent sur eux détermine indéniablement leurs réussites ou leurs échecs. Cependant, l'éducation des enfants ne se fait pas que dans le cercle familial et les relations avec les pairs, avec les enseignants, avec le monde qui les entoure sont aussi un sujet essentiel de la construction des individus.

Sujet 3

100 pts — 3 heures

Gustave Flaubert, *Madame Bovary*

Centres étrangers, juin 2017

Travail sur le texte littéraire et sur l'image

1 h 10 — 50 pts

Document A **Texte littéraire**

Emma Bovary est l'épouse de Charles, un homme avec lequel elle n'est pas heureuse. Déçue par sa vie monotone, elle rêve de mener une vie mondaine comme les princesses ou les actrices des romans et des magazines qu'elle lit.

Comment était-ce, Paris ? Quel nom démesuré ! Elle se le répétait à demi-voix, pour se faire plaisir ; il sonnait à ses oreilles comme un bourdon de cathédrale ; il flamboyait à ses yeux jusque sur l'étiquette de ses pots de pommade. […]

Elle s'acheta un plan de Paris, et, du bout de son doigt, sur la carte, elle faisait des courses dans la capitale. Elle remontait les boulevards, s'arrêtant à chaque angle, entre les lignes des rues, devant les carrés blancs qui figurent les maisons. Les yeux fatigués, à la fin, elle fermait ses paupières, et elle voyait dans les ténèbres se tordre au vent des becs de gaz[1], avec des marche-pieds de calèches, qui se déployaient à grand fracas devant le péristyle des théâtres.

Elle s'abonna à la *Corbeille*, journal des femmes, et au *Sylphe des Salons*. Elle dévorait, sans en rien passer, tous les comptes rendus de premières représentations, de courses et de soirées, s'intéressait au début d'une chanteuse, à l'ouverture d'un magasin. Elle savait les modes nouvelles, l'adresse des bons tailleurs, les jours de Bois ou d'Opéra. Elle étudia, dans Eugène Sue, des descriptions d'ameublements ; elle lut Balzac et George Sand[2], y cherchant des assouvissements[3] imaginaires pour ses convoitises personnelles. À table même, elle apportait son livre, et elle tournait les feuillets, pendant que Charles mangeait en lui parlant. […]

Paris, plus vaste que l'Océan, miroitait donc aux yeux d'Emma dans une atmosphère vermeille. La vie nombreuse qui s'agitait en ce tumulte[4] y était cependant divisée par parties, classée en tableaux distincts. Emma n'en apercevait que deux ou trois qui lui cachaient tous les autres et représentaient à eux seuls l'humanité complète. Le monde des ambassadeurs marchait sur des parquets luisants, dans des salons lambrissés de miroirs, autour de tables ovales couvertes d'un tapis de velours à crépines d'or[5]. Il y avait là des robes à queue, de grands mystères, des angoisses dissimulées sous des sourires. [...] Dans les cabinets de restaurants où l'on soupe après minuit, riait, à la clarté des bougies, la foule bigarrée des gens de lettres et des actrices. Ils étaient, ceux-là, prodigues[6] comme des rois, pleins d'ambitions idéales et de délires fantastiques. C'était une existence au-dessus des autres, entre ciel et terre, dans les orages, quelque chose de sublime.

Gustave Flaubert, *Madame Bovary*, 1857.

1. *Becs de gaz* : éclairage public au XIXe siècle.
2. *Eugène Sue, Balzac, George Sand* : romanciers célèbres du XIXe siècle qui ont décrit Paris.
3. *Assouvissements* : satisfactions.
4. *Tumulte* : foule débordante d'énergie.
5. Flaubert décrit ici des intérieurs très luxueux.
6. *Prodigues* : dépensiers.

Document B Image

Publicité pour la marque Chanel, 1982.

Les réponses aux questions doivent être entièrement rédigées.

Grammaire et compétences linguistiques → corrigé p. 145

1 « Miroitait » (l. 22) :

a. Trouvez un mot de la même famille. **1 pt**

b. Par quel synonyme pourriez-vous remplacer le mot « miroitait » dans la phrase ? **1 pt**

c. Comment interprétez-vous le choix du verbe « miroitait » ? **4 pts**

2 Réécrivez ce passage en remplaçant « elle » par « je ». Vous ferez toutes les transformations nécessaires.

« Elle étudia, dans Eugène Sue, des descriptions d'ameublements ; elle lut Balzac et George Sand, y cherchant des assouvissements imaginaires pour ses convoitises personnelles. À table même, elle apportait son livre, […] tournait les feuillets, pendant que Charles mangeait en lui parlant. » **10 pts**

Compréhension et compétences d'interprétation → corrigé p. 146

1 Emma s'est-elle déjà rendue à Paris ? Justifiez votre réponse. **4 pts**

2 Que ressent Emma pour Paris ?
- de la crainte ;
- de la fascination ;
- de la curiosité.

a. Recopiez la bonne réponse sur votre copie. **2 pts**

b. Justifiez votre choix en citant au moins deux éléments du texte. **4 pts**

3 Quel est le quotidien d'Emma ? Vous vous appuierez sur le texte pour justifier votre réponse. **4 pts**

4 D'après le dernier paragraphe, quelle vie Emma rêve-t-elle de vivre ? **4 pts**

5 Quel travers de la société Flaubert dénonce-t-il dans ce texte ? **4 pts**

6 Selon vous, cette critique est-elle encore d'actualité ? **4 pts**

7 Commentez la façon dont cette femme tient le tableau de *La Joconde*. **2 pts**

8 En vous appuyant sur le document iconographique et sur le texte, dites quelle image de la femme française est ici véhiculée. **6 pts**

Dictée → corrigé p. 147

20 min **10 pts**

› Écoutez la dictée avec l'application Nathan Live.

Consignes :

– On dictera le texte à haute voix à plusieurs reprises.

– On inscrira au tableau de manière lisible par l'ensemble des candidats le titre de l'œuvre, le nom de l'auteur et le prénom **Bérénice**.

Rédaction 1 h 30 **40 pts**

Vous traiterez au choix un des deux sujets de rédaction suivants :

Sujet d'imagination → *corrigé p. 148*

› Vous êtes journaliste et vous devez rédiger un article invitant à découvrir un lieu qui vous semble digne d'intérêt. Dans votre texte, vous présenterez les atouts géographiques et culturels de cet endroit.

Vous veillerez à ne pas signer votre article.

Sujet de réflexion → *corrigé p. 150*

« Il y avait là des robes à queue, de grands mystères, des angoisses dissimulées sous des sourires. » (ll. 31-32).

› Pourquoi, selon vous, la vie des stars et des personnes célèbres fascine-t-elle toujours autant ?

Vous répondrez à cette question dans un développement argumenté et organisé en vous appuyant sur votre expérience, vos lectures, votre culture personnelle et les connaissances acquises dans l'ensemble des disciplines.

FRANÇAIS

Sujet 3 Corrigé

Grammaire et compétences linguistiques → *énoncé p. 144*

Les clés pour réussir

1 Une famille de mots se compose de tous les mots **issus du même radical** (ex. : lent, lenteur, ralentir, etc.). Attention, parfois l'orthographe du radical varie (ex. : mer, marée, maritime, amerrir, etc.).

2 • **On vous demande** de passer de la troisième personne du singulier à la première personne du singulier.

• **Vous devez modifier :**

– deux verbes au passé simple et deux verbes à l'imparfait ;

– deux déterminants possessifs ;

– un pronom personnel complément.

• **Attention** aux fautes de copie sur les noms propres, elles seront sanctionnées.

1 a. « Miroir » est un mot de la même famille que le verbe « miroitait ». Il apparaît dans le texte à la ligne 29.

b. Le mot « miroitait » pourrait être remplacé par « brillait ». (« Étincelait » ; « éblouissait » ; « resplendissait » sont d'autres synonymes possibles.)
c. Ce verbe prend ici plusieurs significations. Il évoque d'abord une ville brillante, éblouissante et attirante pour Emma, mais aussi une ville inaccessible, un rêve que l'on fait « miroiter » à ses yeux. Enfin, cette image de la ville n'est que le reflet de la réalité : Emma s'y voit comme dans un miroir, ce n'est donc pas sa véritable vie.

2 **J'étudiai**, dans Eugène Sue, des descriptions d'ameublements ; **je lus** Balzac et George Sand, y cherchant des assouvissements imaginaires pour **mes** convoitises personnelles. À table même, **j'apportais mon** livre, [...] **tournais** les feuillets, pendant que Charles mangeait en **me** parlant.

Compréhension et compétences d'interprétation → *énoncé p. 144*

Les clés pour réussir

2 **b.** Cette question trouve sa justification dans le **premier paragraphe**. N'hésitez pas à évoquer **une figure de style** pour justifier votre réponse : même si ce n'est pas explicitement demandé, ce sera valorisé par le correcteur.
5 et **6** Les textes littéraires expriment souvent une **critique sociale**, c'est-à-dire qu'ils dénoncent certains travers de la société pour faire réfléchir ou réagir les lecteurs. Pour faire le lien avec l'actualité, pensez à mettre en parallèle des éléments du texte comme les journaux et le développement des médias aujourd'hui.
8 Cette question vous demande de faire le **lien** entre les éléments du texte et ceux de l'image. Pensez à commenter aussi l'évolution de l'image des femmes entre le tableau de Léonard de Vinci et la publicité Chanel.

1 Emma ne s'est certainement jamais rendue à Paris, comme le montre la phrase interrogative qui ouvre le texte « Comment était-ce Paris ? » (l. 1). C'est pour cela aussi qu'elle essaie d'en apprendre plus sur la capitale en achetant un plan : « Elle s'acheta un plan de Paris » (l. 5).

2 **a.** Emma ressent de la fascination pour Paris.
b. Le nom même de Paris semble « démesuré » (l. 1) à Emma. Lorsqu'elle l'entend, il l'entraîne dans une rêverie qui perturbe même ses sensations habituelles comme le montrent la comparaison et la métaphore « il sonnait à ses oreilles comme un bourdon de cathédrale ; il flamboyait à ses yeux ».

3 Le quotidien d'Emma semble ennuyeux : elle passe son temps à lire des magazines féminins : « journal des femmes » (l. 12) pour vivre par procuration la vie des personnes connues. Elle se réfugie dans une vie imaginaire, « y cherchant des assouvissements imaginaires » (ll. 18-19) pour échapper à son quotidien y compris pendant les repas avec son mari :

« À table même, elle apportait son livre, et elle tournait les feuillets, pendant que Charles mangeait en lui parlant. » (ll. 19-21).

4 Emma rêve d'une vie luxueuse dans la haute société parisienne : « Le monde des ambassadeurs marchait sur des parquets luisants, dans des salons lambrissés de miroirs » (l. 27), de cette vie « sublime » (l. 36) avec les soirées mondaines « des gens de lettres et des actrices » (l. 33).

5 Dans ce texte, Flaubert dénonce le mode de vie des personnes issues des classes sociales les plus élevées qui vivent dans un monde de luxe basé sur des apparences et « des angoisses dissimulées sous des sourires » (l. 31). À travers Emma, il critique également l'attitude des personnes toujours envieuses de ce mode de vie, et qui finissent par ne pas vivre réellement mais par s'enfermer dans une frustration permanente à cause de ce luxe auquel elles n'ont pas accès.

6 Cette critique est toujours d'actualité, et elle est même de plus en plus vive avec des médias qui permettent de suivre, presque en temps réel, la vie des stars ou des personnes les plus riches, pour les admirer ou les jalouser. Les magazines d'Emma existent toujours et sont même dépassés par les réseaux sociaux sur lesquels de nombreuses personnes passent leur temps à rêver de la vie des autres en oubliant parfois de vivre la leur.

7 Sur cette publicité pour la marque Chanel, la femme tient le tableau de *La Joconde* de manière nonchalante et désinvolte, comme s'il s'agissait d'un simple sac à main ou d'un objet quotidien de peu d'importance.

8 La publicité Chanel véhicule l'image de la femme française élégante, chic et citadine (on voit une ville en arrière-plan, certainement Paris) qui est autonome et active : elle est en mouvement et appelle en taxi. Elle représente ce dont rêve Emma dans le texte : « les modes nouvelles, l'adresse des bons tailleurs » (l. 16) et les jolies tenues : « robes à queue » (l. 30). *La Joconde* est dépassée : femme sage, posée, les bras croisés, comme Emma elle appartient à un univers contemplatif qui n'est pas celui de la femme parisienne : elle est reléguée au second plan comme un objet de peu d'importance, ou un simple accessoire de mode.

Dictée → énoncé p. 144

Les clés pour réussir

Bien conjuguer

- Le **conditionnel présent** : il se forme à partir de l'infinitif du verbe avec les terminaisons -ais/-ais/-ait/-ions/-iez/-aient. Attention les verbes en « -eler » et « -eter » s'écrivent avec deux « l » ou deux « t ».

Bien accorder

- Les adjectifs et participes passés féminins éloignés du nom : « pures », « ravie ».

FRANÇAIS

Ne pas confondre

- **« voie »/« voix »/« vois-voit » : « voie »** est un nom féminin qui désigne une route ou une rue ; **« voix »** désigne les sons vocaux et vient du latin *vox*, il termine donc toujours par un « x » ; **« vois-voit »** est le verbe « voir » à la 2e et 3e personne du singulier au présent.

Les mots difficiles

- **perspective** : détacher chaque syllabe pour ne pas oublier de lettre.
- **désœuvrée** : bien orthographier le « œ », en pensant au radical « œuvre ».

Brusquement la ville s'ouvrait sur une perspective, et Bérénice sortait de cet univers qui l'effrayait et l'attirait [...]. Que c'est beau, Paris ! Là même où les voies sont droites, et pures, que de tournants... Nulle part à la campagne, le paysage ne change si vite ; nulle part, même dans les Alpes ou sur les bords de la mer ; il n'y a de si forts aliments pour le rêve d'une jeune femme désœuvrée, et ravie de l'être, et libre, libre de penser à sa guise, sans se surveiller, sans craindre de trahir sur son visage le fond de son cœur, de laisser échapper une phrase qu'elle regretterait parce qu'elle aurait fait du mal à quelqu'un...

Louis Aragon, *Aurélien*, 1945.

Travail d'écriture – Sujet d'imagination → énoncé p. 145

Les clés pour réussir

La situation d'énonciation

- **L'émetteur** est clairement identifié par le sujet : vous devez vous mettre dans la peau d'un journaliste et donc vous exprimer à la première personne.
- Les destinataires ne sont pas définis : à vous de choisir s'il s'agit d'un journal grand public ou à destination d'un public plus jeune.
- On vous précise **dans quel but est écrit l'article** : il s'agit de présenter un lieu digne d'intérêt sur les plans géographiques et culturels : votre texte mêlera donc de la description et des éléments argumentatifs pour inciter les lecteurs à aller voir ce lieu.
- Le lieu doit être « digne d'intérêt » et présenter des « atouts géographiques et culturels ».

La présentation de l'article

- Il faut donner un **titre** qui doit être bref et inviter à lire la suite. Pour cela, on privilégie les phrases nominales et pourquoi pas, les jeux de mots ou les figures de style (antithèse, métaphore...) : *Un heureux accident, Une étrange rentrée, La faim du monde...*

- L'article doit être organisé en **paragraphes courts** qui contiennent chacun une idée principale : on peut commencer par une description générale, poursuivre par une présentation des atouts culturels et terminer par une analyse ou un point de vue (explication ou argumentation). Vous pouvez souligner cette structure par des sous-titres, voire en présentant votre texte en **deux colonnes**, comme dans un « vrai » journal.
- Insérez des **paroles rapportées** entre guillemets, à la manière des interviews, votre texte sera bien plus vivant, et les personnes décrites prendront vie.
- Pensez enfin à **signer** votre article, avec par exemple les initiales de l'auteur du texte de départ (surtout pas les vôtres, votre copie doit rester anonyme !), et à **nommer le journal.**

Méthode

Pour vous aider, nous vous avons indiqué en couleur les parties de la rédaction qui répondent aux consignes.

Présentation d'un article	Paroles rapportées	Atouts géographiques	Atouts culturels

Objectif Neptune

Le voyageur qui passe le panneau Arromanches-les-Bains tombe immédiatement sur un char Sherman M4 fièrement dressé devant la plage : étrange contraste entre ce nom de cité balnéaire et son passé historique. Cette petite bourgade des côtes normandes, située à quelques kilomètres seulement au nord de la plaine de Caen témoigne en effet de la plus grande opération militaire amphibie du XXe siècle : l'opération Neptune, nom de code du débarquement allié en Normandie dans la nuit du 5 au 6 juin 1944.

Les villas résidentielles du front de mer, qui accueillaient la bourgeoisie depuis la belle époque des bains de mer, offrent aujourd'hui une vue imprenable sur les vestiges du port artificiel Mulberry destiné à faire débarquer le matériel et les hommes en France, sans attendre la prise d'un véritable port en eaux profondes comme celui de Cherbourg, trop bien défendu par les forces allemandes.

Arromanches renaît de ses cendres

Yvette, âgée de 9 ans au moment du débarquement se souvient : « Aujourd'hui, on ne voit que quelques caissons sur la plage et au large, mais il faut imaginer le fourmillement qu'il y avait à l'époque : c'était un véritable port, les voitures, les camions, les chars semblaient rouler sur l'eau ! Des milliers d'hommes débarquaient ici pour aller libérer la

France ! » En effet, d'énormes caissons flottants en béton armé, baptisés Phoenix, avaient été remorqués depuis l'Angleterre pour être coulés devant Arromanches et constituer un réseau de brise-lames reliés par des ponts. Ils permettaient le débarquement des hommes et du matériel depuis les bateaux restés au large.

Une plongée dans l'histoire

Éric, un plongeur amateur local fait le récit d'une plongée au pied d'un de ces caissons « On est toujours impressionné quand on s'immerge devant Arromanches : à 20 mètres sous la surface de la mer, c'est un enchevêtrement de métal et de blocs de bétons qui abritent désormais la vie sous-marine. On trouve de tout dans ces eaux troubles : chars, obus... il y a même une épave qui contient encore des caisses de whisky destinées aux soldats ! » Une séquence pleine d'émotion quand on revient du large en voyant se dessiner au loin les falaises de la meurtrière pointe du Hoc...

Aujourd'hui, le soleil brille et réchauffe le sable, quelques enfants jouent sur la plage et des curieux de tous pays visitent le Musée du débarquement. Arromanches-les-Bains continue ainsi de faire vivre l'Histoire et les plaisirs estivaux.

A. Nonyme, *Les Nouvelles de l'Ouest*

Travail d'écriture – Sujet de réflexion → énoncé p. 145

Les clés pour réussir

L'introduction

- Introduisez le sujet : vous pouvez présenter le thème à partir d'une **citation du texte** ou de **l'abondance de médias** sur ce sujet.
- Présentez le sujet : reprenez la **question** posée par le sujet.
- Annoncez clairement votre **plan**.

Le développement

- La question posée appelle un développement en deux ou trois parties où vous exposerez plusieurs réponses à la question posée. Attention, **il ne s'agit pas de peser les avantages et les inconvénients de la vie des stars**, ce serait un hors-sujet.

La conclusion

- Résumez **en d'autres termes** votre argumentation en précisant votre **avis.**
- Terminez avec **une phrase d'ouverture**, en émettant par exemple une critique sur cet engouement pour la vie des personnes célèbres.

Méthode

Pour vous aider, nous vous avons indiqué en couleur les parties de la rédaction qui répondent aux consignes.

Indicateurs logiques   Arguments |...| Exemples

« C'était une existence au-dessus des autres [...] quelque chose de sublime. » Cette réflexion d'Emma Bovary trouve bien des échos dans nos médias qui présentent à longueur de journée la vie des personnes célèbres auprès d'un public nombreux. On peut se demander pour quelles raisons la vie des stars et des personnes célèbres fascine autant. Nous verrons d'abord qu'elle est entourée d'un mystère qui attire, puis nous montrerons comment elle engendre du rêve avant de considérer qu'elle correspond à un désir de reconnaissance.

Tout d'abord, ce qui nous fascine dans la vie des stars, c'est le mystère dont elle est entourée. Comme le dit Emma, les « grands mystères » qui entourent les personnes célèbres ont le goût de l'interdit qui attire toujours. | C'est ce qui fait le succès de la presse *people* qui présente chaque | semaine des *scoops*, parfois contradictoires, alimentant le mythe des célébrités. Cependant, il y a souvent une différence entre cette vie supposée et la réalité, comme on l'apprend régulièrement avec des suicides de stars dont les vies semblent bien loin de l'idéal que l'on imaginait.

Par ailleurs, les célébrités évoluent dans un monde de luxe et de richesse qui est propice au rêve : tout y est beau, brillant et lumineux. On envie ce mode de vie où tout semble simple et abondant. C'est ce | que l'on voit dans un film comme *Le diable s'habille en Prada*, avec | Meryl Streep, où les personnages évoluent dans le monde de la mode qui place au-dessus de tout le luxe et l'apparence.

Enfin, la vie des célébrités fascine car elle attire : chacun rêve de la gloire dont sont entourées les stars. De nombreuses personnes éprouvent en effet ce désir de reconnaissance. C'est ce qui fait le suc- | cès des émissions de téléréalité ou des concours comme *The Voice* par | exemple : le rêve d'être reconnu devient possible et accessible très rapidement et chacun peut s'identifier aux nouvelles stars qui percent les écrans.

Pour conclure, il semble naturel d'être attiré par la vie des célébrités que ce soit par envie et jalousie pour le luxe et la richesse qui les accompagne ou par un désir profond de reconnaissance personnelle. Cependant, cette fascination doit être mesurée pour ne pas devenir une entrave ou une obsession qui empêcherait d'avancer dans sa propre vie.

FRANÇAIS

Sujet 4

3 heures

Alice Ferney, *Cherchez la femme*

Amérique du Nord, juin 2017

Travail sur le texte littéraire et sur l'image

1 h 10 **50 pts**

Document A Texte littéraire

En 1958, Nina, lycéenne de 16 ans et fille de mineur, et Vladimir, jeune ingénieur des Mines de 26 ans, se sont rencontrés à l'orchestre. Le jeune homme est tombé amoureux de la jeune fille et lui a proposé de l'épouser. Face à cette proposition, Nina confie son impatience à sa grand-mère.

– Pourquoi es-tu si pressée ? demanda Sacha sans cacher son étonnement.

Elle était stupéfaite de l'évidence qui s'était faite chez sa petite-fille et tout de même, si forte fût-elle, l'aveu de Nina lui faisait battre le cœur plus vite.

– Je ne sais pas, dit Nina (elle osait même dire je ne sais pas !). C'est comme ça. Il faut avancer dans la vie, saisir l'occasion qui se présente. Tu ne crois pas ?

– Et le lycée, Douchka[1]. As-tu pensé au lycée ?

Sacha Javorsky quittait le champ du grand amour pour revenir aux choses sérieuses.

– Oui, dit Nina, bien sûr. Je continuerai à aller au lycée comme aujourd'hui.

– Tu ne sais pas qu'un homme dans une maison exige beaucoup de sa femme, dit Sacha Javorsky avec un air d'être sûre de ce qu'elle avançait. Tu n'auras plus le temps d'étudier !

– Vladimir ne m'empêchera pas d'étudier, souffla Nina.

Ce ton amolli et romantique eut le don d'agacer Sacha. Elle n'avait pas élevé sa petit-fille pour en faire une gourde qui s'en laisse conter par le premier garçon venu.

– Ça, ma fille, nous en reparlerons ! dit-elle avec ironie.

Puis elle récita son couplet désenchanté : les hommes, ça met les pieds sous la table et les chemises en boule au linge sale, et ça croit que les lapins naissent découpés, farcis et grillés !

Nina ne disait rien. Qu'y avait-il à répondre ? D'ailleurs sa grand-mère n'attendait pas de réponse. Elle n'avait pas fini de parler.

– Ton Vladimir, poursuivit la grand-mère, il a vingt-six ans et un métier. Des centaines de gens sont sous ses ordres. Ton père y est ! L'ingénieur ! Il va te commander celui-là…

– Il ne me commandera pas, répliqua Nina sur un ton décidé.

– Alors vous vous bagarrerez. Et crois-moi ce sera dur. Une femme ne fait pas le poids.

La vieille dame s'interrompit à dessein, préservant un effet d'annonce. Puis elle acheva :

– Sauf si elle a un métier. Et un salaire ! Travaille Nina. Étudie le plus longtemps possible et gagne ta vie. Ne dépends jamais d'un homme ! Écoute ce que te dit ta grand-mère.

– J'écoute, dit Nina.

Alice Ferney, *Cherchez la femme*, 2013.

1. *Douchka* : petit nom affectueux en russe signifiant « ma douce ».

Document B **Image**

Sérigraphie de Barbara Kruger, commande du ministère de la Culture, Bicentenaire de la Révolution française, 1989.

Barbara Kruger est une artiste contemporaine qui a été engagée dans la revendication des droits des femmes aux États-Unis.

Les réponses aux questions doivent être entièrement rédigées.

Compréhension et compétences d'interprétation → corrigé p. 155

1 Quelle est la relation qui lie Nina et Sacha ? Quel a été le rôle précis de Sacha dans l'éducation de Nina ? **4 pts**

2 Lignes 1 à 19 : nommez les deux sentiments successifs éprouvés par la grand-mère. Quelle attitude de Nina provoque chez elle ce changement de sentiment ? Justifiez votre réponse par une expression du texte. **6 pts**

3 Quel personnage féminin domine la conversation ? D'après vous, pourquoi se donne-t-elle le droit de parler ainsi ? **6 pts**

4 Selon Sacha, que risque-t-il de se passer après le mariage de Nina et Vladimir ? Vous répondrez dans un paragraphe détaillé en vous appuyant sur des citations précises du texte. **8 pts**

5 Comment l'image et le texte évoquent-ils, chacun à leur manière, le pouvoir que le savoir procure aux femmes ? **6 pts**

Grammaire et compétences linguistiques → corrigé p. 156

1 « désenchanté », ligne 21. Donnez la classe grammaticale de ce mot. Expliquez sa formation puis son sens dans le texte. **6 pts**

2 Lignes 34 à 36, quel est le mode principalement employé dans les propos de la grand-mère ? Justifiez son emploi. **4 pts**

3 Réécrivez ces quatre phrases en remplaçant « Nina » par « les filles » et « grand-mère » par « grands-parents ». Vous ferez toutes les modifications nécessaires.

« Travaille, Nina. Étudie le plus longtemps possible et gagne ta vie. Ne dépends jamais d'un homme ! Écoute ce que te dit ta grand-mère. » **10 pts**

Dictée → corrigé p. 157

20 min **10 pts**

› Écoutez la dictée avec l'application Nathan Live.

Consignes :

– On dictera le texte à haute voix à plusieurs reprises.

– On inscrira au tableau de manière lisible par l'ensemble des candidats le titre de l'œuvre et le nom de l'auteur.

Rédaction

1 h 30 **40 pts**

Vous traiterez au choix l'un des deux sujets suivants :

Sujet d'imagination → corrigé p. 158

› La jeune fille annonce sa décision finale à Vladimir. Elle a pris en compte les remarques de sa grand-mère pour choisir ou non de se marier.

Imaginez le dialogue des deux jeunes gens et les réactions qu'il suscite.

Sujet de réflexion → corrigé p. 160

› Pensez-vous, comme la grand-mère de Nina, qu'avoir un métier soit synonyme de liberté et de pouvoir ?

Sujet 4 Corrigé

Compréhension et compétences d'interprétation → énoncé p. 154

Les clés pour réussir

4 Cette question demande à être développée : appuyez-vous sur l'ensemble du texte en faisant des **citations précises** (courtes et bien repérées) prises dans les propos de la grand-mère (Sacha).

5 Cette question demande de bien observer dans le texte et dans l'image le rapport des femmes au savoir et au pouvoir. Observez attentivement des détails de l'image et appuyez-vous sur des citations précises du texte pour répondre. Ne négligez pas les informations apportées par le paratexte.

1 Nina et Sacha ont une relation familiale : Nina est la petite-fille de Sacha : « chez sa petite fille » (l. 3). Cette relation semble très affective et pleine de complicité puisque Nina se confie à sa grand-mère qui s'adresse à elle en l'appelant « Douchka » (l. 8), un surnom affectueux. Sacha a certainement élevé Nina, comme c'est indiqué l. 17 : « Elle n'avait pas élevé sa petite-fille pour en faire une gourde. »

2 Les sentiments successifs éprouvés par la grand-mère sont l'étonnement : « son étonnement » (l. 2), « stupéfaite » (l. 3), puis l'agacement : « agacer Sacha » (l. 17). Ce changement de sentiment est provoqué par le « ton amolli et romantique » (l. 17) de Nina qui, amoureuse, ne semble pas percevoir la réalité décrite par sa grand-mère.

3 Cette conversation est clairement dominée par la grand-mère qui développe un argumentaire maîtrisé face à sa petite-fille : « la vieille dame s'interrompit à dessein, préservant un effet d'annonce » (l. 32). Elle se donne le droit de parler ainsi car non seulement elle a participé à l'éducation de Nina, mais aussi car son expérience lui permet d'avoir conscience des inégalités entre les hommes et les femmes. Elle ne veut pas que sa petite-fille en soit victime.

4 Sacha veut montrer à sa petite-fille l'injustice de la position des femmes après le mariage : elles sont contraintes à rester à la maison pour s'occuper des tâches domestiques : « un homme dans une maison exige beaucoup de sa femme » (l. 13). Elle souligne le fait que les hommes s'installent rapidement dans une position où la femme est à leur service : « Les hommes, ça met les pieds sous la table et les chemises en boule au linge sale » (l. 21). Enfin, elle lui explique que si elle n'est pas « obéissante » ils vont se disputer : « vous vous bagarrerez » (l. 30) et que le seul moyen pour avoir une légitimité dans la conversation sera pour elle d'être indépendante grâce à « un métier » et « un salaire » (l. 34).

5 La sérigraphie de Barbara Kruger montre un visage de femme stéréotypé, comme on peut en voir sur les affiches de magazines, mais il est divisé en deux pour nous laisser voir une autre « face », une sorte de radiographie qui invite à regarder derrière les apparences. Le slogan qui est posé sur cette image indique que le savoir apporte le pouvoir. D'ailleurs, le mot « savoir » est placé sur la tête de la femme et le mot « pouvoir » vers sa bouche, comme pour indiquer qu'elle va pouvoir s'exprimer grâce à son savoir. Enfin, cette affiche a été commandée pour le bicentenaire de la Révolution française et n'est pas sans évoquer la figure de Marianne, symbole de la République française et de sa devise qui invite à l'égalité, ici celle entre les femmes et les hommes. Dans le texte, dont l'action se déroule en 1958, les femmes n'ont pas encore beaucoup de droits en France, et elles n'ont pas le même accès au savoir et au pouvoir que les hommes. Sacha le souligne très bien dans sa dernière prise de parole « Étudie le plus longtemps possible et gagne ta vie. Ne dépends jamais d'un homme ! » (l. 35).

Grammaire et compétences linguistiques → énoncé p. 154

Les clés pour réussir

1 Pour expliquer la formation d'un mot, il faut rechercher s'il est composé d'un **préfixe**, d'un **radical** et d'un **suffixe**. Attention les trois éléments ne sont pas toujours présents.

2 Les modes sont les grandes catégories à l'intérieur desquelles on conjugue les verbes. Il existe **sept modes** : indicatif, subjonctif, impératif, conditionnel, infinitif, participe et gérondif. Comme les temps, les modes peuvent avoir une valeur particulière (fait réel, souhait, doute, ordre, défense...).

3 • **On vous demande** de passer du singulier au pluriel. Il ne faut pas oublier le second changement : remplacer « grand-mère » par « grands-parents ».

• **Vous devez modifier :**

– les verbes ;

– deux déterminants possessifs et un pronom personnel.

• **Attention,** il y a un sujet inversé.

1 Le mot « désenchanté » est un adjectif (participe passé employé comme adjectif). Il est composé du préfixe privatif « dés- » et du radical « enchanté ». Il signifie « être désabusé, avoir perdu ses illusions ». Le préfixe marque en effet l'opposition à l'aspect « enchanteur » de la relation amoureuse.

2 Le mode verbal principalement utilisé dans ce passage est l'impératif : « Travaille » ; « étudie » ; « gagne » ; « dépends » ; « écoute ». Il permet d'exprimer un ordre ou une défense lorsqu'il est encadré par une négation (« ne dépends jamais »).

3 **Travaillez** les filles. **Étudiez** le plus longtemps possible et **gagnez votre** vie. **Ne dépendez** jamais d'un homme ! **Écoutez** ce que **vous disent vos** grands-parents.

Dictée → *énoncé p. 154*

Les clés pour réussir

Bien conjuguer

- Le **passé simple** : les terminaisons des verbes du premier groupe : -ai/-as/-a/-âmes/-âtes/-èrent ou des autres groupes -s/-s/-t/-^mes/-^tes/-rent.
- L'**imparfait** a des terminaisons très régulières : -ais/-ais/-ait/-ions/-iez/-aient.

Bien accorder

- « **Tout/tous** » : c'est un déterminant, il s'accorde donc avec le mot qui suit (« tout **le** » / « tous **les** »)

Ne pas confondre

- « **on/ont** » : « **on** » pronom personnel et « **ont** » 3e personne du pluriel du verbe « avoir » (= « avaient »).

Bien orthographier

- « **elle en avait** » : attention à la liaison, ne pas ajouter de « n' » après « en »

Les mots difficiles

- « **entrain** » : ce nom s'écrit en un seul mot et désigne la bonne humeur, la vivacité pour accomplir une tâche.
- « **s'excuser** » : ne pas oublier le « c » après le « x ».

Pas un seul petit mot ! Il ne vint pas lui rendre visite. Il fut absent aux deux répétitions, le mardi d'abord, puis le vendredi, sans s'excuser ni prévenir, ce qui n'était jamais arrivé. Les musiciens de l'orchestre demandaient des nouvelles à Nina. Elle n'en avait pas. Tout le monde vit qu'elle dansait et chantait sans entrain. Ses résultats scolaires chutèrent d'un coup. Le cartable était jeté par terre sans être ouvert. Elle n'avait pas la tête à son travail ! Elle découvrait la place que tient dans la vie un amour, celui qu'on trouve autant que celui qu'on perd ou croit perdre.

Alice Ferney, *Cherchez la femme*, Actes Sud, 2013.

Travail d'écriture – Sujet d'imaginaton → énoncé p. 154

Les clés pour réussir

La situation de communication

- Il faut prendre en compte **le texte initial**, c'est-à-dire les remarques de la grand-mère qui vont influencer la décision de Nina.
- Pensez à utiliser le vocabulaire des **sentiments** pour exprimer les réactions des deux interlocuteurs.
- Pour ne pas paraître artificiel un passage narratif précisera **les circonstances** (*Qui ? Où ? Quand ? Pourquoi ?*) qui amènent ce dialogue.
- Le dialogue doit **faire avancer l'action et développer les caractéristiques des interlocuteurs** : la façon de parler, comme les idées échangées permettront au lecteur de mieux les connaître.
- Le dialogue ne doit pas se poursuivre trop longtemps, il faut l'interrompre par **des passages narratifs** pour analyser les réactions des personnages et continuer le récit en laissant la parole au narrateur.

La présentation du dialogue

- Après la dernière phrase du paragraphe il faut : mettre **deux points** (:), **aller à la ligne, ouvrir des guillemets** («) et **mettre un tiret** (–). Ensuite, à chaque fois que quelqu'un intervient dans le dialogue, vous devez aller à la ligne et mettre un tiret. Les guillemets ne seront fermés qu'à la fin du dialogue.
- Les arguments des personnages peuvent se répondre (argument du premier personnage/contre-argument du deuxième...).
- Pensez à **varier les verbes introducteurs** : s'exclamer, demander, répondre, chuchoter, murmurer...

Méthode

Pour vous aider, nous vous avons indiqué en couleur les parties de la rédaction qui répondent aux consignes.

Narration Dialogue Éléments du texte initial Sentiments

Nina avançait d'un pas hésitant dans les allées du jardin public, elle avait beau être sûre des sentiments de Vladimir, les propos de sa grand-mère avaient semé en elle un doute qui la rongeait. Elle tournait les phrases dans sa tête quand elle sentit deux mains se poser sur ses épaules :

« – Tu ne m'échapperas pas ! lui chuchota Vladimir dans le creux de l'oreille.

– Je n'en avais pas l'intention ! Je suis contente de te retrouver si tôt, je voulais te parler.

– Tu as l'air sérieuse... rien de grave au moins ?

– Non... rien, c'est juste que... j'ai beaucoup réfléchi à ta demande...

– Et ?

– Et, évidemment je suis d'accord, je veux t'épouser !

Vladimir la souleva et la fit tourner autour de lui.

– Seulement... j'aimerais finir mes études avant, ajouta-t-elle le souffle un peu coupé quand il l'eut reposée.

– Mais... pourquoi ? Pourquoi attendre et pourquoi te fatiguer à étudier, j'ai une très bonne situation tu sais ! reprit Vladimir, incrédule.

– Oui bien sûr, mais ce n'est pas la question, les études me plaisent et je voudrais vraiment apprendre un métier moi aussi.

– Un métier ? Mais tu n'en as pas besoin, ne t'inquiète pas de ce genre de choses, je pourrai très largement subvenir aux besoins de toute la famille ! En douterais-tu ? s'étonna Vladimir, un peu agacé.

– Ce n'est pas le problème, renchérit Nina, qui comprenait de mieux en mieux les paroles de sa grand-mère au fur et à mesure que la conversation avançait. Ce que je veux, moi, c'est étudier, comme toi tu l'as fait, et devenir peut-être à mon tour ingénieure !

Vladimir partit d'un grand éclat de rire :

– Ingénieur ! Tu me fais marcher ! Tu sais bien que ça n'existe pas une femme ingénieure ! Il arrêta de rire, lui passa un bras sur l'épaule, puis reprit d'une voix presque paternelle :

– Tu es jeune, je crois que tu ne comprends pas bien. Si tu le souhaites, bien sûr que tu peux terminer ton lycée, et si c'est ton envie, je pourrais ensuite demander à l'administration de la mine de te confier quelques petits travaux de secrétariat, pour te distraire un peu, mais je peux te l'assurer : tu comprendras vite que ce n'est pas là ta place, et que tu seras bien mieux à t'occuper de ta maison !

Nina se dégagea des bras de Vladimir et répondit avec gravité :

– Tu as raison... ce n'est pas là ma place. »

FRANÇAIS

Travail d'écriture – Sujet de réflexion → énoncé p. 155

Les clés pour réussir

L'introduction

- Introduisez le sujet : vous pouvez partir des **définitions usuelles** d'un **métier**, de **la liberté** et du **pouvoir**, les trois mots-clés du sujet.
- Présentez le sujet : reprenez la **question** posée par le sujet.
- Annoncez clairement votre **plan.**

Le développement

- La question posée appelle un développement en **deux parties** : l'une où vous partagerez le point de vue de la grand-mère et l'autre où vous présenterez des arguments contraires. Pensez à **terminer** votre devoir **par la partie à laquelle vous croyez le plus**, vous serez plus convaincant(e).
- Dans chaque partie vous présenterez au moins **deux arguments** et **deux exemples.**

La conclusion

- **Résumez en d'autres termes** votre argumentation en précisant votre avis.
- Terminez avec une **phrase d'ouverture**, en évoquant par exemple le nécessaire travail sur l'orientation pour qu'un métier devienne aussi source de plaisir.

Méthode

Pour vous aider, nous vous avons indiqué en couleur les parties de la rédaction qui répondent aux consignes.

Indicateurs logiques — Arguments — |...| Exemples

L'exercice d'un métier est souvent associé aux termes de contraintes et de pénibilité. Cependant, nous nous demanderons si, comme le pense la grand-mère de Nina, un métier peut aussi être synonyme de liberté et de pouvoir. Nous répondrons à cette question en montrant d'abord les aspects négatifs de la pratique d'une profession, avant d'en souligner les avantages.

Avant tout, avoir un métier est dicté par la nécessité de subvenir à ses besoins. Le travail est donc synonyme de contraintes et d'efforts dans un simple but de survie humaine. Ainsi, si l'on observe les |mineurs décrits par Émile Zola dans *Germinal*, on ressent bien qu'ils sont esclaves de leur métier et que pour eux la liberté se situerait dans l'absence de travail.|

De plus, la pratique d'un métier nous soumet généralement à l'autorité d'un chef, d'un patron qui va exercer son pouvoir sur nous pour que l'on soit efficace et « rentable ». Ce sont les dérives que dénonce par exemple Charlie Chaplin dans son film *Les Temps modernes*, où l'on voit un ouvrier soumis à l'autorité de son patron et même de sa machine. Il perd sa liberté, voire son humanité, en cherchant à suivre les cadences imposées dans son métier.

Cependant, avoir un métier est aussi synonyme de liberté et de pouvoir car cela nous permet d'obtenir une réelle indépendance financière qui est une condition pour participer à la société de façon active. Le travail, comme l'écrivait déjà Voltaire dans *Candide* « éloigne de nous trois grand maux : l'ennui, le vice et le besoin » En effet, grâce à notre profession, nous pouvons non seulement subvenir à nos besoins, mais aussi échanger, avoir une vie sociale, et ne pas être tentés par exemple par la délinquance.

Enfin, la liberté et le pouvoir qu'apporte un métier sont aussi et surtout liés à la valeur créatrice du travail qui permet un épanouissement personnel par la satisfaction du travail accompli. Les travailleurs, quelles que soient leurs professions, recherchent la récompense de leurs efforts dans le résultat de leur travail : un malade soigné, un meuble bien réalisé, un mur bien monté... C'est ce qu'écrivait Eugène Guillevic dans son poème « Le menuisier » : « Tu chantais, menuisier / En assemblant l'armoire », évoquant le plaisir de l'artisan.

Il apparaît donc que l'exercice d'un métier même s'il est lié au travail et à des contraintes nous permet bien de gagner notre liberté et d'exercer un certain pouvoir. La difficulté majeure reste certainement de choisir un métier qui corresponde à nos aspirations pour que la pénibilité ne prenne pas le pas sur le plaisir.

FRANÇAIS

Sujet 5

100 pts — 3 heures

Jules Renard, *Histoires naturelles*

Asie, juin 2017

Travail sur le texte littéraire et sur l'image

1 h 10 — 50 pts

Document A — Texte littéraire

Le chasseur d'images

Il saute du lit de bon matin, et ne part que si son esprit est net, son cœur pur et son corps léger comme un vêtement d'été. Il n'emporte point de provisions. Il boira l'air frais en route et reniflera les odeurs salubres[1]. Il laisse ses armes à la maison et se contente d'ouvrir les yeux. Les yeux servent de filets où les images s'emprisonnent d'elles-mêmes.

La première qu'il fait captive est celle du chemin qui montre ses os, cailloux polis, et ses ornières[2], veines crevées, entre deux haies riches de prunelles et de mûres.

Il prend ensuite l'image de la rivière. Elle blanchit aux coudes et dort sous la caresse des saules. Elle miroite quand un poisson tourne le ventre, comme si on jetait une pièce d'argent, et, dès que tombe une pluie fine, la rivière a la chair de poule.

Il lève l'image des blés mobiles, des luzernes[3] appétissantes et des prairies ourlées[4] de ruisseaux. Il saisit au passage le vol d'une alouette ou d'un chardonneret. Puis il entre au bois. Il ne se savait pas doué de sens si délicats. Vite imprégné de parfums, il ne perd aucune sourde rumeur, et, pour qu'il communique avec les arbres, ses nerfs se lient aux nervures des feuilles.

Bientôt, vibrant jusqu'au malaise, il perçoit trop, il fermente, il a peur, quitte le bois et suit de loin les paysans mouleurs regagnant le village.

Dehors, il fixe un moment, au point que son œil éclate, le soleil qui se couche et dévêt sur l'horizon ses lumineux habits, ses nuages répandus pêle-mêle.

Enfin, rentré chez lui, la tête pleine, il éteint sa lampe et longuement, avant de s'endormir, il se plaît à compter ses images.

Dociles, elles renaissent au gré du souvenir. Chacune d'elles en éveille une autre, et sans cesse leur troupe phosphorescente s'accroît de nouvelles venues, comme des perdrix poursuivies et divisées tout le jour chantent le soir, à l'abri du danger, et se rappellent aux creux des sillons.

Jules Renard, *Histoires naturelles*, Gallimard, 1896.

1. *Salubres* : saines.
2. *Ornières* : traces dans le sol.
3. *Luzernes* : plantes à fleurs violettes.
4. *Ourlées* : bordées.

Document B **Image**

Jirô Taniguchi, *L'Homme qui marche*, 1992.

Les réponses aux questions doivent être entièrement rédigées.

Grammaire et compétences linguistiques → corrigé p. 165

1 « Il lève l'image des blés mobiles, des luzernes appétissantes […] » (l. 13). Quelle est la classe grammaticale des mots soulignés ? **2 pts**

2 Quel est le temps dominant dans le texte ? Quel effet son emploi produit-il ? **4 pts**

3 Réécrivez ces trois phrases en utilisant l'imparfait et en remplaçant « il » par « nous ». Vous ferez toutes les modifications nécessaires.
« Il n'emporta point de provisions. Il boira l'air frais en route et reniflera les odeurs salubres. Il laisse ses armes à la maison et se contente d'ouvrir les yeux. » **10 pts**

Compréhension et compétences d'interprétation → *corrigé p. 165*

1 « Il laisse ses armes à la maison et se contente d'ouvrir les yeux. » (l. 3-4) Comment cette phrase nous permet-elle de mieux comprendre le titre du texte ? **6 pts**

2 **a.** Quels sont les différents sens sollicités lors de cette balade ? Citez le texte pour justifier votre réponse. **4 pts**
b. Quels sentiments provoquent-ils chez le personnage tout au long du texte ? Relevez des éléments du texte pour justifier votre réponse. **4 pts**

3 Comment la nature est-elle rendue vivante ? Citez le texte pour justifier votre réponse. **4 pts**

4 Pensez-vous que le chasseur reste maître de ses images ? Vous développerez votre réponse en vous appuyant précisément sur le texte. **8 pts**

5 D'après vous, quelle phrase du texte pourrait être le titre de cette planche de bande dessinée ? Justifiez votre choix en confrontant des éléments du texte et de l'image. **8 pts**

Dictée → *corrigé p. 167*

20 min **10 pts**

› Écoutez la dictée avec l'application Nathan Live.
Consignes :
– On dictera le texte à haute voix à plusieurs reprises.
– On inscrira au tableau de manière lisible par l'ensemble des candidats le titre de l'œuvre, le nom de l'auteur, ainsi que les deux prénoms **Paul** et **Étienne.**

Rédaction

1 h 30 **40 pts**

Vous traiterez au choix un des deux sujets de rédaction suivants :

Sujet d'imagination → *corrigé p. 168*

› Le lendemain, le chasseur d'images se rend en ville et déambule au gré de ses envies. À la manière de Jules Renard, vous raconterez sa balade en insistant sur les sensations et les sentiments de ce personnage.

Sujet de réflexion → corrigé p. 169

› Pourquoi « chasser » des images ? Vous répondrez à cette question en prenant appui sur vos pratiques personnelles et sur votre culture littéraire et artistique.

Sujet 5 Corrigé

Grammaire et compétences linguistiques → énoncé p. 163

Les clés pour réussir

1 Il existe cinq classes grammaticales de mots variables : les verbes, les noms, les adjectifs, les déterminants et les pronoms.

3 • **On vous demande** de mettre les verbes à l'imparfait et de passer du singulier au pluriel en remplaçant « il » par « nous ».

• **Vous devez modifier** :
- les pronoms personnels ;
- la conjugaison des verbes ;
- un déterminant possessif.

1 Les deux mots soulignés sont des adjectifs qualificatifs épithètes.

2 Le temps dominant est le présent de l'indicatif : « il saute » (l. 1), « il lève » (l. 3), « il fixe » (l. 21). On a l'impression de participer à la balade avec le personnage, on découvre les images en même temps que lui, c'est du présent de narration.

3 **Nous n'emportions** point de provisions. **Nous buvions** l'air frais en route et **reniflions** les odeurs salubres. **Nous laissions nos** armes à la maison et **nous contentions** d'ouvrir les yeux.

Compréhension et compétences d'interprétation → énoncé p. 164

Les clés pour réussir

2 **a.** Pour ce type de questions, **listez** les cinq sens, **puis observez** dans le texte lesquels sont présents.

b. Une sensation est le résultat d'une **perception** par l'un des cinq sens, un sentiment est le résultat d'une **émotion**.

3 Cette question vous demande de trouver une **figure de style**. Les plus fréquentes sont la comparaison, la métaphore, la personnification et l'énumération.

5 La bande dessinée utilise un vocabulaire spécifique : **une case ou une vignette** est un **cadre** contenant une image ; **une bande** est une **suite de cases** sur une ligne ; **une planche** est une **page** de bande dessinée.

1 Le titre associe les thèmes de la chasse et des images, on retrouve ces deux thèmes mêlés dans la phrase : la chasse avec le mot « armes » et les images avec le mot « les yeux ». Il s'agit donc d'une chasse au sens figuré : ce qu'il prendra dans ses « filets » (l. 5) ce seront uniquement des images.

2 **a.** Les cinq sens du personnage vont être sollicités pendant cette balade :
1. le goût : « il boira l'air frais » (l. 3) ;
2. l'odorat : « reniflera les odeurs salubres » (l. 3) et « parfums » (l. 16) ;
3. la vue : « ouvrir les yeux » (l. 4) et le mot « image » répété plusieurs fois ;
4. l'ouïe « sourde rumeur » (ll. 16-17) ;
5. le toucher « ses nerfs se lient aux nervures des feuilles » (ll. 17-18).

b. Les sentiments qu'éprouve le personnage évoluent au cours de la balade : il a d'abord un sentiment de légèreté physique et morale : « son cœur pur et son corps léger » (l. 1), puis un sentiment de plénitude lorsqu'il a collecté plusieurs images : « imprégné » (l. 16), ensuite il ressent de la peur : « il a peur » (l. 19) comme s'il avait trop de sensations et enfin, au retour, il est satisfait et heureux : « il se plaît » (l. 25).

3 La nature est rendue vivante grâce aux différentes personnifications qui lui attribuent des caractéristiques humaines :
– « chemin qui montre ses os [...] veines crevées » (l. 6) ;
– la rivière « blanchit aux coudes et dort [...] a la chair de poule » (l. 9) ;
– le soleil « dévêt sur l'horizon ses lumineux habits » (l. 22).

4 Au départ, le chasseur est maître des images, il les prend au piège : « les yeux servent de filets » (l. 4), mais très vite il est submergé par l'abondance d'images et de sensations qu'elles font naître « vibrant jusqu'au malaise, il perçoit trop » (l. 19). À la fin, les images semblent plus calmes « dociles » (l. 26), mais elles restent autonomes pour décider de revenir dans la tête du chasseur : « chacune d'elles en éveille une autre » (ll. 26-27).

5 Une phrase du texte qui pourrait servir de titre à cette planche de bande dessinée est « les yeux servent de filets où les images s'emprisonnent d'elles-mêmes » (l. 4). La bande dessinée fait en effet alterner les cases avec le regard de l'homme et celles avec ce qu'il voit : les vignettes 4 et 5 font ainsi écho à « se contente d'ouvrir les yeux » (l. 4) ou « il fixe un moment, au point que son œil éclate » (l. 21). La communion avec la nature est aussi très présente dès la première case qui pourrait illustrer la phrase du texte : « ses nerfs se lient aux nervures des feuilles » (ll. 17-18).

Dictée → énoncé p. 164

Les clés pour réussir

Bien conjuguer

- Le **passé simple** à la nous : -âmes/-îmes/-ûmes/-înmes.

Bien accorder

- L'adjectif « bleu » : penser au « e » et/ou au « s » au féminin et au pluriel.
- Les participes passés employés comme adjectifs.

Ne pas confondre

- **« s'en » et « sans »** → « s'en » se rencontre devant un verbe pronominal (« se » + verbe). « Sans » est une préposition qui indique le manque, la privation, elle est le contraire de « avec ».
- **« ou » et « où »** → « ou » est la conjonction de coordination, elle peut être remplacée par « ou bien ». « Où » est un pronom relatif qui indique un lieu.
- **« mur » et « mûr »** → « mur » est un nom masculin qui désigne une construction. « Mûr » est un adjectif pour un fruit arrivé à maturité.

Bien orthographier

- Les chiffres s'écrivent en lettres.
- Attention aux sons « euil » et « eil » dans les mots « cueillir » et « vieil ».

Les mots difficiles

- **« exalter »** signifie « élever très haut ».
- **« gaieté »** peut s'écrire de trois manières différentes : « gaieté » / « gaîté » / « gaité », mais attention, il n'y a jamais de « e » à la fin.

À deux heures, nous repartîmes en expédition, accompagnés de Paul, spécialiste de l'extraction des escargots cachés dans les trous des vieux murs, ou des souches d'olivier. Nous travaillâmes sans arrêt, pendant trois heures, à entasser des provisions, pour faire face à la ruine prochaine. Nous repartîmes vers six heures, chargés d'amandes, d'escargots, de prunelles des bois, de belles prunes bleues volées chez maître Étienne, et d'une musette d'abricots presque mûrs, cueillis sur un très vieil arbre qui s'obstinait, depuis cinquante ans, fleurir dans les ruines solitaires d'une ferme abandonnée.

Marcel Pagnol, *Le Château de ma mère*, De Fallois, 1958.

FRANÇAIS

Travail d'écriture – Sujet d'imagination → énoncé p. 164

Les clés pour réussir

La situation de communication

- Il s'agit d'une suite de texte essentiellement **descriptive** : vous devez garder le **même narrateur** et le **même temps verbal**.
- Le lieu est précisé, il ne s'agit plus de la campagne, mais de la **ville**, pensez notamment aux textes étudiés sur ce thème en 4e.

L'organisation de la description

- Vous devez donc écrire « à la manière de » Jules Renard : c'est-à-dire en gardant la même structure de texte que lui : un point de départ, un paragraphe par nouvelle image, un point d'arrivée.
- C'est une description en mouvement : le lecteur découvrira la scène en même temps que l'observateur grâce aux connecteurs spatio-temporels (« en haut », « à côté », « devant », « d'abord », « puis », « ensuite »...)
- Insistez sur les sensations et les sentiments éprouvés par le personnage face à chaque image « récoltée ».

Méthode

Pour vous aider, nous vous avons indiqué en couleur les parties de la rédaction qui répondent aux consignes.

Images de la ville Connecteurs spatio-temporels Sentiments Sensations

C'est une fin d'après-midi orageuse : une chaleur moite a pesé toute la journée et l'averse salvatrice vient de tomber. Le chasseur d'images sait que c'est l'heure parfaite pour déambuler dans la ville. La ville fraîchement arrosée par une pluie d'orage.

Dès les premiers pas sur le bitume chaud et humide, il flaire l'odeur caractéristique de la pluie qui s'évapore du macadam. Il ferme les yeux, les rouvre, et les fumerolles qui remontent de la route s'évanouissent dans son regard. Une première image, familière et rassurante.

Il descend la rue, croise quelques passants qui se décident à quitter leur maison, hésitants... la pluie a-t-elle vraiment cessé ? Des pleurs lui font lever la tête vers une fenêtre entrouverte, « à l'espagnolette » comme disait sa mère, c'est un bébé. Les pleurs se font plus insistants, puis s'arrêtent brusquement. Une silhouette passe devant la fenêtre, le bébé dans les bras. Il sourit, apaisé lui aussi.

Il tourne à droite, dans une ruelle, la dernière rue pavée de la ville. L'eau s'écoule rapidement entre les vieux pavés. Ce sont des méandres, des lagons, une cascade : un vieux mégot est entraîné comme un radeau de survie sur ce torrent infernal, le chasseur le suit du regard jusqu'à le perdre de vue, il a sombré dans le caniveau.

Un long muret court vers la gauche, machinalement il pose sa main dessus et avance. Comme un enfant. Il retrouve cette sensation râpeuse du ciment sous la paume de sa main. Il avance ainsi, guidé par cette rampe de béton. Soudain, il doit s'arrêter, un chat est posé sur le muret. Ils échangent un regard. De chasseur, il se sent devenir chassé. Étrange sentiment. Il change de trottoir.

Et puis, il a faim, d'abord, il ne sait pas pourquoi, mais l'air qui pénètre son nez finit par le renseigner : il est derrière la rue des restaurants. Les fumées des hottes s'échappent et lui apportent des odeurs mêlées de friture et de viandes saisies sur le feu. Il tend l'oreille et croit entendre quelques bruits de vaisselles heurtées, l'agitation de la cuisine avant le service. Il imagine l'assiette, les frites dorées, le magret fumant, la touche rouge du quartier de tomate posé sur la feuille de salade... il salive, il est temps de rentrer.

Sur le chemin du retour, il décide de s'arrêter au milieu de la grand-place. Il ferme les yeux un instant et se nourrit des images rencontrées. Elles se mêlent aux bruits de la ville et l'enivrent. Il n'a plus faim, il est rassasié d'images et de sensations.

Travail d'écriture – Sujet de réflexion → énoncé p. 196

Les clés pour réussir

L'introduction

- **Introduisez le sujet** : vous pouvez faire référence au texte étudié et au sens moderne de l'expression « chasseur d'images ».
- **Présentez le sujet** : reprenez la question posée par le sujet.
- Annoncez clairement votre **plan**.

Le développement

- La question posée appelle un développement en plusieurs parties qui énumèrent les raisons qui poussent certaines personnes à « chasser » des images. Les raisons peuvent être :
  – le besoin de nourrir son **imaginaire** ;
  – la volonté de **garder des souvenirs** ;
  – le **plaisir esthétique**.
- **Dans chaque partie**, sélectionnez **un exemple pertinent et précis** en les **variant** comme le demande le sujet : « en prenant appui sur vos pratiques personnelles, et sur votre culture littéraire et artistique ».

La conclusion

- Résumez en d'autres termes votre argumentation en précisant votre avis.
- Terminez avec une phrase d'ouverture, par exemple sur les différents moyens de conservation et de diffusion des images aujourd'hui.

Méthode

Pour vous aider, nous vous avons indiqué en couleur les parties de la rédaction qui répondent aux consignes.

Indicateurs logiques   Arguments |...| Exemples

Les « chasseurs d'images », qu'ils soient de simples promeneurs esthètes comme dans le texte ou des photographes – suivant le sens moderne de l'expression –, sont toujours aussi nombreux aujourd'hui. Quelles raisons les poussent ainsi à chasser des images ? Nous proposerons trois réponses en évoquant d'abord le besoin de nourrir l'imagination, puis la volonté de garder des souvenirs et enfin le plaisir esthétique de la contemplation des images.

Premièrement, les images sont la racine étymologique et la source de notre imagination. C'est-à-dire de notre capacité à nous fabriquer des images mentales et à les faire vivre dans notre esprit. Par exemple, le poète Charles Baudelaire, au XIXe siècle, dans son *Invitation au voyage*, évoque les images qui entraînent son esprit vers la rêverie : « Vois sur ces canaux / Dormir ces vaisseaux ». Les images sont si nettes pour lui, qu'elles peuvent aussi nourrir l'imaginaire du lecteur et deviennent un trait d'union pour une invitation à l'évasion.

La deuxième raison qui peut pousser à « chasser des images » est le besoin de garder des souvenirs, d'aider la mémoire grâce à des supports matériels qui vont fixer des instants de vie à partir desquels renaîtront durablement des souvenirs imagés. Ainsi, les nombreuses photographies de vacances, d'événements mémorables d'une vie, voire même les *selfies* pour immortaliser une visite à la tour Eiffel ou en retenant la tour de Pise sont autant d'aide-mémoire qui non seulement fixent une image, mais aussi aident à en faire revivre d'autres.

Enfin, les chasseurs d'images sont aussi les nombreux artistes, photographes ou peintres, qui s'attachent à retenir par leur art un instant de beauté, de vie, des sensations fugaces. Citons l'exemple de Paul Gauguin qui sut fixer sur ses toiles les couleurs et l'atmosphère de Tahiti en y associant les personnes qu'il rencontrait, comme dans son tableau *Nave Nave Mahana* (en français : *Jour délicieux*) qui met en scène des jeunes Tahitiennes et un enfant qui s'adonnent à la cueillette de fruits dans un décor paradisiaque.

Pour conclure, il apparaît que les chasseurs d'images peuvent avoir différentes motivations qui se rejoignent sur une idée commune : le partage, que ce soit avec un lecteur, un spectateur potentiel ou l'entourage proche. Se poserait alors aujourd'hui la question, avec la multiplication des moyens de conservations des images, et notamment le numérique, de savoir lesquels se prêtent le mieux à ce véritable partage.

Sujet 6

3 heures

Jean Giono, *Les Vraies Richesses*

France métropolitaine, juin 2017

Travail sur le texte littéraire et sur l'image

1 h 10 50 pts

Document A Texte littéraire

Giono a décidé de vivre à la campagne, au plus près de la nature. Néanmoins, il va parfois à Paris. Il évoque ici son expérience de la ville.

Quand le soir vient, je monte du côté de Belleville[1]. À l'angle de la rue de Belleville et de la rue déserte, blême et tordue, dans laquelle se trouve *La Bellevilloise*[2], je connais un petit restaurant où je prends mon repas du soir. Je vais à pied. Je me sens tout dépaysé par la dureté du trottoir et le balancement des hanches qu'il faut avoir pour éviter ceux qui vous frôlent. Je marche vite et je dépasse les gens qui vont dans ma direction ; mais quand je les ai dépassés, je ne sais plus que faire, ni pourquoi je les ai dépassés, car c'est exactement la même foule, la même gêne, les mêmes gens toujours à dépasser sans jamais trouver devant moi d'espaces libres. Alors, je romps mon pas et je reste nonchalant[3] dans la foule. Mais ce qui vient d'elle à moi n'est pas sympathique. Je suis en présence d'une anonyme création des forces déséquilibrées de l'homme. Cette foule n'est emportée par rien d'unanime. Elle est un conglomérat de mille soucis, de peines, de joies, de fatigues, de désirs extrêmement personnels. Ce n'est pas un corps organisé, c'est un entassement, il ne peut y avoir aucune amitié entre elle, collective, et moi. Il ne peut y avoir d'amitié qu'entre des parties d'elle-même et moi, des morceaux de cette foule, des hommes ou des femmes. Mais alors, j'ai avantage à les rencontrer seuls et cette foule est là seulement pour me gêner. Le premier geste qu'on aurait si on rencontrait un ami serait de le tirer de là jusqu'à la rive, jusqu'à la terrasse du café, l'encoignure de la porte, pour avoir enfin la joie de véritablement le rencontrer.

[…]

De tous ces gens-là qui m'entourent, m'emportent, me heurtent et me poussent, de cette foule parisienne qui coule, me contenant sur les trottoirs devant *La Samaritaine*[4], combien seraient capables de recommencer les gestes essentiels de la vie s'ils se trouvaient demain à l'aube dans un monde nu ?

Qui saurait orienter son foyer en plein air et faire du feu ?

Qui saurait reconnaître et trier parmi les plantes vénéneuses les nourricières comme l'épinard sauvage, la carotte sauvage, le navet des montagnes, le chou des pâturages ?

Qui saurait tisser l'étoffe ?

Qui saurait trouver les sucs pour faire le cuir ?

Qui saurait écorcher un chevreau ?

Qui saurait tanner la peau ?

Qui saurait vivre ?

Ah ! c'est maintenant que le mot désigne enfin la chose ! Je vois ce qu'ils savent faire : ils savent prendre l'autobus et le métro. Ils savent arrêter un taxi, traverser une rue, commander un garçon de café ; ils le font là tout autour de moi avec une aisance qui me déconcerte et m'effraie.

---

1. *Belleville* : quartier parisien dans l'Est de la ville.
2. *La Bellevilloise* : coopérative ouvrière qui permettait aux ouvriers d'acheter des produits de consommation moins chers. C'est aussi en 1936 un lieu culturel très connu.
3. *Nonchalant* : lent et indifférent.
4. *La Samaritaine* : grand magasin parisien, fondé en 1870.

Jean Giono, *Les Vraies Richesses*, Grasset & Fasquelle, 1937.

Document B Image

Jean-Pierre Stora, *Allées piétonnières*, 1995, lavis encre de Chine, 64 × 50.

Les réponses aux questions doivent être entièrement rédigées.

Compréhension et compétences d'interprétation → corrigé p. 175

1 En vous appuyant sur le premier paragraphe, expliquez la formule du narrateur « Je me sens tout dépaysé » (ligne 4). **4 pts**

2 Dans le dernier paragraphe, pourquoi le narrateur est-il déconcerté et effrayé (lignes 42 à 45) ? Justifiez votre réponse en vous appuyant sur le texte. **4 pts**

3 Ce texte est extrait d'un livre intitulé *Les Vraies Richesses*. Quelles sont, selon vous, les « vraies richesses » auxquelles pense l'auteur ? Rédigez une réponse construite et argumentée. **8 pts**

4 Que ressentez-vous en regardant l'œuvre de Jean-Pierre Stora (document B) ? Expliquez votre réponse. **4 pts**

5 Cette œuvre (document B) peut-elle illustrer la manière dont le narrateur perçoit la foule dans le texte de Jean Giono (document A) ? Développez votre réponse. **4 pts**

Grammaire et compétences linguistiques → corrigé p. 176

1 **a.** Quel est ici le sens du mot « entassement » (ligne 16) ? Trouvez un synonyme de ce nom dans les lignes qui précèdent.
b. « Elle est [...] personnels. » (lignes 14-15) : quel est le procédé d'écriture utilisé dans cette phrase ?
c. En vous appuyant sur vos deux réponses précédentes, expliquez comment le narrateur perçoit la foule. **8 pts**

2 Ligne 34 à ligne 40 :
a. Quelles remarques pouvez-vous faire sur la disposition et les procédés d'écriture dans ce passage ? Trois remarques au moins sont attendues.
b. Quel est, selon vous, l'effet recherché par le narrateur dans ce passage ? Développez votre réponse. **8 pts**

3 Réécrivez le passage ci-dessous en remplaçant « je » par « nous » et en mettant les verbes conjugués à l'imparfait.
« Je connais un petit restaurant où je prends mon repas du soir. Je vais à pied. Je me sens tout dépaysé par la dureté du trottoir et le balancement des hanches qu'il faut avoir pour éviter ceux qui vous frôlent. » **10 pts**

Dictée → corrigé p. 177 20 min **10 pts**

› Écoutez la dictée avec l'application Nathan Live.

Consignes :
– On dictera le texte à haute voix à plusieurs reprises.
– On inscrira au tableau de manière lisible par l'ensemble des candidats le titre de l'œuvre et le nom de l'auteur.

Rédaction 1 h 30 **40 pts**

Vous traiterez au choix un des deux sujets de rédaction suivants :

Sujet d'imagination → corrigé p. 178

› Vous vous sentez, vous aussi, « dépaysé(e) » en arrivant dans une ville. Racontez cette expérience. Vous décrivez les lieux que vous découvrez, vous évoquez vos impressions et vos émotions.
Vous ne signerez pas votre texte de votre nom.

Sujet de réflexion → corrigé p. 179

› Pensez-vous comme Jean Giono que la ville soit un lieu hostile ?
Vous proposerez une réflexion organisée et argumentée en vous appuyant sur vos lectures et vos connaissances personnelles.

Sujet 6 Corrigé

Compréhension et compétences d'interprétation → énoncé p. 173

Les clés pour réussir

4 On attend une réponse personnelle et argumentée évoquant clairement **un ressenti, des émotions, des comparaisons, des expériences.**

1 La formule « Je me sens tout dépaysé » montre à quel point le narrateur se sent en marge de la foule de ses contemporains. Il est gêné par le nombre : « sans jamais trouver d'espace libre » (l. 9) ; « cette foule est là seulement pour me gêner » (l. 20) ; mais aussi par l'anonymat qui y règne : « anonyme » (l. 12). De plus, il ressent de l'antipathie de la part de la foule : « n'est pas sympathique » (l. 12).

2 Le narrateur prend conscience que les êtres humains se sont très bien adaptés au mode de vie urbain : il est troublé par l'aisance de leurs gestes quotidiens « prendre l'autobus et le métro » (l. 42) par contraste avec les gestes qu'ils ne savent plus faire. Cette aisance l'effraie car elle sous-entend l'incapacité à réaliser les gestes essentiels : « Qui saurait vivre ? » (l. 40).

3 Selon l'auteur, les vraies richesses sont les sentiments qui relient les êtres humains : la sympathie et l'amitié. Ces relations ne peuvent se tisser que dans des relations individuelles avec l'autre qui permettent d'avoir « la joie de véritablement le rencontrer » (l. 22). Un retour à la nature est nécessaire pour l'être humain s'il veut profiter de ces vraies richesses, il doit se comporter comme s'il devait vivre à nouveau dans « un monde nu » (l. 30).

4 Cette œuvre de J.-P. Stora fait ressentir un certain malaise : toutes les lignes diagonales créent des points de fuite vers l'extérieur de l'image. Il n'y a pas de début et pas de fin, comme si les personnages étaient en perpétuel mouvement vers... nulle part, et en venant d'on ne sait où.

5 L'œuvre et le texte présentent plusieurs points communs dans la représentation de la foule : ces « allées piétonnières » parallèles et séparées par des murs donnent l'impression que les gens se croisent ou se dépassent sans se voir comme chez Giono : « je marche vite et je dépasse les gens

qui vont dans ma direction » (l. 6). De plus, les corps sur l'image ne sont que des ombres, des silhouettes sans visages, « anonymes » comme dans le texte de Giono (l. 12). Enfin, on voit que sur l'image il n'y a aucune rencontre entre les personnes, ce que regrette également l'auteur.

Grammaire et compétences linguistiques → *énoncé p. 174*

Les clés pour réussir

1 a. Pensez à utiliser le **radical** du mot pour expliquer son sens. Un synonyme est un mot qui a presque le même sens, mais qui n'appartient pas à la même famille (pas le même radical).

b. Une accumulation ou énumération consiste à énoncer une série plus ou moins longue de termes ou groupes de mots de même catégorie. C'est une figure d'**insistance.**

2 a. et **b.** Les procédés d'écriture sont les écarts par rapport à l'usage habituel de la langue. Ici, on est proche d'un **univers poétique**, on peut donc faire des remarques sur : la disposition en vers, les anaphores, la forme des phrases, le mode verbal utilisé...

3 • **On vous demande** de mettre les verbes à l'imparfait et de passer du singulier au pluriel en remplaçant « je » par « nous ».

• **Vous devez modifier :**

– les pronoms personnels et réfléchis ;
– la conjugaison des verbes ;
– un accord de participe passé ;
– un déterminant possessif.

1 a. Le mot « entassement » signifie une accumulation d'éléments, il est formé sur le radical « tas ». Ici, il s'agit d'un « tas » d'êtres humains qui forment une foule disparate. Le synonyme est « conglomérat » (l. 14).

b. Le procédé d'écriture est une énumération (ou accumulation) : l'auteur énumère les éléments qui constituent la foule.

c. Le narrateur perçoit donc la foule comme un assemblage d'éléments disparates sans unité, sans harmonie. Il ressent aussi de l'hostilité et de l'antipathie de la part de cette foule qui empêche toute possibilité de rencontre et d'amitié.

2 a. Ce passage s'apparente à un poème par sa mise en page : il y a un retour à la ligne pour chaque phrase comme s'il s'agissait de vers. De plus on remarque une anaphore, c'est-à-dire une répétition en début de phrase : « Qui saurait ». Enfin, toutes les phrases sont des questions rédigées au conditionnel.

b. Le narrateur cherche à surprendre et à impliquer son lecteur par les interrogations oratoires (fausses questions). Chacun est ainsi amené à s'interroger sur ses propres pratiques. De plus, l'anaphore suivie d'un verbe d'action à l'infinitif insiste sur ce point : quelle est la nature de nos compétences réelles ?

3 **Nous connaissions** un petit restaurant où **nous prenions notre (ou nos)** repas du soir. **Nous allions** à pied. **Nous nous sentions** tout **dépaysés** par la dureté du trottoir et le balancement des hanches qu'il **fallait** avoir pour éviter ceux qui vous **(ou nous) frôlaient**.

Dictée → *énoncé p. 174*

Les clés pour réussir

Bien conjuguer

- Le **passé simple** à la première personne du pluriel : -âmes/-îmes/-ûmes/-înmes.

Bien accorder

- **Les participes passés** employés comme adjectifs.

Ne pas confondre

- **« et »** et **« est »** → « et » est une conjonction de coordination, on peut la remplacer par « et puis ». « Est » est la troisième personne du singulier du verbe « être », on peut mettre le verbe au passé : « était ».

Bien orthographier

- **« enflammé »** vient du radical « flamme », bien penser aux deux « m ».
- **« en bas »** s'écrit en deux mots.

Les mots-clés

- **sournois** : penser au « s » final (féminin « sournoise »).
- **mystérieusement** : penser au « y », comme dans le radical « mystère ».

De temps en temps, je m'arrête, je tourne la tête et je regarde vers le bas de la rue où Paris s'entasse : des foyers éclatants et des taches de ténèbres piquetées de points d'or. Des flammes blanches ou rouges flambent d'en bas comme d'une vallée nocturne où s'est arrêtée la caravane des nomades. Et le bruit : bruit de fleuve ou de foule. Mais les flammes sont fausses et froides comme celles de l'enfer. En bas, dans un de ces parages sombres est ma rue du Dragon, mon hôtel du Dragon. Quel ordre sournois, le soir déjà lointain de ma première arrivée, m'a fait mystérieusement choisir cette rue, cet hôtel au nom dévorant et enflammé ?
Il me serait facile, d'ici, d'imaginer le monstre aux écailles de feu.

Jean Giono, *Les Vraies Richesses*, Grasset & Fasquelle, 1937.

FRANÇAIS

Travail d'écriture – Sujet d'imagination → *énoncé p. 174*

Les clés pour réussir

Le sujet

- On attend un récit, **de type narratif,** qui contienne une **description** des lieux et l'expression des **impressions et des émotions** du narrateur.
- Il n'est pas obligatoire de raconter une expérience réelle et vécue, vous pouvez évoquer **toute découverte d'un espace urbain quel qu'il soit, réel ou imaginaire.**
- Pensez à vous appuyer sur votre connaissance de **textes liés à la ville** (programme de 4e : « La ville, lieu de tous les possibles »).

Le récit à la première personne

- Le récit devra être rédigé **à la première personne,** comme un texte autobiographique, même si vous n'avez jamais été confronté(e) à l'expérience de la découverte d'une nouvelle ville.
- Pour enrichir le récit de votre expérience, vous veillerez à insérer les éléments suivants :

– des **descriptions précises** ou des **portraits** pour que le lecteur puisse imaginer les objets, lieux, personnages de votre souvenir ;
– des réflexions sur vos **sensations** et vos **sentiments**, pour cela pensez à utiliser un lexique approprié : « je sentais », « j'observais », « j'écoutais », « j'éprouvais », « il me semblait que », « j'avais l'impression de »... toutes ces tournures montreront que vous menez une introspection, c'est-à-dire que vous portez un **regard sur vous-même** ;
– une évocation de vos **émotions** et de vos réflexions, en insistant sur ce qui les a déclenchées : « J'étais véritablement ému(e) parce que... » ; « C'était la première fois que... » ; « Je ressentais de la colère car... » ; « J'aurais aimé alors... »

Méthode

Pour vous aider, nous vous avons indiqué en couleur les parties de la rédaction qui répondent aux consignes.

Description — Narration à la première personne — Émotions

Enfin ! J'y suis ! Je sors de la gare Saint Lazare et je foule enfin le macadam parisien si souvent rêvé. L'arrivée en train m'a semblé interminable : j'apercevais çà et là entre deux tours la silhouette fascinante de la tour Eiffel et les eaux de la Seine. Le train ralentissait mais ne s'arrêtait jamais, comme s'il se jouait de mon impatience. J'avais l'impression d'attendre un gâteau derrière la vitrine d'une pâtisserie.

Je fais quelques pas devant la gare, les gens savent où ils vont, ils ont le pas décidé et je cherche à les imiter, mais je dois m'arrêter pour m'orienter. Mon objectif est simple : la tour Eiffel ! Je lève les yeux pour me repérer... de hautes façades barrent mon regard. Les habitations me volent le ciel et m'empêchent de trouver ma direction. Un plan est affiché sur un grand panneau : je suis sauvé ! « Vous êtes ici » : Belle indication ! Un point rouge perdu au milieu d'un entrelac de lignes matérialisant des bus, des routes, des métros... Je suis ici. Un peu désemparé, je m'engage dans une rue que semblent suivre de nombreux piétons : le troupeau doit bien savoir où aller lui ! Sans m'en rendre compte, je descends dans le métro. L'odeur est particulière, des courants d'air semblent guider mes pas. Je suis le mouvement.

Après quelques déambulations hasardeuses, un wagon me happe. Je suis un peu sonné, mais quelques noms rassurants s'affichent bientôt sur les murs des stations de métro : Roosevelt – Iena – Trocadéro... À la faveur d'un mouvement de foule, je quitte la rame. Je parviens à remonter des escaliers et c'est un éblouissement : le soleil m'accueille en m'obligeant à plisser les yeux : j'ai retrouvé le ciel ! La foule est toujours aussi dense, mais semble moins pressée et agitée qu'à la sortie de la gare. Les gens se parlent, se sourient, les terrasses s'animent. Imperceptiblement, le flot humain avance vers une esplanade, il serait malvenu de contrarier le mouvement, et c'est finalement un sentiment agréable de se laisser porter par ses semblables : nous sommes tous comme animés du même désir.

Je m'arrête un instant pour savourer ce plaisir, cette agitation sans nervosité. Je ferme les yeux, prends une grande inspiration : je respire la ville, je respire Paris. Je rouvre lentement les yeux et elle est là, grande Dame, fidèle au rendez-vous, elle porte son ombre presque jusqu'à moi pour me guider : la tour Eiffel !

Travail d'écriture – Sujet de réflexion → *énoncé p. 175*

Les clés pour réussir

L'introduction

- **Introduisez le sujet** : vous pouvez faire référence au texte étudié ou à l'opposition ville/campagne.
- **Présentez le sujet** : reprenez la question posée par le sujet.
- Annoncez clairement votre **plan**.

Le développement

- Vous pouvez **opter pour une réponse positive** (la ville est un lieu hostile), pour une réponse **négative** (la ville est un lieu d'accueil ouvert) **ou pour un plan contradictoire** (la ville a des aspects positifs et négatifs).

- Dans tous les cas, on attend un devoir construit clairement, avec des paragraphes bien mis en page, une introduction et une conclusion.
- L'apport d'exemples issus de la culture littéraire et artistique est valorisé.

La conclusion

- **Résumez en d'autres termes** votre argumentation en précisant votre avis.
- **Terminez avec une phrase d'ouverture**, pour élargir la question en restant sur le même thème.

Méthode

Pour vous aider, nous vous avons indiqué en couleur les parties de la rédaction qui répondent aux consignes.

Indicateurs logiques — Arguments — |...| Exemples

Dans son texte extrait de *Les Vraies Richesses*, J. Giono dresse le tableau d'une ville effrayante. On peut se demander si la ville est effectivement un lieu hostile. Nous verrons dans une première partie que les villes présentent bien des aspects inquiétants, puis nous essaierons de montrer qu'elles savent aussi se montrer accueillantes.

En premier lieu, les villes, par leur concentration de population, concentrent aussi les problèmes. Les citadins se plaignent en effet souvent de l'insécurité ou de l'insalubrité qui sont liées à la vie urbaine. Ainsi, Faïza Guène, dans son roman *Du Rêve pour les oufs*, décrit les problèmes des jeunes dans une banlieue parisienne, qui sont confrontés à la drogue, au chômage et à la délinquance.

Par ailleurs, la ville est souvent associée à l'agitation, au bruit ou à la foule anonyme que décrit Giono. L'espace urbain devient donc hostile à cause d'une forme de surpopulation qui nuit à la tranquillité des habitants. Ce phénomène n'est pas récent puisque Boileau par exemple soulignait déjà cet inconvénient au XVIIe siècle dans sa satire sur « les embarras de Paris ».

Pourtant, malgré ces inconvénients, les villes attirent toujours plus de monde, ce qui s'explique aussi par la proximité et la diversité des offres culturelles ou sportives qu'elles proposent. Ainsi, la ville de Paris permet à ses habitants de pouvoir sortir tous les jours pour visiter des expositions, aller au cinéma, au théâtre, alors que cette offre est bien plus limitée à la campagne.

Enfin, le brassage de population dans les villes est une occasion de s'ouvrir aux autres et d'échanger. Les différences sont bien mieux acceptées. Par exemple dans son roman *La Fée carabine*, Daniel Pennac décrit les échanges chaleureux entre les habitants de tous âges et de toutes origines dans le quartier de Belleville à Paris.

En définitive, le lieu de vie importe sans doute bien moins que l'état d'esprit des habitants : si l'on veut rencontrer les autres, il faut être ouvert et aller vers eux, que ce soit à la ville ou à la campagne.

Sujet 7 Marcel Aymé, *Uranus*

3 heures

France métropolitaine, juin 2018

FRANÇAIS

Travail sur le texte littéraire et sur l'image 1 h 10 **50 pts**

Document A Texte littéraire

La scène se déroule, après la Seconde Guerre mondiale, dans la ville de Blémont qui a subi d'importantes destructions.

Léopold s'assura que la troisième était au complet. Ils étaient douze élèves, quatre filles et huit garçons qui tournaient le dos au comptoir. Tandis que le professeur gagnait sa place au fond de la salle, le patron alla retirer le bec de cane[1] à la porte d'entrée afin de s'assurer contre toute intrusion. Revenu à son zinc[2], il but encore un coup de vin blanc et s'assit sur un tabouret. En face de lui le professeur Didier s'était installé à sa table sous une réclame d'apéritif accrochée au mur. Il ouvrit un cahier, jeta un coup d'œil sur la classe de troisième et dit :

– Hautemain, récitez.

Léopold se pencha sur son siège pour voir l'élève Hautemain que lui dissimulait la poutre étayant le plafond. La voix un peu hésitante, Hautemain commença :

Seigneur, que faites-vous, et que dira la Grèce ?
Faut-il qu'un si grand cœur montre tant de faiblesse ?[3]

– Asseyez-vous, dit le professeur lorsque Hautemain eut fini. Quinze.

Il notait avec indulgence. Estimant que la plupart de ces enfants vivaient et travaillaient dans des conditions pénibles, il voulait les encourager et souhaitait que l'école, autant que possible, leur offrît les sourires que leur refusait trop souvent une existence troublée. À son zinc, Léopold suivait la récitation des écoliers en remuant les lèvres et avalait anxieusement sa salive lorsqu'il sentait hésiter ou trébucher la mémoire du récitant. Son grand regret, qu'il n'oserait jamais confier à M. Didier, était de ne participer à ces exercices qu'en simple témoin. Léopold eût aimé réciter, lui aussi :

Captive, toujours triste, importune à moi-même,
Pouvez-vous souhaiter qu'Andromaque vous aime ?[3]

Malgré la timidité et le respect que lui inspirait Andromaque, il lui semblait qu'il eût trouvé les accents propres à émouvoir le jeune guerrier. Il se plaisait à imaginer sa voix, tout amenuisée par la mélancolie et s'échappant du zinc comme une vapeur de deuil et de tendresse.

– Les cahiers de préparation, dit le professeur Didier.

Les élèves ayant étalé leurs cahiers, il alla de table en table s'assurer qu'ils avaient exécuté le travail portant sur un autre passage d'*Andromaque*. Pendant qu'il regagnait sa place, Léopold se versa un verre de blanc.

– Mademoiselle Odette Lepreux, lisez le texte. [...]

Odette se mit à lire d'une voix claire, encore enfantine, où tremblaient des perles d'eau fraîche :

Où fuyez-vous, Madame ?
N'est-ce point à vos yeux un spectacle assez doux
Que la veuve d'Hector pleurante à vos genoux ?[4]

Sur ces paroles d'Andromaque, la patronne, venant de sa cuisine, pénétra discrètement dans l'enceinte du zinc. Comme elle s'approchait du cafetier, elle eut la stupéfaction de voir les larmes ruisseler sur ses joues cramoisies et interrogea :

– Qu'est-ce que t'as ?

– Laisse-moi, murmura Léopold. Tu peux pas comprendre. [...]

Odette Lepreux poursuivait sa lecture :

Par une main cruelle hélas ! J'ai vu percer
Le seul où mes regards prétendaient s'adresser.[4]

La patronne considérait cet homme étrange, son mari, auquel ses reproches et ses prières n'avaient jamais réussi, en trente ans de vie commune, à tirer seulement une larme. Ne revenant pas de son étonnement, elle oublia une minute ce qu'elle était venue lui dire.

Marcel Aymé, *Uranus*, 1948.

---

1. bec de cane : élément de serrurerie qui permet de fermer une porte de l'intérieur sans utiliser de clé.

2. zinc : comptoir de bar.

3. Le texte en italique renvoie à des extraits de la tragédie *Andromaque* de Jean Racine (1667). Après la prise de Troie, Andromaque, veuve d'Hector, devient la prisonnière de Pyrrhus, qui tombe amoureux d'elle. Dans ces deux passages, Andromaque s'adresse à Pyrrhus pour le convaincre de renoncer à cet amour.

4. Dans ces extraits, Andromaque s'adresse à Hermione qui devait épouser Pyrrhus. Hermione considère donc Andromaque comme une rivale. Andromaque lui déclare qu'elle n'aime que son mari, Hector, mort transpercé par une épée.

Document B Image

Photogramme tiré du film *Uranus* réalisé par Claude Berri, 1990.

Les réponses aux questions doivent être entièrement rédigées.

Compréhension et compétences d'interprétation → corrigé p. 185

1 Où se déroule la scène ? Qui est Léopold ? Pourquoi la situation présentée peut-elle surprendre ? Justifiez votre réponse. **4 pts**

2 Lignes 10 à 24 : Comment se manifeste l'intérêt de Léopold pour le cours du professeur Didier ? Développez votre réponse en vous appuyant sur trois éléments significatifs. **6 pts**

3 Lignes 24 à 30 : Quels liens Léopold établit-il avec le personnage tragique d'Andromaque ? Comment l'expliquez-vous ? Développez votre réponse. **6 pts**

4 Lignes 37 à 45 : Que ressent Léopold quand Odette lit l'extrait d'*Andromaque* ? Justifiez votre réponse en vous appuyant sur une image que vous analyserez. **6 pts**

5 **a.** Par quelles oppositions la scène du film reproduite ci-dessus cherche-t-elle à faire rire le spectateur ? Donnez trois éléments de réponse. **6 pts**
b. Qu'est-ce qui peut relever également du comique dans la fin du texte (lignes 43 à 54) ? **4 pts**

Grammaire et compétences linguistiques → corrigé p. 187

1 L'une des phrases suivantes contient une proposition subordonnée relative et l'autre une proposition subordonnée complétive :
« *Léopold s'assura que la troisième était au complet.* » (ligne 1)

« Léopold se pencha sur son siège pour voir l'élève Hautemain que lui dissimulait la poutre étayant le plafond. » (lignes 10-11)

a. Trouvez dans quelle phrase se trouve la proposition subordonnée relative. Recopiez-la sur votre copie. **1 pt**

b. Trouvez dans quelle phrase se trouve la proposition subordonnée complétive. Recopiez-la sur votre copie. **1 pt**

c. Expliquez comment vous avez pu différencier chacune de ces deux propositions. **3 pts**

2 Voici deux phrases au discours direct dont le verbe introducteur est au présent :
Andromaque demande à Pyrrhus : « Seigneur, que faites-vous, et que dira la Grèce ? »
Andromaque déclare à Hermione : « J'ai vu percer le seul où mes regards prétendaient s'adresser. »
Sur votre copie, réécrivez ces deux phrases au discours indirect en mettant le verbe introducteur au passé simple. Vous ferez toutes les modifications nécessaires. **10 pts**

3 *« La patronne considérait cet homme étrange, son mari, auquel ses reproches et ses prières n'avaient jamais réussi, en trente ans de vie commune, à tirer seulement une larme. »* (lignes 51 à 53)

a. Donnez un synonyme de l'adjectif « étrange ». **1 pt**

b. L'adjectif « étrange » vient du latin « extraneus » qui signifiait « qui n'est pas de la famille, étranger ». Comment ce sens premier peut-il enrichir le sens de cet adjectif dans le texte ? **2 pts**

Dictée → corrigé p. 188 20 min **10 pts**

› Écoutez la dictée avec l'application Nathan Live.

Consignes :
– On dictera le texte à haute voix à plusieurs reprises.
– On indiquera qu'il convient d'écrire tous les chiffres en lettres.
– On inscrira au tableau de manière lisible par l'ensemble des candidats :
Blémont, Saint-Euloge, Progrès, D'après Marcel Aymé, *Uranus*, 1948.

Rédaction 1 h 30 **40 pts**

Vous traiterez au choix l'un des deux sujets suivants :

Sujet d'imagination → corrigé p. 189

« – Laisse-moi, murmura Léopold. Tu peux pas comprendre. » À la fin du cours, c'est à M. Didier, le professeur de français, que Léopold se confie sur son grand regret de n'avoir pu poursuivre ses études et découvrir des œuvres littéraires.

› Racontez la scène et imaginez leur conversation en insistant sur les raisons que donne Léopold et sur les émotions qu'il éprouve.

Sujet de réflexion → corrigé p. 195

› Vous avez lu en classe ou par vous-même de nombreuses œuvres littéraires dans leur intégralité ou par extraits. Vous expliquerez ce que vous ont apporté ces lectures et vous direz pour quelles raisons il est toujours important de lire aujourd'hui.

Sujet 7 Corrigé

Compréhension et compétences d'interprétation → énoncé p. 183

Les clés pour réussir

1 Pensez au **contexte** indiqué par le **paratexte** « la ville de Blémont qui a subi d'importantes destructions ». L'école a donc sûrement été détruite.

3 On attend au moins deux liens, illustrés de citations du texte et expliqués. Les lignes sont clairement indiquées.

4 **Attention**, « une image » est une figure de style qui s'adresse à l'imagination du lecteur : métaphore, comparaison, hyperbole... Il ne s'agit pas du photogramme qui accompagne le texte.

5 **a.** et **b.** L'humour naît souvent du décalage entre deux personnages, deux situations, deux façons de parler... Soyez donc attentifs sur l'image comme dans la fin du texte aux jeux d'opposition et de décalage.

1 La scène se déroule dans un café de Blémont, tenu par Léopold, le « cafetier » (l. 44). La situation peut surprendre parce que le cours de français se déroule dans un bar transformé en salle de classe en raison des destructions occasionnées par la guerre : « Le professeur Didier s'était installé à sa table sous une réclame d'apéritif accrochée au mur. » (ll. 6-7).

2 L'intérêt de Léopold pour le cours du professeur Didier se manifeste de plusieurs façons :

– Sa posture physique montre sa curiosité : « se pencha sur son siège pour voir l'élève » (l. 10) ; « suivait la récitation des écoliers » (l. 20).

– Son implication dans le cours le conduit à éprouver de l'empathie pour les récitants : « en remuant les lèvres » (l. 20) ; « avalait anxieusement sa salive » (l. 21).

– L'émotion qu'il ressent montre son désir de participer à la classe : « Léopold eût aimé réciter » (l. 24) et révèle une frustration : « son grand regret [...] en simple témoin » (ll. 22-23).

3 Léopold admire le personnage d'Andromaque : « Malgré la timidité et le respect que lui inspirait Andromaque » (l. 27). Il va même jusqu'à s'identifier à elle : « il lui semblait qu'il eût trouvé les accents propres à émouvoir le jeune guerrier. » (ll. 27-29). Enfin, il s'imagine en train de jouer le rôle d'Andromaque : « Il se plaisait à imaginer sa voix » (l. 29). Léopold est sensible à la fois à la beauté des vers et au pathétique de la situation. L'émotion provoquée par le texte littéraire lui permet de s'échapper de son quotidien.

4 Léopold est touché par la lecture d'Odette, par son innocence, par sa voix. La voix de cette élève symbolise en effet la beauté, la pureté, la fraîcheur, la jeunesse : « claire », « enfantine », « perles d'eau fraîche » (ll. 37-38).
On relève la métaphore « où tremblaient des perles d'eau fraîche » (ll. 37-38) qui assimile les mots récités à des gouttes d'eau. Cette image met en évidence l'émotion de Léopold quand il entend la voix cristalline de la jeune fille. Le « tremblement » peut marquer à la fois l'émotion de la jeune fille, le caractère précieux et fragile de cette beauté et la communication de cette émotion à Léopold. De plus, on peut voir un lien entre « les perles d'eau fraîche » (l. 38) et « les larmes » (l. 44) car Léopold est sensible à la détresse d'Andromaque (« la veuve d'Hector pleurante à vos genoux », (l. 41).

5 **a.** Sur ce photogramme, le rire naît de l'opposition marquée entre les deux personnages :
– le contraste de postures entre le mari en train de déclamer avec emphase et sa femme occupée à éplucher les pommes de terre ;
– le jeu des regards entre le déclamateur enthousiaste qui regarde vers le ciel et l'air désabusé et dubitatif de la ménagère qui regarde son « ouvrage » en esquissant une moue réprobatrice ;
– le décalage entre l'univers du café transformé ici en espace théâtral par la posture de Léopold ;
Tous ces éléments tendent à tourner le personnage de Léopold en dérision : il est en décalage avec son environnement.

b. La fin du texte met aussi en évidence le décalage entre Léopold et son épouse :
– le passage brutal de la récitation d'une grande tragédie à la réalité du bar : « Sur ces paroles d'Andromaque, la patronne, venant de sa cuisine » (l. 42) ;
– l'opposition entre le langage soutenu de la tragédie classique et l'emploi par le couple de tournures familières : « Qu'est-ce que t'as ? » (l. 46).
– l'incompréhension de la femme devant l'émotion de son mari peut être aussi source de comique : cet homme insensible depuis trente ans envers sa femme, s'émeut jusqu'aux larmes à la lecture d'un texte littéraire.

Grammaire et compétences linguistiques

→ énoncé p. 183

Les clés pour réussir

1 • La **proposition subordonnée relative complète un nom, on peut la supprimer** et elle est introduite par un **pronom relatif** (qui, que, quoi, dont, où, lequel...) qui remplace un nom appelé **antécédent**.

• La **proposition subordonnée complétive complète un verbe, on ne peut ni la supprimer ni la déplacer** et elle est introduite par la **conjonction de subordination « que »**.

2 Dans le passage du **discours direct** au **discours indirect**, il faut être attentif à plusieurs éléments :

– le temps des verbes ;
– la suppression de la ponctuation expressive (!?), des guillemets et des tirets ;
– les changements de pronoms personnels (je, tu, elle, ma, ton → il, elle, sa, son, ses, leur...) ;
– la transformation des adverbes (demain, hier... → le lendemain, la veille...).

3 Un **synonyme** est un mot de même sens et de même catégorie grammaticale. Pensez bien à proposer ici un adjectif.

1 **a.** La proposition subordonnée relative est : « que lui dissimulait la poutre étayant le plafond. »

b. La proposition subordonnée complétive est : « que la troisième était au complet »

c. La proposition subordonnée relative est introduite par le pronom relatif « que », elle est l'expansion du nom antécédent « l'élève Hautemain », et donne une information sur ce nom : elle complète le nom. Elle peut être supprimée. La proposition complétive est un groupe complément du verbe. On ne peut pas la déplacer ni la supprimer.

2 Andromaque demanda à Pyrrhus ce qu'il faisait et ce que dirait la Grèce.

Andromaque déclara à Hermione qu'elle avait vu percer le seul où ses regards avaient prétendu / prétendaient s'adresser.

3 **a.** « Bizarre », « étonnant », « surprenant », « curieux », « extravagant », « singulier » sont des synonymes de l'adjectif « étrange ».

b. « La patronne » ne comprend pas l'émotion de son mari, habituellement insensible. Elle ne l'a jamais vu ému. Elle a l'impression de découvrir un homme nouveau, qui n'est pas celui qu'elle connaît.

Dictée → *énoncé p. 184*

Les clés pour réussir

Bien accorder

- « heure » prend un « s » dès qu'il est précédé d'un autre chiffre que « une ».

Ne pas confondre

- **« ou » / « où »** : « ou » conjonction de coordination (= ou bien), « où » pronom relatif qui indique un lieu ou un moment.
- **« ses » / « ces »** : « ses » déterminant possessif (= les siens, les siennes), « ces » déterminant démonstratif (pour montrer).

Bien orthographier

- **« s'asseoir » / « s'assoir »** : les deux orthographes sont acceptées.
- **« ce n'étaient » / « ce n'était »** : les deux orthographes sont acceptées.
- Les chiffres doivent être écrits en lettres.

Bien conjuguer

- Un verbe de la dictée est conjugué au subjonctif imparfait, les erreurs sur ce verbe ne sont pas prises en compte, mais les élèves qui l'orthographient correctement bénéficient d'un bonus qui peut annuler une autre erreur.

Les mots difficiles

- **« imprécation »** : souhait de malheur contre quelqu'un.
- **« zinc »** : avec un « c », comme dans le texte initial.

Le collège de Blémont étant détruit, la municipalité avait réquisitionné certains cafés pour les mettre à la disposition des élèves, le matin de huit à onze heures et l'après-midi de deux à quatre. Pour les cafetiers, ce n'étaient que des heures creuses et leurs affaires n'en souffraient pas. Néanmoins, Léopold avait vu d'un très mauvais œil qu'on disposât ainsi de son établissement et la place Saint-Euloge avait alors retenti du tonnerre de ses imprécations. Le jour où pour la première fois les élèves étaient venus s'asseoir au café du Progrès, il n'avait pas bougé de son zinc, le regard soupçonneux, et affectant de croire qu'on en voulait à ses bouteilles. Mais sa curiosité, trompant sa rancune, s'était rapidement éveillée et Léopold était devenu le plus attentif des élèves.

Marcel Aymé, *Uranus*, 1948.

Travail d'écriture – Sujet d'imagination → énoncé p. 184

Les clés pour réussir

On attend ici un récit **respectant la situation d'énonciation initiale** et les **caractéristiques des personnages** du texte. Le mot « conversation » n'impose pas le discours direct, cependant une **présentation correcte du dialogue** doit être mise en place et permet de traiter plus aisément le sujet, notamment le développement des caractéristiques de Léopold.

La présentation du dialogue

- Après la dernière phrase du récit, il faut mettre **deux points** (:), **aller à la ligne,** ouvrir des guillemets («) et les faire suivre d'un **tiret** (-). Ensuite, à chaque fois que quelqu'un intervient pour prendre la parole, vous devez aller à la ligne, et mettre un tiret. Les guillemets ne seront fermés qu'à la fin du dialogue. Pensez à varier les verbes introducteurs.
- Veillez à bien **développer les raisons** mises en avant par Léopold et son **sentiment de regret** de n'avoir pas pu suivre d'études et de n'avoir pas pu découvrir d'œuvres littéraires.

Méthode

Pour vous aider, nous vous avons indiqué en couleur les parties de la rédaction qui répondent aux consignes.

Respect de la situation initiale Présentation du dialogue Sentiments de Léopold

Monsieur Didier invita ses élèves à quitter la « salle de classe » improvisée et s'approcha de Léopold :

« – Eh bien Léopold, tu m'as l'air bien ému, es-tu à ce point contrarié que l'on occupe tes locaux ?

– C'est que... pas du tout Monsieur Didier, répondit Léopold un peu gêné de devoir s'adresser à un professeur de français. J'écoutais simplement vos élèves, et je pensais à cette pauvre Andromaque.

– Pauvre Andromaque ! Tu la connais donc ? demanda M. Didier avec un sourire un peu moqueur. »

Les yeux baissés vers ses vieux souliers tâchés de boissons et de graisse, Léopold rougit et reprit :

« – Je la connais, je la connais... sans la connaître. C'est l'seul livre qu'y avait à la maison quand j'étais gosse, vous savez M'sieur.

– Et tu l'as lu ? s'étonna le professeur.

– Pour sûr ! Monsieur Didier, et plutôt deux fois qu'une ! s'exclama vivement Léopold. Vous savez, chez moi, les livres ils entraient moins souvent que les clients ! Mais un jour, y a un original qu'est venu dans le café de mes parents, vrai, il devait venir de la ville, il avait des manières et puis un haut de forme, si haut qu'il était obligé de se baisser pour passer la porte !

– Effectivement, cela n'est pas monnaie courante à Blémont ! renchérit M. Didier.

Léopold semblait plongé dans ses souvenirs et il revivait la scène :

– Je me souviens, il s'est assis là, près de la fenêtre, ajouta-t-il en faisant un geste du doigt, il a commandé un plat du jour à ma mère – de la tête de veau, c'était un mercredi – et puis il a sorti son livre et il s'est plongé dedans. J'avais jamais vu ça : il bougeait les lèvres en faisant des grands gestes comme si personne ne le regardait.

–Tu n'es jamais allé au théâtre Léopold ? l'interrompit le professeur.

– Le théâtre... Léopold soupira, non, je n'ai jamais quitté Blémont : quand j'ai eu douze ans, certificat d'études en poche, j'étais fier et je me voyais déjà sur les bancs du collège, mais mon père m'a fait asseoir en face de lui, il était derrière le zinc et il m'a annoncé fièrement : « Tu vois Léopold, un jour, tout ça ce sera à toi ! Mais avant, il va falloir que tu trimes un peu, alors je t'ai trouvé une place d'apprenti chez le boucher de la place Sainte-Euloge, le patron n'est pas commode mais ça t'apprendra la vie, tu commences demain matin ! » J'étais déçu... mais c'était comme ça.

–Tu n'es donc pas allé au collège ? conclut M. Didier, mais comment connais-tu si bien Andromaque alors ?

– Eh bien, le voyageur, il a mangé sa tête de veau, et puis il est reparti sans dire un mot ; et quand j'ai débarrassé sa table, j'ai vu qu'il avait oublié son livre : *Andromaque*, par Jean Racine ! J'ai pas voulu le voler, j'ai jamais rien volé dans ma vie, mais le touriste avait disparu, alors j'ai gardé le livre, et je l'ai lu... et relu... je crois que je n'ai jamais rien vu d'aussi beau ! »

À nouveau, les joues de Léopold se rembrunissaient, et ses yeux devenaient humides, le professeur s'en aperçut et il lui proposa :

« – Mais alors, demain, tu pourrais peut-être réciter un passage à mes troisièmes ? Je suis certain que tu serais une Andromaque plus persuasive que la plupart d'entre eux !

Léopold leva doucement la tête, les yeux grands ouverts et n'en revenant pas :

– Réciter *Andromaque* ? Moi ? Mais avec plaisir, bégaya-t-il.

– Et bien, c'est entendu Léopold, déclara le professeur en quittant le café, et si tu le souhaites, je pourrais t'apporter d'autres livres, je suis certain que tu trouveras bien une place où les ranger entre deux bouteilles ! s'amusa M. Didier. »

Léopold s'empressa de fermer plus tôt son café ce jour-là, et l'on entendit jusque tard dans la nuit résonner les alexandrins de Racine derrière le rideau de fer du bistrot du village.

Travail d'écriture – Sujet de réflexion → énoncé p. 185

Les clés pour réussir

L'introduction

- Annoncez le thème de la lecture.
- **Présentez le sujet** : reprenez la question posée par le sujet.
- Annoncez clairement votre **plan**.

Le développement

- On attend que vous fassiez appel à une **variété de références littéraires** en rapport avec vos **expériences de lecture personnelles.** Vous devrez donner au moins trois arguments soulignant l'importance de la lecture au XXIe siècle :

– lire pour s'évader, pour voyager ;
– lire pour apprendre, pour s'enrichir ;
– lire pour réfléchir ;
– lire pour mieux se connaître ;
– lire pour mieux écrire ;
– lire pour partager, pour échanger ;
– lire pour se réconcilier, pour se libérer ;
– lire pour sortir de la réalité ;
– lire pour s'identifier et vivre des aventures ;
– lire pour éprouver des émotions…

La conclusion

- Précisez votre avis.
- **Terminez avec une phrase d'ouverture** pour élargir la question en restant sur le même thème.

Méthode

Pour vous aider, nous vous avons indiqué en couleur les parties de la rédaction qui répondent aux consignes.

Indicateurs logiques Arguments Exemples

Une étude réalisée en juin 2018 auprès d'un échantillon de 1500 personnes âgées de 7 à 19 ans révèle que trois jeunes interrogés sur quatre aiment lire. Nous expliquerons ici ce que peuvent apporter les lectures et pourquoi nous considérons qu'il est toujours important de lire aujourd'hui. Nous développerons trois idées : d'abord la lecture qui permet de s'évader, puis la lecture qui invite à la réflexion et enfin la lecture qui nous fait éprouver des émotions.

Premièrement, la lecture est un loisir simple et accessible qui offre des moments de détente inoubliables et peut nous transporter dans des univers imaginaires qui nous libèrent du quotidien. Ainsi, les romans de science-fiction comme *La Nuit des temps* de Barjavel nous font découvrir une civilisation inconnue à travers l'histoire d'amour de Païkan et Éléa. Le lecteur est entraîné dès les premières pages avec l'équipe de scientifiques, et recherche avec eux l'histoire de cette civilisation disparue jusqu'au dénouement final.

De plus, lire invite également à réfléchir. De nombreuses œuvres littéraires sont motivées par la transmission d'un « message » de la part de l'auteur. Qu'il nous livre son expérience ou ses réflexions, l'écrivain écrit souvent avec une intention particulière qu'il souhaite communiquer au lecteur. Par exemple, dans son livre *Moi, Malala,* la jeune Pakistanaise Malala Yousafzai témoigne de son expérience personnelle de jeune femme à qui l'on a cherché à refuser l'accès à l'éducation et nous aide à prendre conscience des inégalités entre les hommes et les femmes qui ont toujours cours aujourd'hui.

Enfin, par l'identification entre le lecteur et les personnages, ou tout simplement par la maîtrise de la beauté de la langue dont font preuve les auteurs, la lecture peut nous procurer de vraies émotions. C'est notamment le cas de la poésie, certains auteurs par les images qu'ils font naître, suscitent en nous des émotions sur lesquelles on se sent parfois incapable de poser des mots. Jacques Prévert, dans son poème *Paris at night*, arrange les mots avec tant de simplicité qu'il s'en dégage une beauté qui s'adresse souvent plus au cœur qu'à l'esprit. L'émotion esthétique ressentie dépend évidemment de l'état d'esprit et du vécu du lecteur.

La lecture apparaît donc comme une activité très riche qui offre des intérêts aussi variés que ses genres littéraires. Il pourrait être intéressant d'établir aussi des parallèles entre l'acte de lire et l'importance du numérique pour montrer que tout ne les oppose pas.

Sujet 8 Andrée Chedid, *L'Enfant multiple*

3 heures

France métropolitaine, septembre 2018

Travail sur le texte littéraire et sur l'image

1 h 10 **50 pts**

Document A Texte littéraire

Orphelin mutilé par la guerre, le jeune Omar-Jo a fui son pays. Il a été accueilli à Paris par des cousins. Il a pour ami Maxime, le responsable d'un manège. Il organise des spectacles.

Lorsqu'il sentait son public avec lui, applaudissant et riant de ses loufoqueries[1], Omar-Jo changeait brusquement de répertoire.

D'abord, il faisait taire la musique ; ses pitreries se fracassaient contre un mur invisible. Ensuite, il laissait un silence opaque planer au-dessus des spectateurs.

D'un seul geste, il arrachait alors les rubans ou les feuillages qui dissimulaient son moignon[2]. Puis, il présentait celui-ci au public, dans toute sa crudité.

Il ôtait son faux nez. En se frottant avec un pan de sa chemise, il se débarbouillait de son maquillage. Sa face apparaissait d'une pâleur extrême ; enfoncés dans leurs orbites, ses yeux étaient d'un noir infini.

Il s'était également dépouillé de ses déguisements qui s'entassaient à ses pieds. Il les piétina avant de grimper sur leurs dépouilles comme sur un monticule, d'où il se remit à parler.

Ce furent d'autres paroles.

Elles s'élevaient du tréfonds, extirpant Omar-Jo de l'ambiance qu'il avait lui-même créée. Oubliant ses jongleries, il laissait monter cette voix du dedans. Cette voix âpre, cette voix nue qui, pour l'instant, recouvrait toutes ses autres voix.

L'enfant multiple n'était plus là pour divertir. Il était là aussi pour évoquer d'autres images. Toutes ces douloureuses images qui peuplent le monde.

Mené par sa voix, Omar-Jo évoque sa ville récemment quittée. Elle s'insinue dans ses muscles, s'infiltre dans les battements du cœur, freine le voyage du sang. Il la voit, il la touche, cette cité lointaine.

Il la compare à celle-ci, où l'on peut, librement, aller, venir, respirer ! Celle-ci, déjà sienne, déjà tendrement aimée.

Ici, les arbres escortent les avenues, entourent les places. De robustes bâtiments font revivre les siècles disparus, d'autres préfigurent l'avenir. Une population diversifiée flâne ou se hâte. Malgré problèmes et soucis, ils vivent en paix. En paix !

Là-bas les îlots en ruine se multiplient, des arbres déracinés pourrissent au fond de crevasses, les murs sont criblés de balles, les voitures éclatent, les immeubles s'écroulent. D'un côté comme de l'autre de cette cité en miettes, on brade les humains !

Omar-Jo se déchaîne, ses paroles flambent. Omar-Jo ne joue plus. Il contemple le monde, et ce qu'il en sait déjà ! Ses appels s'amplifient, il ne parle pas seulement pour les siens. Tous les malheurs de la terre se ruent sur ce Manège.

Tout s'est immobilisé. Les chevaux ont terminé leur ronde. Le public écoute, pétrifié[3].

Maxime, perplexe, n'ose pas faire taire l'étrange enfant.

Après ces cris d'angoisse, il ne reste d'autre issue que de renouer avec la vie.

Omar-Jo ressort de sa poche son vieil harmonica et, retrouvant son souffle, il en tire, une fois de plus, des sons mélodiques et vivaces.

Andrée Chedid, *L'Enfant multiple*, © Éditions Flammarion, 1989.

1. *Loufoqueries* : actes, propos extravagants, insensés.
2. *Moignon* : ce qui reste d'un membre qui a été amputé.
3. *Pétrifié* : au sens propre, « transformé en pierre » ; au sens figuré, « immobilisé ».

Document B **Image**

Enfants jouant dans les ruines de Damas, AFP, 2016.

Les réponses aux questions doivent être entièrement rédigées.

Grammaire et compétences linguistiques → corrigé p. 197

1 « Il s'était également dépouillé de ses déguisements qui s'entassaient à ses pieds » (l. 12-13).

a. Réécrivez la phrase et soulignez son verbe principal. À quel temps est-il conjugué ? **2 pts**

b. Délimitez le groupe complément du verbe principal en le plaçant entre crochets. **1 pt**

c. Pour vérifier la délimitation du groupe complément, réécrivez la phrase en remplaçant ce complément de verbe par un pronom. **1 pt**

2 « sa ville récemment quittée » (l. 23) ; « Il la voit, il la touche, cette cité lointaine » (l. 25).

a. À quelle classe grammaticale précise appartient le déterminant « sa » ? **1 pt**

b. À quelle classe grammaticale précise appartient le déterminant « cette » ? **1 pt**

c. Pourquoi le narrateur change-t-il de déterminant pour désigner la même ville évoquée par Omar-Jo ? **2 pts**

3 Mettez le passage ci-dessous au passé composé. Faites toutes les modifications nécessaires.

« *Elle s'insinue dans ses muscles, s'infiltre dans les battements du cœur, freine le voyage du sang. Il la voit, il la touche, cette cité lointaine.* » (l. 23 à 25) **10 pts**

Compréhension et compétences d'interprétation → corrigé p. 197

1 Lignes 1 à 14 :

a. Dans quel rôle Omar-Jo apparaît-il au début du texte ? Justifiez votre réponse par quatre relevés précis. **3 pts**

b. Quels éléments montrent qu'il abandonne progressivement ce rôle ? Vous vous appuierez sur le lexique et l'enchaînement des phrases. **3 pts**

2 Lignes 15 à 22 : Comment le texte met-il en valeur la puissance de la parole d'Omar-Jo ? Vous justifierez votre réponse en vous appuyant sur un relevé précis que vous interpréterez. Deux éléments au moins sont attendus. **4 pts**

3 Lignes 23 à 35 : Quelles oppositions Omar-Jo souligne-t-il dans l'évocation des deux villes ? Identifiez ces oppositions en vous appuyant sur des relevés significatifs. **6 pts**

4 Face à la parole d'Omar-Jo, la réaction du public change. Montrez ce changement. Expliquez-le en vous appuyant sur le texte. **4 pts**

5 « L'enfant multiple » (l. 20) : à la lumière du texte et de vos réponses aux questions précédentes, expliquez cette expression, qui donne son titre à l'œuvre. On attend un paragraphe construit, développé et argumenté (deux arguments au moins). **6 pts**

6 Le texte met en valeur la puissance de la parole sur le public. Selon vous, l'image proposée peut-elle aussi agir sur ceux qui la regardent ? Vous justifierez votre réponse. **6 pts**

Dictée → corrigé p. 199 20 min **10 pts**

› Écoutez la dictée avec l'application Nathan Live.

Consignes :

– On dictera le texte à haute voix à plusieurs reprises.
– On inscrira au tableau de manière lisible par l'ensemble des candidats le titre de l'œuvre, le nom de l'auteur et les mots **Maxime** et **Manège**.
– On donnera aux candidats les informations suivantes : « dans le texte de la dictée, le grand-père d'Omar-Jo resté dans son pays répond à une lettre de Maxime, le responsable du manège. »

Rédaction 1 h 30 **40 pts**

Vous traiterez au choix l'un des deux sujets suivants :

Sujet d'imagination → corrigé p. 200

› L'un des parents a emmené ses enfants au spectacle d'Omar-Jo. À son retour à la maison, il raconte à un autre membre de la famille la scène à laquelle il a assisté, « pétrifié » (l. 41). Il décrit dans son récit les émotions qu'il a ressenties.

Vous écrirez votre récit à la première personne.

Sujet de réflexion → corrigé p. 202

› « L'enfant multiple n'était plus là pour divertir. Il était là aussi pour évoquer d'autres images. Toutes ces douloureuses images qui peuplent le monde. » Peut-on faire aussi réfléchir en divertissant ?

Vous répondrez à cette question en développant plusieurs arguments. Vous prendrez appui sur des exemples d'œuvres lues et étudiées en classe ou sur des exemples tirés de votre culture personnelle.

Sujet 8 Corrigé

Grammaire et compétences linguistiques → énoncé p. 195

Les clés pour réussir

1 b. Un **complément de verbe** complète le **verbe** en lui apportant des informations complémentaires. C'est un complément essentiel, qu'on peut difficilement supprimer ou déplacer. Le complément de verbe a souvent pour fonction **complément d'objet** (COD, COI ou COS).

c. N'oubliez pas les **pronoms adverbiaux** « en » et « y ».

2 Les **déterminants** entrent dans la composition du groupe nominal. Ils sont **placés devant le nom** avec lequel ils s'accordent en genre (masculin/féminin) et en nombre (singulier/pluriel). Il en existe plusieurs catégories dont, notamment, les **articles définis** et **indéfinis**, les **déterminants possessifs** et **démonstratifs**...

3 Pour cette réécriture, prêtez une attention particulière aux **accords des participes passés.**

1 a. Il s'était également dépouillé de ses déguisements qui s'entassaient à ses pieds.

Le verbe principal « se dépouiller » est conjugué au plus-que-parfait de l'indicatif.

b. Il s'était également dépouillé [de ses déguisements qui s'entassaient à ses pieds].

c. Il s'**en** était également dépouillé.

2 a. Le déterminant « sa » est un déterminant (ou adjectif) possessif.

b. Le déterminant « cette » est un déterminant (ou adjectif) démonstratif.

c. Le narrateur change de déterminant pour montrer que la ville échappe à Omar-Jo, qu'elle s'éloigne de lui pour devenir « lointaine », physiquement et dans sa mémoire.

3 « Elle s'est insinuée dans ses muscles, s'est infiltrée dans les battements du cœur, a freiné le voyage du sang. Il l'a vue, il l'a touchée, cette cité lointaine. »

Compréhension et compétences d'interprétation → énoncé p. 195

Les clés pour réussir

Pour cette série de questions, soyez bien attentif aux lignes indiquées dans les questions : elles sont d'une aide précieuse.

1 b. Pour montrer l'enchaînement des phrases, pensez à relever les connecteurs temporels.

2 Les procédés de mise en relief peuvent être des figures de style ou des écarts par rapport à l'ordre habituel des mots.

4 Pour montrer le changement dans l'attitude du public, comparez bien le début et la fin du texte, à chaque fois que vous lisez le mot « public ».

5 Chaque argument doit être accompagné d'une citation du texte.

1 a. Au début du texte, Omar-Jo joue un rôle de clown, comme le montrent plusieurs indices :
- « ses loufoqueries » (ll. 1-2) ;
- « ses pitreries » (l. 3) ;
- « son faux nez » (l. 9) ;
- « son maquillage » (l. 10) ;
- « ses déguisements » (l. 12).

b. Le lexique utilisé montre qu'Omar-Jo abandonne son rôle de clown : « il faisait taire la musique » (l. 3), « ses pitreries se fracassaient contre un mur invisible » (ll. 3-4), « il arrachait alors les rubans » (l. 6), « Il ôtait son faux nez » (l. 9)... Cet abandon progressif est marqué par les connecteurs temporels qui introduisent les phrases : « D'abord », « Ensuite », « alors », « Puis ».

2 La puissance de la parole d'Omar-Jo est mise en valeur par plusieurs procédés. Elle est d'abord soulignée par l'utilisation du présentatif « Ce furent », qui repousse le mot « paroles » en fin de phrase pour le mettre en relief (l. 15). Les paroles d'Omar-Jo sont ensuite personnifiées, donnant l'impression qu'elles sont autonomes, qu'elles agissent de leur propre volonté sans être commandées par le personnage : « Elles s'élevaient » (l. 16), « il laissait monter cette voix du dedans » (ll. 17-18). Enfin, il y a une reprise anaphorique du groupe nominal « cette voix », qui est répété trois fois et opposé à « toutes ses autres voix » (l. 19) : la voix unique l'emporte ainsi sur les voix plurielles.

3 Les deux villes sont clairement opposées point par point dans les deux paragraphes commençant par « Ici » (l. 28) et « Là-bas » (l. 32). Les « arbres [qui] escortent les avenues, entourent les places » (l. 28) deviennent des « arbres déracinés [qui] pourrissent » (ll. 32-33) ; les « robustes bâtiments » (ll. 28-29) se transforment en « îlots en ruine » (l. 32) ; la « paix » (l. 31) s'oppose aux images de guerre : « les murs sont criblés de balles, les voitures éclatent, les immeubles s'écroulent » (ll. 33-34) ; « ici » la « population diversifiée flâne » (l. 30) alors que « là-bas » « on brade les humains » (l. 35).

4 Face à la gravité des propos d'Omar-Jo, les spectateurs changent d'attitude : ils ne sont plus face à un clown rieur devant qui ils étaient « applaudissant et riant » (l. 1) mais face à un clown triste qui leur révèle la réalité du monde. Ils prennent conscience des horreurs de la guerre en écoutant cet enfant : « Le public écoute, pétrifié » (ll. 40-41).

5 « L'enfant multiple » porte bien son nom : il est d'ici et de là-bas, de la paix et de la guerre ; il évoque « sa ville récemment quittée » et aime déjà tendrement la nouvelle, qu'il dit « sienne » (l. 27). C'est un enfant capable de divertir son public en le faisant rire par « ses pitreries » (l. 3), mais qui change « brusquement de répertoire » (l. 2) et se présente avec gravité comme un enfant mutilé par la guerre en montrant « son moignon » (l. 7). Son message est universel : il évoque « tous les malheurs de la terre » (l. 38) et il incarne une humanité capable de rire et de pleurer. Il est porteur d'espoir puisqu'aux « cris d'angoisse » (l. 43) il fait succéder « des sons mélodiques et vivaces » (l. 46).

6 Cette photographie de presse de 2016 présente deux enfants jouant dans les ruines d'une ville détruite par la guerre. Cette image est touchante par le contraste entre ces deux mondes – celui de l'enfance et celui de la guerre – qui ne devraient pas se rencontrer. Les enfants sont seuls dans la rue et très vulnérables : le spectateur peut craindre qu'à tout moment les combats reprennent et brisent leur élan. Mais l'image est aussi porteuse d'espoir : au milieu de ce champ de ruines grises, les enfants courant avec des ballons multicolores semblent se moquer de la guerre et annoncer une renaissance possible, un avenir où les rires, comme dans le texte, permettront de « renouer avec la vie » (ll. 43-44).

Dictée → *énoncé p. 196*

Les clés pour réussir

Bien conjuguer

- Le futur simple de l'indicatif a des terminaisons communes aux trois groupes : *-rai, -ras, -ra, -rons, -rez, -ront.*
- Le présent de l'indicatif a des terminaisons différentes pour les trois groupes. N'oubliez pas les « e » muets de troisième personne des verbes du 1er groupe (ex. : il joue, il balaie…).

Ne pas confondre

« tous » / « tout » : le déterminant « tout » devient « tous » devant un mot au pluriel (ex. : tous les enfants).

Bien accorder

« les armes se sont tues » : les participes passés des verbes essentiellement pronominaux s'accordent avec le sujet.

FRANÇAIS

Bien orthographier
- **« soucoupe »** : par association d'idées sur la forme de la sous-tasse.
- **« quelque »** ou **« quelques »** : les deux orthographes sont acceptées.

Ami Maxime, pour mon petit-fils, merci !

Je viendrai voir votre Manège, un jour. En attendant, il tourne dans ma tête ; je le chéris et le décore de tous les fruits de mon jardin. Par moments, il s'élève comme une soucoupe volante, et plane ou tournoie juste au-dessus de ma maison.

Depuis quelque temps, nos journées sont tranquilles. Les transports publics sont rétablis, le courrier a repris. Je crois pouvoir, bientôt, t'expédier des abricots et des pêches. Tu t'en régaleras.

Notre existence, notre Manège à nous, s'enfonce encore dans les ruines ; mais à présent que les armes se sont tues, de village en village nous arrivons, peu à peu, à recomposer la chaîne, et à nous retrouver. Il faudra bien que ça tourne rond, un jour ! Que notre peuple tout entier remonte sur le même Manège qui s'ébranlera, progressera, sur une musique d'espoir.

Andrée Chedid, *L'Enfant multiple*, © Éditions Flammarion, 1989.

Travail d'écriture – Sujet d'imagination → énoncé p. 196

Les clés pour réussir

La situation de communication
- Votre texte doit se situer au **retour à la maison**, juste après le texte initial.
- La narration doit se faire à la **première personne** (je), et vous devez incarner un parent qui a assisté au spectacle.
- Vous devez être **fidèle au déroulé du texte initial** pour raconter le spectacle dans le même ordre. Mais veillez à ne pas reprendre les phrases du texte.
- Pensez à exprimer les **différentes émotions** (positives et négatives) ressenties par votre personnage.

La présentation du dialogue
- Pour introduire le dialogue, il faut **mettre un deux-points** (:), **aller à la ligne** et **ouvrir des guillemets** («). Puis, à chaque nouvelle intervention d'un personnage dans le dialogue, il faut aller à la ligne et **mettre un tiret** (–). Les guillemets ne seront fermés qu'à la fin du dialogue.
- Attention, le dialogue est ici mené par l'adulte qui raconte. Ne cherchez pas à avoir un équilibre parfait entre les interlocuteurs.

Méthode

Pour vous aider, nous vous avons indiqué en couleur les parties de la rédaction qui répondent aux consignes.

Récit | Dialogue | Émotions

« Alors, ce spectacle de clown ? » lance ma femme d'un ton enjoué à notre retour à la maison. Les enfants, les yeux un peu rouges, ne sont pas encore prêts à répondre. Moi-même, j'ai du mal à renouer avec la réalité depuis que nous avons quitté le Manège, tant j'ai l'impression d'avoir vécu un moment privilégié et hors du temps. Je rassemble un peu mes esprits :

« Je vais te raconter… C'était magique et très inattendu.

– Vous avez l'air un peu ailleurs, s'étonne mon épouse.

– C'est que… nous arrivons d'ailleurs, c'était un véritable voyage. Il y avait un jeune garçon rieur et farceur, grimé comme un clown. Il jonglait, multipliait les pirouettes, faisait mine de tomber, se rattrapait au son d'une musique endiablée comme s'il s'accrochait aux notes pour tenir debout. J'ai ri, j'ai ri comme je n'avais pas ri depuis longtemps, d'un de ces rires partagés qui se communiquent avec les enfants et l'ensemble des spectateurs. On aurait dit une chaîne humaine reliée par le même sentiment d'euphorie !

– Tu en parles comme si tu y étais encore, ça devait être vraiment drôle !

– Drôle… Oui, mais ça n'a pas duré. Soudain, le clown s'est tu. Il s'est immobilisé, démaquillé et a quitté son rôle pour se présenter à nous dans toute sa vérité et sa simplicité. »

Je laisse passer un silence pour retrouver les images dans ma tête avant de reprendre :

« Il nous a raconté sa vie : c'est un orphelin qui a fui son pays en guerre. Il a perdu un bras, arraché par l'explosion d'une mine dans la rue où il jouait enfant. Il a tout évoqué, sans fioritures : les bombardements, la peur omniprésente, la douleur dans la chair, la douleur dans la tête, les destructions… Personne n'osait parler, on était tous pendus à ses lèvres. Il nous apportait une leçon d'humanité en nous révélant une réalité que nous ne voulons pas voir et qui pourtant se déroule à quelques heures de chez nous. J'ai pleuré, nous avons tous pleuré, je crois, touchés par la douleur de notre semblable, un enfant, capable de passer du rire aux larmes et de nous emporter avec lui.

Et puis, quand il a su que nous avions compris, il a laissé s'installer le silence avant de continuer à nous parler avec sa musique. Une musique pleine d'espoir qui nous a tous ramenés à la vie. »

Travail d'écriture – Sujet de réflexion → énoncé p. 196

Les clés pour réussir

L'introduction

- Annoncez le **thème** : vous pouvez, par exemple, faire référence au texte étudié.
- Présentez le **sujet** : recopiez ou reformulez la question posée par le sujet.
- Annoncez votre **plan**.

Le développement

- Le sujet vous invite à **développer plusieurs arguments**. Vous organiserez donc votre devoir en plusieurs paragraphes (au moins trois), contenant chacun un argument et un exemple précis.
- Pensez à convoquer les textes et documents étudiés en classe, notamment dans le chapitre « Dénoncer les travers de la société ».

La conclusion

- Précisez votre avis en répondant clairement à la question posée par le sujet.
- Terminez avec une phrase d'ouverture pour élargir la question en restant sur le même thème.

Méthode

Pour vous aider, nous vous avons indiqué en couleur les parties de la rédaction qui répondent aux consignes.

Indicateurs logiques — Arguments — |…| Exemples

À l'instar d'Omar-Jo, qui capte l'attention de son public en le faisant rire pour mieux lui transmettre ensuite un message grave, de nombreux artistes mettent leur art au service d'une cause en utilisant le divertissement. Peut-on ainsi faire réfléchir en divertissant ? Nous répondrons à cette question en montrant à travers trois paragraphes ce que le divertissement apporte à la réflexion.

Dans un premier temps, le divertissement s'adresse à un public très large : il touche toutes les classes sociales et permet ainsi la diffusion très étendue d'un message qui peut toucher une majorité de la population. C'est notamment le cas des films comiques qui sensibilisent les spectateurs à des faits de société parfois difficiles à évoquer, comme le film *Intouchables* sorti en 2011, qui aborde la question du handicap par le biais de l'humour et invite chacun à réfléchir sur la place des personnes handicapées dans notre société.

Par ailleurs, l'humour est une arme efficace pour prendre de la distance par rapport aux sujets traités et offrir ainsi la possibilité de réfléchir à tous les sujets, quelle que soit leur gravité. Par exemple, les caricaturistes qui dessinent chaque jour dans la presse papier ou en ligne savent en quelques traits de crayon révéler les horreurs de l'actualité. Le dessinateur Plantu a ainsi regroupé dans l'association « *Cartooning for Peace* » – qui publie sur un site Internet – des dessinateurs de presse de tous les pays pour sensibiliser les lecteurs à nos problèmes de société, au premier rang desquels la paix dans le monde.

Enfin, l'humour et le divertissement permettent de souligner le ridicule de certaines situations et de mettre en avant nos travers ou nos contradictions pour en dénoncer l'absurdité. Cette prise de conscience entraîne une réflexion des lecteurs ou des spectateurs qui peut les amener à changer leur comportement. Voltaire, au XVIIIe siècle, utilisait ainsi l'ironie dans son conte *Candide* pour dénoncer le fanatisme religieux et les perpétuelles guerres qui ne font que précipiter les peuples dans une « boucherie héroïque » dont personne ne ressort grandi.

Pour conclure, le divertissement est donc un média efficace pour pousser à la réflexion : en faisant appel à nos émotions, il sollicite notre intelligence, « mêlant l'utile à l'agréable » comme l'écrivait le poète latin Horace. L'humour étant un des outils principaux du divertissement, on pourrait également s'interroger sur ses caractéristiques et ses utilisations.

FRANÇAIS

Sujet 9 Jean-Christophe Rufin, *Globalia*

3 heures

Centres étrangers, juin 2019

Travail sur le texte littéraire et sur l'image

1 h 10 50 pts

Document A Texte littéraire

Baïkal et Kate sont sortis clandestinement de « Globalia », le monde dans lequel ils vivent. Ils se retrouvent dans la « non-zone » qu'ils ne connaissent pas.

– Tu ne comprends pas, Kate, je te l'ai souvent répété. Ce sera *partout* la même chose. Partout nous serons en Globalia. Partout, nous retrouverons cette civilisation que je déteste.

– Évidemment, puisqu'il n'y en a qu'une ! Et c'est heureux. Aurais-tu la nostalgie du temps où il y avait des nations différentes qui n'arrêtaient pas de se faire la guerre ?

Baïkal haussa les épaules. Kate poussa son avantage.

– Il n'y a plus de frontières, désormais. Ce n'est tout de même pas plus mal ?

– Bien sûr que non, Kate. Tu me récites la propagande que tu as apprise comme nous tous. Globalia, c'est la liberté ! Globalia, c'est la sécurité ! Globalia, c'est le bonheur !

Kate prit l'air vexé. Le mot de propagande était blessant. Il ne s'agissait ni plus ni moins que de la vérité.

– Tu te crois certainement plus malin que moi, mais tu ne peux tout de même pas nier qu'on peut aller partout. Ouvre ton multifonction[1], sélectionne une agence de voyages et tu pars demain dans n'importe quel endroit du monde…

– Oui, concéda Baïkal, tu peux aller partout. Mais seulement dans les zones sécurisées, c'est-à-dire là où on nous autorise à aller, là où tout est pareil.

– Mais tout Globalia est sécurisé ! L'Europe, l'Amérique, la Chine… Le reste, c'est le vide, ce sont les non-zones.

Baïkal reprit d'un ton passionné et s'écria :

– Moi, je continue à croire qu'existe un ailleurs.

Kate soupira.

– C'est ce que tu m'as expliqué et c'est pour cela que je t'ai suivi. Mais rends-toi à l'évidence. L'ailleurs est dans tes rêves, mon amour. Il n'y a que quelques endroits pourris aux confins du monde, des réserves, des friches.

– Depuis six mois je recoupe les informations, insista Baïkal en secouant la tête – mais on sentait le désespoir éteindre sa voix. Je suis sûr que toutes ces non-zones sont en continuité. On peut sortir d'ici et rejoindre la mer, il doit y avoir des déserts, des villes peut-être. J'ai fait l'impossible pour obtenir des plans. J'ai soudoyé[2] un type dont le grand-père était botaniste[3]. Il avait effectué des missions dans les non-zones. Il m'a vendu ce logiciel cartographique, mais il est sans doute dépassé : on ne reconnaît plus rien.

Kate le sentait au bord des larmes. Elle passa sa main dans ses cheveux, lissa ses éternels épis couleur de jais[4] qui se redressaient aussitôt.

– Rentrons maintenant, souffla-t-elle. Nous raconterons que nous nous sommes perdus, que la porte était ouverte, que nous avons voulu être seuls dans la montagne. Cela n'ira pas bien loin. Une amende peut-être.

– Non, dit Baïkal en secouant la tête. Je ne retournerai pas là-bas. Ce monde est une prison.

Jean-Christophe Rufin, *Globalia,* © Éditions Gallimard, 2004.

1. *Multifonction* : ordinateur.
2. *Soudoyer* : payer quelqu'un pour obtenir quelque chose de défendu.
3. *Botaniste* : scientifique qui étudie les plantes, les fleurs et les arbres.
4. *Jais* : de couleur noire.

Document B **Image**

Quino, scénariste et auteur de bandes dessinées argentin, porte un regard critique sur la société, notamment celle de son pays.

Les réponses aux questions doivent être entièrement rédigées.

Grammaire et compétences linguistiques → corrigé p. 209

1 « Globalia » (l. 2).

a. À partir de quel mot ce terme est-il formé ? **1 pt**

b. Expliquez le sens de « Globalia ». **1 pt**

2 « là où on nous autorise à aller » (l. 20), « mais on sentait le désespoir éteindre sa voix » (l. 32), « On peut sortir d'ici et rejoindre la mer » (ll. 33-34).

a. Quelle est la classe grammaticale du mot « on » ? **1 pt**

b. Identifiez ce que désigne chacun des trois mots soulignés. **3 pts**

3 « Nous raconterons que nous nous sommes perdus, que la porte était ouverte, que nous avons voulu être seuls dans la montagne » (ll. 41-43). Comment les paroles du personnage sont-elles rapportées ? **1 pt**

4 « Globalia, c'est la liberté ! Globalia, c'est la sécurité ! Globalia, c'est le bonheur ! » (ll. 11-12). Identifiez une figure de style employée dans ce passage. **1 pt**

5 « Mais rends-toi à l'évidence » (ll. 27-28).

a. Quel mode est employé dans cette phrase ? **1 pt**

b. Expliquez l'emploi de ce mode. **1 pt**

6 « Je ne retournerai pas là-bas. Ce monde est une prison » (ll. 44-45).

a. Nommez la relation logique qui unit les deux phrases. **1 pt**

b. Réécrivez-les en utilisant une conjonction de subordination qui exprime la même relation logique. **1 pt**

7 Réécrivez le passage ci-dessous en commençant par « *Baïkal explique à Kate qu'elle…* ».

« *Tu ne comprends pas, Kate, je te l'ai souvent répété. Ce sera* partout *la même chose. Partout nous serons en Globalia. Partout, nous retrouverons cette civilisation que je déteste.* » (ll. 1-3) **10 pts**

Compréhension et compétences d'interprétation → corrigé p. 210

1 Quel est le sujet central de la conversation entre Kate et Baïkal ? **2 pts**

2 a. Que pense Kate de Globalia ? **2 pts**

b. Reformulez deux arguments qu'avance Kate pour défendre son opinion. Vous illustrerez votre réponse à l'aide de deux citations. **4 pts**

c. Dans les lignes 4 à 18, nommez un procédé qu'elle utilise pour convaincre Baïkal. Justifiez-le à l'aide d'un exemple issu du texte. **2 pts**

FRANÇAIS

3 **a.** Quelle vision Baïkal a-t-il de Globalia ? Relevez deux arguments. **3 pts**

b. Quel est son projet ? Justifiez votre réponse. **3 pts**

4 Quelle proposition Kate formule-t-elle à la fin de l'extrait ? Pour quelle raison ? **2 pts**

5 En vous appuyant sur les réponses précédentes et votre lecture du texte, que pensez-vous de Globalia ? Développez votre réponse de manière argumentée. **4 pts**

6 **a.** Quelles sont les caractéristiques de la société représentée par Quino dans cette planche de bande dessinée ? **3 pts**

b. Quels liens établissez-vous avec le texte *Globalia* ? **3 pts**

Dictée → *corrigé p. 211* 20 min **10 pts**

› Écoutez la dictée avec l'application Nathan Live.

Consignes :
– On dictera le texte à haute voix à plusieurs reprises.
– On inscrira au tableau de manière lisible par l'ensemble des candidats le titre de l'œuvre, le nom de l'auteur et les mots **Baïkal, Kate, glauque, biais**.

Rédaction 1 h 30 **40 pts**

Vous traiterez au choix l'un des deux sujets suivants :

Sujet d'imagination → *corrigé p. 212*

› Kate rentre seule à Globalia. Imaginez une situation qui lui ouvre les yeux, l'amenant à considérer Globalia comme une prison et à partager le point de vue de Baïkal sur ce monde.

Vous respecterez les caractéristiques de la narration et du cadre spatio-temporel du texte. Vous intégrerez dans votre récit les pensées et les sentiments de Kate.

Sujet de réflexion → *corrigé p. 213*

› Comment l'expression artistique (la littérature, la peinture, le cinéma, la musique…) permet-elle de dénoncer le totalitarisme ?

Vous répondrez à cette question en vous appuyant sur vos lectures et sur vos connaissances personnelles et culturelles.

Sujet 9 Corrigé

Grammaire et compétences linguistiques → *énoncé p. 207*

Les clés pour réussir

1 a. Étudier la formation d'un mot, c'est rechercher son **radical** et ses éventuels **préfixe** et **suffixe**.

b. Vous pouvez déduire le sens d'un mot à partir de son radical.

3 et **7** Les paroles, dans un récit, peuvent être rapportées au style **direct**, **indirect** ou **indirect libre**.

4 Les **figures de style** sont des procédés d'écriture utilisés pour créer un effet particulier. Les plus fréquentes sont la **comparaison**, la **métaphore**, la **personnification**, l'**accumulation** et l'**anaphore**.

5 a. et **b.** Les **modes** sont les grandes catégories dans lesquelles sont conjugués les verbes. Ils indiquent la **manière dont le verbe présente l'action**. Ils ont donc des valeurs qui leur sont propres.

FRANÇAIS

1 a. Le mot « Globalia » est formé à partir de l'adjectif « global ».

b. « Globalia » est un mot inventé par l'auteur. Il désigne un monde global, une civilisation unique qui ne ferait plus de différences entre les nations : « il n'y en a qu'une » (l. 4).

2 a. Le mot « on » est un pronom personnel sujet de troisième personne du singulier qui peut renvoyer à une ou plusieurs personnes.

b. « là où <u>on</u> nous autorise à aller » : « on » désigne les dirigeants de Globalia, ceux qui ont le pouvoir dans ce monde.
« mais <u>on</u> sentait le désespoir éteindre sa voix » : « on » désigne Kate et le narrateur.
« <u>On</u> peut sortir d'ici et rejoindre la mer » : « On » remplace un « nous » qui renvoie à Baïkal et Kate.

3 Les paroles du personnage sont rapportées au style indirect.

4 La figure de style employée dans ce passage est une anaphore. Les mêmes mots sont répétés au début de chaque phrase : « Globalia, c'est… ».

5 a. Le verbe « rends » est employé au mode impératif.

b. Ce mode est utilisé pour donner un ordre ou un conseil.

6 a. Les deux phrases sont unies par une relation logique de cause.

b. « Je ne retournerai pas là-bas <u>parce que</u> ce monde est une prison. »

7 « <u>Baïkal explique à Kate qu'elle ne comprend pas</u>, <u>qu'il le lui a</u> souvent répété, <u>que</u> ce sera *partout* la même chose, <u>que</u> partout <u>ils seront</u> en Globalia, que partout <u>ils retrouveront</u> cette civilisation qu'<u>il déteste</u>. »

Compréhension et compétences d'interprétation → énoncé p. 207

Les clés pour réussir

2 c. Les procédés littéraires utilisés peuvent être des **figures de style** ou des **écarts** par rapport à l'utilisation habituelle de la langue (inversions, fausses questions, phrases non verbales, répétitions...).

5 On vous demande de rédiger une réponse **argumentée** où vous exposerez votre point de vue en l'illustrant par des **citations** du texte. N'hésitez pas à relire les questions précédentes pour vous aider.

6 a. et **b.** Cette question est construite en deux temps : vous devez donner une **description** de la bande dessinée puis faire une **comparaison** entre le texte et l'image. Appuyez-vous sur les détails du dessin pour bien montrer la **critique de la société** qui en ressort.

1 Le sujet central de la conversation entre Kate et Baïkal est l'existence d'un autre monde que celui dans lequel ils sont contraints de vivre : Globalia.

2 a. Kate pense que Globalia est un monde idéal et parfait : « Globalia, c'est le bonheur ! » (l. 12).

b. Selon Kate, Globalia offre un monde de paix où toutes les nations sont unies et vivent en harmonie, contrairement au passé « où il y avait des nations différentes qui n'arrêtaient pas de se faire la guerre » (ll. 5-6). C'est un monde ouvert, dans lequel on est libre de voyager : « Il n'y a plus de frontières » (l. 8), « on peut aller partout » (l. 16). Enfin, Globalia offre la sécurité à ses habitants : « tout Globalia est sécurisé » (l. 22).

c. Kate utilise des questions rhétoriques (ou interrogations oratoires), c'est-à-dire des affirmations déguisées en questions qui n'attendent pas de réponse mais suggèrent des évidences : « Aurais-tu la nostalgie du temps où il y avait des nations différentes qui n'arrêtaient pas de se faire la guerre ? » (ll. 4-6).

3 a. Pour Baïkal, Globalia « est une prison » (l. 45). Il pense qu'il existe des non-zones qui sont interdites mais qui offriraient un monde différent de celui que Globalia leur impose : « tu peux aller partout. Mais seulement dans les zones sécurisées, c'est-à-dire là où on nous autorise à aller, là où tout est pareil » (ll. 19-21). Il estime que s'ils se libèrent de la « propagande » (l. 10) de Globalia, ils découvriront ce qui leur est caché : « Moi, je continue à croire qu'existe un ailleurs » (l. 25).

b. Le projet de Baïkal est de sortir de Globalia pour découvrir le reste du monde, ce que l'on appelle les « non-zones » (l. 23). Il souhaite partir avec Kate (« On peut sortir d'ici et rejoindre la mer », ll. 33-34) et refuse catégoriquement de rester dans Globalia (« Je ne retournerai pas là-bas », l. 44).

4 Kate propose de rentrer dans Globalia alors qu'ils sont sortis clandestinement car elle a peur de ce monde extérieur et hostile : « Il n'y a que quelques endroits pourris aux confins du monde, des réserves, des friches » (ll. 28-30). Elle redoute aussi les conséquences de leur sortie s'ils sont repris : « Nous raconterons que nous nous sommes perdus, que la porte était ouverte » (ll. 41-42).

5 Globalia semble être un monde idyllique en apparence, comme le suggère son slogan : « Globalia, c'est la liberté ! Globalia, c'est la sécurité ! Globalia, c'est le bonheur ! » (ll. 11-12). Mais c'est en réalité un monde totalitaire qui repose sur la « propagande » (l. 10) et sur l'interdiction de dépasser ses frontières pour explorer « l'ailleurs », les « non-zones » présentées comme des friches hostiles. Les différences sont interdites dans Globalia (« Ce sera *partout* la même chose », ll. 1-2) et la liberté est réduite à l'intérieur de ses portes, ce qui en fait un univers carcéral, une sorte de prison dorée : « Ce monde est une prison » (l. 45).

6 **a.** Dans cette planche de bande dessinée, Quino présente une société où tout semble « carré ». Cette forme revient en effet dans toutes les conversations : entre les hommes d'affaires, dans les journaux, dans la bouche des policiers, à la radio, sur les panneaux publicitaires, entre les amies...

b. On retrouve ici l'idée d'une société avec une pensée unique imposée à tous. Le monde « carré » de la bande dessinée trouve son équivalent dans la description de Globalia faite par Baïkal : « Ce sera *partout* la même chose. Partout nous serons en Globalia. Partout, nous retrouverons cette civilisation » (ll. 1-3). Seul un personnage semble penser différemment : l'homme au costume noir présent dans toutes les cases observe sans rien dire la société dans laquelle il vit, puis rentre chez lui après avoir acheté illégalement un compas et se met à dessiner des formes rondes. Cet homme est comparable à Baïkal, qui transgresse les règles imposées par Globalia (« J'ai soudoyé un type », l. 35) afin de découvrir « un ailleurs » (l. 25).

Dictée → énoncé p. 208

Les clés pour réussir

Bien conjuguer

- Le **passé simple** de l'indicatif a deux types de terminaisons : l'un pour les verbes en *-er* (*-ai, -as, -a, -âmes, -âtes, -èrent*), l'autre pour tous les autres verbes (*i/u/in + -s, -s, -t, -^mes, -^tes, -rent*).
- **L'imparfait** de l'indicatif a des terminaisons semblables pour les trois groupes : *-ais, -ais, -ait, -ions, -iez, -aient.*

Ne pas confondre

« près » / « prêt » : « près » est un adverbe de lieu qui peut être remplacé par son contraire « loin » ; « prêt » est un adjectif qualificatif qui peut être mis au féminin (« prête »).

FRANÇAIS

Bien accorder

Cette dictée contient plusieurs **participes passés** employés comme **adjectifs**, un participe passé employé avec l'**auxiliaire « être »**, et un autre employé avec l'**auxiliaire « avoir »**.

Bien orthographier

« glauque » : verdâtre.

Tout à coup, emportés par leur élan, ils butèrent contre la vitre qui courait à mi-pente. Elle rendit un son vibrant quand ils la heurtèrent. Ils étaient tombés accroupis, emmêlés. Baïkal se redressa, couvert d'aiguilles sèches. Il aida Kate à se relever. Elle n'osait pas toucher la vitre. C'était la première fois qu'elle approchait des limites. Le mur lisse et brillant était transparent de près mais prenait un ton vert glauque à mesure qu'il s'éloignait et qu'on le voyait de biais. […] La pente qu'ils avaient dégringolée était si raide qu'il semblait impossible de la remonter.

Jean-Christophe Rufin, *Globalia*, © Éditions Gallimard, 2004.

Travail d'écriture – Sujet d'imagination → énoncé p. 208

Les clés pour réussir

Écrire une **suite de texte** implique de tenir compte des caractéristiques principales du texte de départ.

Les éléments du texte initial

- Le **genre** du texte : **roman d'anticipation.**
- Le **lieu** où se déroule l'action : **Globalia.**
- Les **caractéristiques des personnages** (âge, caractère, façon de parler…) : vous devez reprendre les personnages et les **faire évoluer** sans perdre de vue leurs préoccupations, leurs envies principales.
- Pensez à exprimer les **pensées** de Kate et ses **sentiments.**

La narration

- Le **statut du narrateur** : votre texte sera rédigé à la troisième personne.
- Les **temps verbaux** : imparfait et passé simple pour la narration, présent pour les dialogues éventuels.
- Le **registre de langue** : privilégiez un registre courant, comme dans le texte initial.

Méthode

Pour vous aider, nous vous avons indiqué en couleur les parties de la rédaction qui répondent aux consignes.

Pensées et sentiments Éléments du texte initial |...| Situation nouvelle

« Non, dit Baïkal en secouant la tête. Je ne retournerai pas là-bas. Ce monde est une prison.

– Arrête, tu t'entêtes et tu inventes des histoires ! Il faut toujours que tu exagères tout ! Moi je rentre, rejoins-moi quand tu seras calmé ! »

Kate repartit alors en direction de la porte. Le soleil se couchait. Elle n'aurait aucun mal à rentrer discrètement, pensait-elle en marchant d'un pas décidé. Elle était cependant déçue de ne pas avoir réussi à convaincre Baïkal. Ça lui passerait et il rentrerait d'ici quelques heures, mais elle n'aimait pas ces disputes qui lui laissaient comme une amertume au fond du cœur. Perdue dans ses pensées, elle reconnut presque avec surprise les reflets glauques du mur de verre qu'ils avaient franchi quelques heures plus tôt. La porte n'était pas loin, encore quelques pas et elle y serait.

Soudain, alors qu'elle atteignait la paroi vitrée, elle perçut un bourdonnement au-dessus de sa tête et des lumières venant du ciel l'éblouirent. Elle se figea, paralysée par la peur et la surprise. Une voix métallique lui cria avec autorité : « Vous vous trouvez dans une zone non autorisée. Ne bougez plus. Levez les yeux vers le drone afin que l'on puisse scanner votre rétine. Une patrouille va venir vous chercher pour vous placer en quarantaine. » Kate plongea sa tête dans ses mains pour se protéger. Elle se recroquevilla sur elle-même, incapable de faire le moindre mouvement. Baïkal avait donc raison, ils étaient surveillés et leur liberté n'était qu'une illusion, pensa-t-elle.

La voix robotique reprit : « Deuxième somation avant immobilisation électrique. Levez les yeux pour le scanner rétinien. Vous n'êtes pas autorisée à pénétrer en non-zone. » Kate était tétanisée. Elle avait entendu parler de ces rumeurs sur une police secrète qui surveillait les citoyens. Contrairement à Baïkal, elle ne les avait jamais prises au sérieux. Mais voilà qu'elle se retrouvait menacée par un drone ! La lumière de l'appareil devint plus forte, le bourdonnement s'amplifia. Kate attendait l'impact de l'éclair immobilisant...

Elle entendit un grand bruit métallique, puis plus rien ! La lumière avait disparu. Kate n'osait plus bouger. « Ce doit être l'effet de l'éclair immobilisant », se dit-elle. Mais une voix familière lui parvint alors : « Tu vas rester là ? Je te préviens, je ne vais pas passer la nuit à chasser des drones ! » ironisa Baïkal. Elle n'en revenait pas. Il l'avait suivie et venait de la sauver ! Elle courut vers lui, saisit sa main et lui lança sans hésitation : « Partons, emmène-moi vers ton ailleurs ! ».

FRANÇAIS

Travail d'écriture – Sujet de réflexion → énoncé p. 208

Les clés pour réussir

L'introduction

- Annoncez le **thème** : l'art.
- Présentez le **sujet** : recopiez ou reformulez la question posée par le sujet.
- Annoncez votre **plan**.

Le développement

- Le sujet vous invite à développer **plusieurs paragraphes** pour exprimer votre point de vue sur la force de l'expression artistique. Chaque paragraphe devra contenir un argument et un exemple précis.
- Pensez à convoquer les textes et documents étudiés en classe, notamment dans le chapitre « Dénoncer les travers de la société ».

La conclusion

- Formulez une **synthèse** qui réponde clairement à la question posée par le sujet.
- Terminez avec une phrase d'**ouverture** pour élargir la question en restant sur le même thème.

Méthode

Pour vous aider, nous vous avons indiqué en couleur les parties de la rédaction qui répondent aux consignes.

Indicateurs logiques — Arguments — |…| Exemples

L'engagement consiste à prendre position par son action ou ses œuvres sur des problèmes politiques ou sociaux de son temps. Les artistes, qu'ils soient écrivains, peintres, cinéastes ou musiciens, n'hésitent pas à s'engager pour défendre des causes qu'ils estiment justes. Nous étudierons à travers des exemples précis comment l'expression artistique peut permettre de dénoncer le totalitarisme.

Dans un premier temps, les œuvres artistiques font intervenir l'expérience, la sensibilité et les émotions des auteurs. Là où les documents historiques nous permettent d'avoir une analyse claire et objective des événements, les œuvres d'art apportent une autre compréhension, une lecture subjective qui est de l'ordre du ressenti. Par exemple, la bande dessinée *Maus* d'Art Spiegelman raconte la vie de Vladek, rescapé du camp d'Auschwitz, en créant un univers où les personnages sont représentés sous la forme de chats et de souris, ce qui permet de prendre une certaine distance pour mieux révéler la réalité du système concentrationnaire du régime totalitaire nazi.

Les œuvres artistiques peuvent également critiquer et dénoncer le totalitarisme en maniant les procédés de l'humour. Que ce soient les écrivains ou les dessinateurs, de nombreux artistes font la critique de certains régimes en s'en moquant pour provoquer et faire réfléchir. C'est le cas du dessinateur iranien Kianoush, réfugié en France, qui publie régulièrement des caricatures comme celle intitulée *Iranian free elections* où il dénonce le système politique iranien. Il met en scène un électeur caricaturé en pigeon qui glisse un bulletin de vote dans une urne en observant les affiches de campagne des candidats, qui ne lui proposent que des formes de cages différentes.

Enfin, l'utilisation de la fiction permet d'instruire les lecteurs ou les spectateurs en dénonçant les travers des sociétés totalitaires. Les comportements décrits dans des univers comparables au nôtre permettent à chacun d'être touché et de se sentir concerné. Ainsi, dans son roman de science-fiction *Fahrenheit 451*, Ray Bradbury décrit une société totalitaire où les livres sont interdits et doivent être brûlés. Les échos avec les incendies de livres par les nazis ou avec les « grandes purges » de Staline au cours desquelles de nombreux écrivains furent exécutés sont évidents.

Pour conclure, on peut noter que les œuvres d'art permettent, par leur portée universelle, de dénoncer les abus et les injustices des systèmes totalitaires et que leurs messages dépassent les époques et les frontières. Il pourrait être intéressant de se questionner aussi sur la nécessité pour une œuvre d'art d'être engagée.

SOMMAIRE

INFOS-BREVET

SUJETS DE PHYSIQUE-CHIMIE

SUJETS DE SVT

SUJETS DE TECHNOLOGIE

L'épreuve de Physique-chimie – SVT – Technologie expliquée

Comment s'organise l'épreuve ?

- **Durée** : 1 heure.
- **Structure** :

– la seconde partie de la 1re épreuve porte sur les programmes de **Physique-Chimie, SVT et Technologie.**

- **Notation** : sur 50 points.

Ces points sont répartis de la façon suivante :
– **45 points** pour les exercices de Physique-Chimie, SVT et Technologie ; **5 points** réservés à la présentation de la copie et à l'utilisation de la langue française (précision et richesse du vocabulaire, correction de la syntaxe) pour rendre compte des observations, expériences, hypothèses, conclusions.
La commission nationale d'élaboration des sujets détermine, à chaque session, les **deux disciplines sur les trois** (Physique-Chimie, SVT, Technologie) qui sont évaluées (sur **25 points** chacune) lors de cette deuxième partie de l'épreuve.
Il y a donc 3 combinaisons possibles : Physique-Chimie et SVT, Physique-Chimie et Technologie, Technologie et SVT.

- **L'épreuve porte sur une thématique commune.**
- Les énoncés sont volontairement concis afin qu'une éventuelle difficulté en lecture ne constitue pas un obstacle supplémentaire. Les exercices sont identifiés pour chaque discipline.

Quels sont les critères d'évaluation des copies de Brevet ?

On attend de vous que vous soyez capable de :

- **maîtriser** les attendus de fin de cycle prévus dans les programmes ;
- **pratiquer** différents langages (textuel, symbolique, schématique, graphique) pour observer, raisonner, argumenter et communiquer ;
- **exploiter** des données chiffrées et/ou expérimentales ;
- **analyser** et de comprendre des informations en utilisant les raisonnements, les méthodes et les modèles propres aux disciplines concernées ;
- **appliquer** les principes élémentaires de l'algorithmique et du codage à la résolution d'un problème simple.

La méthode pour le Brevet

Comment s'organiser le jour de l'épreuve ?

- **Prenez le temps de lire l'intégralité du sujet** avant de commencer.
- **Commencez** par les questions avec lesquelles vous êtes le plus à l'aise.
- **Gérez correctement votre temps.** Prévoyez de garder un peu de temps pour la relecture des copies à la fin de l'épreuve.

Comment aborder les différents exercices ?

- Les questions peuvent demander **une réponse rédigée ou prendre la forme de questionnaires à choix multiples** (dans le cas d'un QCM, chaque question est posée avec au moins une réponse juste).
- Quelle que soit la forme proposée, l'évaluation peut porter sur les **connaissances** et/ou sur leur utilisation, ainsi que sur la mise en œuvre d'un **raisonnement.**

Comment travailler avec un brouillon ?

- Réécrivez précisément au brouillon les différents **termes des questions** et des consignes qui les accompagnent.
- Lorsque des documents sont proposés :

– **repérez les informations qui sont en rapport avec la consigne ;**
– **mettez en relation** les différents documents lorsque cela est possible ;
– **reliez les informations** du ou des documents **avec vos connaissances.**

- Lorsque des calculs sont demandés, **vérifiez plusieurs fois vos calculs**, en faisant attention aux unités utilisées.

L'astuce du prof

Dans le cas d'un QCM, lisez bien la consigne pour savoir s'il y a une ou plusieurs bonnes réponses acceptées.

Comment rédiger sa copie ?

- **Si la question nécessite uniquement l'utilisation de documents**, présentez d'abord les informations précises qui vous serviront d'arguments et terminez par votre interprétation.
- **Si la question exige une mise en relation des documents avec des connaissances**, utilisez d'abord les documents en les décrivant précisément, puis interprétez-les à l'aide de vos connaissances.

Gagnez des points !

Ne récitez pas systématiquement votre cours pour étoffer votre réponse. Les réponses aux questions posées sont souvent courtes, cela évite d'être hors sujet.

• **Si la question est une restitution de connaissances** ou **nécessite un raisonnement sans s'appuyer sur des documents**, soyez le plus clair et le plus précis possible.

Comment présenter sa copie ?

Les contraintes

• **Rédigez chaque partie de l'épreuve** sur une copie distincte par discipline, car des enseignants de trois matières différentes corrigent cette épreuve.

• **Indiquez le titre de la partie traitée et précisez bien le numéro de la question** (surtout si vous n'avez pas répondu aux questions dans l'ordre) afin d'éviter les erreurs.

Le soin

• **Écrivez lisiblement.** Si votre écriture est difficile à lire, essayez d'aérer votre devoir, de soigner votre typographie et de bien séparer les lettres.

• **Soulignez à la règle les mots importants.** Vous pouvez utiliser des stylos de couleur pour faire ressortir les idées importantes de la copie, mais attention à la copie arc-en-ciel avec trop de couleurs !

• **Tracez les schémas à la règle.**

• **Construisez des phrases simples et assez courtes. Si la réponse est longue, créez des paragraphes** qui regrouperont des ensembles d'idées (ne créez pas de paragraphes au hasard de votre copie, juste pour l'aspect esthétique).

• **Faites attention à la syntaxe, à la grammaire et à l'orthographe**, notamment lors de la relecture : pas de phrase sans verbe conjugué, sans sujet, etc.

Les clés de la réussite !

• **Prenez le temps** de bien comprendre les termes du sujet et de la consigne.
• **Reliez les informations pertinentes** des documents à vos connaissances.
• Même si vous n'arrivez pas à trouver le résultat final, **détaillez les démarches suivies et vos essais de calcul sur vos copies**. Cela valorisera votre copie et vous pourrez gagner des points.

Sujet 1

25 pts

30 min

Analyse de l'atmosphère terrestre

France métropolitaine, juillet 2019

Analyse de l'atmosphère terrestre

Des cylindres de glace, de formule chimique H_2O, appelés « carottes », sont prélevés dans les régions polaires et dans les glaciers des montagnes ; ils contiennent des renseignements précieux pour l'étude du climat.
L'élément oxygène se trouve notamment sous la forme de trois atomes stables nommés oxygène 16, oxygène 17 et oxygène 18. À partir de la proportion d'oxygène 18 par rapport à l'oxygène 16 dans la glace, les chercheurs déterminent la température de l'atmosphère au moment de la formation de la glace.

Doc. 1 Un modèle de l'atome d'oxygène

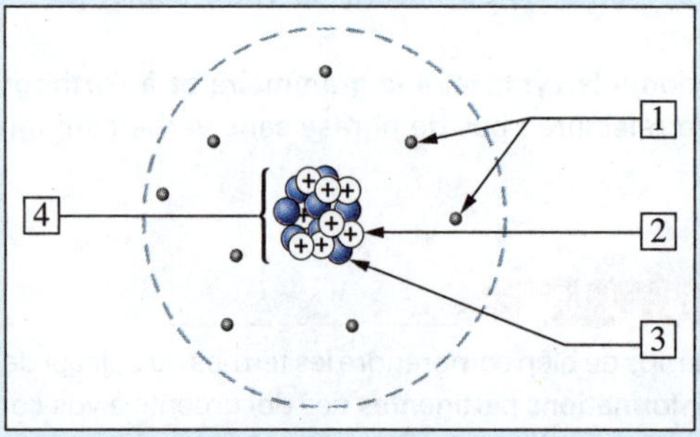

Doc. 2 **Fiches d'identité des atomes d'oxygène stables**

Oxygène 16

Symbole : $^{16}_{8}\mathrm{O}$

Numéro atomique : 8
Nombre d'électrons : 8
Nombre de nucléons : 16
Masse de l'atome :
$2{,}67 \times 10^{-26}$ kg
Abondance : 99,76 %

Oxygène 17

Symbole : $^{17}_{8}\mathrm{O}$

Numéro atomique : 8
Nombre d'électrons : 8
Nombre de nucléons : 17
Masse de l'atome :
$2{,}84 \times 10^{-26}$ kg
Abondance : 0,04 %

Oxygène 18

Symbole : $^{18}_{8}\mathrm{O}$

Numéro atomique : 8
Nombre d'électrons : 8
Nombre de nucléons : 18
Masse de l'atome :
$3{,}01 \times 10^{-26}$ kg
Abondance : 0,20 %

1 **a.** Légender le *document 1* en affectant à chaque numéro un nom parmi les propositions suivantes : noyau, électrons, proton, neutron.
b. Quel est le nombre de protons présents dans chacun des trois atomes d'oxygène ? Justifier vos réponses par une phrase.

L'analyse des bulles d'air piégées dans la glace permet de déterminer la quantité de dioxyde de carbone CO_2 contenu dans l'atmosphère du passé.

Doc. 3 **Évolution du pourcentage en volume de CO_2 dans l'air au cours des années**

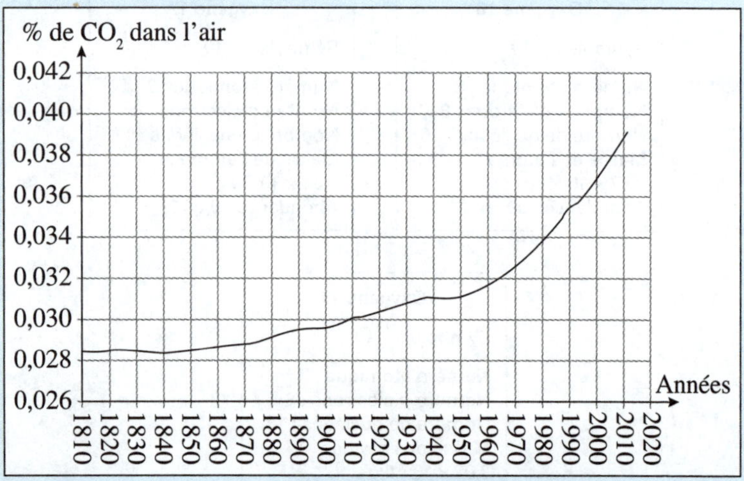

Données : https://www.eea.europa.eu/data-and-maps/figures/atmospheric-concentration-of-co2-ppm-1

2 **a.** En utilisant le graphique du *document 3*, indiquer le pourcentage en volume de dioxyde de carbone présent dans l'air en 1910.
b. En quelle année ce pourcentage a-t-il atteint 0,037 % ?
c. Comparer, en citant des données du graphe, l'évolution du pourcentage de CO_2 en volume dans l'air, entre 1810 et 1950, puis entre 1950 et 2010.
d. Quelle valeur pourrait atteindre ce pourcentage en 2020 ? Décrire et critiquer la méthode utilisée.

Le projet Ice Memory est un programme scientifique dont l'objectif est de constituer la première archive glaciaire du monde. Des carottes provenant des glaciers les plus en danger seront conservées à – 54 °C dans une cave creusée sous la neige de l'Antarctique.

Doc. 4

Lieu de prélèvement de carottes glaciaires	Intensité de pesanteur *g* du lieu
Glacier du Mont Illimani (Bolivie). Altitude 6 300 m	g = 9,76 N/kg
Glacier du Col du Dôme (France). Altitude 4 236 m	g = 9,79 N/kg
Base de Vostok (Antarctique). Altitude 3 800 m	g = 9,82 N/kg

3 a. À la base de Vostok qui se situe en Antarctique, on extrait une carotte de glace de 3 mètres de long, le poids du cylindre de glace est $P = 236$ N. Schématiser le cylindre de glace en position verticale et représenter le poids de la glace par un segment fléché en prenant pour échelle 1 cm pour 100 N.
b. Utiliser les données du *document 4* et de la question **3 a.** pour calculer la masse du cylindre de glace de Vostok en kilogrammes. Expliquer la démarche suivie et écrire la relation utilisée.

Sujet 1 Corrigé

Les clés pour réussir

L'essentiel à connaître

- Un **atome** est constitué d'**électrons**, chargés négativement, et d'un noyau. Ce noyau comporte des **neutrons** et des **protons**, chargés positivement.
- Le **numéro atomique** d'un atome correspond au **nombre de protons** présents dans le noyau de cet atome.
- Sur un graphique, une relation de **proportionnalité** entre les valeurs de l'axe des abscisses et de l'axe des ordonnées peut être représentée par une droite passant par l'origine.
- En première approximation, le **poids** d'un objet correspond à la force à distance exercée par la Terre sur cet objet.
- La valeur du poids P d'un objet de masse m est égale à : $\boldsymbol{P = m \times g}$, avec g l'intensité de pesanteur du lieu où se trouve l'objet.

Analyser l'énoncé et les documents

- Certaines informations, comme les différentes formes stables de l'atome d'oxygène, sont données dans l'énoncé, mais elles ne sont pas utiles à la résolution de l'exercice.
- Le *document 1* représente un modèle de l'atome d'oxygène.
- Le *document 2* permet de retrouver le nombre d'entités contenues dans les atomes stables d'oxygène.
- Dans le *document 3*, lisez bien les valeurs données sur les axes des abscisses et des ordonnées, car elles ne commencent pas à zéro.
- Le *document 4* permet de connaître les valeurs de l'intensité de pesanteur d'un lieu, car l'intensité de pesanteur dépend de l'altitude du lieu.

Bien comprendre les questions

Question 1

- Faites le lien entre vos connaissances et les *documents 1* et *2* pour répondre aux premières questions.

Question 2

• Rappelez-vous que la formule du dioxyde de carbone est CO_2 pour bien comprendre le *document 3*, qui est essentiel à la résolution de ces questions.

Question 3

• Gardez du temps pour répondre à ces questions, car la réalisation d'un calcul est demandée.

1 a. Le modèle de l'atome d'oxygène représenté dans le *document 1* doit être légendé de la manière suivante.

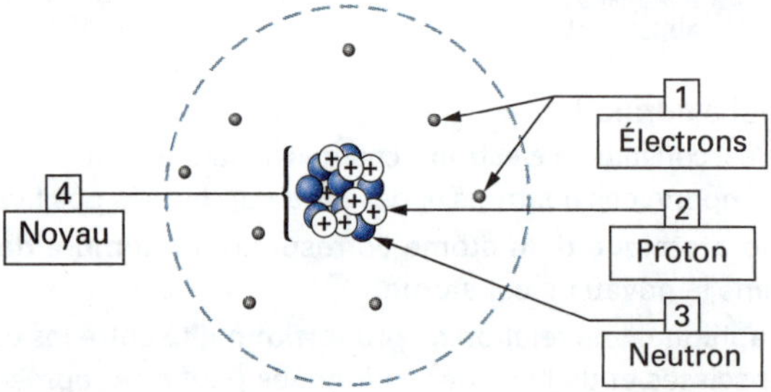

b. Le numéro atomique d'un atome correspond au nombre de protons présents dans le noyau de cet atome.

D'après le *document 2*, l'oxygène 16, l'oxygène 17 et l'oxygène 18 contiennent donc chacun **8 protons dans leur noyau.**

Gagnez des points !

N'oubliez pas de justifier votre réponse, car c'est demandé dans l'énoncé.

2 a. D'après le *document 3*, le pourcentage en volume de dioxyde de carbone présent dans l'air en 1910 est égal à **0,030 %.**

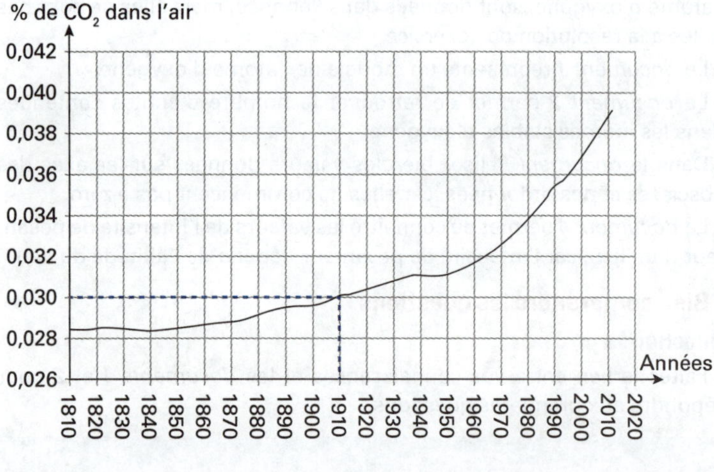

b. D'après le *document 3*, le pourcentage en volume de dioxyde de carbone présent dans l'air a atteint 0,037 % en **2000.**

c. D'après le *document 3*, le pourcentage en volume de dioxyde de carbone présent dans l'air est égal :

– en 1810 à **0,0285 % ;**

– en 1950 à **0,031 % ;**

– en 2010 à **0,039 %.**

Le pourcentage en volume de dioxyde de carbone présent dans l'air a augmenté de 0,031 – 0,0285 = **0,003 % en 140 ans entre 1810 et 1950** et il a augmenté de 0,039 – 0,031 = **0,008 % en 60 ans entre 1950 et 2010.**

Ainsi, le pourcentage en volume de dioxyde de carbone présent dans l'air a **augmenté beaucoup plus rapidement entre 1950 et 2010 qu'entre 1810 et 1950.**

d. Si on prolonge le graphe sur le *document 3*, le pourcentage en volume de dioxyde de carbone pourrait atteindre **0,041 %** en 2020.

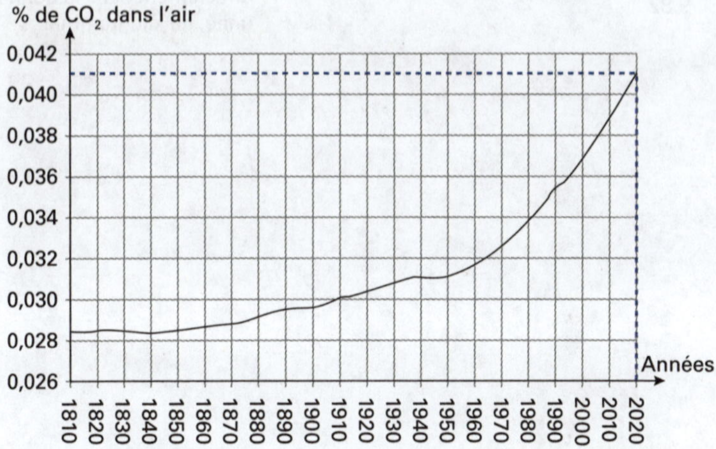

Cette méthode de prévision est **critiquable**, car prolonger la droite sur le graphe sous-entend une **relation de proportionnalité** entre le pourcentage en volume de dioxyde de carbone et le temps. Or, l'observation du graphique du *document 3* ne permet pas du tout de prévoir une telle proportionnalité.

Gagnez des points !
Reproduisez le graphe rapidement sur votre feuille pour mieux expliquer votre méthode.

3 a. Un cylindre de glace en position verticale est représenté ci-après par un rectangle, et le poids de la glace est représenté par un segment fléché de 2,36 cm, en prenant pour échelle 1 cm pour 100 N.

PHYSIQUE-CHIMIE

L'astuce du prof
Vérifiez que le segment fléché est orienté vers le bas et que son origine est au milieu du rectangle.

b. La valeur du poids P d'un cylindre de glace de masse m est égale à : $P = m \times g$, avec g l'intensité de pesanteur du lieu où se trouve l'objet.
La masse m du cylindre de glace de Vostok est donc égale à :

$$m = \frac{P}{g}$$

$$m = \frac{236}{9{,}82} = \mathbf{24{,}0\ kg}.$$

L'astuce du prof
Le résultat du calcul de la masse est donné directement dans la bonne unité, en kilogrammes.

Sujet 2

25 pts 30 min

Des verres correcteurs de plus en plus légers

Asie, juin 2019

Les verres correcteurs actuels équipant les lunettes sont généralement composés d'un matériau nommé CR39 qui remplace de plus en plus souvent d'autres matériaux tels que le crown. L'utilisation du CR39 à la place du crown permet de diviser par deux ou trois environ la masse d'un verre correcteur.

Doc. 1 Caractéristiques d'un verre correcteur en CR39

Forme	Le verre est bombé. Dimensions approximatives : 30 mm × 50 mm. L'épaisseur n'est pas uniforme.
Masse	4,1 g
Volume	3,1 mL

1 Le CR39 est fabriqué à partir d'une substance constituée de molécules de formule $C_{12}H_{18}O_7$. Indiquer la composition atomique de cette molécule.

L'un des intérêts du matériau CR39 est sa faible masse volumique par rapport à celle du crown, généralement comprise entre 2,2 et 3,8 g/mL.

2 À l'aide de calculs détaillés, justifier l'affirmation : « l'utilisation du CR39 à la place du crown permet de diviser par deux ou trois environ la masse d'un verre correcteur ».

Pour déterminer le volume d'un verre correcteur en CR39, on utilise une éprouvette graduée et de l'eau.

Doc. 2 Caractéristiques de quelques éprouvettes graduées

Capacité (mL)	Précision (mL)	Graduation (mL)	Diamètre intérieur (mm)	Hauteur intérieure (mm)
10	± 0,2	0,2	14	65
50	± 1,0	0,5	25	102
100	± 1,0	1	29	152
250	± 2,0	2	43	173
500	± 5,0	5	53	227

3 Le laboratoire dispose de diverses éprouvettes dont les caractéristiques sont données dans le *document 2*.
Choisir l'éprouvette la plus adaptée à la mesure que l'on veut faire, en justifiant à partir des données des *documents 1* et *2*.

4 Expliquer la méthode de mesure et la schématiser.

5 Parmi les propositions suivantes, choisir, en la justifiant, celle qui permet d'améliorer la précision de cette mesure en gardant la même éprouvette :

- **proposition a** : augmenter le volume d'eau ;
- **proposition b** : mesurer le volume total de plusieurs verres identiques ;
- **proposition c** : remplacer l'eau par un liquide de masse volumique plus petite.

Sujet 2 Corrigé

Les clés pour réussir

L'essentiel à connaître

- Les **atomes** sont représentés par un symbole chimique : une lettre majuscule quelquefois suivie d'une minuscule.
- Une **molécule** est un assemblage d'atomes électriquement neutre. Elle est représentée par une formule chimique qui indique le nom et le nombre des atomes qui la constituent.
- La **masse volumique** d'une espèce chimique est le quotient de la masse m d'un échantillon par son volume V :

$$\rho = \frac{m}{V}$$

avec m en grammes (g), V en millilitres (mL) et ρ en grammes par millilitre (g/mL).

Analyser l'énoncé et les documents

- La première partie du sujet est consacrée à la formule chimique de l'espèce chimique qui constitue le verre correcteur en CR39 et à la comparaison de sa masse volumique avec celle d'un autre verre.
- La seconde partie aborde la problématique de la mesure du volume d'un verre correcteur et de sa précision.

Bien comprendre les questions

Question 1

- Utilisez vos connaissances pour déterminer la composition atomique de la substance à partir de sa formule chimique.

Question 2

- Le *document 1* donne la masse et le volume du CR39. Il faut calculer sa masse volumique et la comparer ensuite à celle du verre correcteur en crown indiquée dans l'énoncé.

Question 3

- Le *document 1* indique les dimensions approximatives du verre correcteur. L'éprouvette retenue pour l'expérience doit bien évidemment pouvoir contenir ce verre, et sa précision doit être la plus grande possible.

Question 4

- Il est nécessaire de réaliser des schématisations qui expliquent le principe de la mesure du volume du verre correcteur et de donner toutes les explications permettant de comprendre la méthode utilisée.

Question 5

- L'énoncé précise qu'une seule des propositions est à retenir. Il n'est donc pas nécessaire d'expliquer en quoi deux de ces propositions sont à exclure, mais simplement d'argumenter sur celle qui sera retenue.

1 L'entité chimique de formule chimique $C_{12}H_{18}O_7$ est une molécule constituée de **12 atomes de carbone, 18 atomes d'hydrogène et 7 atomes d'oxygène.**

À savoir

Les atomes de carbone, d'hydrogène et d'oxygène ont pour symboles respectifs C, H et O.

2 La masse volumique du matériau CR39 est :

$\rho = \frac{m}{V}$ soit $\rho = \frac{4,1}{3,1} = 1,3$ g/mL.

La masse volumique du crown est comprise entre 2,2 et 3,8 g/mL. On peut calculer les rapports de ces masses volumiques par celle du CR39 :

$\frac{2,2}{1,3} = 1,7$

$\frac{3,8}{1,3} = 2,9$

Piège à éviter

Si la masse est en grammes (g) et le volume en millilitres (mL), la masse volumique est en grammes par millilitre ($g{\cdot}mL^{-1}$).

Le CR39 a donc une masse volumique de 1,7 à 2,9 fois plus petite que celle du crown. Ce résultat est **cohérent** avec la division par 2 à 3 de la masse volumique citée dans le texte.

3 Il est nécessaire que **la dimension de l'éprouvette (diamètre intérieur) soit suffisante** pour que le verre puisse être immergé dans l'éprouvette. D'après le *document 1*, le verre a une dimension approximative de 30 mm

PHYSIQUE-CHIMIE

par 50 mm. Le diamètre intérieur de l'éprouvette **doit être supérieur à 30 mm**, ce qui permet **d'écarter** les éprouvettes de capacités 10 mL, 50 mL et 100 mL.
L'éprouvette graduée de 250 mL présente une **précision supérieure** à celle de l'éprouvette de 500 mL puisqu'elle permet de réaliser des mesures **à 2,0 mL près contre 5,0 mL** pour l'éprouvette de 500 mL.
On choisira ainsi l'éprouvette graduée de 250 mL.

Remarque
La précision de l'éprouvette graduée dépend des graduations de cette éprouvette.

4 ❶ **Première étape : on place un volume déterminé d'eau dans l'éprouvette graduée.** Ce volume doit être suffisant pour pouvoir immerger le verre, et il ne doit pas être trop grand pour que le volume mesuré après immersion reste dans les graduations (un volume de 100 mL suffira amplement). On lira avec le plus de précision possible le **volume V_1 d'eau** dans l'éprouvette.
❷ **Seconde étape : on immerge délicatement le verre correcteur** dans l'éprouvette graduée et on relève le plus précisément possible le nouveau volume d'eau, V_2.
Le volume du verre correcteur est ainsi égal à $V_2 - V_1$.

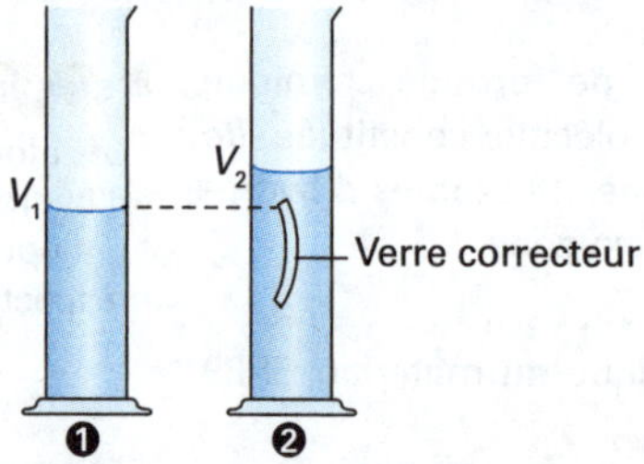

5 La **proposition b** permet d'améliorer la précision de la mesure du volume du verre correcteur en conservant la même éprouvette. En effectuant plusieurs fois une même mesure, on augmente toujours la précision de la mesure.

Pour aller plus loin
L'utilisation des outils statistiques permet ensuite de mieux caractériser la mesure effectuée et de quantifier l'erreur de mesure tout en la minimisant par un effet de moyennage.

Sujet 3 Saut en parachute

25 pts 30 min

Amérique du Nord, juin 2019

Un parachutiste saute habituellement depuis un avion en plein vol à une altitude d'environ 3 à 4 km. Pour battre un record de vitesse, l'Autrichien Felix Baumgartner a réalisé en 2012 un saut hors du commun depuis un ballon-sonde à 39 km d'altitude.

Schématisation de deux sauts en parachute

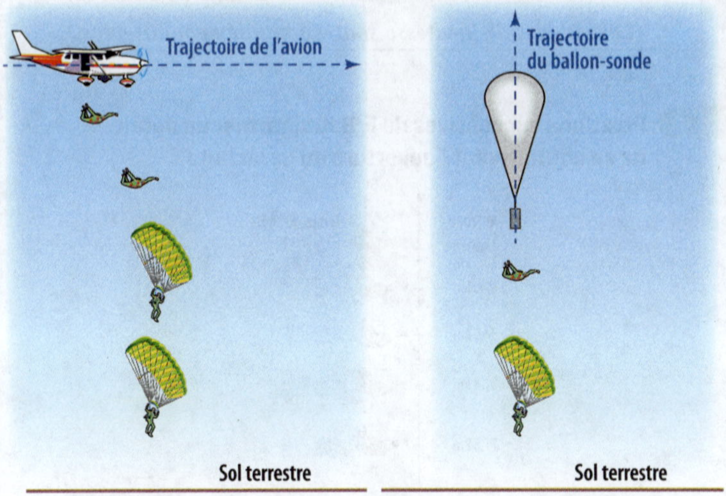

Saut depuis un avion **Saut de F. Baumgartner**

1 Parmi les propositions suivantes, indiquer, en justifiant la réponse à partir du *document 1*, celle qui satisfait aux caractéristiques du saut de F. Baumgartner.
Le mouvement est :

- **proposition a :** accéléré puis ralenti ;
- **proposition b :** accéléré puis uniforme ;
- **proposition c :** uniforme puis accéléré.

Doc. 1 **Évolution de la vitesse de F. Baumgartner par rapport au sol terrestre en fonction du temps, avant l'ouverture du parachute**

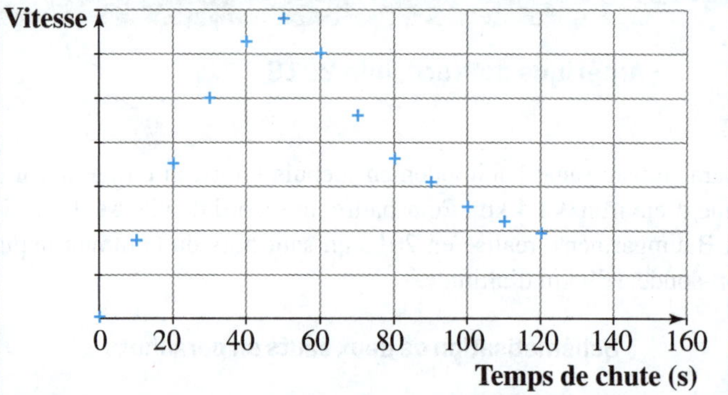

(Les valeurs de la vitesse sont volontairement absentes.)

Doc. 2 **Positions successives de F. Baumgartner au début de sa chute, avant l'ouverture du parachute**

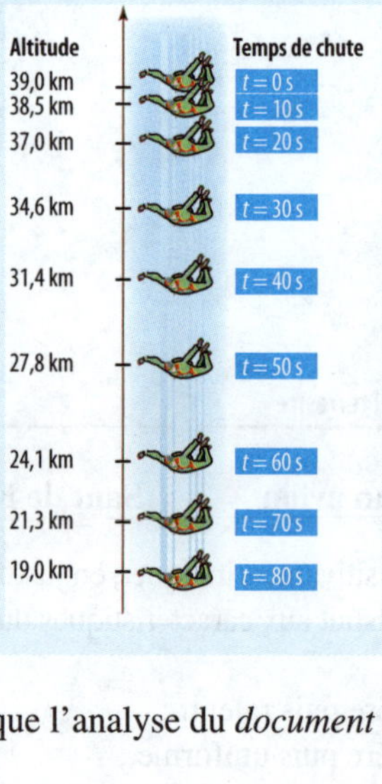

2 Montrer sans calcul que l'analyse du *document 2* permet de retrouver la réponse précédente.

Le parachutiste est soumis à deux actions mécaniques : l'action de la Terre modélisée par le poids (appelée force de pesanteur) et les frottements de l'air.

3 Indiquer, pour chacune de ces actions, s'il s'agit d'une action de contact ou d'une action à distance.

4 En exploitant les *documents 1* et *2*, expliquer, à l'aide de calculs, si la vitesse maximale atteinte par F. Baumgartner est proche de 250 m/s, 370 m/s ou 470 m/s.

Sujet 3 Corrigé

Les clés pour réussir

L'essentiel à connaître

- L'action de la Terre sur un objet ou sur un être humain est une **action à distance.**
- Un objet ou un être humain a un mouvement **accéléré** si la valeur de sa **vitesse augmente** au cours du temps.
- Un objet ou un être humain a un mouvement **uniforme** si la valeur de sa **vitesse** est **constante** au cours du temps.
- Un objet ou un être humain a un mouvement **ralenti** si la valeur de sa vitesse **diminue** au cours du temps.
- La valeur *v* de la vitesse d'un objet ou d'un être humain est égale à $v = \frac{d}{t}$, avec *d* la distance parcourue par l'objet ou l'être humain pendant une durée *t*.

Analyser l'énoncé et les documents

- Les valeurs de la vitesse dans le *document 1* étant volontairement absentes, l'intérêt de ce document est d'étudier les variations de la valeur de la vitesse du parachutiste au cours de sa chute.
- Toutes les valeurs d'altitude du *document 2* ne sont pas utiles. Seules celles permettant de calculer la valeur maximale de la vitesse du parachutiste doivent être relevées. Analysez également l'évolution de la distance entre deux positions du parachutiste pendant sa chute.

Bien comprendre les questions

Question 1

- Reprenez les définitions des termes « accéléré », « uniforme » et « ralenti » pour justifier la réponse.

Question 2

- Comparez les distances parcourues par le parachutiste pendant une même durée pour faire le lien avec le *document 1*.

PHYSIQUE-CHIMIE

Question 3

- Cette question demande une réponse très courte.

Question 4

- Calculez la distance maximale parcourue par le parachutiste pendant 10 s pour répondre à la question posée.

1 **Proposition a.** Le mouvement de F. Baumgartner est **accéléré, puis ralenti**. En effet, d'après le *document 1*, la valeur de la **vitesse** de F. Baumgartner **augmente, puis diminue** au cours de sa chute.

2 D'après le *document 2*, entre 0 s et 60 s, **la distance parcourue par F. Baumgartner pendant 10 s augmente**. Puis, entre 60 s et 80 s, **la distance parcourue par F. Baumgartner pendant 10 s diminue.**

Ainsi, comme la valeur v de la vitesse est égale à $v = \frac{d}{t}$ avec d la distance parcourue pendant une durée t, **l'analyse du *document 2* permet de retrouver la réponse précédente** : la valeur de la vitesse de F. Baumgartner augmente, puis diminue au cours de sa chute.

L'astuce du prof

Pour être plus précis, vous pouvez donner les distances exactes parcourues par F. Baumgartner pendant 10 s, mais vous perdrez du temps sans obtenir de points supplémentaires.

3 L'action de la Terre sur le parachutiste F. Baumgartner, modélisée par le **poids du parachutiste** (aussi appelée force de pesanteur), est une **action à distance**.
Les **frottements** de l'air exercés sur le parachutiste sont une **action de contact.**

Gagnez des points !

Ne justifiez pas votre réponse, ce n'est pas demandé.

4 D'après le *document 1*, la valeur maximale de la vitesse de F. Baumgartner est atteinte après 50 s de chute, ce qui est cohérent avec le *document 2* dans lequel on voit que **la distance maximale parcourue par le parachutiste pendant une même durée se trouve entre 50 s et 60 s.**

Comme la valeur v de la vitesse est égale à $v = \frac{d}{t}$, avec d la distance parcourue pendant une durée t, la valeur maximale de la vitesse atteinte par F. Baumgartner est égale à :

$v = \frac{27{,}8 - 24{,}1}{10} = \frac{3{,}7}{10} = 0{,}37$ km/s = **370 m/s.**

L'astuce du prof

Pensez à convertir le résultat en m/s.

Sujet 4 Distance d'arrêt et distance de sécurité d'un véhicule

25 pts 30 min

Sujet zéro, avril 2016

La connaissance de la distance d'arrêt d'un véhicule est importante pour la sécurité routière. Le *document 1* fait apparaître trois distances caractéristiques.

Doc. 1 Distances de réaction, de freinage et d'arrêt

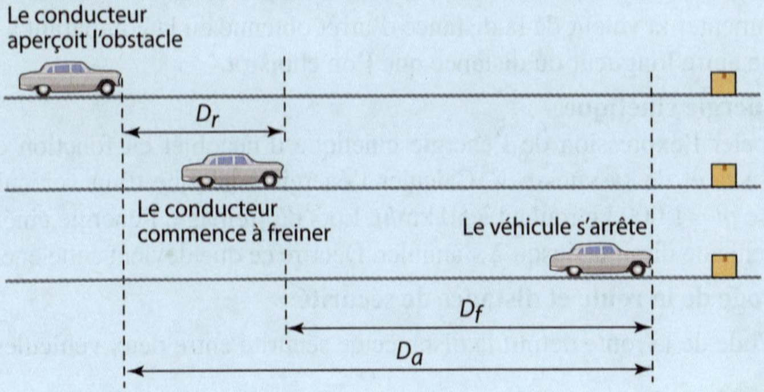

- D_r est la distance de réaction. C'est la distance parcourue par le véhicule entre le moment où le conducteur aperçoit l'obstacle et le moment où il commence à freiner. Elle dépend de la durée de réaction du conducteur.
- D_f est la distance de freinage. C'est la distance parcourue par le véhicule entre le moment où le conducteur commence à freiner et le moment où le véhicule s'arrête.
- D_a est la distance d'arrêt. C'est la distance parcourue par le véhicule entre le moment où le conducteur aperçoit un obstacle et l'arrêt du véhicule.

PHYSIQUE-CHIMIE

Le tableau suivant présente, pour différentes vitesses, la distance de réaction et la distance de freinage sur route sèche d'un véhicule correctement entretenu.

Doc. 2 Distances de réaction et de freinage selon la vitesse

Vitesse (km/h)	0	30	50	90	100	110	130
Vitesse (m/s)	0	8	14	25	28	31	36
D_r (m)	0	8	14	25	28	31	36
D_f (m)	0	6	16	50	62	75	104

1 Distance d'arrêt

Au voisinage d'un collège, un véhicule roule à 30 km/h, vitesse maximale autorisée ; donner la valeur de la distance de réaction D_r, de la distance de freinage D_f et calculer la valeur de la distance d'arrêt D_a.
Commenter la valeur de la distance d'arrêt obtenue en la comparant à celle d'une autre longueur ou distance que l'on choisira.

2 Énergie cinétique

Rappeler l'expression de l'énergie cinétique d'un objet en fonction de sa masse m et de sa vitesse V. Calculer l'énergie cinétique d'un véhicule de masse $m = 1\,000$ kg roulant à 50 km/h. Lors du freinage, l'énergie cinétique du véhicule diminue jusqu'à s'annuler. Décrire ce que devient cette énergie.

3 Code de la route et distance de sécurité

Le Code de la route définit la distance de sécurité entre deux véhicules :

Doc. 3 Article R412-12 du Code de la route

« Lorsque deux véhicules se suivent, le conducteur du second véhicule doit maintenir une distance de sécurité suffisante pour pouvoir éviter une collision en cas de ralentissement brusque ou d'arrêt subit du véhicule qui le précède. Cette distance est d'autant plus grande que la vitesse est plus élevée. Elle correspond à la distance parcourue par le véhicule pendant une durée d'au moins deux secondes. »

Sur autoroute, les panneaux ci-dessous expliquent aux conducteurs comment respecter la distance de sécurité. L'automobiliste doit veiller à ce que le véhicule qui le précède soit séparé de lui d'au moins deux traits blancs sur le côté droit de la route. Le schéma ci-après représente les traits blancs et donne leur longueur exprimée en mètres.

Doc. 4 Distance de sécurité

Doc. 5

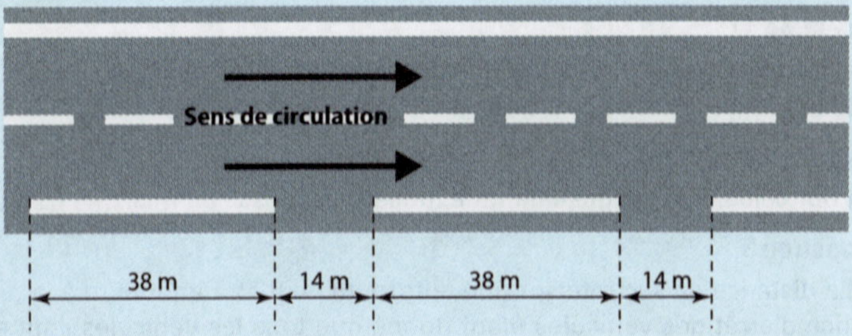

Sur autoroute et par temps sec, la vitesse des véhicules est limitée à 130 km/h. À l'aide de calculs simples, expliquer pourquoi, sur autoroute, la règle « un automobiliste doit veiller à ce que le véhicule qui le précède soit séparé de lui d'au moins deux traits blancs » entraîne une distance de sécurité suffisante.

Sujet 4 Corrigé

Les clés pour réussir

L'essentiel à connaître

- Plus la distance d'arrêt d'un véhicule est grande, plus il y a des **risques de collision.**
- L'énergie cinétique E_c d'un objet est égale à :

$$E_c = \frac{1}{2} mV^2$$

avec E_c en joules (J), m la masse de l'objet en kilogrammes (kg) et V la vitesse de l'objet en mètres par seconde (m/s).

- Lors d'un freinage, les freins de de la voiture chauffent.
- La vitesse v d'un véhicule en m/s est égale à $v = \frac{d}{t}$, avec d la distance parcourue par ce véhicule (en m) et t la durée du parcours (en s).

Analyser l'énoncé et les documents

- Le tableau donné dans l'énoncé est très important : il donne les valeurs des vitesses d'un véhicule en m/s et en km/h, et il relie ces valeurs aux distances de réaction et de freinage.
- Deux véhicules séparés par deux traits blancs tracés sur la chaussée sont distants de 38 + 14 + 38 = 90 m.

PHYSIQUE-CHIMIE

Bien comprendre les questions

Question 1

- Comparez par exemple la distance d'arrêt d'un véhicule roulant à 30 km/h avec la distance d'arrêt d'un véhicule roulant à 50 km/h.

Question 2

- Pour calculer l'énergie cinétique, utilisez la vitesse en m/s.

Question 3

- La distance de sécurité sur une autoroute peut être inférieure à la distance d'arrêt des véhicules étant donné que tous les véhicules sont en mouvement.

1 Au voisinage d'un collège, un véhicule roule à 30 km/h, vitesse maximale autorisée. D'après le tableau du *document 2*, sur route sèche, si le véhicule est correctement entretenu, la valeur de sa distance de réaction D_r est égale à **8 m** et la valeur de sa distance de freinage D_f est égale à **6 m**.
La distance d'arrêt D_a est la distance parcourue par le véhicule entre le moment où le conducteur aperçoit un obstacle et l'arrêt du véhicule, c'est-à-dire que $\boldsymbol{D_a = D_r + D_f}$
À 30 km/h, $D_a = 8 + 6 =$ **14 m**.
D'après le tableau du *document 2*, à 50 km/h, la distance d'arrêt est égale à : $D_a = 14 + 16 = 30$ m.
Ainsi, **en augmentant sa vitesse de 20 km/h uniquement, la distance d'arrêt a plus que doublé**. Il est donc **essentiel de ne pas dépasser les limitations de vitesse** pour ne pas mettre en danger la vie d'autrui et la sienne !

2 L'énergie cinétique E_c d'un objet de masse m se déplaçant à une vitesse V est égale à : $\boldsymbol{E_c = \frac{1}{2} mV^2}$ avec E_c en joules (J), m en kilogrammes (kg) et V en mètres par seconde (m/s).
D'après le tableau du *document 2*, un véhicule roulant à 50 km/h a une vitesse égale à 14 m/s.
Ainsi, l'énergie cinétique E_c d'un véhicule de masse $m = 1\,000$ kg roulant à $V = 50$ km/h = 14 m/s est égale à :

$$E_c = \frac{1}{2} \times 1\,000 \times 14^2 = \mathbf{9{,}8 \times 10^4\ J = 98\ kJ}.$$

L'astuce du prof

On peut aussi retrouver la vitesse en m/s grâce à la formule : $1 \text{ km/h} = \frac{1}{3{,}6}$ m/s.

Lors du freinage, l'énergie cinétique du véhicule diminue jusqu'à s'annuler. Cette énergie cinétique est convertie en **énergie thermique**.

3 D'après le *document 5*, la règle « un automobiliste doit veiller à ce que le véhicule qui le précède soit séparé de lui d'au moins deux traits

blancs » signifie que deux automobilistes doivent être séparés d'une distance minimum : $d = 38 + 14 + 38 =$ **90 m**.
Si un véhicule roule à la vitesse maximale $v = 130$ km/h $= 36$ m/s, il parcourt la distance d pendant une durée $t = \frac{d}{v} = \frac{90}{36} =$ **2,5 s.**

Pensez-y !

Comme $v = \frac{d}{t}$, $t = \frac{d}{v}$.

D'après l'article R412-12 du Code de la route (*document 3*), cette distance d est suffisante puisqu'elle correspond à la distance parcourue par le véhicule pendant une durée d'au moins 2 secondes.

Sujet 5 Approvisionnement énergétique en France

25 pts — 30 min

Pondichéry, mai 2017

Dans certaines zones du Sud de la France particulièrement venteuses, on peut observer de nombreux champs d'éoliennes qui produisent une énergie électrique dite renouvelable. Nous allons voir ici pourquoi ce choix n'a pas été fait à grande échelle.

1 Dans l'image ci-dessous, on recense différents types d'énergies renouvelables.
Les nommer et associer à chacun une source d'énergie.

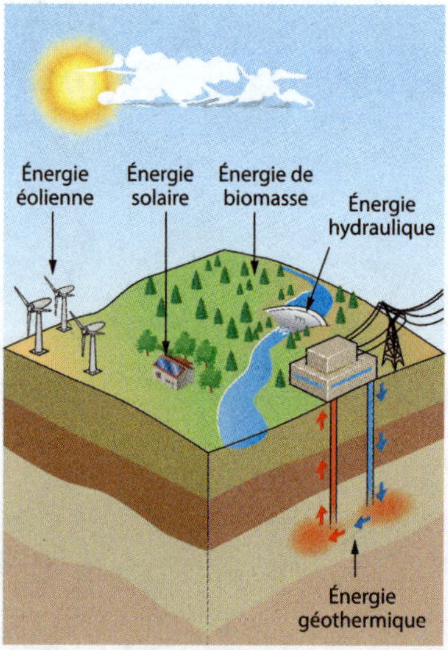

2 On s'intéresse au fonctionnement d'une centrale éolienne.
Sous l'action du vent, les pales de l'éolienne entraînent l'alternateur en rotation, qui produit alors un courant alternatif.
Les éléments en mouvement subissent un échauffement. Ainsi, une partie de l'énergie mécanique est transformée en énergie thermique dite « perdue », car elle n'est pas utilisée.
Reproduire et compléter la chaîne énergétique ci-après en choisissant parmi les mots ou groupes de mots suivants (utilisables plusieurs fois) : énergie

cinétique, énergie électrique, énergie mécanique, énergie potentielle, énergie thermique, énergie lumineuse, alternateur, eau, vent.

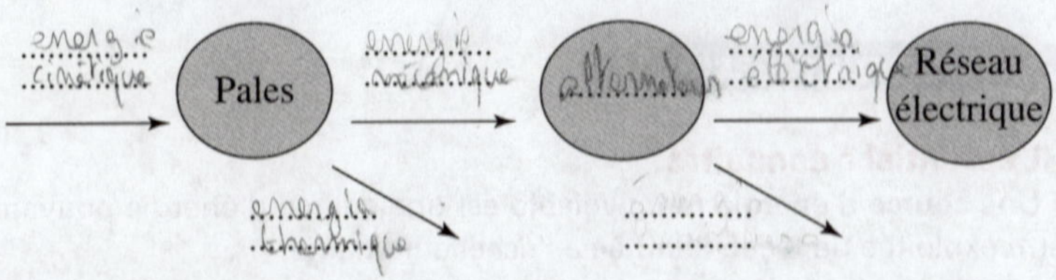

3 a. On considère une masse d'air de 1 kg, dont la vitesse passe de la valeur 3 m/s à 9 m/s.
En s'appuyant sur un calcul, dire si l'énergie cinétique de la masse d'air :

☐ reste la même
☐ est multipliée par 3
☐ est multipliée par 9

b. Le physicien allemand Albert Betz affirme que 60 % seulement de l'énergie cinétique du vent est transformée en énergie mécanique au niveau des pales. On donne dans le tableau ci-dessous la valeur annuelle, en mégawattheures (MWh), des énergies intervenant dans la chaîne énergétique d'une éolienne.

Énergie cinétique du vent (en MWh)	Énergie mécanique produite (en MWh)	Énergie électrique produite (en MWh)
17 530	10 510	4 030

Vérifier par un calcul l'affirmation du physicien allemand Albert Betz.

4 La consommation électrique française annuelle est égale à 478 200 GWh.

a. Sachant que la production électrique annuelle d'une éolienne est de 4 030 MWh et que la surface minimale nécessaire à son installation est de 24 hectares, évaluer par un calcul la surface qu'occuperait un parc éolien répondant aux besoins de la consommation française.

Donnée :
1 gigawattheure (GWh) = 1 000 MWh.

b. Expliciter, en apportant au moins deux arguments, pourquoi l'énergie éolienne ne peut pas être le seul choix pour répondre aux besoins croissants en électricité.

Donnée :
valeur moyenne de la surface d'un département S = 2 850 000 hectares.

Sujet 5 Corrigé

Les clés pour réussir

L'essentiel à connaître

- Une **source d'énergie renouvelable** est une source d'énergie pouvant être exploitée de façon **illimitée** à l'échelle humaine.
- La **biomasse** représente l'ensemble de la matière organique, qu'elle soit d'origine végétale ou animale. Elle peut être issue des forêts, des **végétaux**, des **déchets** organiques ou des effluents d'élevage.
- L'**énergie mécanique** d'un objet est égale à la **somme de son énergie cinétique** et de **son énergie potentielle** (dépendant de sa position).
- Une **chaîne énergétique** indique sous la forme d'un schéma les transferts et la conversion d'une forme d'énergie en d'autres formes d'énergie, réalisée par un convertisseur d'énergie.
- **L'énergie cinétique** d'un objet est égale à :

$$E_c = \frac{1}{2} \times m \times v^2$$

E_c l'énergie cinétique de l'objet en joules (J)

m la masse de l'objet en kilogrammes (kg)

v la vitesse de l'objet en m/s

- Pour obtenir le résultat d'un rapport en **pourcentage**, il faut **multiplier par cent** le résultat obtenu.
- La source de l'énergie éolienne est le **vent**, qui ne souffle pas de façon régulière tout au long de l'année.

Analyser l'énoncé

Prenez le temps de bien lire l'énoncé, car les informations suivantes vous seront très utiles pour répondre aux questions :

- dans une centrale éolienne, les éléments en mouvement (pales, alternateur) subissent un échauffement : une partie de l'énergie mécanique est transformée en énergie thermique ;
- dans une centrale éolienne, l'alternateur en rotation produit un courant alternatif, qui est un courant électrique ;
- 1 gigawattheure (GWh) = 1 000 mégawattheures (MWh), ce qui signifie que 1 mégawattheure (MWh) = 0,001 gigawattheure (GWh).

Bien comprendre les questions

Question 1

- Tous les types d'énergie présentés dans l'image de cette question sont renouvelables. Commencez par les recenser avant de les associer aux sources d'énergie.

Question 2

- Précisez si l'énergie mécanique est de l'énergie cinétique ou de l'énergie potentielle (dépendant de la position).

Question 3

- Utilisez la formule reliant l'énergie cinétique, la masse et la vitesse d'un objet pour répondre à la question **3 a.**
- L'énergie mécanique mentionnée dans l'énoncé de la question **3 b.** correspond à l'énergie cinétique des pales.

Question 4

- Utilisez les données de l'énoncé pour effectuer le calcul demandé, puis pour comparer votre résultat avec la valeur moyenne de la surface d'un département.

1 Les différents types d'énergie renouvelable sont l'énergie de biomasse, l'énergie hydraulique, l'énergie éolienne, l'énergie solaire et l'énergie géothermique :
- les sources de l'énergie de biomasse sont **les végétaux et les déchets** ;
- la source de l'énergie hydraulique est **l'eau** ;
- la source de l'énergie éolienne est **le vent** ;
- la source de l'énergie solaire est **le Soleil** ;
- la source de l'énergie géothermique est **la Terre**.

Gagnez des points !

Ne confondez pas source d'énergie (eau, Soleil, vent, etc.) et forme d'énergie (énergie thermique, énergie électrique, etc.).

2 **La chaîne énergétique d'une centrale éolienne** peut être complétée de la façon suivante :

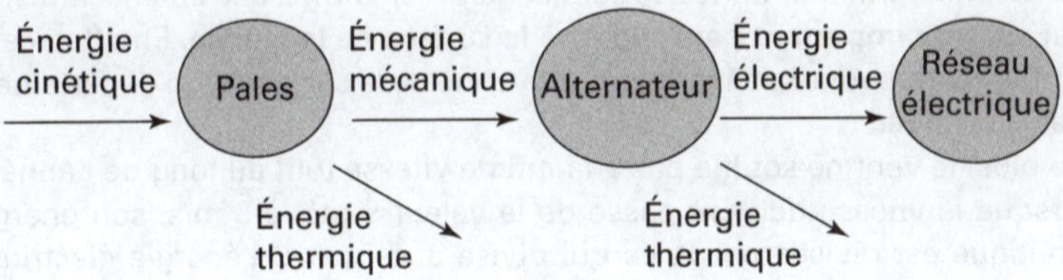

3 **a.** L'énergie cinétique E_{c1} d'une masse d'air m = 1 kg se déplaçant à la vitesse de valeur v_1 = 3 m/s est égale à :

$E_{c1} = \frac{1}{2} \times m \times v_1^2 = \frac{1}{2} \times 1 \times 3^2 =$ **4,5 J.**

L'énergie cinétique E_{c2} d'une masse d'air m = 1 kg se déplaçant à la vitesse de valeur v_2 = 9 m/s est égale à :

$E_{c2} = \frac{1}{2} \times m \times v_2^2 = \frac{1}{2} \times 1 \times 9^2 =$ **40,5 J.**

L'astuce du prof

N'oubliez pas les unités à fin des calculs : l'énergie s'exprime en joules (J).

Ainsi, si la valeur de la vitesse d'une masse d'air $m = 1$ kg passe de 3 m/s à 9 m/s, **son énergie cinétique est multipliée par** : $\frac{40,5}{4,5} = \mathbf{9}$.

b. D'après le tableau présenté dans l'énoncé, si l'énergie cinétique du vent vaut 17 530 MWh, l'énergie mécanique au niveau des pales de la centrale éolienne est égale à 10 510 MWh.

Le rapport entre l'énergie mécanique au niveau des pales de la centrale éolienne et l'énergie cinétique du vent est donc égal à :

$\frac{10\,510}{17\,530} = 0{,}60 = 0{,}60 \times 100\ \% = \mathbf{60\ \%}$.

Ce rapport correspond bien à ce qui est affirmé par le physicien allemand Albert Betz.

Remarque
Ne vous arrêtez pas à la résolution du calcul. Écrivez également une phrase de conclusion pour obtenir tous les points au brevet.

4 a. La production électrique annuelle E_1 d'une éolienne est égale à :
$E_1 = 4\,030$ MWh = 4,030 GWh.
La consommation électrique française annuelle E_2 vaut :
$E_2 = 478\,200$ GWh.
Le nombre N d'éoliennes nécessaires pour répondre aux besoins de la consommation électrique française serait donc égal à :

$N = \frac{E_2}{E_1} = \frac{478\,200}{4{,}030} = 118\,660$.

Comme la surface minimale S_1 nécessaire à l'installation d'une éolienne vaut $S_1 = 24$ hectares, la surface S qu'occuperait un parc éolien répondant aux besoins de la consommation française serait égale au minimum à :
$S = N \times S_1 = 118\,660 \times 24 =$ **2 847 840 hectares, soit environ 2 850 000 hectares.**

b. La **surface** qu'occuperaient les parcs éoliens devant répondre aux besoins de la consommation française serait égale à environ 2 850 000 hectares, ce qui est **trop important par rapport à la surface de la France**. En effet, cette surface correspondrait à la valeur moyenne de la surface d'un département français entier.

De plus, le vent ne souffle pas à la même vitesse tout au long de l'année : lorsque la vitesse du vent passe de la valeur 9 m/s à 3 m/s, son énergie cinétique est divisée par 9, ce qui divise aussi par 9 l'énergie électrique produite. La quantité d'énergie électrique produite par les éoliennes est donc assez **aléatoire**.

Enfin, seulement 60 % de l'énergie cinétique du vent est transformée en énergie mécanique au niveau des pales des éoliennes, et la conversion de cette énergie mécanique en énergie électrique par les alternateurs **diminue encore ce rendement**, car une partie de l'énergie mécanique est « perdue » en énergie thermique.

Ainsi, pour répondre aux besoins croissants en électricité, il faudrait développer différents types d'énergie renouvelables (biomasse, hydraulique, solaire, géothermique) et **ne pas se limiter à la seule énergie éolienne.**

Sujet 6

25 pts 30 min

Des bactéries au service des plantes

France métropolitaine, juillet 2019

Des bactéries au service des plantes

L'eau et les sels minéraux comme l'azote, le phosphore et le potassium sont indispensables pour satisfaire les besoins nutritifs des végétaux.
Dans ce sujet, on s'intéresse au lieu de prélèvement de l'eau et des sels minéraux au niveau d'un végétal.

Doc. 1 Organisation générale d'un végétal avec ses principaux organes

La feuille capte un maximum de lumière et prélève du dioxyde de carbone, ce qui permet de fabriquer de la matière organique (sucres) grâce à la photosynthèse.

La tige porte les feuilles. Elle est également le lieu de transport de la sève brute et de la sève élaborée.

La racine permet d'ancrer le végétal dans le sol, de prélever l'eau et les sels minéraux (azote, potassium…) et de stoker des réserves.

D'après les sites snv.jussieu.fr et svt.ac-dijon.fr/schéma

1 Recopier le schéma ci-dessous et relier chaque substance minérale à l'organe qui la prélève en utilisant le *document 1*.

Substances minérales	**Organes du végétal**
L'eau •	• La feuille
Le dioxyde de carbone •	• La tige
L'azote •	• La racine

On s'intéresse à l'absorption racinaire par la plantule.

SVT

Doc. 2 Expériences permettant de déterminer le lieu d'absorption de l'eau et des sels minéraux

a. Observation d'une plantule à la loupe binoculaire

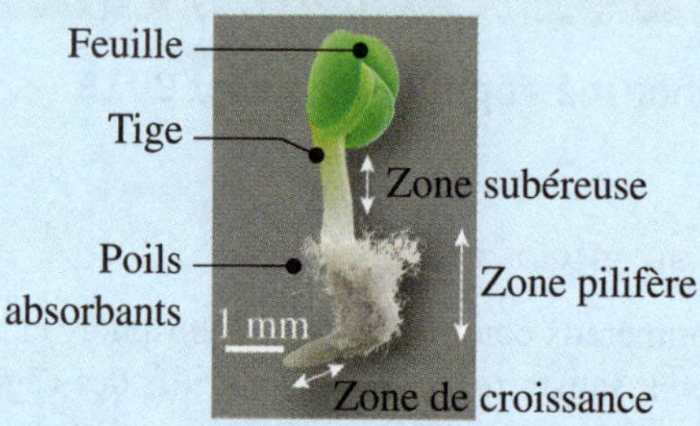

La racine est constituée de trois zones distinctes.

Pour déterminer quelle(s) zone(s) de la racine absorbe(nt) l'eau et les sels minéraux, les différentes parties de la racine sont placées dans l'eau minéralisée ou dans l'huile selon l'hypothèse testée (voir le tableau ci-dessous).

b. Expérience permettant de rechercher la (les) zone(s) d'absorption racinaire

Précisions :

→ L'huile et l'eau ne se mélangent pas, il n'y a pas d'échanges entre ces deux fluides.
→ L'huile est moins dense que l'eau ; ainsi, elle se trouve au-dessus de l'eau dans le récipient.
→ L'huile ne peut pas être absorbée par la plante et n'est pas toxique.
→ L'huile ne contient ni eau ni sels minéraux.

Conditions expérimentales et résultats :

	Tube 1	Tube 2	Tube 3
Début de l'expérience	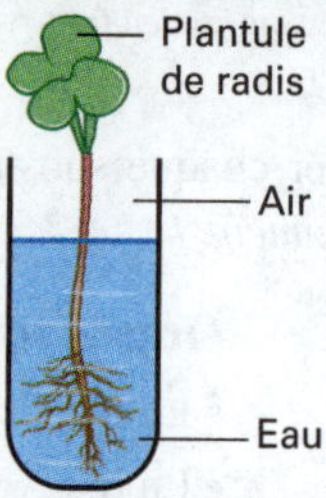	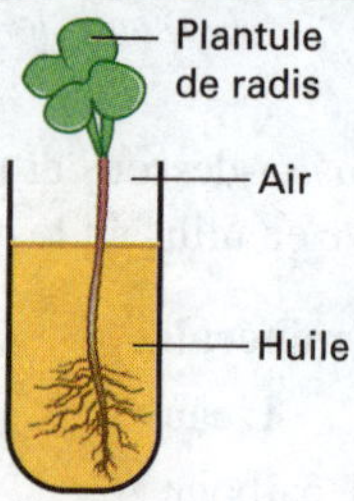	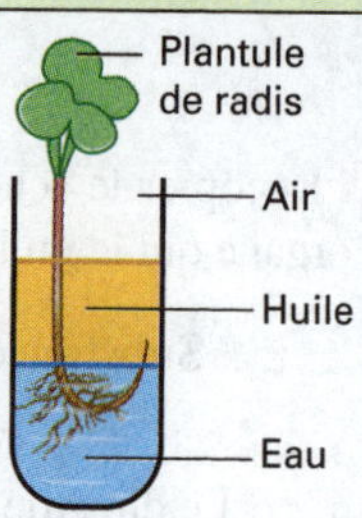
Fin de l'expérience	Le végétal vit et se développe.	Le végétal meurt au bout de quelques jours.	Le végétal vit et se développe.

2 À partir des *documents 2a* et *2b*, choisir parmi les trois propositions suivantes l'hypothèse testée dans l'expérience précédente.
Hypothèse 1 : la zone subéreuse absorbe l'eau et les sels minéraux.
Hypothèse 2 : la zone de croissance absorbe l'eau et les sels minéraux.
Hypothèse 3 : la zone pilifère absorbe l'eau et les sels minéraux.

3 À partir des *documents 2a* et *2b*, décrire une expérience constituée de plusieurs tubes qui permet de tester l'hypothèse suivante :
« La zone de croissance est aussi une zone d'absorption d'eau et de sels minéraux. »
Vous pouvez répondre sous la forme d'un texte ou d'un schéma.

On s'intéresse maintenant à l'absorption de l'azote par les végétaux et à l'amélioration de la production des cultures. L'azote est indispensable pour la croissance des végétaux.

Doc. 3 Présentation de deux pratiques agricoles pour satisfaire les besoins d'une plante non légumineuse (céréale comme le blé) en azote

• Pratique agricole n° 1 : ajout d'engrais chimique azoté
De l'engrais chimique azoté peut être apporté chaque année dans les cultures de céréales. Quand l'apport est trop important, le surplus, qui n'est pas absorbé par le végétal, se retrouve dans les cours d'eau, ce qui peut perturber les écosystèmes et engendrer des pollutions.

• Pratique agricole n° 2 : utilisation des bactéries *Rhizobium*
Une alternative à l'ajout d'engrais consiste à cultiver des légumineuses l'année qui précède la culture de céréales. En effet, la racine de légumineuses (pois chiche, luzerne, etc.) possède des structures sphériques, appelées nodosités, qui renferment des bactéries du genre *Rhizobium.*
Ces bactéries, présentes naturellement dans le sol, sont capables de capter l'azote atmosphérique présent dans les poches d'air du sol et de le transformer en azote utilisable par les végétaux. Après la récolte des légumineuses, il reste dans le sol des feuilles, des racines et des nodosités riches en azote. Les céréales nouvellement cultivées utilisent l'azote issu de ces restes de cultures de légumineuses.

Doc. 4 **Cultures de pois chiche (légumineuse) dans trois conditions culturales différentes**

La matière sèche produite par la plante permet d'évaluer la production de pois chiche.

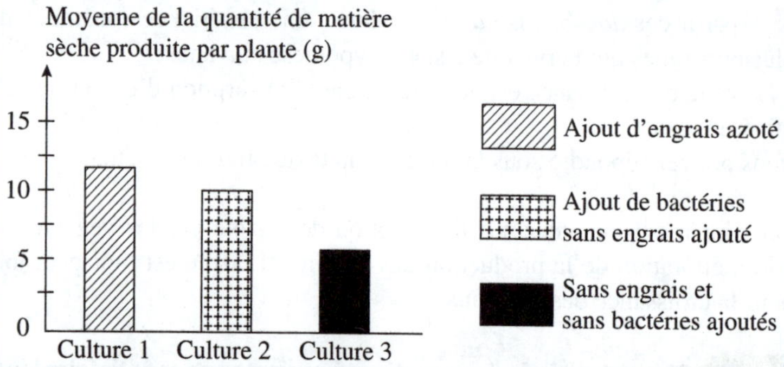

Graphique montrant la quantité de matière sèche produite par le pois chiche dans trois conditions de cultures différentes

4 À partir des *documents 3* et *4*, comparer les deux pratiques agricoles utilisées pour améliorer la production des cultures.
Pour répondre, rédiger un paragraphe. Des valeurs chiffrées sont attendues.

Sujet 6 Corrigé

Les clés pour réussir

L'essentiel à connaître

- Les végétaux chlorophylliens se **nourrissent de matières** exclusivement **minérales** : eau, dioxyde de carbone et sels minéraux présents dans l'eau.
- Les **feuilles** sont les organes responsables de l'**absorption du dioxyde de carbone** de l'atmosphère.
- Les **racines** sont responsables de l'**absorption de l'eau et des sels minéraux** qu'elle contient.
- En **agriculture,** les Hommes apportent des **engrais** aux végétaux cultivés : ce sont des sels minéraux, essentiellement sources d'**azote** (N), de **phosphore** (P) et de **potassium** (K).

Analyser l'énoncé et les documents

- Lisez attentivement les informations du *document 1*, car il récapitule les connaissances que vous devez maîtriser à propos du sujet.
- Repérez la différence entre les zones de croissance et subéreuse et la zone pilifère de la jeune racine (*document 2a*).
- Identifiez précisément les zones de la racine immergées dans l'eau ou dans l'huile dans les expériences (*document 2b*).
- Comparez la manière dont l'azote est apporté aux végétaux dans les deux pratiques agricoles (*document 3*).
- Relevez les valeurs de matières sèches du graphique, car elles indiquent comment les végétaux ont grandi (*document 4*).

Bien comprendre les questions

Question 1

- Soulignez le verbe « prélever » dans le *document 1* pour bien repérer ce que chaque organe absorbe comme matière minérale.

Question 2

- Utilisez les résultats des expériences pour rejeter les hypothèses l'une après l'autre et conservez celle qui « résiste ».

Question 3

- Proposez une expérience dans laquelle seule la zone de croissance trempe dans l'eau.

Question 4

- Repérez le rôle des bactéries *Rhizobium* dans l'apport d'azote et leur effet sur la croissance du pois chiche.

1

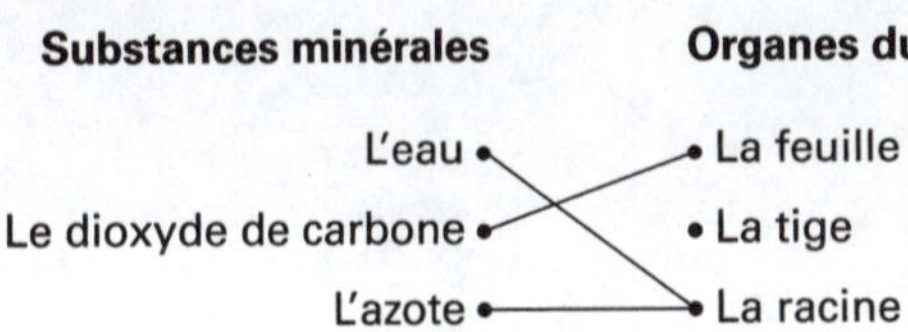

L'astuce du prof

Un organe peut prélever plusieurs substances minérales en même temps.

2 On retient l'**hypothèse 3** : la **zone pilifère** absorbe l'eau et les sels minéraux.

Vocabulaire

Pilifère signifie « qui porte des poils », en l'occurrence des poils absorbants.

3 Deux formes de réponse sont possibles :

– par un schéma légendé (voir ci-dessous) ;

– par un texte : on place une plantule de radis dans un tube contenant de l'eau surmontée par une couche d'huile. On **immerge** la plantule de manière à ce que la **zone de croissance** soit **dans l'eau** et que les **zones subéreuse et pilifère** soient **dans l'huile**.

Gagnez des points !

Quelle que soit la forme de la réponse, précisez bien où se situe chaque partie de la racine.

4 On constate que la production de matière sèche par le pois chiche est meilleure avec ajout d'**engrais (12 g par plante)** qu'avec ajout de **bactéries (10 g par plante)**. Dans ces deux cas, la production de matière est bien meilleure que celle obtenue **sans engrais, ni bactéries** (environ **5 g par plante**).

Cependant, on sait que le **surplus d'engrais azoté** n'est pas absorbé par les plantes et **se retrouve dans les cours d'eau** qui deviennent **pollués**. Dans le cas de l'utilisation des bactéries, l'**azote** de l'air est **fixé dans le sol** et il est utilisé totalement par les plantes ; il ne se retrouve pas dans les cours d'eau.

Par conséquent, l'utilisation des bactéries est **écologiquement** plus **responsable** que l'utilisation des engrais, même si la production de matière végétale est un peu plus faible.

L'astuce du prof

Comparez deux pratiques agricoles en examinant les bénéfices pour la production des cultures, mais aussi pour l'environnement.

Sujet 7 Le défi des biocarburants

25 pts 30 min

Centres étrangers, juin 2019

Le mercredi 6 septembre 2017, le ministre de la Transition écologique et solidaire a présenté en conseil des ministres le projet de loi mettant fin à la recherche ainsi qu'à l'exploitation des hydrocarbures. La production de carburants à partir de végétaux (appelés biocarburants) est donc désormais l'un des enjeux du XXIe siècle. On se propose d'étudier quelques aspects de cette production d'avenir.

Doc. 1 L'algue *Haematococcus pluvialis*

a. Observation microscopique

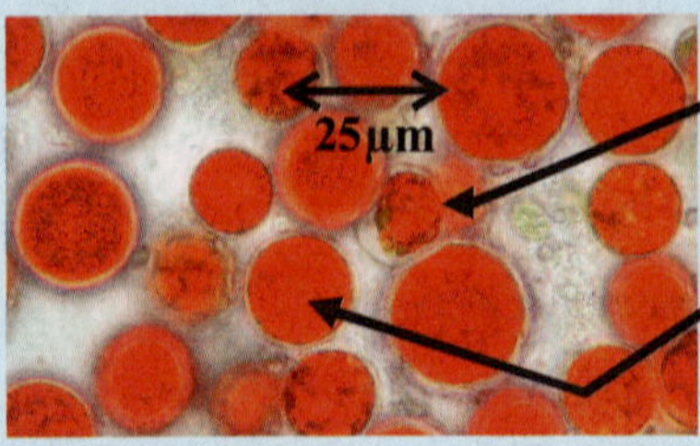

Site internet du Muséum national d'histoire naturelle

b. Système de culture

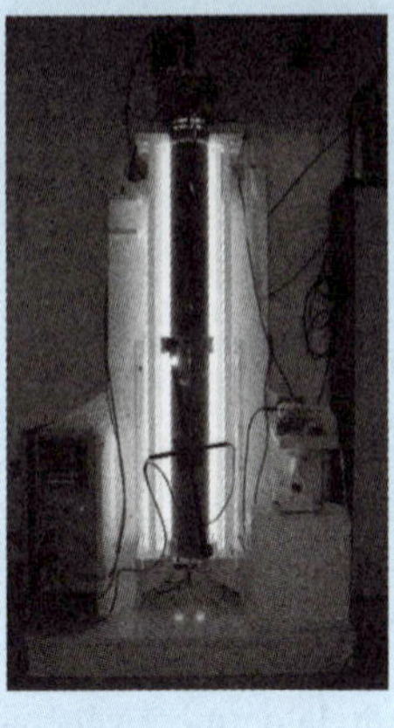

Pour pouvoir cultiver *Haematococcus pluvialis*, il faut utiliser un dispositif comme celui qui est photographié ci-contre afin d'obtenir une production d'huile nécessaire à la synthèse de biocarburants. Ce dispositif permet de contrôler les différents facteurs permettant la croissance rapide d'*Haematococcus pluvialis* :

- la lumière ;
- le CO_2 dissous dans l'eau de mer ;
- la température ;
- l'agitation du milieu.

D'après Journal de la Société de Biologie, *202 (3), 201-211 (2008), « La production de biocarburant lipidique avec des microalgues : promesses et défis »*

SVT

1 À l'aide du *document 1*, identifier la substance qui est exploitée par l'être humain pour fabriquer des biocarburants à partir d'*Haematococcus pluvialis.*

Doc. 2 **Productivité en huile obtenue à partir de différentes cultures agricoles alimentaires (colza, tournesol) et d'algues**

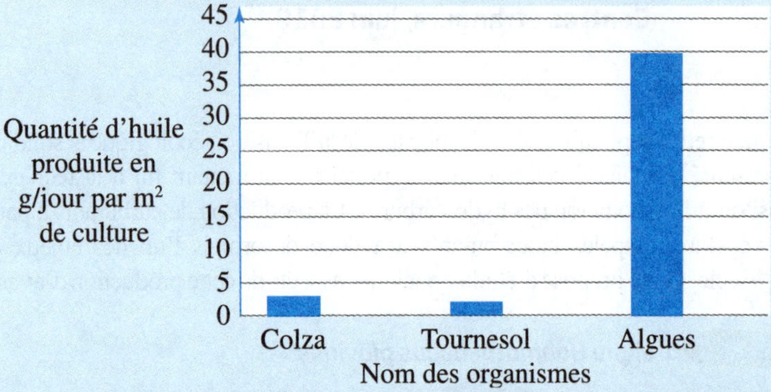

D'après Journal de la Société de Biologie, *202 (3), 201-211 (2008),*
« La production de biocarburant lipidique avec des microalgues : promesses et défis »

2 À partir du *document 2*, comparer la productivité des différentes cultures, en vous appuyant sur des valeurs chiffrées.

Doc. 3 **Différentes générations de biocarburants**

Au cours des dernières années, on a successivement obtenu plusieurs générations de biocarburants, en utilisant de la matière d'origine variée.

Type de biocarburant	Première génération	Dernière génération
Origine de la matière	Production agricole alimentaire (blé, maïs, colza, tournesol...)	Algues
Partie du végétal utilisée	Essentiellement les graines	Toute l'algue

D'après Rapport du sénat « Le défi alimentaire à l'horizon 2050 », 2011-2012

Doc. 4 **Tableau comparant les pourcentages de surfaces nécessaires pour produire les deux types de biocarburants**

Génération de biocarburant	**Pourcentage de la surface agricole nécessaire à la production de 10 % des besoins en carburant**
Première génération	72
Dernière génération	4,2

3 À partir des *documents 3* et *4*, expliquer l'intérêt de la dernière génération de biocarburants. Justifier avec des valeurs chiffrées.

Sujet 7 Corrigé

Les clés pour réussir

L'essentiel à connaître

- Un **biocarburant** est un carburant produit à partir d'organismes vivants (végétaux, bactéries...).
- Les cellules vivantes produisent des molécules, notamment des **lipides**, utilisables pour produire des biocarburants.
- La culture de **plantes** pour la production des **biocarburants** et la culture de **plantes alimentaires** sont en concurrence pour l'utilisation des **surfaces agricoles cultivées.**

Analyser l'énoncé et les documents

- Faites le point au brouillon sur ce que vous savez à propos du sujet : les biocarburants produits à partir des plantes.
- Repérez les aspects originaux de la culture d'algues par rapport à une culture classique de plantes (*document 1*).
- Identifiez l'unité de productivité des végétaux utilisée dans le graphique (*document 2*).
- Listez les caractéristiques utilisées pour comparer les biocarburants issus de l'algue *Haematococcus pluvialis* avec les biocarburants issus des plantes alimentaires (*document 3*).

Bien comprendre les questions

Question 1

- Recherchez dans le *document 1* (parties *a* et *b*) des termes équivalents au mot fabrication : production, synthèse, etc.

Question 2

- Citez des valeurs de quantité d'huile produite par chaque culture pour établir votre comparaison.

Question 3

- Comparez les caractéristiques des biocarburants de première et de dernière génération dans chaque domaine proposé par les *documents 3* et *4*.

SVT

1 Dans la photographie des cellules de l'algue, on constate la présence d'une **zone qui produit de l'huile** (partie a du *document 1*). On constate également que le dispositif qui permet la **synthèse du biocarburant** (partie b du *document 1*) repose sur la production d'huile.

Donc, la substance exploitée par l'être humain est de l'huile contenue dans les bactéries *Haematococcus pluvialis*.

2 La quantité d'huile produite par le colza ou le tournesol est **inférieure à 5 g/jour/m²** de culture. La quantité d'huile produite par les algues est **égale à 40 g/jour/m²** de culture.

Donc, la productivité des algues **est 8 fois plus forte** que celle des autres cultures.

3 La deuxième génération de biocarburants présente un intérêt car :
– elle n'utilise pas des plantes **alimentaires** (ce sont des algues) ;
– **tout le végétal est utilisé** (pas seulement les graines) ;
– elle **nécessite une surface agricole plus faible** que la première génération pour produire la même quantité de biocarburants : seulement **4,5 %** de la surface agricole suffirait pour produire 10 % des besoins en carburants, alors qu'il faudrait y consacrer **72 %** des surfaces agricoles avec les carburants de première génération.

L'astuce du prof

Citez une information extraite de chaque partie du *document 1* (*a* et *b*).

Piège à éviter

Juxtaposer des données ne suffit pas. Indiquez des rapports entre les données pour les comparer.

Gagnez des points !

La deuxième génération de biocarburants présente un intérêt pour plusieurs raisons.

Sujet 8

L'angine de Léa

25 pts — 30 min

Amérique du Nord, juin 2019

Léa a 14 ans. Elle souffre de maux de gorge, a du mal à avaler et a de la fièvre.
Sa mère décide de consulter un médecin pour obtenir des antibiotiques.
Le médecin diagnostique une angine provoquée par un micro-organisme responsable des douleurs de Léa. Il lui indique qu'il doit effectuer des examens complémentaires car les antibiotiques ne sont pas donnés automatiquement.

Doc. 1 La détermination de l'origine de l'angine

a. Angine virale ou angine bactérienne

Les symptômes de Léa ont pour origine soit un virus, soit une bactérie.
Un test de diagnostic rapide de l'angine permet de déterminer si l'origine de l'angine est virale ou bactérienne. Il est indolore et ne prend que quelques minutes. Pour réaliser ce test, le médecin fait un prélèvement au niveau de la gorge de Léa avec un écouvillon (sorte de grand coton-tige).

b. Test de diagnostic rapide de l'angine

L'écouvillon est placé dans un tube qui contient quelques gouttes de réactif (= substance mettant en évidence la présence d'un élément chimique). Une bandelette de papier sensible à ce réactif est ensuite placée dans ce tube.
L'apparition de traits sur la bandelette permet de déterminer l'origine d'une angine.

- Si le test est positif, il s'agit bien d'une angine bactérienne.
- Si le test est négatif, l'angine est d'origine virale.

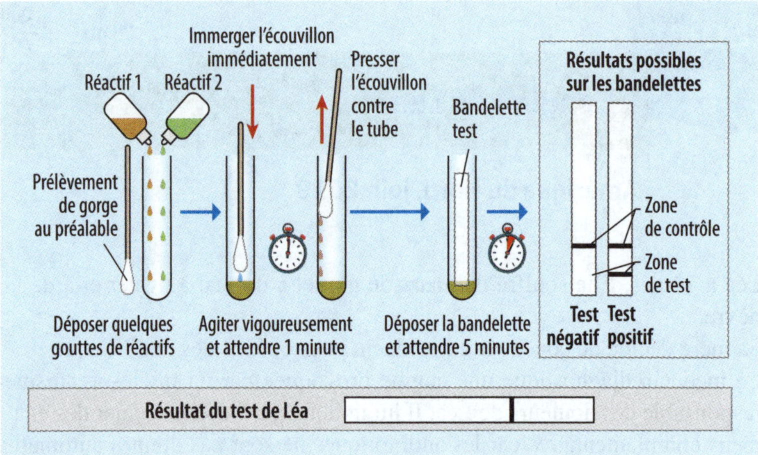

1 Répondre aux questions suivantes en cochant la bonne réponse.

a. Les bactéries sont :
☐ des êtres vivants observables au microscope.
☐ des êtres vivants visibles à l'œil nu.
☐ des êtres vivants observables à la loupe.

b. Les bactéries :
☐ sont toutes pathogènes.
☐ ne rendent pas forcément malades.
☐ entraînent toujours la mort.

c. On rencontre des micro-organismes :
☐ dans tous les milieux.
☐ seulement dans l'air et dans l'eau.
☐ seulement à l'intérieur des organismes vivants.

d. La contamination est :
☐ la défense de l'organisme contre les micro-organismes.
☐ la multiplication des micro-organismes dans l'organisme.
☐ la pénétration des micro-organismes dans l'organisme.

2 À l'aide du *document 1*, déterminer l'origine de l'angine de Léa en justifiant.

Doc. 2 **L'action des antibiotiques sur les virus**

Des virus sont cultivés en présence de cellules dans des milieux favorables à leur développement avec ou sans ajout d'antibiotiques. Les mesures de la quantité de virus infectant les cellules à partir de six heures de mise en culture sont présentées ci-dessous.

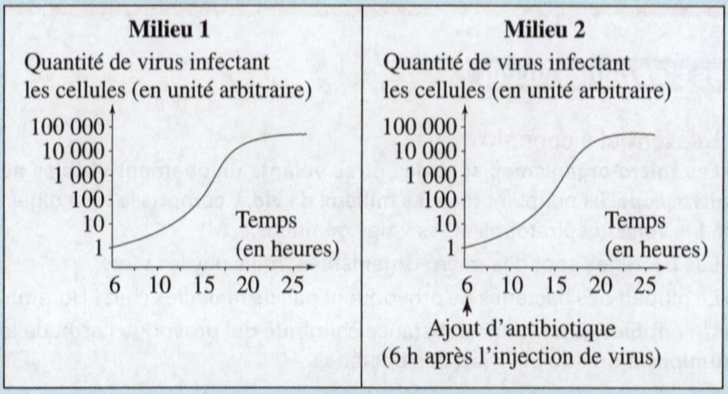

D'après la source : Guide pratique, biologie humaine, *3e*, *2002*.

La mère de Léa s'étonne du choix du médecin de ne pas donner d'antibiotique.

3 En utilisant des données extraites uniquement du *document 2*, justifier le choix du médecin.

Doc. 3 **L'efficacité des antibiotiques**

Les médecins expliquent que les antibiotiques ne sont efficaces que sur les bactéries en bloquant leur croissance.

Des études scientifiques ont montré qu'une prescription inutile et abusive des antibiotiques a des conséquences sur leur efficacité. En voici un exemple :

Évolution de l'efficacité d'un antibiotique (céphalosporines de 3e génération)

Cet antibiotique a été utilisé sur deux types de bactéries (*Escherichia coli* et *Klebsiella pneumoniae*) à l'origine respectivement de maladies intestinales et pulmonaires.

Années / Bactéries	2002	2004	2006	2008	2010	2012
Escherichia coli	> 99 %	> 99 %	98 %	96,2 %	92,8 %	90 %
Klebsiella pneumoniae	100 %	100 %	93,9 %	84,8 %	82,2 %	77,4 %

Les pourcentages indiquent la quantité de bactéries tuées par le traitement antibiotique.

D'après la source : http://invs.santepubliquefrance.fr

4 À l'aide de l'ensemble des documents, reconstituer le raisonnement suivi par le médecin permettant d'expliquer pourquoi, dans le cas de l'angine de Léa, il a choisi de ne pas prescrire d'antibiotique.

Sujet 8 Corrigé

Les clés pour réussir

L'essentiel à connaître

- Les **micro-organismes** sont des êtres vivants uniquement **visibles au microscope**. Ils peuplent **tous les milieux de vie**, y compris le tube digestif, les voies respiratoires et les voies génitales.
- Les **bactéries** sont des micro-organismes, mais pas les **virus**.
- La plupart des bactéries ne provoquent **pas de maladies** chez l'Homme.
- Un **antibiotique** est une substance chimique qui provoque l'arrêt de la multiplication et/ou la mort des **bactéries.**

Analyser l'énoncé et les documents

- Lisez attentivement l'introduction et soulignez les mots importants.
- Cherchez les définitions de ces mots dans les documents eux-mêmes ou dans vos connaissances.
- Comparez les résultats possibles sur les bandelettes test (*document 1*). Cette analyse doit vous permettre de repérer la différence entre un test positif et un test négatif, et de comprendre leur signification.
- Repérez le nom des grandeurs et les unités utilisées dans les graphiques (*document 2*).
- Déterminez l'évolution des pourcentages dans le tableau du *document 3* et identifiez à quoi correspondent ces pourcentages.

Bien comprendre les questions

Question 1

- Lisez attentivement chaque proposition et rappelez-vous que vous ne devez en cocher qu'une seule.

Question 2

- Décrivez d'abord le résultat du test de Léa. Puis comparez-le aux résultats possibles pour l'interpréter.

Question 3

- Comparez l'évolution de la quantité de virus infectant les cellules sans **et** avec antibiotique en vous appuyant sur les valeurs des graphiques. Déduisez-en l'effet des antibiotiques sur les virus.

Question 4

• Rédigez la succession des étapes suivies par le médecin pour prendre sa décision en y intégrant les données du *document 4*.

1 Les propositions exactes sont les suivantes :

a. Les bactéries sont des **êtres vivants observables au microscope.**

b. Les bactéries **ne rendent pas forcément malade.**

c. On rencontre des micro-organismes **dans tous les milieux.**

d. La contamination est la **pénétration des micro-organismes dans l'organisme.**

> **Vocabulaire**
> Pathogène signifie : « qui provoque une maladie ».

2 On constate que la bandelette portant le résultat du test chez Léa ne comporte qu'une bande qui correspond à la zone de contrôle. Par ailleurs, on constate également qu'**un résultat positif de test doit comporter deux bandes.**

Par conséquent, on en déduit que le test réalisé par Léa est négatif. Or, on sait qu'un résultat négatif indique une angine d'origine virale.

Donc, Léa est atteinte d'une **angine virale.**

> **L'astuce du prof**
> Commencez par décrire le résultat du test, puis interprétez-le, et finalement concluez.

3 On observe que la quantité de virus infectant les cellules est multipliée par 10 000 en quelques heures dans un milieu **sans antibiotique.** On remarque aussi que la quantité de virus infectant les cellules est aussi multipliée par 10 000 en quelques heures dans un milieu **contenant un antibiotique.** Par conséquent, **un antibiotique n'a aucun effet sur la multiplication des virus** qui infectent les cellules. Or, Léa a une angine d'origine virale. Donc, c'est la raison pour laquelle le médecin a décidé de ne pas donner d'antibiotique à Léa.

> **De la méthode**
> Pour comparer des résultats présentés en graphique, il faut citer des valeurs.

4 Le médecin réalise d'abord un **test** pour déterminer si l'angine de Léa est causée par des bactéries ou des virus. Grâce au résultat de ce test, il détermine que l'angine de Léa est d'**origine virale.**

Or, le médecin sait que les **antibiotiques** sont sans effet sur les virus, car **ils n'agissent que sur les bactéries** en bloquant leur croissance. Par ailleurs, il sait que l'efficacité des antibiotiques à tuer les bactéries a diminué au fil des années : presque – 25 % d'efficacité pour une céphalosporine destinée à tuer *Klebsiella pneumoniae*, une bactérie des voies pulmonaires.

Il a donc choisi de ne pas prescrire d'antibiotique à Léa pour deux raisons :

– ils sont inefficaces contre les virus ;

– ils perdent de leur efficacité contre les bactéries à force d'être prescrits de **manière abusive.**

> **L'astuce du prof**
> Reconstituer le raisonnement du médecin, c'est récapituler les étapes qui ont conduit aux raisons de sa décision.

SVT

Sujet 9 — Protocole de protection contre le tétanos

25 pts — 30 min

France métropolitaine, juin 2018

Le tétanos

Dans ce sujet, on s'intéressera à une maladie, le tétanos.

Un médecin reçoit aux urgences hospitalières un patient qui s'est sérieusement blessé avec un outil de jardinage. Dans un premier temps, la plaie est nettoyée et désinfectée. Le médecin décide de prévenir rapidement le risque de tétanos.
Le tétanos est une maladie provoquée par une toxine, produite par une bactérie : *Clostridium tetani*. La vaccination contre le tétanos protège de cette maladie.

Doc. 1 Calendrier simplifié permettant de se tenir à jour* dans ses vaccinations

Vaccins \ Âge approprié	1 mois	2 mois	4 mois	5 mois	11 mois	12 mois	16-18 mois	6 ans	11-13 ans	25 ans	45 ans	65 ans	Tous les 10 ans : 75 ans, 85 ans...
BCG	X												
Diphtérie – Tétanos – Poliomyélite		X	X		X			X	X	X	X	X	X
Rougeole – Oreillons – Rubéole						X	X						

X : injection d'un vaccin

* Être à jour dans ses vaccinations, signifie avoir reçu les vaccins recommandés selon son âge et avec le bon nombre d'injections pour être protégé.

D'après le site http://inpes.santepubliquefrance.fr, 2017

1 Le carnet de santé du patient indique qu'il a été vacciné contre le tétanos à 2 mois, 4 mois, 11 mois, 6 ans et 13 ans. À partir du *document 1*, justifier

que le patient, actuellement âgé de 33 ans, n'est plus à jour dans sa vaccination contre le tétanos.
Dans le cas d'un patient qui n'est plus à jour dans sa vaccination contre le tétanos, le médecin prescrit un test de dosage sanguin des anticorps spécifiques anti-toxine tétanique**. Le résultat du dosage permet de déterminer le traitement à lui appliquer sans tarder.

** Anticorps spécifiques anti-toxine tétanique : molécules produites par les lymphocytes (cellules impliquées dans les défenses immunitaires) suite à une vaccination contre le tétanos. Ces anticorps neutralisent la toxine tétanique, l'empêchant d'exercer son action.

Doc. 2 Protocole du dosage rapide des anticorps spécifiques anti-toxine tétanique dans le sang d'un patient

- Une goutte de sang prélevée au niveau du doigt est déposée sur une plaquette-test, puis quelques gouttes d'un diluant sont ajoutées.
- Dix minutes plus tard, une ou deux bandes colorées apparaissent dans la zone de lecture.
  - si une seule bande se colore, le patient n'est pas ou est insuffisamment protégé contre le tétanos, le test est dit négatif ;
  - si deux bandes se colorent, la personne est immunisée contre le tétanos, le test est dit positif.

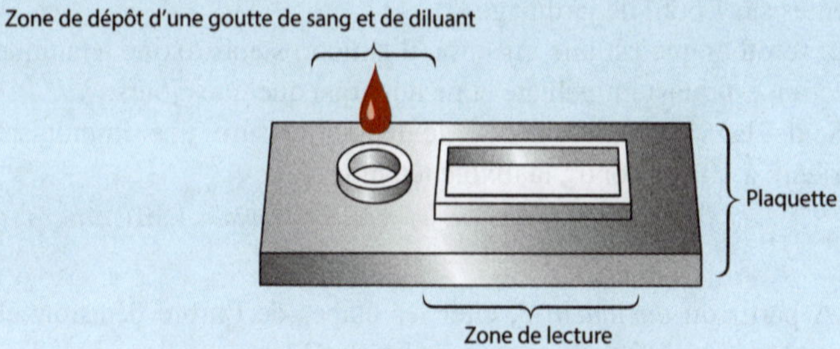

Plaquette utilisée pour le dosage rapide des anticorps anti-toxine tétanique

2 À partir du *document 2*, réaliser le schéma légendé d'une plaquette-test correspondant à un résultat négatif de dosage des anticorps, obtenu pour un patient qui n'est plus immunisé contre le tétanos.

Doc. 3 **Arbre décisionnel des étapes à suivre pour un patient blessé par un outil de jardinage**

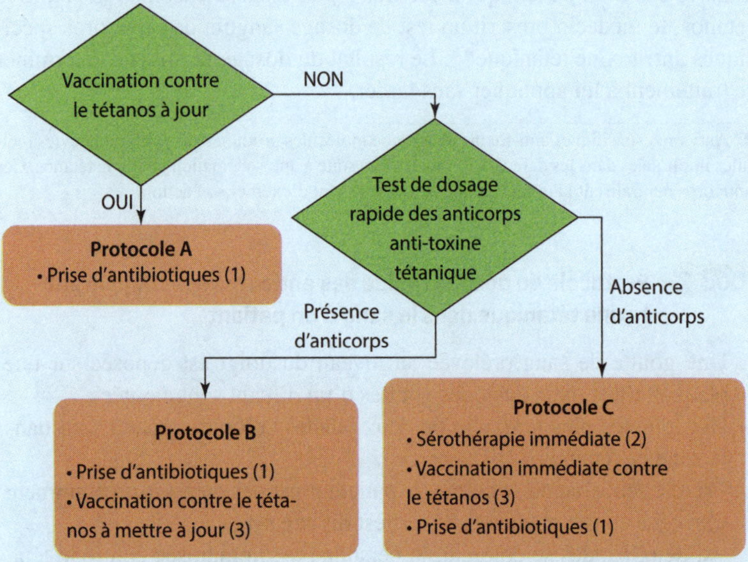

(1) Les antibiotiques stoppent l'infection due aux nombreuses bactéries présentes sur l'outil de jardinage.

(2) La sérothérapie est une injection d'anticorps anti-toxine tétanique, la protection est quasi immédiate et ne dure que quelques jours.

(3) Seule la vaccination contre le tétanos assure une immunisation supérieure à 10 ans contre la toxine tétanique.

D'après E. Pilly, Maladies infectieuses et tropicales, CMIT, 2016, 648 pages

3 **a.** À partir du *document 3*, citer les étapes de l'arbre décisionnel qui amènent le médecin à appliquer le protocole C.

b. Les trois éléments du protocole C sont : la sérothérapie immédiate, la vaccination immédiate et la prise d'antibiotiques. À partir du *document 3*, justifier la nécessité des trois éléments du protocole C à appliquer à ce patient qui s'est blessé avec un outil de jardinage.

Sujet 9 Corrigé

Les clés pour réussir

L'essentiel à connaître

- Dès le premier contact avec un microbe infectieux, **des cellules spécialisées** sont mises en jeu et protègent l'organisme : ce sont les **cellules immunitaires**.
- Lorsqu'elles sont soumises à un **deuxième contact avec le même microbe**, les cellules immunitaires réagissent plus vite et plus fortement : c'est la **mémoire immunitaire**.
- La **vaccination** consiste à **stimuler** la mémoire immunitaire en mettant en contact l'organisme avec des antigènes ou des microbes tués ou atténués.
- Certaines cellules immunitaires, les **lymphocytes**, produisent des **anticorps** qui neutralisent les microbes ou les toxines qu'ils produisent.

Analyser l'énoncé et les documents

- Utilisez toutes les informations du *document 1* pour comprendre la signification des croix dans le tableau.
- Déterminez précisément ce que veulent dire les deux résultats possibles du test présenté dans le *document 2*.
- Utilisez l'arbre décisionnel du *document 3* pour envisager les trois protocoles possibles et comprendre les gestes médicaux.

Bien comprendre les questions

Question 1

- Comparez les âges de vaccination et de rappels du patient avec le tableau de vaccination du *document 1*.

Question 2

- Utilisez les informations du *document 2* pour recopier la plaquette-test présentée et complétez-la avec une ou deux bandes.

Question 3

- Utilisez les informations numérotées du *document 3* pour justifier les gestes médicaux du protocole C appliqués au patient.

1 Le carnet de santé du patient, actuellement âgé de 33 ans, indique qu'il a été vacciné contre le tétanos à 2 mois, 4 mois, 11 mois, 6 ans et 13 ans. Or, d'après le *document 1*, il n'a **pas** eu **de rappel de vaccination à 25 ans** comme préconisé. Il n'est donc plus immunisé contre le tétanos.

2 Le schéma de la plaquette-test est le suivant :

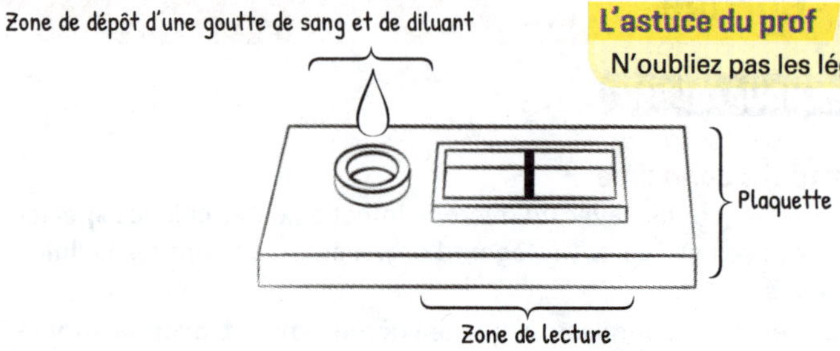

L'astuce du prof

N'oubliez pas les légendes !

3 **a.** Les étapes de l'arbre décisionnel qui conduisent le médecin à mettre en œuvre le protocole C sont :

– le **contrôle du carnet de vaccination** contre le tétanos : le carnet n'est **pas à jour ;**

– le **test de recherche des anticorps** anti-toxine tétanique : le résultat est **négatif.**

b. Le protocole C comprend trois gestes médicaux qui **protégeront immédiatement et durablement** le patient. Les antibiotiques **détruiront les microbes tétaniques** qui ont infecté le patient et stopperont ainsi la production de nouvelles toxines tétaniques. La sérothérapie permettra de **neutraliser les toxines tétaniques** grâce aux anticorps. Enfin, la vaccination immédiate déclenchera une réaction des cellules immunitaires qui **produiront des anticorps anti-toxine tétanique**. Cette production d'anticorps sera suffisante pour protéger le patient **pendant 10 ans.**

Gagnez des points !

Reformulez les éléments tirés des documents.

Sujet 10 — Le syndrome de Klinefelter

25 pts — 30 min

Amérique du Nord, juin 2017

Le syndrome de Klinefelter est une anomalie chromosomique caractérisée par un caryotype comprenant 47 chromosomes, dont 3 chromosomes sexuels XXY.

Doc. 1 Le syndrome de Klinefelter

Ce syndrome affecte en particulier le développement physique d'individus de sexe masculin. Les individus atteints ont généralement des petits testicules qui ne produisent pas autant de testostérone que la normale [...] La testostérone est l'hormone qui est impliquée dans le développement sexuel masculin avant la naissance. Pendant la puberté, elle intervient également en moyenne entre 10 et 18 ans chez les garçons. Le manque de testostérone chez les individus atteints va conduire à une puberté tardive et anormale. Chez eux, le développement des seins, la réduction des poils du visage et du corps seront associés à une incapacité à avoir des enfants (infertilité) [...].

D'après https://www.nlm.nih.gov/U.S. National Library of Medicine.

1 À partir du *document 1*, cocher pour chaque phrase **la** proposition exacte.

a. Le syndrome de Klinefelter :
- ☐ trouve son origine dans une infection bactérienne.
- ☐ est dû à la présence d'un chromosome sexuel supplémentaire.
- ☐ est dû à l'absence totale de testicules.

b. La puberté :
- ☐ est anormale chez le garçon atteint du syndrome de Klinefelter.
- ☐ intervient avant 6 ans chez l'enfant atteint du syndrome de Klinefelter.
- ☐ ne s'accompagne pas de modification physique.

c. Un manque de testostérone peut conduire à :
- ☐ un développement des poils chez une fille.
- ☐ l'apparition de seins chez le garçon.
- ☐ une puberté avant l'âge de 5 ans.

SVT

Doc. 2 Évolution du taux de testostérone dans le sang en fonction de l'âge chez le garçon et l'adolescent (entre 5 et 18 ans)

Âge en années	Taux moyen de testostérone plasmatique en ng*/dL Individu non atteint du syndrome de Klinefelter	Taux moyen de testostérone plasmatique en ng*/dL Individu atteint du syndrome de Klinefelter
5 ans	Traces	Traces
10 ans	Traces	Traces
12 ans	10	3
13 ans	120	3
18 ans	520	4

Sources : http://acces. ens-lyon.fr/biotic/procreat/determin /html/puberHorm.htm et International Journal of Endocrinology : Clinical presentation of Klinefelter's syndrome.

* ng : nanogrammes (10^{-9} grammes).

2 En s'appuyant sur des données chiffrées du *document 2*, comparer l'évolution du taux de testostérone dans le sang, chez un individu atteint du syndrome de Klinefelter et chez un individu non atteint, au cours de la puberté.

Doc. 3 Un traitement pour compenser le manque de testostérone

Il n'existe pas de traitement qui guérisse complétement les manifestations de ce syndrome. […] Dans la plupart des cas, le traitement consiste en une hormonothérapie* à base de testostérone qui devrait, de l'avis de certains médecins, être entreprise dès la puberté. […]
Ce traitement administré régulièrement contribue au développement des caractéristiques masculines secondaires (pilosité, voix grave, développement de la musculature) et peut éviter le développement des seins. […]

D'après http://klinefelter.valentin-apac.org/articles.php?lng=fr&pg=6, lu et validé par le Dr Nicole Morichon-Delvallez (Hôpital Necker), Article écrit le 22 janvier 2007.

* Hormonothérapie : traitement par injection d'hormones.

3 Des parents consultent un médecin spécialiste pour leur fils atteint du syndrome de Klinefelter qui prescrit le traitement décrit dans le *document 3*. Préciser les éléments qui ont permis d'élaborer le diagnostic et justifier le traitement prescrit par le médecin. Un texte construit est attendu, il devra s'appuyer sur des arguments tirés des **trois** documents.

Sujet 10 Corrigé

Les clés pour réussir

L'essentiel à connaître

- Les chromosomes portent les **gènes** qui interviennent dans **l'expression des caractères** détectables ou observables.
- Les **caractères sexuels primaires** (l'organisation des appareils sexuels) se mettent en place **pendant la vie embryonnaire**.
- Les **caractères sexuels secondaires** (pilosité, développement des testicules...) se mettent en place **au cours de la puberté**, entre 12 et 18 ans.
- La **testostérone**, hormone produite par les testicules, est responsable du fonctionnement de l'appareil génital chez l'homme et de l'apparition des caractères sexuels secondaires chez les garçons. Le **taux plasmatique** d'une hormone est la quantité de cette hormone dans un volume donné de plasma (partie liquide du sang).
- Un **syndrome** désigne l'ensemble des symptômes qui caractérise une maladie.

Analyser l'énoncé et les documents

- Lisez attentivement le *document 1* pour repérer le vocabulaire spécifique aux SVT. Cherchez les définitions des termes dans le document lui-même ou faites appel à vos connaissances.
- Analysez le titre du tableau et les titres de ses colonnes (*document 2*). Cette analyse doit vous permettre de comprendre le but du tableau.
- Soulignez ou surlignez les sujets et les verbes du texte du *document 3*. Lisez le texte en associant chaque sujet avec son verbe pour bien comprendre la signification du texte.

Bien comprendre les questions

Question 1

- Lisez attentivement chaque proposition. Chaque mot compte pour déterminer la proposition exacte (par exemple, « absence **totale** de testicules »).

Question 2

- Citez, pour les deux cas, des valeurs des taux moyens de testostérone à 12 ans et à 18 ans pour bien montrer l'évolution au cours de la puberté (pensez à donner l'unité).
- Indiquez si l'évolution est une baisse, une stagnation ou une augmentation.
- Précisez si les variations sont fortes ou faibles.

SVT

Question 3

• Cherchez les éléments de diagnostic du syndrome de Klinefelter dans les deux premiers documents en dressant une liste des symptômes présents chez le patient. Justifiez le traitement prescrit par le médecin en montrant ce qu'il permet de corriger chez le patient.

1 Les propositions exactes sont les suivantes :

a. Le syndrome de Klinefelter est dû à la présence d'un **chromosome sexuel supplémentaire**.

b. La puberté est **anormale** chez le garçon atteint du syndrome de Klinefelter.

c. Un manque de testostérone peut conduire à l'**apparition de seins** chez le garçon.

Attention

Il n'y a qu'une seule proposition exacte par phrase.

2 Au cours de la puberté, le taux moyen de **testostérone** chez l'individu non atteint **augmente fortement**, passant de 10 à 520 ng/dL, alors que ce taux **reste presque stable** (autour de 3-4 ng/dL) chez l'individu atteint par le syndrome de Klinefelter.

L'astuce du prof

Commencez la comparaison en décrivant l'évolution chez l'individu non atteint par le syndrome, car il sert de référence.

3 Le diagnostic du syndrome a été fait en **constatant** :

– la présence de seins, de **petits testicules**, la quasi-absence de poils sur le visage ;

– le **taux** de testostérone **très faible** ;

– la présence de **trois chromosomes sexuels** XXY (visibles dans un caryotype).

Le traitement par injection de testostérone permet de **compenser la faible production de testostérone** par les testicules trop petits. Ces injections vont permettre d'éviter le développement des seins et **contribuer au développement des caractères sexuels masculins** (musculature, voix...).

Sujet 11 L'échographie

25 pts 30 min

France métropolitaine, juin 2018

L'échographie

L'échographie est une technologie d'imagerie 2D qui permet de visualiser certaines parties du corps humain, non visibles à l'œil nu.

Un constructeur d'échographes souhaite intégrer une transmission des résultats d'une vidéo de l'échographie en haute définition (HD). Afin de garantir une bonne disponibilité de cet appareil, il est nécessaire d'améliorer l'autonomie de la batterie et d'indiquer l'état de sa charge électrique.

1 À l'aide du *document 1* qui décrit le principe de fonctionnement d'un échographe ainsi que les flux (information et énergie) représentés par les flèches, compléter le tableau de la page suivante en mettant, pour chaque flèche numérotée, une croix pour identifier la nature et le type de flux de chaque liaison.

Doc. 1 Principe de fonctionnement d'un échographe portable

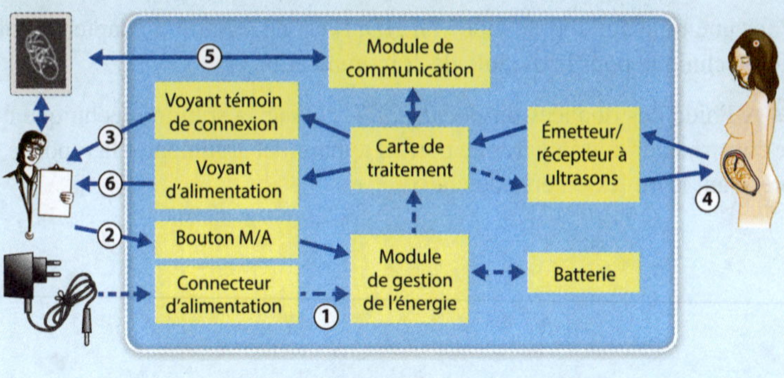

Diagramme simplifié des blocs internes

TECHNOLOGIE

Lorsque le médecin appuie sur le bouton marche/arrêt (flèche ②), la carte de traitement est alimentée. Un voyant témoin de connexion avec la tablette est allumé (flèche ③).
La consigne de début et de fin d'acquisition des images, ainsi que sa visualisation, se font sur la tablette tactile. La tablette transmet les consignes (flèche ⑤) au module de communication qui les transmet à la carte de traitement.
La carte de traitement alimente l'émetteur à ultrasons en énergie électrique. L'émetteur à ultrasons convertit l'énergie électrique en signal sonore (flèche ④) qui se propage au sein du corps du patient. L'écho du signal sonore est capté par le récepteur, qui le convertit en signal électrique transmis à la carte de traitement puis au module de communication. Celui-ci renvoie les résultats du traitement (flèche ⑤) à la tablette pour l'affichage des images.

Lien	Nature de l'interaction					Type de flux	
Flèche	Signal sonore	Signal lumineux	Courant électrique	Ondes radio (sans fil)	Consigne utilisateur	Flux d'énergie	Flux d'information
①							
②							
③							
④							
⑤							
⑥		X					X

Pour une transmission de vidéo en HD, il est nécessaire d'adapter la solution technique pour le module de communication.

2 À l'aide des données du *document 2*, choisir la solution technique que le constructeur doit intégrer au nouvel appareil et argumenter la réponse en précisant le ou les critères de choix.

Doc. 2 **Caractéristiques des technologies de transmissions sans fil**

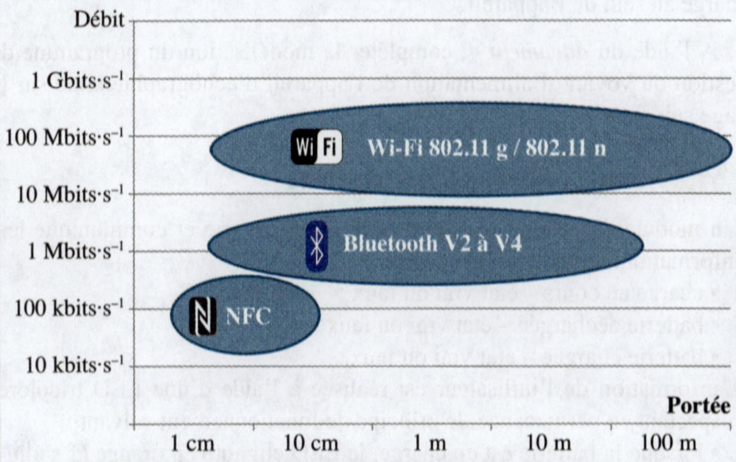

Comparaison de la portée et du débit de 3 normes de connectivité sans fil

Débits nécessaires pour une transmission :

- d'une image d'échographie en 1 s → 128 $\text{kbits}\cdot\text{s}^{-1}$ (kilobits par seconde).
- d'une vidéo d'échographie haute définition → 10 $\text{Mbits}\cdot\text{s}^{-1}$ (mégabits par seconde).

Afin de répondre aux exigences du cahier des charges, le constructeur remplace la batterie utilisée de type Ni-Cd par une batterie de type Li-ion.

3 À l'aide du *document 3*, préciser les exigences qui ont été déterminantes dans le choix du constructeur. Argumenter la réponse.

Doc. 3 **Caractéristiques des batteries**

Critère \ Type batterie	Plomb	Ni-Cd	Ni-Mh	Li-ion
Rapport énergie stockée/masse	40 $\text{Wh}\cdot\text{kg}^{-1}$	60 $\text{Wh}\cdot\text{kg}^{-1}$	85 $\text{Wh}\cdot\text{kg}^{-1}$	170 $\text{Wh}\cdot\text{kg}^{-1}$
Prix pour 1 Wh	0,15 €	0,60 €	0,65 €	0,70 €
Source de pollution	Élevée	Élevée	Faible	Faible
Durée de vie (ans)	4 à 5	2 à 3	2 à 4	2 à 3

Pour informer l'utilisateur sur l'état de charge de la batterie, le constructeur étudie la possibilité d'intégrer un module d'information et de gestion de la charge au sein de l'appareil.

4 À l'aide du *document 4*, compléter la modélisation du programme de gestion du voyant d'alimentation de l'appareil d'échographie situé sur la page suivante.

Doc. 4 Gestion de la charge de la batterie

Un module de gestion gère la charge de la batterie et communique les informations suivantes à la carte de traitement :
- charge en cours – état vrai ou faux ;
- batterie déchargée – état vrai ou faux ;
- batterie chargée – état vrai ou faux.

L'information de l'utilisateur est réalisée à l'aide d'une LED tricolore respectant en permanence, le principe de fonctionnement suivant :
- lorsque la batterie est en charge, la LED clignote en orange (1 s allumée, 1 s éteinte) ;
- lorsque la batterie est en charge et qu'elle a atteint son niveau chargé, la LED s'allume en vert ;
- si la batterie est déchargée, la LED s'éclaire en rouge.

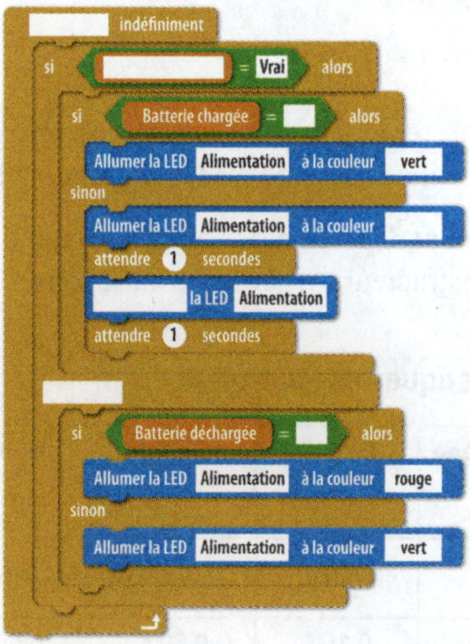

Sujet 11 Corrigé

Les clés pour réussir

L'essentiel à connaître

- Dans un système, un **flux** est un **déplacement d'énergie, de matière ou d'information**. Ce flux a une origine, une destination et suit un trajet.
- Le **bit** (0 ou 1) est l'unité de base de l'information numérique.
- Le débit d'une communication s'exprime en **bits par seconde** : plus le débit est élevé, plus la communication est performante.
- Une **solution technique** est un ensemble de composants qui permet de réaliser une fonction technique.
- Pour **respecter les contraintes**, le choix de la solution peut être réalisé suivant **plusieurs critères** : le fonctionnement, le coût, la durée de vie, l'impact écologique...

Analyser l'énoncé et les documents

- Le *document 1* est un diagramme de bloc interne simplifié. Ce type de schéma est utilisé pour expliquer les échanges (énergie, matière ou informations) entre les différents composants d'un système.
- Le *document 2* est un graphique comparatif de trois technologies de communication sans fil. Les informations se trouvant sous le graphique sont également importantes pour la bonne compréhension des questions.
- Dans le *document 3*, plus le rapport énergie stockée/masse est important, plus la technologie est intéressante, car elle permet de créer des objets alliant légèreté et autonomie.

Bien comprendre les questions

Question 1

- Pour chaque ligne, la première croix à placer concerne la nature de l'interaction entre les éléments du système, et la seconde le type de flux.

Question 2

- Procédez par élimination, en fonction des performances exigées, pour comparer les trois technologies de transmission sans fil.

Question 3

- Expliquez pourquoi le constructeur a décidé de passer d'une batterie de technologie Ni-Cd à une batterie Li-Ion.

Question 4

- Le *document 4* correspond au cahier des charges du programme.

1 D'après le *document 1* qui décrit le principe de fonctionnement d'un échographe, ainsi que les flux représentés par les flèches, la **nature et le type de flux** de chaque liaison sont les suivants :

Lien	Nature de l'interaction					Type de flux	
Flèche	Signal sonore	Signal lumineux	Courant électrique	Ondes radio (sans-fil)	Consignes utilisateur	Flux d'énergie	Flux d'information
①			X			X	
②					X		X
③		X					X
④	X						X
⑤				X			X
⑥		X					X

2 Seule la **technologie Wi-Fi** a une portée et un débit suffisants. Les critères de choix sont la **portée (distance entre l'échographe et la tablette)** et le **débit** qui permet de **transmettre une vidéo en haute définition.**

3 Les batteries Li-Ion ont une **quantité d'énergie stockée environ trois fois plus importante** pour une même masse. De plus, elles ont un **impact environnemental plus faible**. Leur inconvénient est un prix plus élevé, mais le constructeur a jugé ce critère moins important.

4 D'après le *document 4*, la modélisation du programme de gestion du voyant d'alimentation de l'appareil d'échographie est la suivante :

> **L'astuce du prof**
> Vérifiez que les trois états de la batterie peuvent être exécutés : chargée, en charge, déchargée.

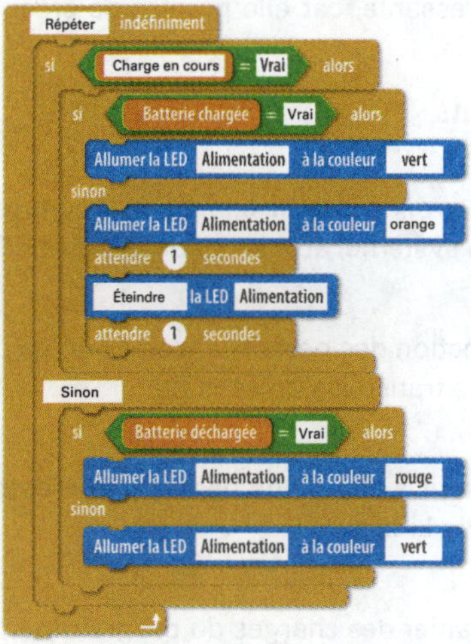

Sujet 12 — Pilote automatique

25 pts — 30 min

France métropolitaine, septembre 2018

Lors d'une course à la voile, les vents et les courants marins ont un impact sur le comportement du bateau et sur sa trajectoire.
Pendant la course, le navigateur ne peut pas rester en permanence à la barre de son voilier, car il doit se déplacer pour effectuer des réglages de voilure en raison des variations des conditions météorologiques et climatiques. Il est donc nécessaire d'avoir un système automatisé qui dirige le bateau, sans l'action du skippeur sur la barre du gouvernail. Ce système est nommé « pilote automatique de bateau pour barre franche ».
L'étude porte sur l'efficacité du pilote automatique à garantir un cap malgré les perturbations météorologiques (vents, pluie, orages…) et climatiques (courants marins…) que subit le voilier.

Doc. 1 Description du fonctionnement d'un pilote automatique simple

Le skippeur indique le cap (direction) à suivre sur la console du pilote automatique.
Le pilote automatique compare alors le cap souhaité avec la direction réelle du voilier.
Si la direction du voilier est différente du cap saisi sur la console, le vérin du pilote automatique tire ou pousse la barre du voilier. Ainsi, le gouvernail oblige le bateau à changer de direction.

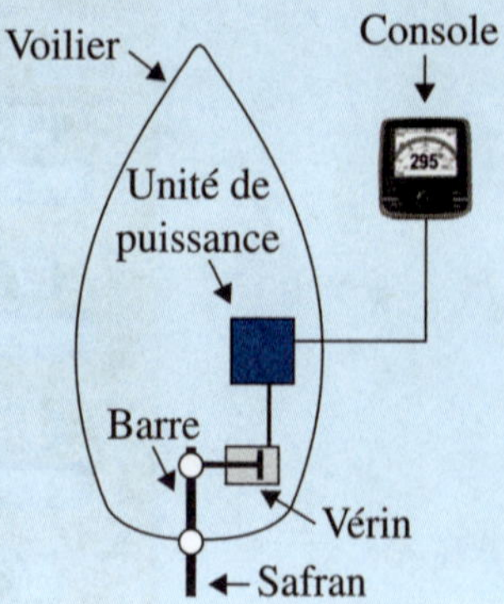

Un propriétaire de voilier souhaite équiper son voilier d'un pilote automatique pour participer à une course au large. Le voilier pèse 6,5 tonnes.

1 À l'aide de la formule $P = U \times I$ et des données du *document 2*, calculer la puissance électrique consommée par chaque vérin. Choisir le type de vérin ayant le moins d'impact sur la consommation de l'énergie électrique stockée sur le voilier et le meilleur temps de réponse.
Argumenter la réponse.

Doc. 2 Caractéristiques techniques

Type de vérin	Intensité *I* (en ampères)	Tension *U* (en volts)	Masse maximale du bateau à déplacer (en tonnes)	Temps de déplacement de la tige du vérin (en secondes)
Vérin électrique	0,08	12	9	8
Vérin hydraulique	0,04	12	11	6,9

Les vents et les courants marins varient en direction et en force. Le voilier dérive donc de la trajectoire programmée et s'écarte de son cap.
La console de pilotage intègre un programme qui commande la sortie ou la rentrée de la tige du vérin en fonction de la dérive du bateau. La dérive est la différence entre le cap à suivre et la direction que prend le voilier. Elle se mesure en degrés d'angle.

2 À l'aide de la description d'un exemple de cycle de fonctionnement du pilote automatique du *document 3*, compléter la modélisation du programme de fonctionnement simplifié du pilote automatique ci-après.

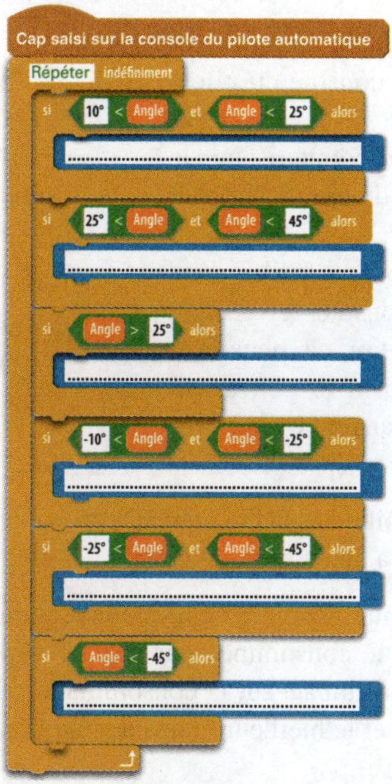

Doc. 3 **Exemple de cycle de fonctionnement du pilote automatique**

Le cycle décrit ci-après est un exemple de programme :

- si la différence est comprise entre 0° et 10° alors la tige du vérin ne bouge pas ;
- si la différence est comprise entre 10° et 25° alors la tige du vérin sort de 100 mm ;
- si la différence est comprise entre 25° et 45° alors la tige du vérin sort de 200 mm ;
- si la différence est supérieure à 45° alors la tige du vérin sort de 300 mm ;
- si la différence est comprise entre 0° et – 10° alors la tige du vérin ne bouge pas ;
- si la différence est comprise entre – 10° et – 25° alors la tige du vérin rentre de 100 mm ;
- si la différence est comprise entre – 25° et – 45° alors la tige du vérin rentre de 200 mm ;
- si la différence est supérieure à – 45° alors la tige du vérin rentre de 300 mm.

Lorsque le voilier dérive de la trajectoire programmée pendant un temps long, il s'écarte trop de la position souhaitée, ce qui provoque un retard dans la course.

3 Sur le *document 4*, tracer la trajectoire du bateau qui dérive sur une distance de 13 miles (1 mile = 1 852 mètres) avec une dérive vers l'Est de 15°. Marquer par une croix la position atteinte par le bateau.
Mesurer l'écart entre la destination souhaitée et la position atteinte par le voilier et donner sa valeur en miles.
Afin de minimiser cet écart, les constructeurs ont conçu des pilotes automatiques plus perfectionnés, comme détaillés par le *document 5*.

Doc. 4 **Tracé simplifié de la trajectoire du bateau**

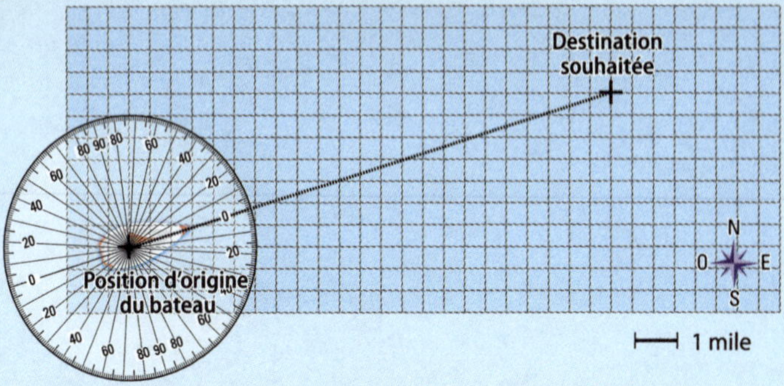

4 À l'aide du *document 5*, nommer les capteurs mis en œuvre dans le pilote perfectionné et qui permettent au calculateur de prendre en compte les phénomènes météorologiques.
Argumenter la réponse.

Doc. 5 Diagramme des blocs d'un pilote perfectionné

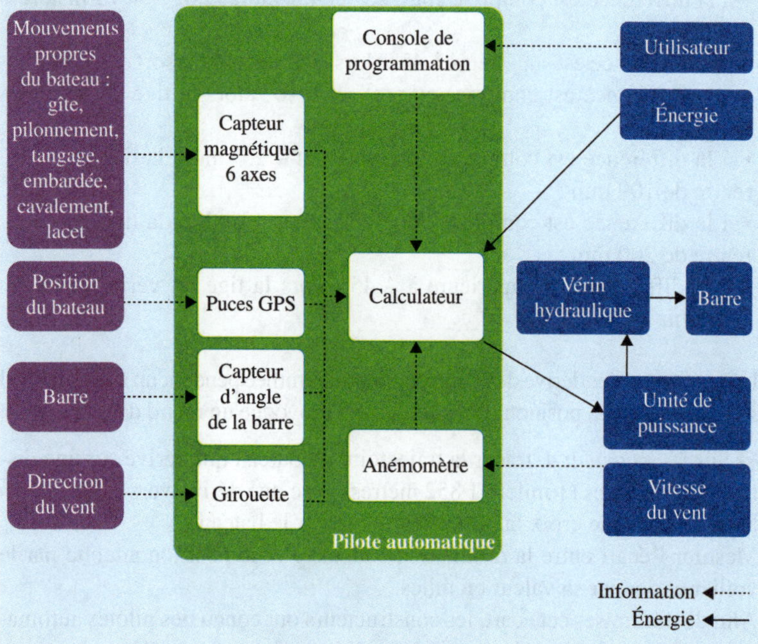

Sujet 12 Corrigé

Les clés pour réussir

L'essentiel à connaître

- Lorsque l'on doit choisir parmi des **solutions techniques**, il faut d'abord étudier les caractéristiques techniques de chacune de ces solutions. Ensuite, on choisit la solution qui répond le mieux au besoin exprimé.
- Un **algorithme** est une succession d'opérations et d'instructions permettant la réalisation d'une tâche ou la résolution d'un problème.
- Un **algorigramme** permet de **représenter** et d'**écrire les algorithmes**. On y retrouve généralement des boucles (Faire... tant que...), des conditions (Si... alors...) et des instructions (Allumer, Sortir le vérin...).
- Un **système** est un objet complexe constitué de multiples composants. On peut représenter ces composants et leurs échanges d'informations et d'énergies dans un **diagramme des blocs**.
- Un **capteur** est un composant d'un système qui **transforme** une grandeur physique (vent, température, humidité, luminosité...) en une grandeur ou un message électrique utilisable par le système.

Analyser l'énoncé et les documents

- L'énoncé et le *document 1* présentent de manière détaillée le besoin qui a justifié la création de ce système de pilote automatique : garder le cap d'un bateau en mer de manière automatisée. Ils donnent des éléments importants pour répondre aux questions du sujet.
- Le *document 2* est un tableau comparatif de deux solutions possibles (les deux lignes). Les caractéristiques techniques sont représentées en colonnes.
- Le *document 3* permettra de compléter l'algorigramme. Il présente sous forme de texte ce que doit faire le programme du pilote automatique.

Bien comprendre les questions

Question 1

- Utilisez la formule donnée dans l'énoncé pour répondre à la première partie de la question.
- Comparez ensuite les caractéristiques techniques pour choisir entre les solutions « vérin électrique » et « vérin hydraulique ».

Question 2

- Tous les cas décrits dans le *document 3* ne seront pas forcément représentés dans la modélisation du programme.

TECHNOLOGIE

Question 3

- Il s'agit d'un exercice de traçage sur un graphique. Repérez bien l'échelle utilisée et convertissez la distance mesurée en miles.

Question 4

- Pour répondre à cette question, vous devez avoir identifié les phénomènes météorologiques indiqués dans l'énoncé.
- Ensuite, retrouvez dans le schéma les composants permettant d'acquérir ces phénomènes.

1 La puissance électrique consommée par le vérin électrique est de 0,08 × 12 = **0,96 W** tandis que le vérin hydraulique consomme 0,04 × 12 = **0,48 W**.

Le **vérin hydraulique** semble le **plus approprié**, car il consomme **moins de puissance** (0,48 W < 0,96 W). De plus, son **temps de réponse est plus rapide** que celui du vérin électrique. La masse maximale déplaçable par ce vérin est **inférieure à la masse du voilier**. Il répond donc complètement au besoin exprimé.

> **Gagnez des points !**
> Attention, il y a deux questions dans l'énoncé. Séparez bien vos deux réponses.

2 La modélisation du programme de fonctionnement simplifié du pilote automatique est la suivante :

3 D'après le tracé ci-dessous, l'écart entre la destination souhaitée et la position atteinte est d'environ **3,6 miles** (en prenant 1 mile = deux carreaux).

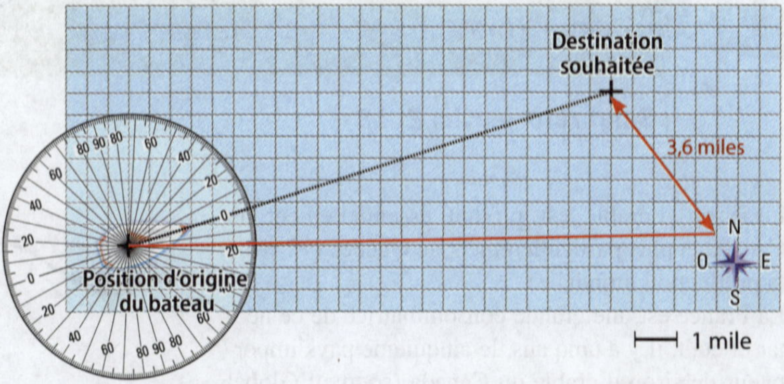

4 Deux capteurs permettent de prendre en compte les phénomènes météorologiques :
– la **girouette**, qui mesure la direction du vent ;
– l'**anémomètre**, qui mesure la vitesse du vent.

L'astuce du prof
Identifiez bien la signification des flèches (type de trait et sens) sur le diagramme à l'aide de la légende.

TECHNOLOGIE

Sujet 13 Conditionnement du sirop d'érable

25 pts — 30 min

Sujet zéro, janvier 2018

Le sirop d'érable est produit essentiellement au Canada et plus particulièrement au Québec (72 % de la production mondiale).

La France est une grande consommatrice de ce nectar et était, il y a cinq ans, le cinquième pays importateur de sirop d'érable du Canada (source : Global Trade Atlas, 2012).

Pour les producteurs de sirop d'érable, il faut pouvoir le commercialiser dans les meilleures conditions afin de satisfaire le consommateur.

Un producteur souhaite revoir le conditionnement de son sirop et donc choisir un nouveau récipient pour une commercialisation dans une grande enseigne française de distribution.

Doc. 1 Diagramme d'exigences du récipient

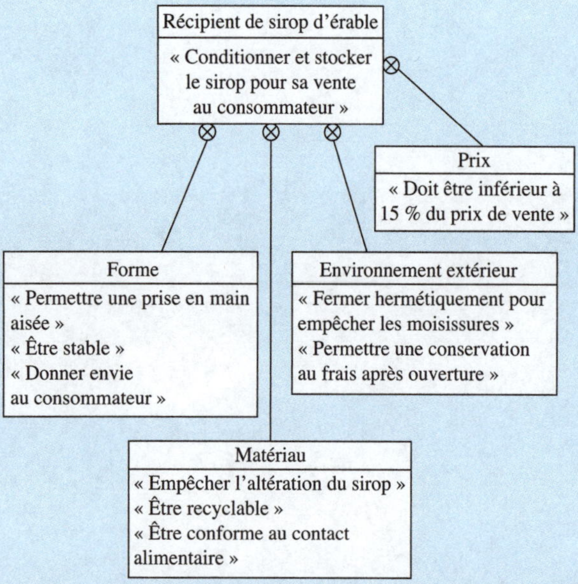

1 À l'aide du diagramme d'exigences du récipient (*document 1*), préciser celle des contraintes à respecter qui est liée au design.

Doc. 2 Prototypes de récipients

Récipient 1 (Bouchon verre)	Récipient 2 (Bouchon vissé plastique)	Récipient 3 (Ouverture mécanique)

2 À l'aide des récipients représentés (*document 2*) et du respect des exigences « forme » et « environnement extérieur » (*document 1*) :

a. déterminer la solution adéquate pour le conditionnement et le stockage du sirop d'érable ;

b. argumenter la réponse.

3 Pour la production du sirop d'érable, la température idéale à donner au sirop d'érable est de 3,5 °C de plus que la température d'ébullition de l'eau. Par exemple, à 101,3 kPa, l'eau bouillant à 100 °C, le sirop sera prêt lorsqu'il atteindra 103,5 °C.

Pour le conditionnement, les seuls matériaux envisageables sont le verre, certaines matières plastiques et le fer blanc.

Doc. 3 Propriétés des matériaux

Matériau	Avantages	Inconvénients	Prix de fabrication du contenant à l'unité
Fer blanc	Léger Recyclable	Formage limité (rond type conserve) Opaque	0,15 ± 0,04 € (inflation des matières premières)
PolyPropylène (PP matière plastique)	Résistant jusqu'à 120 °C Rigide	Difficilement recyclable	0,22 ± 0,03 € (inflation des matières premières)
Verre	Transparent Inerte Imperméable Recyclable	Fragile Lourd	0,30 €

Le producteur souhaite vendre son sirop d'érable au prix de 2,80 € le récipient, le prix du contenant devant être inférieur à 15 % du prix total.
À l'aide des propriétés des trois matériaux envisageables (*document 3*), et du diagramme d'exigences (*document 1*) :

a. compléter le tableau ci-dessous :

	Forme	**Prix maximum à l'unité**	**Propriétés du matériau**	**Environnement extérieur**
Fer blanc			Recyclable Alimentaire	Non hermétique après ouverture
PP	Toute forme possible			
Verre	Toute forme possible			

b. proposer en argumentant le matériau qui convient le mieux.

4 Lors de la vente des produits de consommation en grande surface, l'implantation d'un code à barres sur le récipient est obligatoire. Tous les exemplaires du même produit ont un code à barres unique permettant de l'identifier lors du passage en caisse. Le code-barres est également associé à un prix défini au sein d'une base de données.

Doc. 4 Le code à barres à 13 chiffres (norme GS1 EAN 13)

Les codes à barres au format international GS1 (anciennement EAN) sont composés d'une série de 13 chiffres numériques et d'une représentation graphique sous forme de barres et d'espaces.
Les 13 chiffres du code à barres suivent une règle d'identification afin de créer un code à barres en fonction du produit identifié, c'est-à-dire :

3 080201 459620

Un préfixe entreprise — Un code produit — Une clé de contrôle

Les trois premiers chiffres du préfixe entreprise représentent le code du pays de l'entreprise qui a apposé le code à barres sur le produit.

Extraits de la liste des codes « pays » :

00000	Unused to avoid collision with GTIN-B
00001-00009 **001-009**	**GS1 US**
020-029	Used to issue restricted circulation numbers within a geographic region (MO defined)
....	
300-379	GS1 France
380	GS1 Bulgaria
383	GS1 Slovenija
....	
746	GS1 Republica Dominicana
750	GS1 Mexico
754-755	GS1 Canada
759	GS1 Venezuela
760-769	GS1 Schweiz, Suisse
...	

Source : www.gs1.fr

L'enseigne de distribution souhaite indiquer aux consommateurs le pays d'où provient le produit créé par l'entreprise lorsque le code barres est lu à l'aide d'une borne en libre-service.

Pour le sirop d'érable, à l'aide du *document 4* :

a. compléter le programme ci-dessous permettant d'identifier le pays de provenance et d'afficher l'information sur l'écran LCD ;

b. préciser dans la case « commentaire » la fonction de l'instruction fléchée.

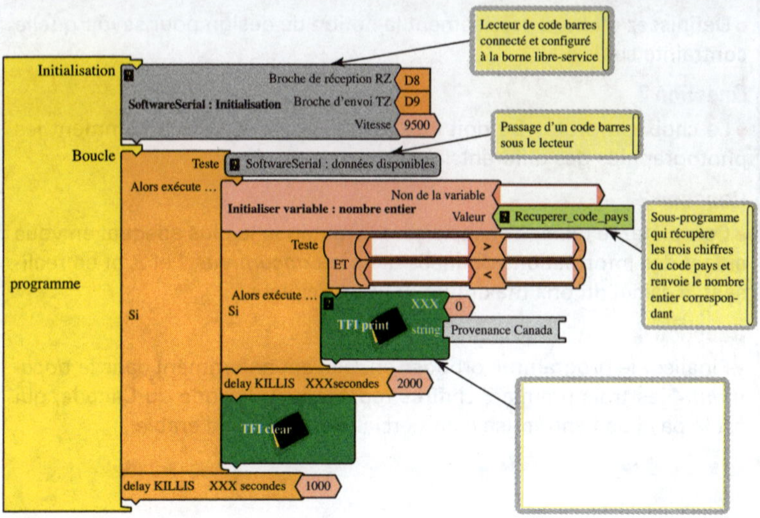

Sujet 13 Corrigé

Les clés pour réussir

L'essentiel à connaître

- Le **design** d'un objet a trait à la forme de l'objet et influe plus particulièrement sur l'attrait du consommateur.
- Un **prototype** est un objet qui va subir des tests. À l'aide du diagramme d'exigences, un technicien vérifie que les contraintes imposées sont bien vérifiées.
- Le choix d'une solution étant toujours un **compromis** entre plusieurs exigences, il faut se donner des priorités pour décider.

Analyser l'énoncé et les documents

- Étudiez attentivement dans le *document 1* le diagramme d'exigences du nouveau récipient pour le sirop d'érable et faites le lien entre les différentes contraintes et les trois prototypes proposés dans le *document 2.*
- Dans le *document 2,* la forme des prototypes mais aussi leur type d'ouverture sont importants.
- Le *document 3* décrit les propriétés des différents matériaux qui peuvent être utilisés dans le nouveau récipient pour le sirop d'érable.

Bien comprendre les questions

Question 1

- Définissez d'abord précisément la notion de design pour savoir quelle contrainte choisir.

Question 2

- Le choix du prototype doit être justifié en observant notamment les photographies des différents récipients proposés.

Question 3

- Complétez le tableau et choisissez le matériau le plus adéquat en vous aidant des informations données dans les *documents 1* et *3*, et en réalisant le calcul du prix maximum pour le récipient.

Question 4

- Finalisez le programme proposé en relevant notamment dans le *document 4* les trois premiers chiffres représentant le code du Canada, qui est le pays de l'entreprise commercialisant le sirop d'érable.

1 Le design est associé à l'exigence « Forme » dans le diagramme et influe plus particulièrement sur l'attrait du consommateur.
La contrainte à respecter liée au design est donc **« Donner envie au consommateur ».**

L'astuce du prof

La question demande de préciser une seule contrainte à respecter. N'en donnez surtout pas plusieurs !

2 a. Le récipient 2 est la solution adéquate qui répond à toutes les exigences de forme et d'environnement extérieur pour le conditionnement et le stockage du sirop d'érable.

b. Le récipient 2 est la solution adéquate car, d'après la photographie, ce récipient est **stable.** De plus, il est **fermé hermétiquement** grâce à son **bouchon vissé en plastique** et il permet une **conservation facile** au réfrigérateur. Le récipient 1 n'est quant à lui pas hermétique, et le récipient 3 ne permet pas de conserver le sirop au réfrigérateur une fois ouvert, car il ne se referme pas.

3 a. Le tableau présentant les propriétés des trois matériaux envisageables pour le récipient peut être complété de la manière suivante :

	Forme	Prix maximum à l'unité	Propriété du tableau	Environnement extérieur
Fer blanc	Type conserve	0,19 € < 0,42 €	Recyclable Alimentaire	Non hermétique après ouverture
PP	Toute forme possible	0,25 € < 0,42 €	*Difficile à recycler* Alimentaire Rigide	Résistant aux températures nécessaires
Verre	Toute forme possible	0,30 € < 0,42 €	Recyclable Alimentaire *Fragile* *Lourd*	Inerte Imperméable

En *italique* sont indiqués les inconvénients.
Pour le verre, le fait d'être fragile et lourd ne s'oppose pas aux exigences exposées.
Remarque : le prix du récipient doit être inférieur à 15 % du prix de vente, c'est-à-dire inférieur à $2{,}80 \times 15\ \% = 2{,}80 \times \frac{15}{100} = 0{,}42$ €.

Gagnez des points !

Le calcul du prix maximum du récipient peut être effectué soit ici, soit dans la réponse à la question **3 a.** ou **b.**.

b. Le matériau qui convient le mieux est le **verre,** notamment car :
– le **prix répond aux exigences** : 0,30 € < 0,42 € ;
– il n'y a **pas d'altération de l'aliment,** même à forte température ;
– il est **facilement recyclable**.

TECHNOLOGIE

4 a. et **b.** Le programme permettant d'identifier le pays de provenance et d'afficher l'information sur l'écran LCD ainsi que la fonction de l'instruction fléchée dans la case « commentaires » peuvent être complétés de la façon suivante :

Remarque

Le nom choisi pour la variable peut être « pays », « provenance » ou « origine », tant que le même mot est utilisé dans chaque « case » de la variable, c'est-à-dire ici pour les trois occurrences.

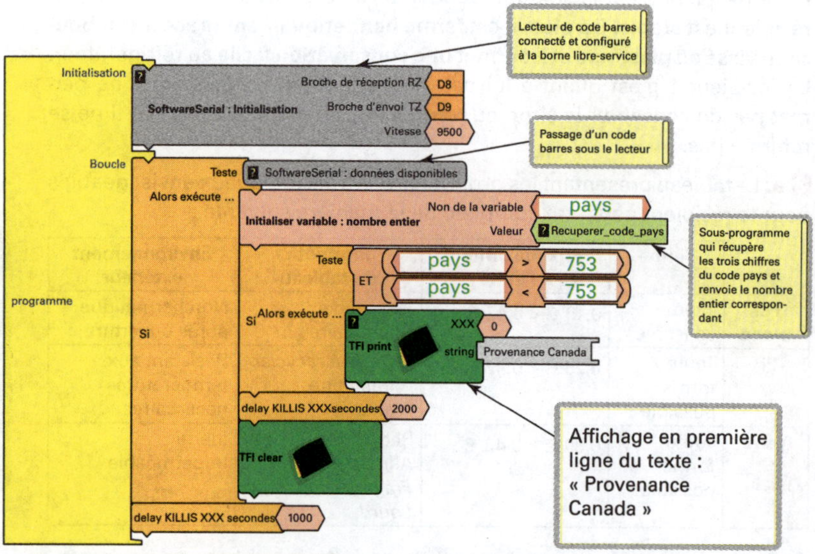

HISTOIRE - GÉOGRAPHIE - ENSEIGNEMENT MORAL ET CIVIQUE

SOMMAIRE

INFOS-BREVET

SUJETS D'HISTOIRE

SUJETS DE GÉOGRAPHIE

SUJETS D'EMC

L'épreuve d'Histoire, Géographie, EMC expliquée

- **Durée** : 2 heures
- **Notation** : une note globale sur 50 points est attribuée au candidat (20 points pour l'histoire, 20 points pour la géographie et 10 points pour l'enseignement moral et civique).
- **L'épreuve comporte trois parties obligatoires.**

Exercice 1	Exercice 2	Exercice 3
• Histoire ou géographie • Analyser et comprendre des documents	• Histoire ou géographie • Maîtriser différents langages pour raisonner et se repérer	• Enseignement moral et civique • Questions sur des documents

Top chrono !

Pour vous organiser efficacement, prévoyez environ :
- **45 minutes pour** l'exercice 1
- **45 minutes pour** l'exercice 2
- **30 minutes pour** l'exercice 3

Quels sont les critères d'évaluation de ma copie de Brevet ?

On attend de vous que vous soyez capable de :
- **maîtriser les connaissances** du programme de 3e.
- **savoir lire et comprendre** un document.
- **lire, comprendre et utiliser différents langages** (textuel, iconographique, cartographique, graphique).
- **répondre aux questions posées** ou aux consignes.
- **rédiger un développement construit** en réponse à l'une des questions d'histoire ou de géographie.

La méthode pour le Brevet

Bien s'organiser pour réviser

- **Révisez régulièrement votre cours**, n'attendez pas le dernier mois avant l'épreuve.
- **Les Brevets blancs** préparés dans votre collège tout au long de l'année vont vous aider à connaître les caractéristiques de l'épreuve finale.
- Fabriquez-vous des **fiches de révisions** comprenant le vocabulaire, les dates, les localisations, ainsi que les grandes questions possibles.
- **Entraînez-vous à répondre à des questions** ; vous pouvez vous interroger mutuellement avec des camarades de classe.
- **Entraînez-vous à lire des documents** et à vous demander quel est le sens général du document.

Exercice 1 : Analyser et comprendre des documents

Histoire ou Géographie

- **Un travail sur un ou plusieurs document(s)** vous est proposé dans une des deux matières. Vous devrez répondre à des questions ou des consignes permettant d'**identifier** le ou les document(s) proposé(s), d'en dégager le **sens**, de prélever des informations et éventuellement, de porter un regard **critique** sur ce ou ces document(s) en soulignant son intérêt ou ses limites.
- **Pensez à présenter le ou les document(s)**, même si on ne vous le demande pas spécifiquement. Pour cela, identifiez la nature du ou des document(s), l'auteur, la date...
- **Vous devez également rattacher le ou les document(s) proposé(s) à un chapitre du programme** : ainsi vous comprendrez rapidement pourquoi on vous propose ce ou ces document(s).

L'astuce du prof

Quand vous le pouvez, utilisez des connaissances personnelles qui permettent de comprendre le ou les document(s), sans réciter votre cours. L'objet d'analyse reste le ou les document(s).

- **Lisez attentivement** les intitulés des questions, des consignes et les documents, y compris les graphiques et les images, les photographies et les légendes des cartes. Analysez les **chiffres**, relevez les **détails** d'une photographie ou d'un dessin.
- Certaines questions vous demandent de **prélever des informations** sur le ou les document(s), d'autres de **vous servir de vos connaissances** pour répondre à la question, d'autres encore **d'analyser les informations** données par le ou les document(s).

- **En Histoire** : repérez à quel type de document vous êtes confronté. Est-ce un témoignage fait par quelqu'un ayant assisté à un événement historique, est-ce l'analyse d'un historien ? etc.
- **En Géographie** : il faut identifier clairement l'espace étudié en s'interrogeant sur l'échelle à laquelle il est considéré : le document concerne-t-il un phénomène mondial, une situation nationale, régionale ou locale ?

Exercice 2 : Maitriser différents langages

Histoire ou géographie

- **Un paragraphe argumenté** vous est demandé dans chacune des deux matières, sur un thème donné dans les consignes et d'une longueur correspondant aux attentes des correcteurs. Mettez en œuvre toutes vos connaissances et sélectionnez-les bien pour répondre le plus précisément possible au sujet donné.
- Vous devez tout d'abord **introduire votre développement** en expliquant de quoi il s'agit et en le situant dans le temps et dans l'espace.
- Vous devez ensuite **organiser vos idées** en deux ou trois parties qui correspondent à deux ou trois idées différentes. Là encore, utilisez un vocabulaire précis appris en cours. Quand vous avez fini d'exposer l'une de vos idées, **allez à la ligne** ou **sautez une ligne** pour montrer au correcteur que vous passez à une autre idée.

> **Conseil**
> Pour introduire un développement construit, posez-vous à chaque fois les questions suivantes : Où ? Quand ? Qui ?

- **Un second exercice** faisant appel à un **autre langage** peut être prévu. Il s'agit de remplir une frise, un croquis ou un schéma, en respectant les consignes données : colorier une carte ou compléter un croquis en y ajoutant des flèches, des points ou des couleurs. Le but sera toujours de voir si vous avez compris **l'organisation** et le **fonctionnement** de l'espace représenté.
- **Pensez à toujours vous munir de crayons de couleur** car vous pouvez en avoir besoin.
- **Pensez à relire les croquis étudiés en classe** (en particulier le titre et la légende) et éventuellement, à les reproduire en guise d'entraînement.

Exercice 3 : Enseignement moral et civique

EMC

- **Vous devrez identifier** les documents proposés, en dégager le sens, prélever des informations et éventuellement, porter un regard critique sur ces documents en indiquant son intérêt ou ses limites.

- **Vous devez rendre compte** du problème politique ou social mis en avant par les documents. Prenez des exemples qui montrent que vous suivez l'actualité et que vous vous intéressez au monde qui vous entoure. Ne vous limitez pas aux connaissances tirées de votre cours.
- Certaines questions vous demandent de **prélever des informations** sur les documents, d'autres de **vous servir de vos connaissances** pour répondre à la question, d'autres encore **d'analyser les informations données** par les documents.
- **Une situation pratique** vous sera proposée ainsi qu'un ensemble de questions en relation avec la situation. Vous devrez comprendre le cas décrit mais aussi mettre à profit toutes les connaissances acquises tout au long de l'année pour répondre correctement.

Le jour J

- **N'oubliez pas d'apporter une trousse complète** avec des stylos bleu, rouge et vert, une règle, un crayon à papier, une gomme et des crayons de couleur.
- **Commencez par la matière que vous maîtrisez le mieux,** cela vous mettra en confiance pour la suite.
- **Ne perdez pas de temps** en détaillant trop votre brouillon ; si vous en faites un, limitez-vous aux questions longues, en particulier celles qui demandent un développement construit.

La maîtrise de la langue

Comment bien présenter votre copie ?

- Dans la maîtrise de la langue, sont prises en compte la **rédaction**, la **grammaire**, l'**orthographe** et la **lisibilité** de votre copie.
- **Soignez votre écriture** et aérez votre copie.
- **Écrivez bien sur les lignes** et n'écrivez pas trop petit, même si vous devez respecter le nombre de lignes imposé par les cadres.
- **Toutes vos réponses doivent être rédigées** : évitez les tirets, le style télégraphique ou les abréviations.
- **Évitez le « je »** dans la rédaction.
- Le **nombre de lignes** laissé pour chaque question est à respecter. Il vous donne une indication sur la longueur maximale attendue par le correcteur (toutes les lignes ne seront pas nécessairement remplies).
- Gardez un peu de temps pour **vous relire** à la fin de l'épreuve.
- **Prenez impérativement du temps pour vous relire,** surtout si vous n'avez pas fait de brouillon.

Sujet 1 — Civils et militaires pendant la Première Guerre mondiale

20 pts — 45 min

Liban, juin 2017

Exercice 2 Maîtriser différents langages

1 Rédigez un développement construit d'environ vingt lignes décrivant les violences subies par les combattants et les civils au cours de la Première Guerre mondiale. Vous pouvez vous appuyer sur les exemples vus en classe.

2 Sur la frise chronologique :
- nommez la période représentée en grisé ;
- indiquez l'année de chaque événement dans sa vignette ;
- reportez précisément le numéro des vignettes.

1

Indépendance de l'Algérie

........1962........

2

Création de l'ONU

........1945........

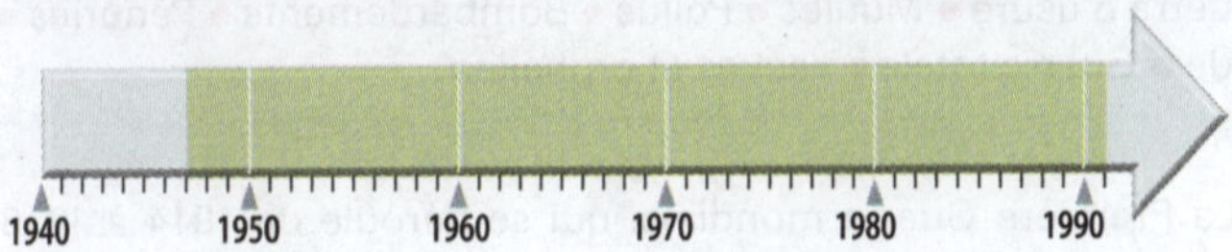

3

Traité de Rome

........1957........

4

Chute du mur de Berlin

........1989........

Sujet 1 Corrigé

Les clés pour réussir

Bien comprendre les consignes

Consigne 1

- La consigne vous demande de décrire les violences subies par les combattants et les civils dans un développement construit d'une vingtaine de lignes. Il vous faut être **méthodique** et réussir à organiser vos connaissances pour les présenter de manière structurée et cohérente. Faites un brouillon avant de vous mettre à rédiger votre copie. Le sujet vous invite à **commencer votre description par les violences subies par les combattants, puis par celles subies par les civils**. Il faut donc organiser votre paragraphe en **deux parties** distinctes. N'oubliez pas de toujours dater et localiser votre description et de vous appuyer sur le vocabulaire historique propre au chapitre.

Consigne 2

- Complétez la frise chronologique en suivant bien les consignes.
- La période représentée en grisé doit être nommée dans la frise ; les années de chaque événement dans les quatre vignettes ; et les numéros de ces vignettes doivent être reportés précisément sur la frise. Pour cette dernière consigne, **vous pouvez utiliser des flèches** pour être très précis sur les années correspondant à chaque événement. Remarquez bien que, sur la frise, **chaque graduation correspond à une année.**

Les mots-clés

Armement industriel • Obus • Gaz toxiques • Mobilisation • Tranchées • Guerre d'usure • Mutilés • Poilus • Bombardements • Pénuries • Génocide • Guerre totale • Veuves et orphelins

1 La Première Guerre mondiale, qui se déroule de 1914 à 1918, voit se développer des violences inconnues jusqu'alors. Comment les combattants et les civils ont-ils subi ces violences ?

Ce sont d'abord les combattants qui subissent des violences extrêmes sur les champs de bataille. L'industrialisation des sociétés européennes en 1914 permet la mise au point de nouvelles armes meurtrières : les gaz toxiques, les mitrailleuses et les obus. Pour s'en protéger, les combattants, tous des citoyens mobilisés dans les pays en guerre, creusent des

L'astuce du prof

Organisez votre paragraphe en deux parties. Essayez d'écrire une ou deux phrases d'introduction qui situent rapidement le contexte et qui posent le sujet sous forme de question.

abris et des tranchées. C'est une guerre d'usure où il s'agit d'empêcher l'ennemi d'avancer. Dans ces tranchées, les violences subies sont extrêmes, car les soldats sont sommés de lancer quotidiennement des assauts lors desquels ils reçoivent des pluies d'obus qui les tuent ou les mutilent en masse. C'est le cas lors des grandes batailles comme celle de Verdun en 1916 qui fait environ un million de victimes françaises et allemandes. De plus, les conditions de vie des soldats dans les tranchées sont très difficiles. Ils souffrent de la faim, du froid, de la fatigue et d'un grand manque d'hygiène. C'est pourquoi, en France, la population surnomme ses combattants les « Poilus ». Les soldats survivants reviennent traumatisés physiquement moralement de la « Grande Guerre ».

Gagnez des points !

Les conditions de vie des soldats témoignent aussi de la violence de la guerre. N'oubliez pas de les décrire.

Les civils sont aussi la cible de violences extrêmes. Quand ils sont proches de ligne de front, ils subissent, comme les soldats, des bombardements massifs qui n'épargnent rien : villes, hôpitaux et villages sont touchés, parfois complètement rasés, surtout dans le Nord-Est de la France. Dans les zones occupées, les violences touchent aussi les populations civiles, victimes de confiscations, de viols et de déplacements forcés. Sur tous les territoires en guerre, les pénuries alimentaires rendent la vie des civils très pénible. Dans l'Empire ottoman, dans un contexte de guerre totale, une forme de violence extrême touche la population arménienne à partir de 1915. Le gouvernement ottoman subit de lourdes défaites contre l'Empire russe. Il accuse alors les Arméniens de l'Empire d'avoir trahi. Cela lui fournit un prétexte pour éliminer cette population et commettre un génocide : les soldats sont fusillés et les civils sont déportés dans le désert où la plupart meurent de soif et de fatigue. Plus d'un million d'Arméniens sont victimes de ce génocide.

Gagnez des points !

N'oubliez pas le génocide arménien qui est la violence la plus extrême subie par des civils pendant cette guerre.

Les violences extrêmes de la Première Guerre mondiale ont provoqué la mort d'environ dix millions de personnes, combattants et civils. Des millions de soldats sont mutilés et traumatisés. La guerre laisse des millions de veuves et d'orphelins dans une Europe meurtrie.

2

1

Indépendance de l'Algérie

1962

2

Création de l'ONU

1945

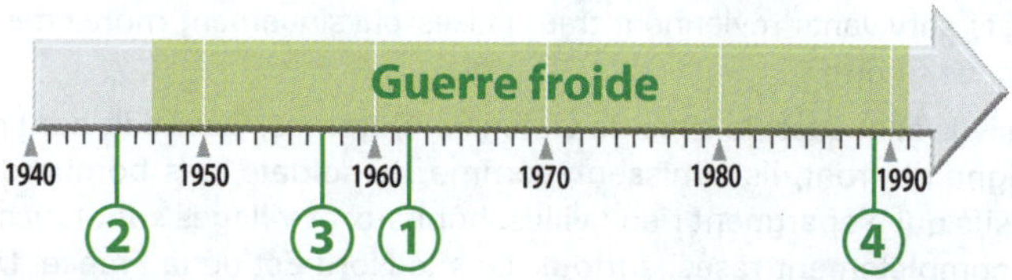

3

Traité de Rome

1957

4

Chute du mur de Berlin

1989

Sujet 2

20 pts

45 min

L'Europe, un théâtre majeur des guerres totales

France métropolitaine, juillet 2019

Exercice 1 Analyser et comprendre des documents

Document 1 **Circulaire de la préfecture de police de Paris ordonnant la rafle du « Vel d'Hiv » des 16 et 17 juillet 1942**

« À messieurs les commissaires [...].

Paris, le 13 juillet 1942.

Les autorités occupantes ont décidé l'arrestation et le rassemblement d'un certain nombre de Juifs étrangers. [...] [La mesure] concerne tous les Juifs étrangers, quel que soit leur sexe, pourvu qu'ils soient âgés de 16 à 60 ans. Les enfants de moins de 16 ans seront emmenés en même temps que les parents.* [...]

Vous constituerez des équipes d'arrestation. Chaque équipe sera composée d'un gardien en tenue et d'un gardien en civil ou d'un inspecteur des Renseignements Généraux ou de la Police Judiciaire. [...]

Les équipes chargées des arrestations devront procéder avec le plus de rapidité possible, sans paroles inutiles et sans commentaire. [...] Des autobus seront mis à disposition. Lorsque vous aurez un contingent suffisant pour remplir un autobus, vous dirigerez :

a) Sur le Camp de Drancy les individus ou familles n'ayant pas d'enfant de moins de 16 ans.

b) Sur le Vélodrome d'Hiver, les autres.

En ce qui concerne le Camp de Drancy, le contingent prévu doit être de 6 000. [...]

La garde du Vélodrome d'Hiver sera assurée, tant à l'intérieur qu'à l'extérieur, par la gendarmerie de la région parisienne et sous sa responsabilité.

Le directeur de la police municipale, Hennequin. »

Archives de la police, sorties à l'occasion d'une exposition organisée par la mairie du IIIe arrondissement de Paris en 2012.

*En réalité, la rafle s'est portée sur tous les Juifs, français comme étrangers et de tout âge.

HISTOIRE

Document 2 **Principaux itinéraires des convois de déportation à destination d'Auschwitz durant la Seconde Guerre mondiale**

Mémorial de la Shoah.

Questions

1 À l'aide de l'expression soulignée dans le document 1, présentez la situation de la France en 1942.

2 Identifiez les personnes visées par cette circulaire.

3 Décrivez ce qu'est une rafle à l'aide du document 1.

4 Montrez, grâce au document 1, comment les services de l'État français collaborent avec l'occupant.

5 À l'aide du document 2, expliquez pourquoi la rafle du « Vel d'Hiv » n'est qu'une étape dans la politique nazie mise en place en Europe durant la Seconde Guerre mondiale.

Sujet 2 Corrigé

Les clés pour réussir

Bien lire le document

Identifier leur nature

- **Le document 1** est un texte tiré des archives de la police de Paris, sorties à l'occasion d'une exposition organisée par la mairie du IIIe arrondissement de Paris en 2012. Ces archives regroupent les documents administratifs de la police et donnent donc un aperçu précis de la manière dont les ordres ont été donnés sous l'occupation allemande pendant la Seconde Guerre mondiale en France. Ici, cet extrait est écrit par le directeur de la police municipale, donc un policier français qui obéit aux ordres donnés par les Allemands et qui collabore avec eux.
- **Le document 2** est une carte de l'Europe occupée par les Allemands pendant la Seconde Guerre mondiale qui montre les principaux itinéraires des convois de déportation à destination du principal camp d'extermination durant la Seconde Guerre mondiale : Auschwitz-Birkenau. Cette carte a été faite par le Mémorial de la Shoah français, un lieu de mémoire du génocide des Juifs situé à Paris.

Repérer les éléments importants

- **Dans le document 1**, la personne qui signe la circulaire (lettre interne à la police) : Hennequin, le directeur de la police municipale de Paris.
- La date et le lieu en début de circulaire.
- L'en-tête du texte : « À messieurs les commissaires » qui montre que le directeur de la police s'adresse à tous les commissaires de police parisiens.
- Le début de phrase souligné qui permet de comprendre la situation de la France en 1942.
- Le premier paragraphe qui explique quelle population est concernée par cette mesure.
- Les deux lieux d'internement indiqués en a) et b) de la circulaire.
- La mention du « Vélodrome d'Hiver » qui permet d'expliquer le nom de cette rafle (« Vel d'Hiv »).
- **Dans le document 2,** la première colonne de la légende qui identifie trois types de pays et leurs relations avec l'Allemagne nazie.
- La deuxième colonne qui distingue trois types de camps.
- La troisième colonne qui liste les différents convois de prisonniers juifs vers Drancy et vers Auschwitz.

HISTOIRE

Bien comprendre les questions

Question 1

- Pour cette première question, vous devez expliquer la situation de la France en 1942. Même si le groupe nominal souligné dans le texte (« Les autorités occupantes ») vous donne une indication, vous avez besoin de connaissances personnelles pour expliquer le contexte de l'occupation en France.
- Ne racontez pas tout ce que vous savez sur la France pendant la guerre, mais expliquez en quoi consiste l'occupation de la France par l'Allemagne.

Question 2

- Vous devez « identifier » les personnes visées par cette circulaire. C'est dans le premier paragraphe que vous pouvez trouver ces personnes.
- N'oubliez pas la note en bas de texte qui élargit la population concernée !

Question 3

Pour cette question, il s'agit de définir ce qu'est une rafle à l'aide du texte. C'est encore une fois la première phrase de la circulaire (après l'indication de lieu et la date) qui permet de trouver les deux mots importants de cette définition. Vous pouvez ensuite préciser votre réponse à l'aide des paragraphes suivants.

Question 4

- Vous devez d'abord identifier les deux services de l'État cités dans le texte.
- Une fois cela fait, montrez que ces différents services ont aidé les Allemands à mener leur politique raciste en France. Pour cela, dites concrètement ce qu'ils ont fait.

Question 5

- La dernière question porte sur la carte du document 2. Il vous faut montrer que la rafle n'est qu'une étape dans la politique nazie mise en place en Europe durant la Seconde Guerre mondiale. Pour cela, vous devez faire appel à vos connaissances sur la politique raciale des nazis, notamment à l'égard des Juifs.
- Lisez attentivement la légende de la carte, surtout la deuxième colonne qui indique les lieux d'internement des prisonniers, et la troisième colonne qui montre les étapes dans la déportation des Juifs habitant en France.

Les mots-clés

- **Rafle** : voir la question 3.
- **Occupation allemande** : après la défaite de la France en 1940 et la signature de l'armistice par le maréchal Pétain, l'armée allemande occupe le territoire français, d'abord en partie (jusqu'en 1942), puis en entier pour contrôler ses frontières, sa population et piller ses ressources.
- **Juifs étrangers** : Juifs réfugiés en France avant et au début de la guerre, souvent venus d'Allemagne et d'Europe de l'Est. Ce sont les premiers à être arrêtés et déportés par les nazis avec l'aide de l'État français.
- **Camp de Drancy** : camps d'internement français, en région parisienne. La majorité des Juifs habitant en France ont transité par Drancy avant d'être déportés dans les camps de la mort en Allemagne et surtout en Pologne.
- **Vélodrome d'Hiver** : stade destiné aux courses de vélo, il était situé dans le XVe arrondissement de Paris. Familièrement appelé le « Vel d'Hiv », il est devenu tristement célèbre après la rafle des 16 et 17 juillet 1942 qui porte son nom. Plus de 13 000 personnes juives y ont été internées à cette occasion (dont un tiers d'enfants) ; moins d'une centaine en reviendront.
- **Pays annexés par l'Allemagne** : pays qui ont été intégrés à l'Allemagne après leur invasion.
- **Pays alliés de l'Allemagne** : pays ayant combattu aux côtés de l'Allemagne nazie pendant la Seconde Guerre mondiale.
- **Camps d'internement** : camps destinés à regrouper les populations juives et tziganes avant leur déportation vers les camps de la mort.
- **Camps de concentration** : camps de travail forcé, situés principalement en Allemagne, où les conditions de vie menèrent la plupart du temps à la mort.
- **Camps ou centres d'extermination** : camps dont le but est d'exterminer le plus grand nombre de prisonniers dans un minimum de temps. Cette extermination industrielle s'est faite au moyen des chambres à gaz ; les corps étaient ensuite brûlés dans d'immenses fours crématoires.
- **Auschwitz** : principal ensemble concentrationnaire nazi. C'est à la fois un camp de concentration et un camp d'extermination. À lui seul, Auschwitz a fait plus d'un million de victimes.
- **Convois de déportés** : trains emmenant des prisonniers juifs vers les camps de la mort. Environ 79 convois sont partis de France vers l'Est, et notamment Auschwitz.

1 En 1942, la France, battue par l'Allemagne en 1940, est occupée par les nazis. Dans la zone nord, l'Allemagne occupe directement le territoire, tandis que la zone sud est administrée par le gouvernement de Vichy, un régime autoritaire dirigé par le maréchal Pétain et qui collabore avec les Allemands.

Gagnez des points !

Ne vous contentez pas d'une présentation générale de la situation de la France, mais essayez d'être le plus précis possible, par exemple en citant le gouvernement de Vichy ou la ligne de démarcation séparant la zone libre et la zone occupée jusqu'en novembre 1942.

2 Cette circulaire vise avant tout les Juifs étrangers réfugiés en France, hommes et femmes âgés de 16 à 60 ans. Pourtant, le texte précise que « les enfants de moins de 16 ans seront emmenés en même temps que les parents ». En réalité, comme l'indique la note en bas de texte, cette rafle « s'est portée sur tous les Juifs, français comme étrangers et de tout âge ».

L'astuce du prof

Attention, les personnes « visées » par cette circulaire sont celles qui seront les victimes des mesures annoncées !

3 Une rafle est l'arrestation massive, agressive et rapide d'une population, et son rassemblement dans un lieu de détention. Lors de la rafle du « Vel d'Hiv », des équipes de policiers ont été constituées avec « un gardien en tenue et [...] un gardien en civil » à qui on demande d'arrêter les familles juives « avec le plus de rapidité possible ». Ensuite, des autobus sont mis à disposition pour emmener les prisonniers dans le camp de Drancy ou au Vélodrome d'Hiver où ils sont gardés par la gendarmerie.

Gagnez des points !

Indiquez chaque étape de la rafle depuis l'arrestation jusqu'à l'internement.

4 Lors de la rafle du Vel d'Hiv, les autorités françaises collaborent avec l'occupant allemand. En effet, selon Hennequin, le directeur de la police municipale, ce sont « les autorités occupantes », donc les Allemands, qui ont décidé de la rafle. Ce sont pourtant les policiers et les gendarmes français qui procèdent aux arrestations et au rassemblement des Juifs à Drancy et au Vélodrome d'Hiver. Les autorités françaises ont obéi aux ordres donnés par les Allemands, allant même plus loin que ce qu'on leur demandait, puisque la mesure ne devait porter que sur les personnes âgées de 16 à 60 ans. L'État français a donc activement participé à l'internement et à la déportation des Juifs habitant en France.

Gagnez des points !

Montrez que l'État français a non seulement obéi aux ordres donnés par l'occupant allemand, mais est même allé plus loin que ce qu'on lui demandait.

5 La rafle du Vel d'Hiv n'est qu'une étape dans la politique nazie mise en place en Europe durant la Seconde Guerre mondiale. En effet, les Juifs internés dans des camps d'internement en France ou dans les autres pays européens occupés sont ensuite déportés dans des camps de concentration en Allemagne ou des centres d'extermination en Pologne. Dans les camps de concentration, les prisonniers juifs, tziganes ou résistants étaient forcés à travailler dans des conditions telles qu'elles conduisaient la plupart du temps à la mort. Dans les camps d'extermination comme Auschwitz ou Sobibor, les déportés étaient dans la plupart des cas mis à mort dès leur arrivée. À Auschwitz, environ un million de personnes ont été tuées pendant la guerre. Au total, entre 1941 et 1945, le génocide des Juifs, la « Shoah », a fait entre 5 et 6 millions de victimes, et celui des Tziganes environ 300 000.

Gagnez des points !

Citez des chiffres appris en cours pour appuyer votre propos. Utilisez également le vocabulaire historique spécifique appris.

Sujet 3 — Un monde bipolaire

20 pts — 45 min

Asie, juin 2017

Exercice 2 Maîtriser différents langages

1 Rédigez un texte structuré d'une vingtaine de lignes présentant le monde bipolaire au temps de la Guerre froide (dates, définitions, acteurs, manifestations).

2 Sur la frise chronologique ci-dessous, placez les dates de début et de fin de la Guerre froide et donnez-en un événement majeur que vous placerez également sur la frise.

Le monde bipolaire de la Guerre froide

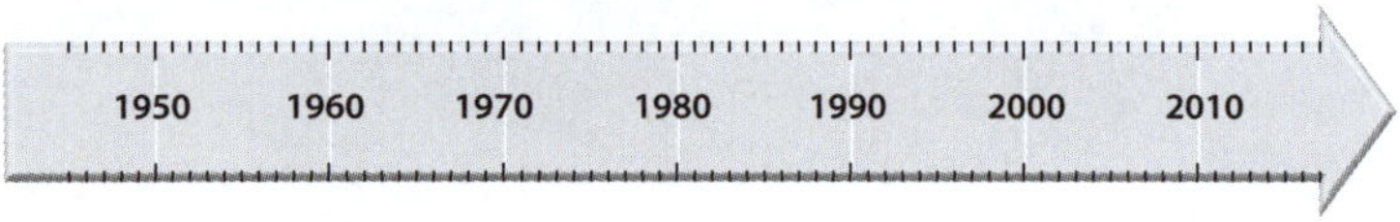

Sujet 3 Corrigé

Les clés pour réussir

Bien comprendre les consignes

Consigne 1

- L'analyse du sujet n'est pas très facile, surtout à cause des mots entre parenthèses (« dates, définitions, acteurs, manifestations »). Ce n'est bien sûr pas un plan à suivre. Vous devez **insérer ces informations dans votre développement construit**.
- Les dates sont les **dates repères du programme** (bornes chronologiques de la Guerre froide et date d'une crise importante de ce conflit). Les définitions sont **les termes particuliers**, appris en cours, qui se rapportent à la Guerre froide. Les acteurs sont les **deux grandes puissances**, ainsi que leurs principaux dirigeants. Par manifestations, le sujet entend les **formes d'affrontement** entre les deux blocs, que ce soient des crises, des conflits ou des rivalités.

● Le sujet vous invite à « présenter » le monde bipolaire au temps de la Guerre froide. Cela signifie que vous devez décrire comment le monde se divise en **deux blocs opposés**, puis comment ces deux blocs s'affrontent. D'autres structures sont possibles, l'essentiel étant que vous organisiez vos connaissances.

Consigne 2

● Attention de bien placer les dates en précisant l'événement qui correspond. Pour la fin de la Guerre froide, deux dates peuvent être acceptées : soit celle de la chute du mur de Berlin, soit celle de l'éclatement de l'URSS.

Les mots-clés

Monde bipolaire ● Guerre froide ● Communisme ● Capitalisme ● Démocratie ● Rideau de fer ● OTAN ● Pacte de Varsovie ● Dissuasion nucléaire ● Équilibre de la terreur

1 Dès la fin de la Seconde Guerre mondiale, des tensions apparaissent entre les États-Unis et l'URSS : la Guerre froide commence et dure jusqu'en 1989. Comment se présente le monde bipolaire au temps de la Guerre froide ?

Gagnez des points !

Présentez le sujet et donnez les bornes chronologiques du sujet (début et fin de la Guerre froide).

À partir de 1947, le monde est véritablement coupé en deux. On parle alors d'un monde bipolaire. L'idéologie des États-Unis et celle de l'URSS, les deux grands vainqueurs de la Seconde Guerre mondiale, sont en effet incompatibles : démocratie et capitalisme pour les États-Unis ; communisme pour l'URSS de Staline. Dans les pays d'Europe de l'Est qu'elle a libérés, cette dernière impose des dictatures communistes. Le président américain, Harry Truman, réagit en proposant l'aide économique du Plan Marshall pour insérer dans sa zone d'influence les pays d'Europe de l'Ouest. L'Europe est donc divisée par un « rideau de fer », une frontière infranchissable. Chacun des deux Grands cherche en fait à étendre sa zone d'influence en tentant de limiter celle du camp opposé. Deux blocs d'alliance militaire opposés se mettent en place à l'échelle mondiale : l'OTAN pour le bloc de l'Ouest et le Pacte de Varsovie pour le bloc de l'Est. En 1949, la victoire des communistes de Mao Zedong semble renforcer encore le bloc communiste.

L'astuce du prof

Comme vous le demande le sujet, utilisez bien les définitions précises apprises en classe.

Malgré ces tensions très fortes, les États-Unis et l'URSS ne s'affrontent jamais directement. C'est une guerre « froide ». À partir de 1949, l'URSS se dote à son tour de l'arme atomique. Un « équilibre de la terreur » se met en place grâce à la dissuasion nucléaire : aucun des deux Grands n'ose déclencher un conflit qui risquerait de les détruire en même temps que leur ennemi. Parfois cependant, on est proche de l'affrontement : c'est le cas à Berlin lors de la construction du mur en 1961 ou lors de la crise de Cuba en 1963. En dehors de ces crises, le conflit prend d'autres formes. Les États-Unis et l'URSS rivalisent dans tous les domaines. Ils mènent une guerre idéologique et culturelle à travers tous les arts qui deviennent des outils de propagande. Ils mènent aussi une guerre technologique, notamment avec la conquête spatiale : en 1959, l'URSS envoie le premier homme dans l'espace, mais ce sont les Malgré ces tensions très fortes, les États-Unis et l'URSS ne s'affrontent jamais directement. C'est une guerre « froide ». À partir de 1949, l'URSS se dote à son tour de l'arme atomique. Un « équilibre de la terreur » se met en place grâce à la dissuasion nucléaire : aucun des deux Grands n'ose déclencher un conflit qui risquerait de les détruire en même temps que leur ennemi. Parfois cependant, on est proche de l'affrontement : c'est le cas à Berlin lors de la construction du mur en 1961 ou lors de la crise de Cuba en 1963. En dehors de ces crises, le conflit prend d'autres formes. Les États-Unis et l'URSS rivalisent dans tous les domaines. Ils mènent une guerre idéologique et culturelle à travers tous les arts qui deviennent des outils de propagande. Ils mènent aussi une guerre technologique, notamment avec la conquête spatiale : en 1959, l'URSS envoie le premier homme dans l'espace, mais ce sont les États-Unis qui marchent les premiers sur la Lune dix ans plus tard. Enfin les deux Grands s'affrontent également indirectement lors de conflits locaux comme lors de la guerre de Corée de 1950 à 1953 ou de la guerre du Vietnam dans les années 1960.

Pendant la Guerre froide, le monde bipolaire voit donc s'affronter deux grands blocs d'alliance menés par les États-Unis et l'URSS. Après la chute du mur de Berlin en 1989, le bloc de l'Est se disloque peu à peu jusqu'à l'éclatement de l'URSS en 1991.

Gagnez des points !

Expliquez rapidement comment s'est terminée la Guerre froide.

2

Le monde bipolaire de la Guerre froide

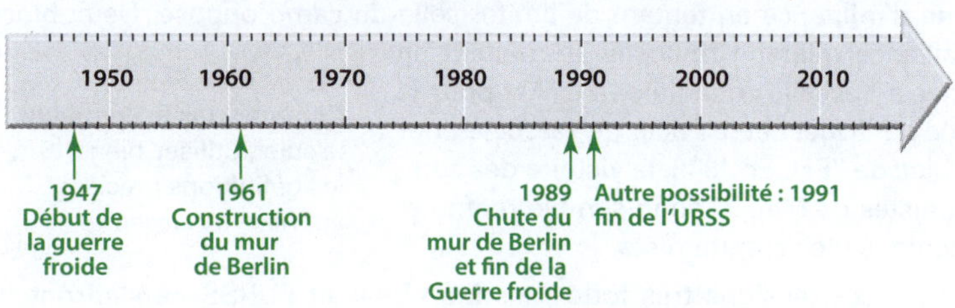

Sujet 4 L'Allemagne au temps de la Guerre froide

20 pts — 45 min

Centres étrangers, juin 2019

Exercice 1 Analyser et comprendre des documents

Document 1 Berlin, Checkpoint Charlie (1961)

Checkpoint Charlie est un point de passage entre Berlin-Ouest et Berlin-Est. Le 25 octobre 1961, les gardes-frontières de Berlin-Est refusent le passage d'un ambassadeur américain. Des chars américains et soviétiques se retrouvent face à face. Après plusieurs heures, ils se retirent sans qu'aucun coup de feu n'ait été tiré.

© R.Hesse, Bundesarchiv, 1961.

HISTOIRE

Document 2 **L'Allemagne au temps de la Guerre froide**

Au cours de la guerre froide, la famille Berdau (composée de quatre sœurs – Käthe, mariée à Heinz, Traute, Rose-Marie et Anneliese – ainsi que leurs parents) est séparée par les évènements.

En 1959, en RDA, Heinz et Käthe Krause sont arrêtés, accusés d'avoir voulu fuir à l'Ouest. Le jeune géologue est condamné à douze mois de prison, elle [Käthe, sa femme] est détenue vingt-quatre heures et perd son travail.
[...] Heinz et Käthe sont décidés. Ils vivent « avec une valise sous le lit ». Le jeune couple demande l'autorisation de partir en vacances sur la presqu'île de Hela, en Pologne. En réalité ils vont à Berlin. En 1960, le mur n'a pas encore été construit et un train régional circule entre deux destinations de l'Est, avec quelques arrêts très surveillés dans Berlin-Ouest. « Mon mari était très courageux, il a pris l'initiative », raconte Käthe, les yeux brillants. Au premier arrêt dans le district ouest, il dit à sa femme : « On sort ! ». Ils descendent sans rien dire, attendant qu'on les arrête, mais on ne les remarque pas. [...]
Quand le Mur est construit en 1961, Traute vit à Hambourg (RFA), Rose-Marie en Autriche, Käthe à Waiblingen (RFA), seule Anneliese est restée à Greifswald (RDA) avec leur mère. « On était séparés, peut-être pour toujours ». Anneliese et Käthe restent très proches. « On échangeait des photos, mais les lettres étaient contrôlées. On ne pouvait pas parler de nos vies. Les paquets étaient fouillés. En trente ans, les visites se comptent sur les doigts d'une main. [...] En 1989, on n'avait pas idée que le Mur pouvait tomber. On ne se rendait pas compte que c'était proche. »

N. Lacube, « En Allemagne, les sœurs Berdau ont vécu au rythme de l'histoire », *La Croix*, 15 janvier 2011.

Questions

1 D'après le document 1, quelles sont les deux principales puissances rivales au cours de la guerre froide ?

2 D'après le document 2, qu'ont décidé Heinz et Käthe ? En quoi cela permet-il d'expliquer la construction du mur de Berlin ?

3 Montrez que la guerre froide a rendu difficile la vie quotidienne des Allemands (au moins deux éléments attendus).

4 Relevez dans le document 2, en indiquant sa date, l'événement qui correspond à la fin de la guerre froide.

5 Montrez, à l'aide des deux documents, que la situation à Berlin et en Allemagne illustre les tensions entre l'Est et l'Ouest pendant la guerre froide.

Sujet 4 Corrigé

Les clés pour réussir

Bien lire les documents

Identifier les documents

- Le document 1 est une photographie de Checkpoint Charlie à Berlin, accompagnée d'un petit texte qui explique la situation particulière de la journée du 25 octobre 1961.
- Le document 2 est un témoignage recueilli par une journaliste du journal *La Croix* en 2011 sur la vie de quatre sœurs en Allemagne pendant la guerre froide.

Repérer les éléments importants

- La **présentation de la photographie**, qui permet ensuite de comprendre la scène et notamment le face-à-face des chars américains et russes en plein cœur de Berlin.
- La **présentation du document 2**, qui permet d'identifier les personnages mentionnés dans le texte.
- Le **premier paragraphe du texte**, qui contient l'information essentielle pour comprendre le document 2.
- Le **deuxième paragraphe**, qui explique comment on pouvait passer de Berlin-Est à Berlin-Ouest avant la construction du Mur.
- Le **dernier paragraphe**, qui rappelle les difficultés rencontrées par cette famille pour rester unie et en contact, malgré la guerre froide et ses conséquences pour l'Allemagne.

Bien comprendre les questions

Question 1

Ces deux grandes puissances sont mentionnées dans la présentation du document 1, car elles s'affrontent et se menacent au moyen de leurs chars d'assaut. Vos connaissances doivent par ailleurs vous permettre de répondre à cette question très facile.

Question 2

La décision de Heinz et Käthe est expliquée dans le premier paragraphe. Vous devez ici montrer votre capacité à faire le lien entre vos connaissances et l'exemple du document, en mettant en relation les raisons de la construction du Mur et le témoignage de Heinz et Käthe.

HISTOIRE

Question 3

Vous devez ici vous appuyer essentiellement sur le document 2 pour répondre à cette question. Attention toutefois de ne pas paraphraser le document en vous contentant d'en recopier des extraits : vous devez rédiger vous-même la réponse ou citer le texte en utilisant des guillemets.

Question 4

Vous devez ici relever la date qui vous est donnée dans le texte, et faire le lien avec un événement que vous devez trouver dans vos connaissances personnelles.

Question 5

Il s'agit ici de rédiger une réponse assez développée, car elle est notée sur 8 points. Vous devez exposer vos connaissances de manière détaillée en respectant le sujet donné. En effet, la consigne vous demande de montrer que Berlin et l'Allemagne ont été des lieux de tensions pendant la guerre froide entre les deux grandes puissances rivales de ce conflit. Il ne faut donc pas raconter la guerre froide, ce qui serait hors sujet, mais centrer votre développement sur Berlin et l'Allemagne. Exposez d'abord leur situation, héritée de la Seconde Guerre mondiale, puis décrivez les principales tensions ou crises qui s'y sont déroulées.

Les mots-clés

- **Checkpoint** : point de passage militarisé entre Berlin-Est et Berlin-Ouest avant la construction du Mur. Checkpoint, Charlie était le plus important et le plus célèbre d'entre eux.
- **Monde bipolaire** : désigne la situation géopolitique du monde pendant la guerre froide, divisé en deux blocs par la rivalité entre deux grandes puissances : les États-Unis et l'URSS.
- **Ouest** : désigne l'Allemagne de l'Ouest et, plus généralement, les pays qui appartiennent au bloc allié derrière les États-Unis.
- **RDA** : République démocratique d'Allemagne (Allemagne de l'Est), république communiste sous contrôle de l'URSS.
- **RFA** : République fédérale d'Allemagne (Allemagne de l'Ouest), république libérale sous l'influence des États-Unis.

1 Les deux puissances rivales au temps de la guerre froide sont l'URSS et les États-Unis.

2 Heinz et Käthe ont décidé de quitter la RDA pour passer à l'Ouest, c'est-à-dire en RFA. Pour cela, ils décident de passer par Berlin. Ils prennent un train à Berlin-Est et descendent, malgré la surveillance, au premier arrêt dans Berlin-Ouest. Ce témoignage permet d'expliquer la construction du mur de Berlin en 1961. En effet, il nous montre que comme la frontière, « le rideau de fer », entre la RDA et la RFA était infranchissable, environ 3 millions d'Allemands de l'Est, comme Heinz et Käthe, avaient choisi Berlin pour passer à l'Ouest entre 1949 et 1961.

Gagnez des points !

Utilisez vos connaissances pour développer votre réponse et montrer la portée historique de ce témoignage.

3 La guerre froide a rendu la vie quotidienne des Allemands difficile pour plusieurs raisons. Tout d'abord, les Allemands n'étaient pas libres de se déplacer et de circuler comme ils le voulaient. En RDA, ils étaient surveillés et pouvaient, comme Käthe et Heinz, être emprisonnés ou perdre leur travail s'ils voulaient se rendre à l'Ouest. Ensuite, les liens de famille étaient rendus compliqués en raison de la situation politique de la région. Les familles ne pouvaient plus se voir, ou difficilement, quand elles étaient dispersées entre l'Est et l'Ouest, comme c'est expliqué dans le témoignage. Enfin, les familles ne pouvaient pas même correspondre ou communiquer comme elles le voulaient, car elles savaient que leurs courriers seraient lus et fouillés, notamment en RDA.

L'astuce du prof

Montrez votre bonne compréhension des documents en donnant plus de deux exemples de difficultés quotidiennes rencontrées par les Allemands.

4 L'événement qui correspond à la fin de la guerre froide dans le texte est la chute du mur de Berlin en novembre 1989.

Gagnez des points !

Préciser le mois de la chute du mur de Berlin pour valoriser vos connaissances personnelles.

5 La situation à Berlin et en Allemagne illustre les tensions entre l'Est et l'Ouest pendant la guerre froide. En effet, en 1945, l'Allemagne et la ville de Berlin sont coupées en deux : les deux grands vainqueurs de la Seconde Guerre mondiale, l'URSS et les États-Unis, se les partagent. En 1949, la partie occupée par l'URSS devient la RDA et adopte le communisme sur le modèle soviétique, tandis que la partie occupée par les États-Unis devient la RFA et adopte la démocratie libérale sur le modèle américain, reflétant la rivalité idéologique entre les deux grandes puissances de la guerre froide.

Gagnez des points !

Utilisez vos connaissances pour rédiger une réponse développée sur la situation de Berlin et les différentes crises qu'elle a connues, sans oublier de faire référence aux documents proposés.

Dès lors, la ville de Berlin, qui se trouve au milieu du territoire de la RDA, devient une source régulière de tensions entre les deux puissances rivales qui s'y font face. En 1948, l'URSS tente un blocus de Berlin-Ouest ; les États-Unis démontrent leur force et leur détermination en organisant un pont aérien pour le contourner. En 1961, l'URSS construit un mur en quelques jours, pour isoler Berlin-Est et stopper une émigration massive. Kennedy, président des États-Unis, en fait le « mur de la honte », transformant le coup de force de l'URSS en victoire idéologique pour les États-Unis.

Enfin, c'est la chute du mur de Berlin en novembre 1989 qui marque la fin de la Guerre froide. Celui-ci tombe sans aucune réaction de l'URSS, au grand étonnement des Allemands, comme nous le montre le document 2. Il symbolise l'écroulement du bloc de l'Est et la victoire incontestée des États-Unis dans ce long conflit larvé.

Sujet 5 Mouvement démocratique féminin

20 pts 45 min

Amérique du Nord, juin 2017

Exercice 1 Analyser et comprendre des documents

Document Tract du Mouvement démocratique féminin, diffusé à Paris en juin 1968

Depuis le début du mois de mai 1968, les étudiants manifestent contre le gouvernement du président de Gaulle.

Étudiante,
Tu as été sur les barricades, la police t'a chargée et matraquée comme les étudiants, tes camarades.
Tu participes aux discussions, aux travaux des commissions, aux grandes manifestations populaires. Des lycées de filles, des instituts féminins ont parfois entraîné les autres établissements et, parmi les dix millions de grévistes, les travailleuses tiennent aussi leur place.
Or, au cours de ces journées décisives, soit dans les grands rassemblements, soit à la radio ou à la télévision, aucune femme n'est apparue comme porte-parole. Dans les pourparlers entre syndicats, patronat et gouvernement, nul n'a réclamé formellement l'égalité de rémunération entre travailleuses et travailleurs, nul n'a envisagé la création de services collectifs et de crèches pour soulager les femmes de leur double journée de travail.
Dans l'immense débat qui s'est instauré à travers tout le pays, dans la grande remise en cause des structures et des valeurs, aucune voix ne s'élève pour déclarer que le changement des rapports entre les hommes implique aussi le changement des rapports entre les hommes et les femmes. Les étudiants et les jeunes veulent une morale identique pour les filles et les garçons. C'est un aspect du changement. Ce n'est qu'un aspect. […] Il faut que la société qui va se construire soit l'œuvre des femmes aussi bien que des hommes, qu'elle donne à toutes les femmes des chances égales à celles des hommes.
Si tu es d'accord là-dessus qu'es-tu disposée à faire ? Viens en discuter avec nous.

Christine Fauré, *Mai 68 jour et nuit*, 2008.

HISTOIRE

Questions

1 Quelle est la nature de ce document ? À qui est-il destiné ?

2 Relevez au moins deux inégalités hommes-femmes mentionnées dans le document.

3 Quels éléments du texte montrent l'engagement politique et syndical des femmes au moment des événements de Mai 1968 ?

4 Quel droit politique a été acquis par les femmes avant 1968 et n'est pas mentionné dans le texte ?

5 En vous appuyant sur vos connaissances, proposez trois exemples d'évolutions qui ont changé la situation des femmes depuis 1968.

Sujet 5 Corrigé

Les clés pour réussir

Bien lire le document

Identifier sa nature

- Un tract est un papier que l'on distribue pour **informer** ou **mobiliser** la population. Ici, il s'agit d'un tract du mouvement démocratique féminin, c'est-à-dire un tract **féministe**. Le féminisme est un mouvement social qui se développe à la fin des années 1960 et qui réclame une **égalité entre les femmes et les hommes** dans tous les domaines.

Repérer les éléments importants

- La **présentation** du tract qui situe le **contexte historique** dans lequel il a été écrit.
- Le **début** du tract qui montre **à qui il s'adresse**, ainsi que le **tutoiement**, qui expliquent pourquoi tout est accordé au féminin.
- Les **trois parties** qui correspondent à **l'engagement des femmes** pendant Mai 68, leurs critiques et leurs revendications.

Bien comprendre les questions

Question 1

- Quand on demande la nature d'un document, il faut dire de quel **type** de document il s'agit (une carte, un tableau, une image, un texte...), en étant le plus précis possible (quel type de carte ? quel type de texte ?). Pour savoir à qui il est destiné, il faut repérer à qui il s'adresse.

Question 2

- On vous demande ici de « relever » deux inégalités hommes-femmes. Vous devez donc prélever dans le texte des **extraits** qui montrent des inégalités. N'oubliez pas de mettre des guillemets en les citant. Les informations répondant à cette question se trouvent principalement dans le paragraphe commençant par « Or ».

Question 3

• Là encore il s'agit de prélever des informations dans le texte qui montrent **l'engagement** des femmes pendant les événements de Mai 68. Cette fois-ci, c'est le début du texte qui contient les éléments pour répondre à cette question.

Question 4

• Pour cette question, il vous faut faire le **lien** avec le chapitre du programme intitulé : **« 1944-1947 : refonder la République, redéfinir la démocratie »**. Le document ne vous permet pas de répondre à cette question. Il vous faut donc utiliser vos connaissances.

Question 5

• La dernière question vous demande de vous appuyer sur des **connaissances personnelles** issues du dernier chapitre d'Histoire du programme : **« Femmes et hommes dans la société des années 1950 aux années 1980 : nouveaux enjeux sociaux et culturels, réponses politiques ».**

• Il s'agit de décrire trois évolutions, c'est-à-dire **trois changements dans la situation des femmes** depuis 1968. Ces changements peuvent être des lois, mais pas nécessairement. La consigne est très large. Vous pouvez aussi vous appuyer sur vos connaissances d'EMC pour décrire une réduction des inégalités entre les femmes et les hommes en France dans les domaines professionnel, familial, social, scolaire…

Les mots-clés

• **Barricades** : entassement de matériaux (pavés, poutres…) destinés à bloquer les rues et à se protéger lors d'insurrections ou de révoltes populaires.

• **Féminisme** : mouvement cherchant à défendre les droits et la cause des femmes dans la société.

• **Syndicat** : association de personnes qui défend les droits des travailleurs.

• **Pourparlers** : négociations, discussions.

• **Rémunération** : salaire.

• **Double journée de travail** : expression qui met l'accent sur le fait que ce sont les femmes qui prennent en charge l'immense majorité des tâches ménagères en plus de leur journée de travail.

1 Ce document est un tract du Mouvement démocratique féminin diffusé à Paris en juin 1968. Il est destiné aux étudiantes qui participent aux manifestations contre le gouvernement du général de Gaulle depuis le début du mois de mai 1968.

> **Gagnez des points !**
> Citez la date et le lieu de diffusion de ce tract, ce qui permet de mieux situer le contexte.

2 Plusieurs inégalités hommes-femmes apparaissent dans ce document :
– « Au cours de ces journées décisives [...], aucune femme n'est apparue comme porte-parole. »
– « Nul n'a réclamé formellement l'égalité de rémunération entre travailleuses et travailleurs. »
– « Nul n'a envisagé la création de services collectifs et de crèches pour soulager les femmes de leur double journée de travail. »

3 Pendant les événements de Mai 68, les femmes se sont engagées politiquement et syndicalement. Le texte cite plusieurs exemples de cet engagement :
– « Tu as été sur les barricades. »
– « Tu participes aux discussions, aux travaux des commissions, aux grandes manifestations populaires. »
– « Des lycées de filles, des instituts féminins ont parfois entraîné les autres établissements. »
– « Parmi les dix millions de grévistes, les femmes tiennent aussi leur place. »

> **L'astuce du prof**
> Comme pour la question 2, il s'agit en fait de relever des éléments du texte.

4 Le droit politique acquis par les femmes avant 1968 est le droit de vote, obtenu en 1944 lors de la refondation républicaine qui suit la Libération de la France.

> **Gagnez des points !**
> Précisez dans quel contexte les femmes ont obtenu le droit de vote pour exposer vos connaissances sur ce sujet.

5 Depuis 1968, la situation des femmes a beaucoup changé dans la société française :
– La mixité, qui se généralise dans les établissements scolaires au cours des années 1970, permet aux jeunes femmes de bénéficier du même enseignement que les jeunes garçons et donc d'avoir « des chances égales à celles des hommes ».
– La légalisation de la contraception, puis de l'avortement en 1975 permet enfin aux femmes de disposer librement de leurs corps et donc d'obtenir « une morale identique pour les filles et les garçons ».
– La loi Roudy en 1983 tente d'établir une parité et une égalité entre les femmes et les hommes dans le domaine professionnel, afin de réduire les écarts de salaires et de changer les « rapports entre les hommes et les femmes ».

> **L'astuce du prof**
> Essayez de lier les exemples que vous donnez à des citations du texte.

Sujet 6 La Ve République à l'épreuve de l'alternance

20 pts 45 min

Sujet inédit

Exercice 2 Maîtriser différents langages

1 Sous la forme d'un développement construit d'une vingtaine de lignes, en vous appuyant sur des exemples précis, décrivez les principales caractéristiques de la Vᵉ République puis la politique menée par son fondateur, le général de Gaulle.

2 Complétez la frise ci-dessous :

a. Placez les années de la présidence du général de Gaulle.

b. Placez ces présidents de la Vᵉ République en inscrivant leurs noms au bon endroit dans la frise : François Mitterrand, Jacques Chirac et François Hollande.

c. Coloriez en rouge une présidence qui illustre l'alternance pendant la Vᵉ République.

d. Placez une période de cohabitation dans la frise en indiquant les années de début et de fin et le nom du Premier ministre.

Document La Vᵉ République à l'épreuve de l'alternance

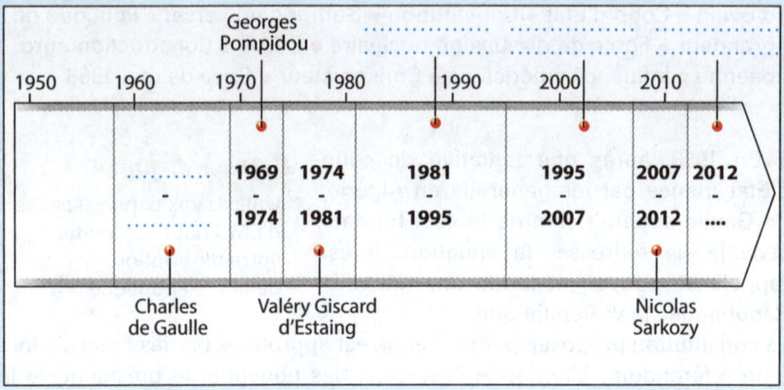

HISTOIRE

Sujet 6 Corrigé

Les clés pour réussir

Bien comprendre les consignes

Consigne 1

- La consigne vous demande de connaître les caractéristiques d'une description en histoire pour rédiger un développement d'une vingtaine de lignes. Il faut donc être méthodique et réussir à organiser vos connaissances pour les présenter de manière structurée et cohérente.
- La description de la Vᵉ République doit commencer par sa mise en place par le général de Gaulle.
- Vous devez décrire la politique de grandeur de ce dernier permise par les institutions de la Vᵉ République.

Consigne 2

- Il faut compléter la frise chronologique avec les différentes présidences que vous devez savoir replacer dans le bon ordre, quelques présidents devant être pour vous des repères historiques à connaître précisément.
- Vous devez maîtriser les notions de la leçon, alternance et cohabitation pour pouvoir les placer sur la frise. Il y a eu trois cohabitations sous la Vᵉ République ; placez celle dont vous connaissez le mieux les dates.

Les mots-clés

Régime présidentiel • Régime parlementaire • Référendum • Accords d'Évian • Coup d'État • Constitution • Suffrage universel • Politique de grandeur • Force de dissuasion nucléaire • OTAN • Construction européenne • Influence américaine • Conservateur • Crise de mai 1968

1 En 1958, après une tentative de coup d'État menée par les généraux en Algérie, de Gaulle apparaît comme le seul homme capable de redresser la situation. Il est rappelé au pouvoir et fonde une nouvelle République : la Vᵉ République.

L'astuce du prof

Utilisez vos connaissances d'EMC pour compléter votre description de la Vᵉ République.

La constitution proposée par de Gaulle est approuvée par les Français lors d'un référendum. Elle donne l'essentiel des pouvoirs au président de la république. La Vᵉ République est donc un régime présidentiel. Le rôle du président est encore renforcé à partir de 1962 quand de Gaulle met en place l'élection du président au suffrage universel direct.

Le rôle du président selon de Gaulle est de redonner sa grandeur et sa puissance à la France. Critiquée et affaiblie par la guerre d'Algérie, celle-ci doit mettre fin rapidement à ce conflit. De Gaulle signe donc les Accords d'Évian avec le FLN. Il entame aussi une politique d'indépendance vis-à-vis des États-Unis en se retirant du commandement militaire de l'OTAN et en se dotant d'une force de dissuasion nucléaire propre. Il se rapproche au contraire des autres pays européens notamment de l'Allemagne dans le cadre de la construction européenne.

Gagnez des points !

Placez ici des connaissances sur le contexte de la guerre d'Algérie ou de la Guerre froide sans toutefois tomber dans le hors-sujet.

Réélu en 1965, de Gaulle doit affronter trois ans plus tard la révolte des étudiants qui le jugent trop conservateur et surtout trop autoritaire. Lorsque les ouvriers rejoignent les étudiants en mai 1968, de Gaulle doit faire face pour la première fois à une grave crise sociale qui remet en cause son gouvernement. Affaibli, il décide de quitter le pouvoir en 1969.

2

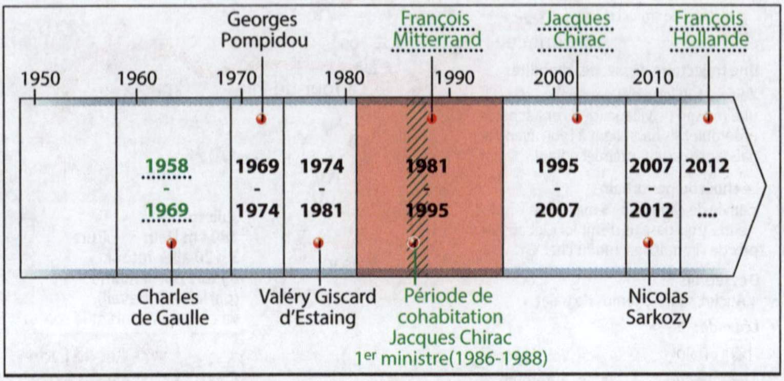

HISTOIRE

Sujet 7 Les aires urbaines en France

20 pts — 45 min

Liban, juin 2017

Exercice 1 Analyser et comprendre des documents

Document 1 Un exemple de mobilité au quotidien

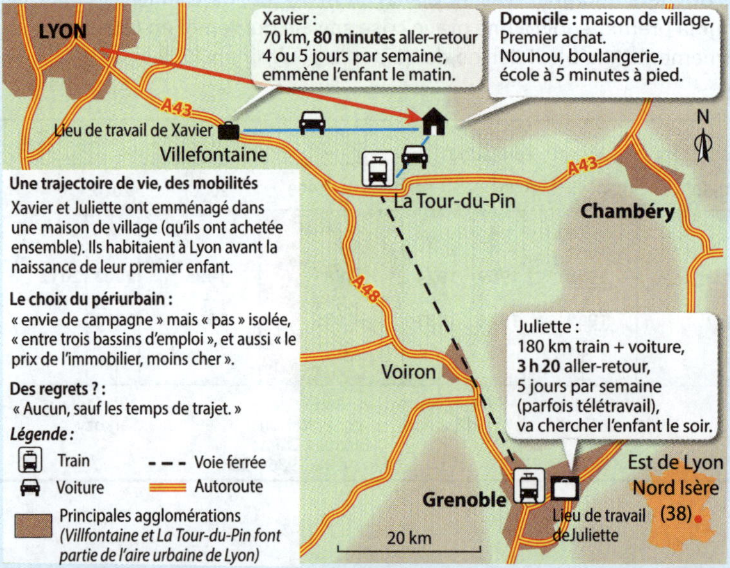

D'après J.-B. Bouron et P.-M. Georges, *Les Territoires ruraux en France*, 2015.

Document 2 Des Français hyper-mobiles

L'augmentation des vitesses qui favorise les déplacements a permis une dissociation des lieux de vie et d'habitat, de travail, de consommation et de loisirs. Chaque individu va ainsi pouvoir construire son territoire au sens d'espace de vie. Ce territoire va pouvoir varier au cours du temps.

C'est à l'échelle locale que les transformations sont les plus visibles […]. Certains individus vivent à l'échelle de leur quartier quand d'autres parcourent chaque jour des dizaines de kilomètres pour se rendre à leur travail. Pour certains, les déplacements domicile-travail se font entre des villes distantes de plusieurs centaines de kilomètres : ils « navettent » grâce au train à grande vitesse ou à l'avion.

« La France, une géographie en mouvement », Magali Reghezza-Zitt, *La documentation photographique*, n° 8096, 2013.

Questions

Document 1

1 Identifiez le lieu où Juliette et Xavier ont habité et le lieu où ils habitent aujourd'hui. **2 pts**

2 Expliquez deux raisons de ce changement de lieu de vie. **6 pts**

3 Relevez une contrainte liée à ce choix de lieu de vie.

Documents 1 et 2

4 Sélectionnez la proposition qui caractérise le mieux les déplacements de Xavier. Recopiez-la et justifiez votre choix. **4 pts**

– Proposition A : « Certains individus vivent à l'échelle de leur quartier. »

– Proposition B : « D'autres parcourent chaque jour des dizaines de kilomètres pour se rendre à leur travail. »

– Proposition C : « Pour certains, les déplacements domicile-travail se font entre des villes distantes de plusieurs centaines de kilomètres. »

5 Expliquez pourquoi les mobilités favorisent la croissance des aires **6 pts**

GÉOGRAPHIE

Sujet 7 Corrigé

Les clés pour réussir

Bien lire les documents

Identifier leur nature

- Le dossier est composé de deux documents. Le document 1 est une **carte légendée** accompagnée d'un encadré contenant les témoignages d'un couple de périurbains dans l'aire urbaine de Lyon. Le document 2 est un **extrait de texte** écrit par une géographe en 2013, décrivant les mobilités des Français.

Repérer les éléments importants

● **Dans le document 1 :**

– les bulles sur la carte qui présentent le lieu de domicile et les lieux de travail de Xavier et de Juliette ;

– l'encadré à gauche qui explique pourquoi Juliette et Xavier ont fait le choix d'habiter dans la couronne périurbaine ;

– la légende qui permet de mieux situer les différents espaces et de mieux comprendre les déplacements de Xavier et Juliette.

● **Dans le document 2 :**

– le premier paragraphe qui explique la dissociation des lieux d'habitat et de travail ;

– le second paragraphe qui explique que certains individus font le choix de limiter leurs déplacements quand d'autres ne cessent de les rallonger.

Bien comprendre les questions

Question 1

● Attention de bien lire la consigne. Il s'agit d'abord de trouver où ils habitaient **par le passé.** Vous pouvez trouver cette information dans les **témoignages** de Xavier et de Juliette. Ensuite, on vous demande de trouver où ils habitent **aujourd'hui.** Pour cela vous devez bien **observer la carte et sa légende** pour trouver le figuré qui correspond à leur lieu de vie.

Question 2

● Il s'agit ici de relever dans les témoignages **deux raisons** qui expliquent leur changement de lieu de vie. Vous pouvez trouver plusieurs raisons dans les **témoignages,** mais aussi sur la carte **dans la bulle qui présente leur domicile.**

Question 3

● Une **contrainte** est un inconvénient, **un élément négatif lié à leur choix, qui rend leur vie plus difficile.** Cette contrainte est visible **dans les bulles** qui présentent les lieux de travail de Xavier et de Juliette, mais aussi dans leur **témoignage.**

Question 4

● Attention de bien sélectionner la bonne proposition, mais aussi de la recopier avec ses guillemets. La question porte sur les déplacements de **Xavier** et pas sur ceux de Juliette. Une fois la proposition trouvée, vous devez **justifier votre choix** : il s'agit donc de trouver dans le document 1 une information qui vérifie ce qu'affirme la proposition que vous avez choisie.

Question 5

● Pour cette question, vous devez utiliser vos **connaissances personnelles.** Le document 2 ne cite pas les notions essentielles étudiées en cours. Commencez par définir les termes de la question : « mobilités » et « croissance des aires urbaines ». La croissance des aires urbaines ne désigne pas la croissance de leur population ou de leur richesse, mais leur extension.

Les mots-clés

- **Aire urbaine** : ensemble formé par une ville, ses banlieues et les communes périurbaines dont au moins 40 % des habitants travaillent dans la ville-centre et ses banlieues.
- **Ville-centre** : ville au centre d'une aire urbaine.
- **Banlieues** : communes d'une aire urbaine situées en périphérie immédiate de la ville-centre.
- **Couronne périurbaine** : communes d'une aire urbaine située en périphérie du pôle urbain (ville-centre et banlieues).
- **Mobilités** : différents déplacements de population à l'intérieur d'un territoire.
- **Migrations pendulaires** : déplacements quotidiens des actifs entre leur lieu de vie et leur lieu de travail.
- **Périurbanisation** : urbanisation de la périphérie des villes.
- **Étalement urbain** : extension de la ville sur l'espace rural.
- **Bassins d'emploi** : espaces où se concentrent de nombreux emplois.
- **Agglomérations** : pôles urbains (villes et banlieues).

1 Juliette et Xavier ont habité dans la ville-centre de Lyon avant la naissance de leur premier enfant. Depuis, ils ont emménagé dans une maison de village située en Isère, à l'Est de Lyon.

2 Ce changement de lieu de vie s'explique par une « envie de campagne », mais « pas isolée » ; et aussi par « le prix de l'immobilier, moins cher » car Juliette et Xavier ont eu un enfant et ont besoin d'espace.

Gagnez des points !
Expliquez les raisons en fonction de la situation familiale de Juliette et Xavier.

3 La contrainte principale liée à ce choix de vie est l'allongement des temps de trajet entre leur domicile et leurs lieux de travail. Ces migrations pendulaires sont très longues : 3 h 20 en train et en voiture pour Juliette et 80 minutes de voiture pour Xavier.

Gagnez des points !
Citez le terme de « migrations pendulaires » et appuyez-vous sur les durées de trajet de Juliette et Xavier.

4 La proposition qui caractérise le mieux les déplacements de Xavier est la proposition B : « D'autres parcourent chaque jour des dizaines de kilomètres pour se rendre à leur travail. » En effet il fait 70 km par jour aller-retour entre son domicile et son lieu de travail à Villefontaine.

L'astuce du prof
Commencez par donner la bonne proposition, puis n'oubliez pas de justifier votre choix à l'aide du kilométrage donné par le document 1.

5 Les mobilités – c'est-à-dire les déplacements de population – dans les aires urbaines sont favorisées par la grande diversité des offres de moyens de transport et l'augmentation des vitesses de déplacement. Des autoroutes et des voies ferrées relient la ville-centre aux banlieues et aux communes de la couronne périurbaine. Comme ces espaces sont mieux reliés entre eux et que les prix de l'immobilier dans la ville-centre ne cessent d'augmenter, les habitants des aires urbaines font le choix, comme Juliette et Xavier, de s'éloigner de la ville-centre et de s'installer dans un village de la couronne périurbaine. C'est pourquoi les aires urbaines s'étalent de plus en plus sur les campagnes : c'est le phénomène de périurbanisation.

L'astuce du prof

Pensez à utiliser le vocabulaire géographique appris en cours. Vous devez impérativement parler de « périurbanisation » et d'« étalement urbain ».

Sujet 8

20 pts

45 min

Dynamiques territoriales de la France contemporaine

France métropolitaine, juillet 2019

Exercice 2 Maîtriser différents langages

1 En vous appuyant sur un exemple étudié en classe, rédigez un développement construit d'environ vingt lignes montrant l'organisation et les dynamiques d'une aire urbaine en France.

Les territoires ultra-marins français

2 **a.** Localisez et nommez les trois océans identifiés sur le planisphère ci-après.
b. Reliez, dans le tableau suivant, chaque territoire ultra-marin à l'océan dans lequel ou au bord duquel il se situe.

Martinique •		• Océan Atlantique
Réunion •		
Guadeloupe •		• Océan Indien
Polynésie française •		
Mayotte •		• Océan Pacifique
Guyane •		

c. Localisez et nommez sur le planisphère deux territoires ultra-marins de votre choix.
d. Identifiez l'équateur sur le planisphère par un trait de couleur et complétez la légende.

GÉOGRAPHIE

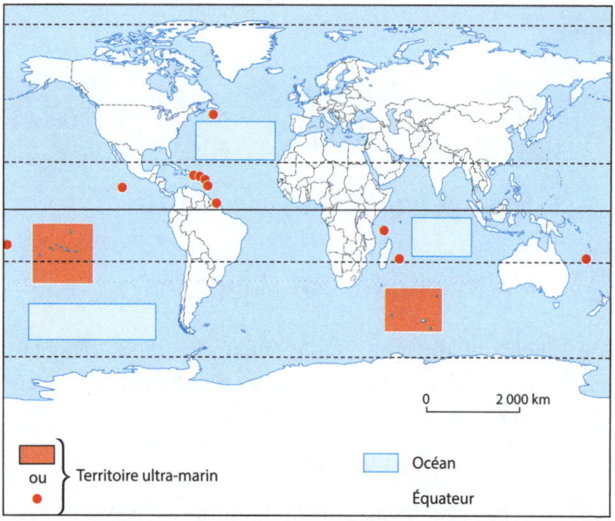

Sujet 8 Corrigé

Les clés pour réussir

Bien comprendre les consignes

Consigne 1

- Vous devez rédiger un développement construit, c'est-à-dire un texte structuré avec plusieurs parties. Votre texte doit donc comporter une introduction, deux ou trois parties et une conclusion.
- Rédigez d'abord un brouillon dans lequel vous organisez vos connaissances.
- Dans ce sujet, les deux mots importants sont « organisation » et « dynamiques ». Vous pouvez structurer votre développement en deux parties autour de ces deux mots. L'organisation d'une aire urbaine vous amène à décrire les différents espaces qui la composent. Les dynamiques font référence aux évolutions et aux changements que connaissent les aires urbaines.
- Le sujet vous invite à vous appuyer sur un exemple étudié en classe. Vous avez probablement fait une étude de cas d'une aire urbaine en particulier. Dans chaque partie de votre développement, pensez donc à donner un exemple tiré de cette étude de cas.

Consigne 2

- La consigne 2 se décompose en quatre étapes (**a.**, **b.**, **c.** et **d.**).

- Pour l'étape **a.**, vous devez indiquer le nom des trois principaux océans dans les cadres prévus à cet effet sur le planisphère.
- Dans l'étape **b.**, il s'agit de compléter le tableau en reliant chaque territoire ultra-marin à l'océan dans lequel ou au bord duquel il se situe. Utilisez votre règle pour tirer les traits.
- Sur le planisphère, les territoires ultra-marins sont représentés de deux manières différentes : soit par un cadre rouge orangé, soit par un point. Dans l'étape **c.**, vous devez en localiser deux au choix. Ne placez pas tous ceux que vous connaissez, mais respectez la consigne.
- Attention à l'étape **d.** ! Vous devez à la fois repérer l'équateur sur le planisphère en le repassant par un trait de couleur, mais aussi compléter la légende en face du mot « équateur ».

Les mots-clés

Aire urbaine • Ville-centre • Banlieues • Couronne périurbaine • Pôle urbain • Habitat collectif • Zone pavillonnaire • Étalement urbain • Périurbanisation • Migrations pendulaires • Gentrification • Territoires ultra-marins

1 Aujourd'hui, plus de 80 % des Français sont citadins et vivent dans une aire urbaine. Comment s'organisent les différents espaces d'une aire urbaine et quelles sont leurs dynamiques ?

Les aires urbaines sont composées de trois espaces distincts. La ville-centre est l'espace le plus anciennement et densément urbanisé. C'est là que l'on trouve les principales activités économiques et culturelles, ainsi que les centres de décision, notamment dans les grandes métropoles comme Toulouse. Les habitations, souvent anciennes, y sont assez chères et on y trouve les monuments historiques qui attirent les touristes.

Autour de la ville-centre s'étendent les banlieues, moins densément peuplées mais urbanisées de longue date. Ces espaces se caractérisent par de grands ensembles d'habitat collectif, destinés à accueillir les ouvriers et les employés, mais aussi par des pavillons dans des zones résidentielles. On y trouve également des zones commerciales et industrielles, comme l'usine Airbus à Blagnac, dans la banlieue de Toulouse.

En s'éloignant encore de la ville-centre, à la périphérie des banlieues, commence la couronne périurbaine. Cet espace mélange ville et campagne : les villages agricoles anciens accueillent de nouveaux résidents qui travaillent dans le pôle urbain, c'est-à-dire dans la ville-centre ou les banlieues. Ils s'installent dans des fermes rénovées ou, plus souvent, dans des pavillons récemment construits.

Les aires urbaines connaissent différentes dynamiques. Tout d'abord, la périurbanisation ne cesse de progresser. L'urbanisation s'étend toujours plus loin sur l'espace rural : c'est l'étalement urbain. En effet, les prix élevés des loyers et l'amélioration des moyens de transport poussent les citadins à s'éloigner de la ville-centre et des banlieues. Ils sont aussi parfois à la recherche d'un cadre de vie plus agréable, attirés par le calme, la proximité de la nature et le fait de posséder une maison individuelle avec jardin. À Toulouse par exemple, comme dans la plupart des grandes métropoles, ce sont ainsi les espaces périurbains qui sont de plus en plus peuplés, tandis que la population de la ville-centre stagne et se gentrifie. Les quartiers centraux, autrefois populaires, sont aujourd'hui rénovés et accueillent des populations aux revenus élevés.

Ainsi, l'étalement urbain a pour conséquence un éloignement de plus en plus important entre le domicile et le lieu de travail. Chaque jour, les périurbains se déplacent en voiture individuelle ou en transports en commun pour aller travailler : c'est ce qu'on appelle « les migrations pendulaires ». Dans l'aire urbaine toulousaine, il n'est pas rare de passer plus d'une heure dans les transports.

L'organisation et les dynamiques des aires urbaines confrontent ces dernières à des difficultés croissantes liées à l'allongement des temps de trajet et à la saturation des réseaux de transport.

2 **a.**, **c.** et **d.**

Gagnez des points !

Choisissez trois couleurs différentes pour les consignes **a.**, **c.** et **d.**.

L'astuce du prof

Pour la consigne **c.**, choisissez des territoires facilement repérables sur la carte. Évitez les points trop proches les uns des autres.

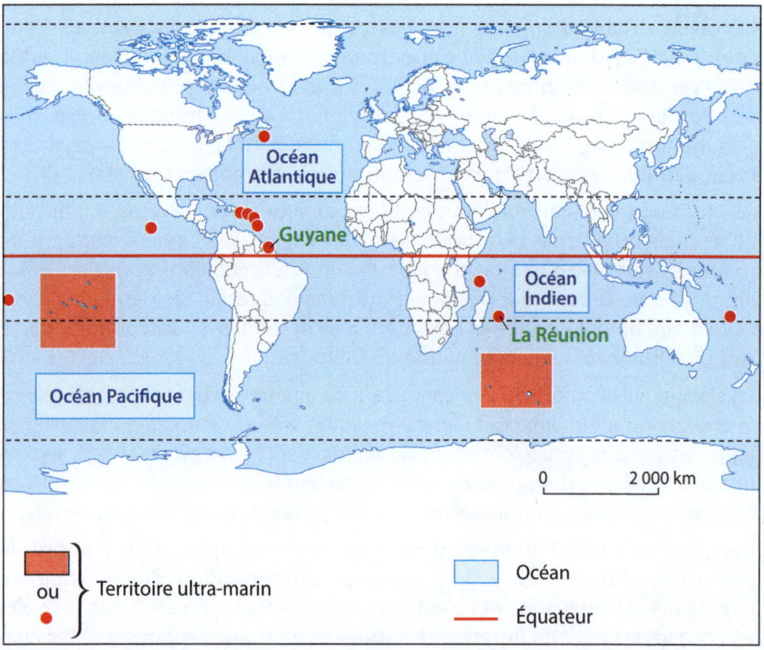

b.

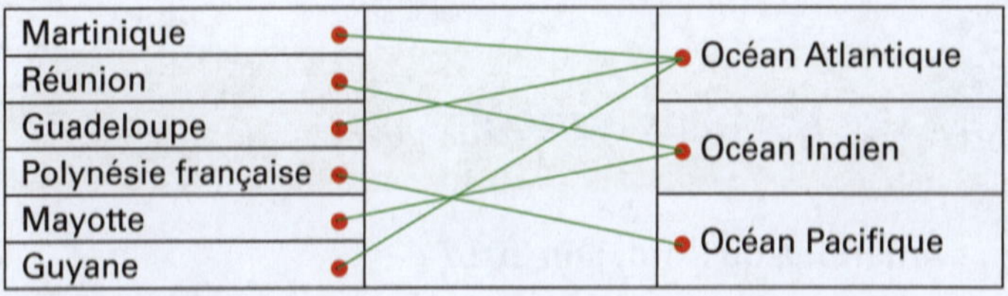

GÉOGRAPHIE

Sujet 9 Les espaces agricoles

20 pts 45 min

Amérique du Nord, juin 2017

Exercice 2 Maîtriser différents langages

1 Rédigez un texte structuré d'une vingtaine de lignes décrivant les transformations d'un espace productif français pour s'adapter à la mondialisation (cet espace peut être un espace productif agricole OU un espace productif industriel OU un espace productif touristique OU un espace productif d'affaires). Vous pourrez vous appuyer éventuellement sur un exemple étudié en classe.

Sujet 9 Corrigé

Les clés pour réussir

Bien comprendre les consignes

Consigne 1

- La consigne vous demande de décrire les **transformations d'un espace productif pour s'adapter à la mondialisation.**
- Vous devez rédiger un texte structuré, c'est-à-dire un **développement construit**. Votre texte doit donc comporter une introduction, plusieurs parties et une conclusion. Au brouillon, organisez vos connaissances et vos exemples, sans nécessairement rédiger.
- Attention de bien **lire le sujet** : on vous demande de choisir **un seul type d'espace productif** : SOIT un espace industriel, SOIT un espace agricole, SOIT un espace touristique, SOIT un espace d'affaires. Vous avez donc le choix, mais vous ne devez pas mélanger ces différents types d'espaces productifs. Nous avons choisi de traiter des espaces agricoles, car ils ont dû profondément se transformer pour s'adapter à la mondialisation.
- Appuyez-vous sur un exemple traité en cours. On attend de vous que vous citiez au moins un espace précis, lié à une activité économique que vous devez décrire.

Les mots-clés

● Espace productif ● Mondialisation ● Innovation ● Productivité ● Mécanisation ● Spécialisation ● Réseaux de transports ● Métropole ● Industrie agroalimentaire ● Agriculture productiviste ● Agriculture biologique ● Agriculture raisonnée

1 En France, les espaces productifs, des espaces aménagés pour produire de la richesse, ont dû se transformer pour s'adapter à la mondialisation. Quelles sont ces transformations dans un espace productif agricole ?

L'astuce du prof

Prenez le temps de définir les termes du sujet (espace productif et mondialisation), au moins sur votre brouillon.

Pour s'adapter à la mondialisation, les espaces productifs agricoles ont augmenté leur productivité en s'appuyant d'abord sur des innovations technologiques. Les agriculteurs utilisent de plus en plus de machines : c'est la mécanisation. Dans les exploitations laitières du Grand Ouest, les trayeuses mécaniques permettent aux exploitants agricoles de posséder d'immenses troupeaux de vaches laitières. De la même manière, ils utilisent de plus en plus de produits chimiques et de médicaments pour augmenter leur production et leur productivité. La mondialisation pousse également les espaces productifs agricoles à se spécialiser toujours davantage. Ainsi, le Grand Ouest se tourne aujourd'hui presqu'exclusivement vers l'élevage intensif de vaches laitières, sélectionnées pour leur productivité.

Gagnez des points !

Pensez à bien citer un espace précis, ici le Grand Ouest laitier.

Pour être compétitifs dans la mondialisation, les espaces agricoles doivent être bien reliés aux grands réseaux de transport et de communication. Ainsi, ceux qui sont proches des grandes métropoles, des grands axes routiers, des voies ferrées et des aéroports sont favorisés par rapport aux espaces de montagne ou du centre de la France, plus isolés. Cette bonne insertion dans les réseaux de transports permet à ces espaces productifs d'accueillir des usines agroalimentaires qui transforment les produits agricoles en produits industriels avant de les exporter partout en Europe et dans le monde. Dans le Grand Ouest, une véritable filière agroalimentaire s'est mise en place avec l'implantation de grandes FTN comme Danone qui transforment le lait en produits laitiers, par exemple des yaourts ou du lait en poudre, destinés au marché mondial.

D'autres espaces agricoles répondent à la concurrence mondiale par des choix radicalement opposés à l'agriculture productiviste. C'est le cas des espaces se spécialisant dans l'agriculture biologique ou

L'astuce du prof

Pensez à parler des espaces agricoles se spécialisant dans l'agriculture biologique, car c'est aussi une forme d'adaptation à la mondialisation.

GÉOGRAPHIE

raisonnée. Ces espaces agricoles fonctionnent avec des circuits courts, c'est-à-dire que les agriculteurs limitent les transports entre lieux de production et lieux de consommation. Ainsi, la culture maraîchère se développe autour des grandes métropoles. De même, l'agriculture bio tente de s'appuyer davantage sur la qualité que sur la quantité, en renonçant à utiliser les produits chimiques.

Grâce à ses espaces agricoles productifs, la France est bien intégrée aux marchés internationaux et reste la première puissance agricole européenne.

Gagnez des points !

Dites que la France est la première puissance agricole européenne.

Sujet 10

20 pts 45 min

Les territoires ultra-marins

France métropolitaine, juin 2018

Exercice 2 Maîtriser différents langages

1 Rédigez un développement construit d'environ vingt lignes pour montrer les problèmes spécifiques rencontrés par les territoires ultra-marins français et les aménagements réalisés pour tenter d'y remédier. Vous pouvez prendre appui sur un exemple étudié en classe.

2 L'organisation du territoire français :

a. Complétez la légende des figurés A, B, C et D en choisissant des couleurs adaptées pour montrer les inégalités de dynamisme des quatre espaces.

b. Coloriez la carte à l'aide de la légende.

c. Complétez la légende en indiquant l'information qui correspond au figuré hachuré.

d. Localisez et nommez quatre aires urbaines de votre choix.

e. Expliquez le choix du figuré pour les façades maritimes.

GÉOGRAPHIE

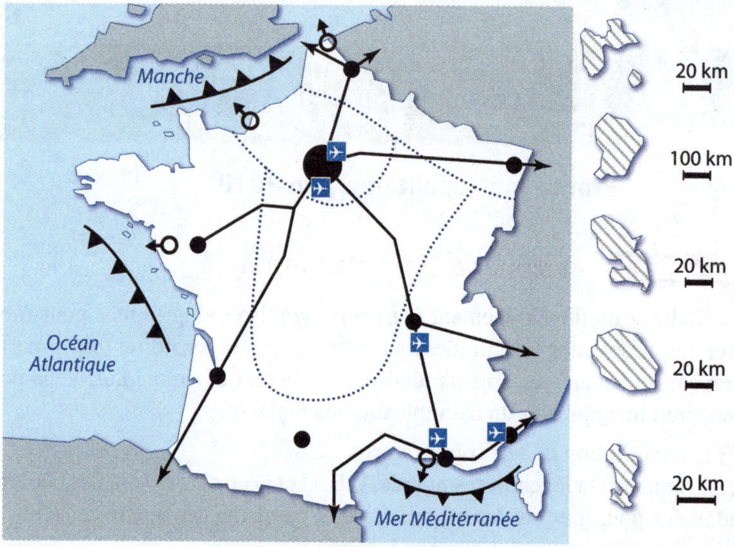

L'organisation du territoire français

1. Des territoires dynamiques

- **A** Le cœur économique du pays
- **B** Espaces périphériques dynamiques
- ● Métropole mondiale
- • Principales aires urbaines
- → Ouverture vers les pays voisins
- ▲▲ Principales façades maritimes

2. Des espaces en difficultés

- **C** Régions industrielles anciennes
- **D** Espaces ruraux peu reliés au monde
- (hachures) ....

3. Des infrastructures de transport inégalement réparties

- — Principaux axes terrestres
- O→ Principaux ports
- ✈ Principaux aéroport

Sujet 10 Corrigé

Les clés pour réussir

Bien comprendre les consignes

Consigne 1

- Le développement demandé doit se construire autour des « problèmes spécifiques à ces territoires » et des « aménagements » correspondants.
- Vous devez rédiger un texte structuré. Votre paragraphe doit donc comporter une introduction qui reprend les termes du sujet, plusieurs parties et une conclusion. Au brouillon, organisez vos connaissances et vos exemples, sans nécessairement rédiger.
- Dans la première partie, vous devez montrer que les DROM-COM sont des territoires particuliers, différents des territoires métropolitains et qui, à cause de leur situation géographique, connaissent des problèmes spécifiques.
- Dans la seconde partie, vous devez expliquer comment les aménagements réalisés permettent de surmonter en partie ces contraintes. N'oubliez pas d'expliquer comment ces territoires sont rendus accessibles par ces aménagements.
- Vous devez impérativement citer les acteurs qui interviennent dans ces aménagements, ainsi que des exemples précis étudiés en cours.

Consigne 2

- Pour cette consigne, vous devez suivre chacune des étapes qui vous demandent de compléter la carte et sa légende.
- Pour le **a.**, choisissez des couleurs adaptées. Plus la couleur choisie est chaude, plus le territoire est dynamique. De la même manière, choisissez une couleur adaptée pour les espaces ruraux.
- Dans le **b.**, vous devez colorier la carte à l'aide des couleurs choisies dans le **a.**
- La consigne **c.** vous demande de compléter la légende en indiquant l'information qui correspond au figuré hachuré. Regardez bien sur la carte sur quels territoires apparaît ce figuré.
- Pour la consigne **d.**, vous avez le choix entre neuf aires urbaines indiquées sur la carte. Choisissez celles dont vous êtes sûrs.
- Dans la consigne **e.**, on attend de vous que vous expliquiez le choix du figuré pour les façades maritimes. Observez bien ce figuré qui pointe vers l'extérieur du territoire.

GÉOGRAPHIE

Les mots-clés

Territoires ultramarins • DROM-COM • Contraintes • Aménagements • Territoire métropolitain • Insularité • Collectivités territoriales

1 Les territoires ultramarins français, les DROM-COM, sont des territoires éloignés du continent européen qui rencontrent donc des problèmes spécifiques. Quels sont ces problèmes et quels sont les aménagements réalisés pour tenter d'y remédier ?

L'astuce du prof

L'énoncé du sujet vous invite à organiser votre développement construit autour de deux parties, l'une sur les problèmes spécifiques aux DROM-COM, l'autre sur leurs aménagements.

La plupart des territoires ultramarins, à l'exception de la Guyane, sont des îles très éloignées du territoire métropolitain, dans la zone intertropicale ou dans les régions polaires. Elles subissent donc l'isolement lié à leur insularité. La Guyane, bordée par l'océan Atlantique et la forêt amazonienne, est également difficile d'accès et reste très isolée du reste du continent américain. De plus, l'économie des DROM-COM est très fragile, les taux de chômage y sont très élevés, et dépendante de la métropole et des aides de l'UE. De même, l'essentiel des produits de première nécessité est importé. Ces territoires, notamment les départements et régions d'outre-mer (DROM), sont situés dans la zone intertropicale et connaissent donc un climat tropical chaud et humide toute l'année. C'est ce climat qui explique la forte présence de la forêt tropicale, difficile à pénétrer. C'est également lui qui amène le passage régulier de tempêtes et de cyclones causant d'importants dégâts. Les séismes, tsunamis et éruptions volcaniques, qui touchent régulièrement ces espaces et peuvent avoir des conséquences catastrophiques, sont aussi des problèmes spécifiques aux DROM-COM. Le changement climatique qui provoque la montée du niveau des océans rend ces régions encore plus fragiles.

Pour lutter contre ces contraintes, ces territoires sont aménagés par l'État et les collectivités territoriales. Le but de ces aménagements est de réduire leurs inégalités en les intégrant mieux à la métropole et aux pays qui les entourent. Par exemple, l'État français, les collectivités territoriales et l'UE ont construit des aéroports et des ports modernes qui permettent de mieux relier les DROM entre eux ainsi qu'à la métropole, notamment à Paris. Grâce à leurs hôtels, leurs clubs de vacances, leurs centres de plongée, les littoraux de la Martinique et de la Guadeloupe accueillent de nombreux touristes venus de métropole tout au long de l'année, notamment pendant l'hiver européen. De même, des infrastructures routières ont été aménagées pour améliorer la circulation dans ces territoires où les espaces montagneux et forestiers sont nombreux. Ainsi, la nouvelle route du littoral, sur l'île de La Réunion, est un projet colossal qui nécessite la construction de digues et d'un viaduc, mais qui permettra de relier plus facilement la capitale régionale, Saint-Denis, avec les villes de La Possession et du Port, où se situent les principales infrastructures portuaires de l'île. Enfin des aménagements sont également réalisés pour réduire les inégalités entre les côtes, où se situe la majorité de la population et des activités, et l'intérieur des terres souvent plus sauvage. Ces aménagements permettent le développement d'un nouveau type de tourisme, plus durable et proche de la nature.

Les DROM-COM connaissent donc de nombreux problèmes spécifiques liés à leurs contraintes naturelles. Les différents aménagements tentent d'y remédier et de mettre en valeur leurs atouts.

Gagnez des points !

Citez un aménagement précis que vous avez étudié en cours, comme celui de la route du littoral à La Réunion.

2 Ce figuré des façades maritimes a été choisi car il montre que les façades maritimes sont des espaces d'échanges dynamiques tournés vers l'extérieur.

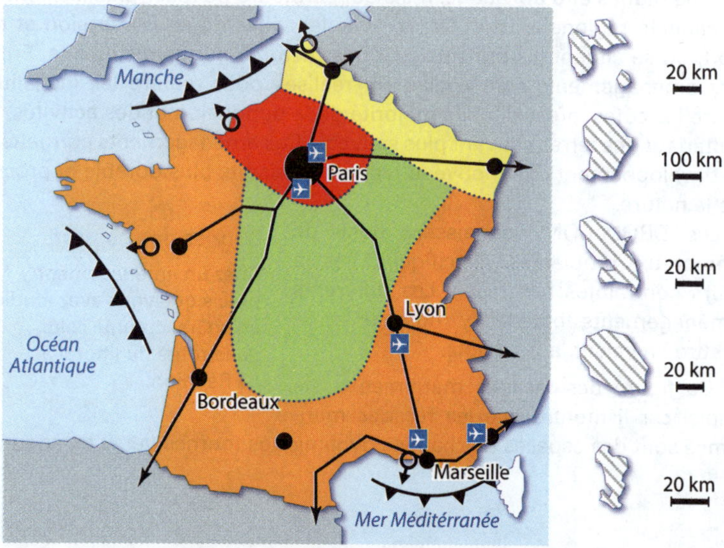

L'organisation du territoire français

1. Des territoires dynamiques

- A – Le cœur économique du pays
- B – Espaces périphériques dynamiques
- Métropole mondiale
- Principales aires urbaines
- Ouverture vers les pays voisins
- Principales façades maritimes

2. Des espaces en difficultés

- C – Régions industrielles anciennes
- D – Espaces ruraux peu reliés au monde
- DROM

3. Des infrastructures de transport inégalement réparties

- Principaux axes terrestres
- Principaux ports
- Principaux aéroport

Sujet 11

La France, une influence mondiale

20 pts · 45 min

Polynésie, juin 2017

Exercice 2 Maîtriser différents langages

1 Sous la forme d'un développement construit d'une vingtaine de lignes, expliquez l'influence culturelle, géopolitique et économique de la France dans le monde. **15 pts**

2 Sur le planisphère ci-dessous : **5 pts**

– hachurez la Polynésie française ;
– nommez l'océan Pacifique ;
– nommez la France métropolitaine ;
– nommez un État voisin de la France métropolitaine ;
– nommez l'Asie.

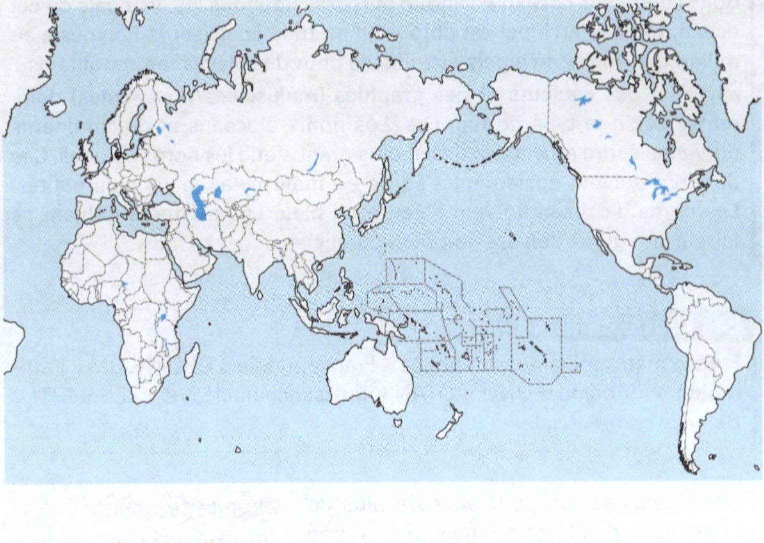

GÉOGRAPHIE

Sujet 11 Corrigé

Les clés pour réussir

Bien comprendre les consignes

Consigne 1

- Ce sujet de développement construit est assez classique, car il reprend la partie du programme sur l'**influence mondiale de la France**. Il vous demande de décrire cette influence dans **trois domaines différents**, ce qui vous indique comment organiser votre développement. Cette influence n'est pas d'égale importance selon les domaines. Essayez de mobiliser vos connaissances sur le sujet, notamment pour donner un ou deux chiffres significatifs de l'influence de la France, par exemple sa place dans le tourisme mondial ou dans un autre domaine.
- N'oubliez pas de faire une ou deux phrases d'introduction et une phrase de conclusion. Sautez des lignes entre chaque partie pour bien montrer que vous organisez votre réponse.

Consigne 2

- Ce sujet s'adresse aux collégiens de **Polynésie**. Le planisphère est donc centré sur l'océan Pacifique et représente tous les archipels de cet océan. Chaque archipel est entouré d'un trait. Localiser la Polynésie au milieu des autres archipels est difficile pour des élèves métropolitains.
- Utilisez des **couleurs et des graphies (majuscules/minuscules) différentes** selon le type de réponse. Les noms d'océans et de continents doivent s'écrire en majuscules et plus grands que les noms de pays. Ces derniers doivent également s'écrire en majuscules, mais plus petites. Les noms d'océans doivent s'écrire en bleu. Les hachures doivent se faire à la règle et doivent être bien parallèles.

Les mots-clés

France métropolitaine • Influence • Francophonie • DROM-COM • Patrimoine • Tourisme • ONU • OTAN • Puissance nucléaire • ZEE • FTN • Balance commerciale

1 La France est un petit pays de plus de 65 millions d'habitants, mais qui a une réelle influence mondiale. Comment s'exerce cette influence dans les domaines culturel, géopolitique et économique ?

Gagnez des points !

Rédigez votre introduction en présentant la France et en posant le sujet sous la forme d'une question.

La France a d'abord une forte influence culturelle dans le monde. La langue française est parlée dans de nombreux pays qui se regroupent au sein de la Francophonie. Elle est ainsi la cinquième langue la plus parlée au monde, relayée par les centres culturels (Alliance française) et plus de 490 écoles et lycées français dans 130 pays. Grâce à ses DROM-COM, elle est présente sur tous les continents. Riche d'un patrimoine littéraire, artistique, architectural et gastronomique exceptionnel, elle est au premier rang des destinations touristiques internationales.

L'influence de la France est également importante dans le domaine géopolitique. Elle est présente dans toutes les grandes organisations internationales, notamment au Conseil de sécurité de l'ONU où elle dispose d'un siège de membre permanent. Puissance nucléaire et militaire, elle participe à de nombreuses missions internationales dans le cadre de l'ONU ou de sa principale alliance militaire, l'OTAN. Membre fondateur de la construction européenne, elle est un des moteurs, avec l'Allemagne, de l'Union européenne. Enfin elle dispose d'un réseau très important d'ambassades à l'étranger ce qui lui permet d'entretenir des relations diplomatiques avec presque tous les pays du monde.

L'astuce du prof

Utilisez vos connaissances d'Histoire et d'EMC pour développer le rôle de la France à l'ONU et dans l'OTAN.

Enfin la France a une influence économique non négligeable. C'est la sixième puissance économique au monde et elle est au troisième rang européen derrière l'Allemagne et le Royaume-Uni. Son économie est largement ouverte sur le monde. De nombreuses entreprises étrangères y sont installées, notamment dans l'aire urbaine parisienne. Elle possède de grandes FTN présentes dans le monde entier. Ses DROM-COM lui permettent de posséder la deuxième ZEE au monde. Pourtant cette influence économique reste limitée. La France est surtout une puissance économique régionale en Europe. Sa balance commerciale est très déficitaire, notamment parce qu'elle importe énormément de matières premières (pétrole, gaz, etc.).

La France a donc une influence culturelle et géopolitique importante dans le monde, mais son influence économique est plus limitée.

2

Gagnez des points !

Respectez bien les consignes données par le sujet : des hachures pour la Polynésie, un seul État voisin de la France (limitez-vous aux États ayant une frontière avec la France).

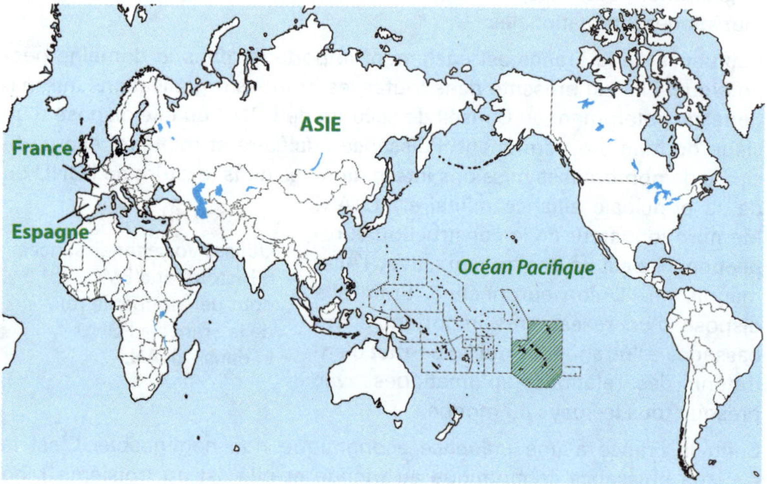

Sujet 12 — L'engagement des citoyens dans la vie de leur commune

10 pts — 30 min

France métropolitaine, juillet 2019

Exercice 3 Mobiliser des compétences relevant de l'Enseignement moral et civique

Document Dépliant de présentation des budgets participatifs de la ville de Floirac

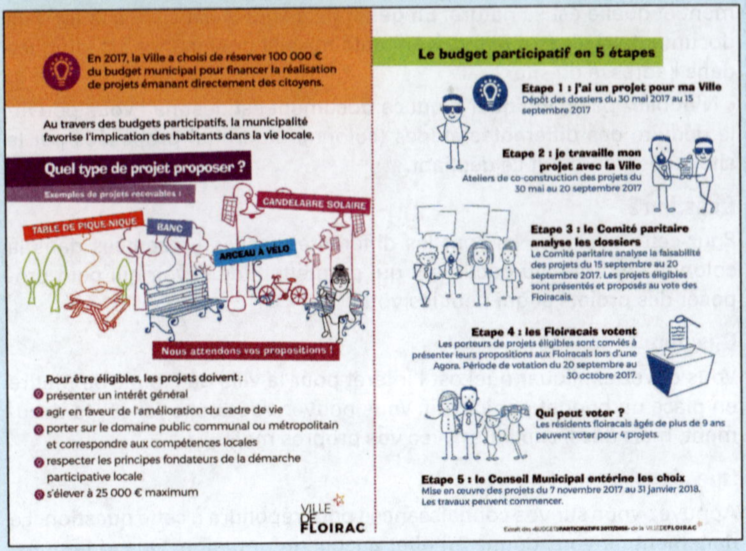

http://www.ville-floirac33.fr/la-democratie-participative.

Questions

1 Identifiez la source et les destinataires de ce dépliant.

2 Qui peut proposer des projets ? Qui peut voter ?

3 Expliquez quel est l'objectif recherché par la ville de Floirac.

4 Citez deux autres formes d'engagement des citoyens dans la vie démocratique.

5 Vous allez à la rencontre des habitants de votre quartier pour qu'ils s'engagent dans la vie de la commune. Rédigez un texte pour les convaincre.

Votre réponse ne comportera aucune information d'identité ou de signature, ni le nom de votre commune.

Sujet 12 Corrigé

Les clés pour réussir

Bien comprendre les questions

Question 1

- Identifier la source signifie qu'il vous faut trouver d'où vient le document et quelle est sa nature. En général, la source est citée à la fin d'un document. Ici, il n'y a ni auteur ni date mais la provenance est indiquée dans l'adresse du site.
- N'oubliez pas d'indiquer à qui ce document est destiné ! Vous pouvez le déduire des différentes étapes (colonne de droite) proposées par le site où est reproduit ce dépliant.

Question 2

Pour cette question, ce sont les différentes étapes présentées dans la colonne de droite du document qui permettent de savoir qui peut proposer des projets et qui peut les voter.

Question 3

Vous devez expliquer quel est l'intérêt pour la ville de Floirac de mettre en place un budget participatif. Vous pouvez vous appuyer sur le document, mais aussi expliquer avec vos propres mots.

Question 4

Appuyez-vous sur vos connaissances pour répondre à cette question. Le document ne vous donne en effet aucune information. Quand la question évoque l'« engagement des citoyens dans la vie démocratique », cela peut être un engagement politique, mais cela peut aussi faire référence à toutes les formes d'engagement citoyen.

Question 5

- Votre réponse doit prendre la forme d'un texte destiné aux habitants de votre quartier. Attention, ce n'est donc pas un dialogue ni un discours oral !
- Vous devez trouver tous les arguments pour convaincre les habitants de votre quartier de s'engager d'une manière ou d'une autre. Appuyez-vous sur le document, mais aussi sur les différentes formes d'engagement citoyen abordées en cours.

Les mots-clés

Engagement • Citoyen • Commune • Budget participatif • Intérêt général • Association • Vote • Conseil municipal

1 Ce dépliant a été rédigé par la ville de Floirac et est présenté sur son site internet officiel (*www.ville-floirac33.fr*). Les destinataires sont donc les habitants de la ville de Floirac, les Floiracais.

L'astuce du prof

Ne vous contentez pas de citer le nom du site internet, mais expliquez qui est à l'origine de cette affiche.

2 Ce sont les habitants de Floirac, les Floiracais, qui peuvent proposer des projets pour leur ville. Ils les présentent aux autres habitants lors d'une *agora*, c'est-à-dire une réunion publique. Tous les résidents floiracais âgés de plus de 9 ans peuvent ensuite voter pour les quatre projets qui leur semblent les plus intéressants.

Gagnez des points !

Montrez que vous avez compris les différentes étapes d'un budget participatif.

3 L'objectif recherché par la ville de Floirac est de favoriser « l'implication des habitants dans la vie locale ». En rendant possible des projets « émanant directement des citoyens », cette municipalité cherche à faire participer les habitants à la vie de la cité. Ainsi, ils n'ont pas l'impression que toutes les décisions sont prises par les élus sans les consulter.

L'astuce du prof

Ne citez pas seulement le document, mais expliquez ce que ce type d'action change pour les citoyens.

4 Pour s'engager dans la vie démocratique, les citoyens peuvent militer dans un parti politique et même se présenter aux élections, notamment aux élections municipales, dès l'âge de 18 ans. Ils peuvent aussi s'engager dans différents types d'associations : associations de quartier, associations sportives ou d'aide à la personne. Tout citoyen peut ainsi participer, avec « Les Restos du cœur », à la distribution de repas aux personnes dans le besoin de son quartier.

Gagnez des points !

Ne vous contentez pas d'exemples d'engagement politique. Vous pouvez vous appuyer sur des exemples précis d'associations que vous connaissez.

5 Chers amis,

Je vous écris aujourd'hui car j'ai remarqué que beaucoup d'entre nous ont des idées très intéressantes pour améliorer la vie de notre quartier, mais ne savent pas comment les mettre en œuvre.

Il existe plusieurs façons de s'engager dans la vie de notre commune. Tout d'abord, je rappellerais l'importance d'aller voter, notamment aux élections municipales. Certains d'entre nous peuvent même se présenter pour être élus au conseil municipal et y porter les idées des habitants de notre quartier.

Ensuite, de nombreuses associations d'habitants agissent pour améliorer la vie quotidienne dans notre commune : des associations sportives, d'aide aux devoirs, aux personnes âgées ou aux personnes isolées. Ils sont toujours en demande de nouveaux adhérents et de bénévoles pour les aider. L'action de ces associations permet à notre communauté de mieux vivre ensemble.
Enfin, notre municipalité a pris l'initiative de mettre en place un budget participatif. Chacun d'entre nous, à tout âge, peut proposer des idées destinées à améliorer notre cadre de vie, que ce soit dans le domaine des aménagements urbains ou dans l'organisation de moments conviviaux. Ces projets doivent bien sûr présenter un intérêt général et ne pas coûter trop cher. Les projets qui auront recueilli le plus de voix seront financés et réalisés par la mairie. L'année dernière par exemple, l'aire de jeu du parc a été entièrement refaite en s'inspirant des idées proposées par les enfants de l'école X.
Alors n'attendez plus, je compte sur vous pour profiter de toutes ces opportunités pour rendre notre commune et notre quartier plus agréables et plus beaux !

Gagnez des points !

Citez au moins un exemple concret et réaliste d'aménagement urbain ou d'action solidaire à l'échelle locale.

Sujet 13 L'exercice de la laïcité

10 pts 30 min

Amérique du Nord, juin 2017

Exercice 3 Enseignement moral et civique

Document 1 **Affiche défendant le principe de la laïcité (affiche récompensée par le Prix de la laïcité de la République française en 2015)**

Document 2 **Charte de la laïcité à l'École (2013)**

Article 1

La France est une République indivisible, laïque, démocratique et sociale. Elle assure l'égalité devant la loi, sur l'ensemble de son territoire, de tous les citoyens. Elle respecte toutes les croyances

Article 2
La République laïque organise la séparation des religions et de l'État. L'État est neutre à l'égard des convictions religieuses ou spirituelles. Il n'y a pas de religion d'État.

Article 14
Dans les établissements scolaires publics, les règles de vie des différents espaces, précisées dans le règlement intérieur, sont respectueuses de la laïcité. Le port de signes ou tenues par lesquels les élèves manifestent ostensiblement une appartenance religieuse est interdit.

Questions

1 Montrez que l'affiche et la Charte de la laïcité défendent la liberté d'avoir ou non une religion en France.

2 Expliquez ce que signifie dans le document 2, l'expression « séparation des religions et de l'État ».

3 En début d'année, pour se présenter chacun leur tour durant l'heure de vie de classe de leur collège public, Sophie, Étienne, Manuelle, Yves, Tanguy, Ismaël, Théo et Dounia doivent réaliser un portrait qui sera affiché dans la salle de cours. Ils se demandent s'ils peuvent se présenter en classe en évoquant leur religion. Quelles réponses proposent les documents 1 et 2 ?

Sujet 13 Corrigé

Les clés pour réussir

Bien comprendre les consignes

Consigne 1

- Il s'agit pour cette consigne de prendre des éléments tirés des deux documents pour démontrer qu'en France, les habitants sont libres d'avoir ou non une religion. Le document 1 est une **affiche** de l'Observatoire de la laïcité. Des étudiants ont mélangé des prénoms et des religions afin de montrer que **toutes les croyances, y compris l'athéisme, sont représentées dans la République française**. Le document 2 est composé d'extraits d'articles de la **Charte de la laïcité** à l'École présente dans tous les établissements scolaires. Elle **interdit** notamment les **signes religieux « ostensibles »**, c'est-à-dire les signes religieux destinés à être vus et remarqués de tous, tout en réaffirmant le **respect de toutes les croyances**.

- Vous devez vous servir de ces deux documents, mais vous ne pouvez pas vous contenter de les citer. Il vous faut **expliquer** votre réponse.

Consigne 2

- Vous devez expliquer l'expression « **séparation des religions et de l'État** ». En France, les religions et l'État sont séparés : qu'est-ce que cela signifie **concrètement** dans votre vie quotidienne, notamment à l'école ? Essayez d'être le plus précis possible, en vous appuyant sur vos connaissances personnelles.

Consigne 3

- Cette consigne imagine une situation concrète dans une classe d'un collège public. Les élèves, qui doivent réaliser leur portrait sur une affiche, se demandent s'ils ont le droit d'évoquer leur religion. Sentez-vous libre de répondre à cette consigne sous la forme que vous voulez. Il faut simplement vous appuyer sur les deux documents, qui se complètent en apportant deux éléments de réponse différents.

Les mots-clés

● Laïcité ● République ● Croyances ● Athée ● Liberté religieuse ● Signes ostensibles

1 Sur cette affiche défendant le principe de laïcité en 2015, toutes les grandes religions sont citées, ainsi que le fait d'être athée. De même, la Charte de la laïcité à l'École, qui date de 2013, dans son article 1, affirme que la France est une République qui « respecte toutes les croyances ». Ces deux documents défendent donc la liberté d'avoir ou non une religion en France.

> **L'astuce du prof**
> Citez la Charte de la laïcité pour appuyer votre démonstration, en n'oubliant pas les guillemets.

2 La Charte de la laïcité à l'École parle de « séparation des religions et de l'État ». Depuis la loi de 1905, l'État et la religion sont séparés. Cela signifie qu'il n'y a pas de religion officielle, « pas de religion d'État ». Ainsi, la République doit rester neutre tout en protégeant chaque religion de manière égale.

> **Gagnez des points !**
> Citez la loi de 1905 sur la séparation de l'Église et de l'État.

3 Lors de l'heure de vie de classe dans leur collège public, les élèves de la classe de 5e 2 doivent se présenter. Ils se demandent s'ils peuvent le faire en évoquant leur religion. Un débat commence parce que tous ne sont pas d'accord.

> **L'astuce du prof**
> Rédigez un dialogue entre les différents élèves qui peuvent se lancer dans un débat, en défendant chacun un point de vue.

Yves : « Moi, je vais écrire sur mon affiche : “Je m’appelle Yves, j’ai 13 ans et je suis protestant”. »
Ismaël : « Eh, t’as pas le droit de parler de ta religion en classe. »
Yves : « Pourquoi ? C’est parce que t’as pas de religion que tu me dis ça ? »
Ismaël : « Non, c’est parce qu’on est dans un collège laïc. T’as pas lu la Charte de la laïcité dans ton carnet ? »
Dounia : « Oui, Ismaël a raison. On n’a pas le droit de parler de religion en classe. »
Théo : « Mais, si on a le droit, car toutes les croyances sont acceptées à l’école. D’ailleurs, on a étudié l’islam au début de l’année en histoire. »
Étienne : « Vous n’avez rien compris, ce sont les signes religieux qui sont interdits à l’école. Et encore, que ceux qui sont super visibles. C’est ça que veut dire “ostensiblement” ».
Yves : « Oui, mais quand je me présente, je dis ma religion, c’est important pour moi ! Ça fait partie de mon identité. »
Sophie : « Moi, je pense qu’on peut dire sa religion sur l’affiche, mais que ça doit pas prendre trop de place, parce qu’on est des élèves avant tout. »
Manuella : « Moi, je suis d’accord. Si on met tous notre religion sur l’affiche, et même si Ismaël dit qu’il est athée, dans ce cas il n’y a pas de favoritisme, ce sera bien, on verra que toutes les croyances sont représentées et qu’on s’entend tous bien, qu’on respecte les croyances de tout le monde. »

SOMMAIRE

L'épreuve orale expliquée

Caractéristiques de l'épreuve

• **L'épreuve orale** de soutenance d'un projet est l'une des trois épreuves obligatoires de l'examen terminal du brevet. Elle prend appui sur un travail engagé dans le cadre de **l'Histoire des arts**, d'un **Enseignement Pratique Interdisciplinaire (EPI)** ou d'un **parcours éducatif (Avenir, Citoyen ou Éducation artistique et culturelle)**.

• Vous pouvez choisir de présenter l'épreuve individuellement ou en groupe, dans la limite de trois élèves par groupe. Dans tous les cas, **la notation est individuelle.**

• Cette épreuve peut vous inquiéter car vous avez rarement passé un oral devant un jury. Cependant, si le sujet est bien préparé, il n'y a aucune de raison d'échouer. Les examinateurs sont là pour **valoriser votre travail** et pour **orienter l'entretien.**

• L'épreuve orale évalue votre capacité à :

– **maîtriser votre expression orale** (50 points) ;

– **maîtriser le sujet présenté** (50 points).

Déroulement de l'épreuve

A savoir

Les examinateurs seront des professeurs de votre collège, que vous connaissez sûrement déjà.

• L'épreuve orale se présente sous la forme d'un entretien oral de 15 minutes avec un **jury constitué de deux enseignants.**

• L'oral se déroule en deux temps :

– un **exposé** ;

– un **entretien avec le jury**.

• Dans le cas d'une épreuve individuelle, l'oral prend la forme d'un exposé d'environ cinq minutes par l'élève suivi d'un entretien d'une dizaine de minutes avec le jury, la durée totale de l'épreuve ne pouvant dépasser quinze minutes.

• Si l'épreuve est collective, elle consiste en un exposé de dix minutes pendant lesquelles chaque élève intervient ; l'exposé est suivi d'un entretien d'environ quinze minutes avec l'ensemble du groupe. Le **temps de parole** doit être **réparti de manière équilibrée entre chaque élève.**

	Durée de l'exposé	Durée de l'entretien
Un **élève**	5 minutes	10 minutes
Deux ou trois **élèves**	10 minutes	15 minutes

• Les examinateurs veillent à ce que leur questionnement relie constamment les acquis disciplinaires et culturels à la **vision globale, interdisciplinaire, du projet**.

Compétences évaluées

- L'objectif de cette épreuve est d'évaluer votre **capacité à vous exprimer à l'oral** et à **appréhender un projet.**
- L'évaluation de l'expression orale prend en compte la **capacité à s'exprimer clairement et correctement**, la richesse et la précision du vocabulaire employé, l'aptitude à développer un propos, à **présenter une argumentation solide**, à échanger et à donner son avis.
- La maîtrise du sujet est évaluée en considérant votre capacité à présenter le projet, à en **dresser un bilan critique** et à expliquer ce qu'il vous a apporté en termes de **compétences** et de **connaissances**.

Piège à éviter

Ce qui est évalué n'est pas le projet lui-même mais ce qu'il vous a permis d'apprendre, ainsi que votre capacité à le présenter convenablement.

Astuce

Renseignez-vous pour savoir si vous aurez à votre disposition un vidéoprojecteur et un ordinateur le jour de l'oral. Si c'est le cas, vous pourrez vous appuyer sur un diaporama.

La méthode pour le Brevet

La préparation

- La préparation d'un diaporama et d'éventuelles fiches pour accompagner votre exposé **prend du temps**. Ne travaillez surtout pas à la dernière minute.
- **Relisez plusieurs fois** les documents que vous allez présenter afin de vérifier qu'il ne reste **pas de fautes d'orthographe** et que tout est bien clair.

A savoir
Réaliser un diaporama de qualité d'une dizaine de diapositives vous prendra au moins quatre ou cinq heures.

- La veille de l'épreuve orale, **couchez-vous tôt** et prévoyez d'arriver en avance en programmant votre réveil plus tôt que d'habitude.
- Le jour de l'épreuve, n'oubliez pas la **clé USB** contenant le diaporama accompagnant votre exposé, votre **carte d'identité** et votre **convocation** ! Pensez également à soigner votre tenue.
- Juste avant l'épreuve, **restez zen** et **détendez-vous**. Jetez votre chewing-gum si vous en mâchez un.

L'exposé

- Soyez attentif à votre posture : **tenez-vous droit**, n'ayez pas l'air trop tendu et n'hésitez pas à **sourire**. Regardez le jury dans les yeux.
- Parlez **distinctement et clairement**, assez fort pour être entendu, et adoptez un débit ni trop rapide ni trop lent. Prenez le temps de formuler vos phrases et veillez à **bien vous faire comprendre**.

Gagnez des points
Évitez d'utiliser des termes complexes que vous ne sauriez pas expliquer ensuite !

- Utilisez un **vocabulaire clair et précis**, avec un lexique adapté à votre sujet.
- Veillez à adopter un registre courant ou soutenu, tout en restant naturel. Pour cela, faites des **phrases simples et courtes** : votre exposé gagnera en fluidité et en clarté, et le jury aura plus de facilité à vous suivre.
- Gardez à l'esprit que vous avez 10 minutes au maximum pour présenter votre projet : **gérez correctement votre temps** et synthétisez.
- Si un professeur vous indique qu'il vous reste peu de temps, ne paniquez pas et **allez à l'essentiel**. Vous aurez le temps de compléter votre présentation au cours de l'entretien.

L'entretien

- Ne vous précipitez pas pour répondre aux questions qui vous seront posées : **prenez le temps de bien réfléchir au sens de chaque question.** N'hésitez pas à demander aux enseignants de reformuler une question si elle ne vous semble pas claire.
- **Donnez des réponses précises et détaillées** : ne vous contentez pas de répondre par « oui » ou par « non ». Appuyez-vous toujours sur des éléments précis pour expliquer et **justifier votre réponse.**

Astuce

Il vaut mieux répondre « Je ne sais pas » plutôt que d'inventer une réponse au hasard.

- **Répondez avec des éléments dont vous êtes absolument sûr.** Evitez les approximations.
- Si le jury vous le demande, n'ayez pas peur de **donner votre avis.** Peu importe que vous ayez apprécié le projet ou non, le jury cherche à déterminer votre capacité à argumenter et à justifier votre avis et vos choix.
- Rappelez-vous que le but du jury n'est pas de vous piéger, mais simplement d'évaluer vos connaissances, votre travail et votre capacité à vous exprimer : **gardez la tête froide** et **répondez clairement et calmement.**

Sujet 1 L'accès à l'eau potable

15-25 min

Sujet inédit

Exposé

Seul : 5 min En groupe : 10 min

Projet

Parmi les parcours et les EPI que nous avons étudiés tout au long du cycle 4, nous avons choisi de vous expliquer pourquoi l'accès à l'eau potable est une nécessité pour les êtres humains. Puis nous avons étudié ce qui pourrait être fait pour améliorer l'accès à l'eau potable dans les camps pour réfugiés ou migrants.

EPI Sciences, technologie et société
Discipline Physique-Chimie et SVT
Titre du projet L'accès à l'eau potable
Objectif du projet Rechercher et exploiter des documents scientifiques liés à une problématique sociétale

Doc. 1 Les camps pour réfugiés ou migrants dans le monde

ORAL

Traquées par la guerre, la misère ou les tragédies humanitaires, douze millions de personnes vivent regroupées dans des camps pour réfugiés ou migrants partout dans le monde [...] « De la bâche plastique à l'ingénierie urbaine, en passant par les villages consolidés ou les quartiers pérennisés, les camps sont l'enjeu d'une architecture spécifique et variée », estime l'anthropologue Michel Agier. Contre toute attente, l'urgence humanitaire ne rime pas nécessairement avec anarchie et désordre. Ainsi, agissant en véritable maître d'œuvre, le Haut-Commissariat des Nations Unies pour les réfugiés (HCR) requiert désormais l'intervention de spécialistes dès la fondation d'un camp, afin de rationaliser au mieux les installations.

D'après « Recherches : Camps et réfugiés : un monde de transformations, décembre 2014- janvier 2015 », *Sciences au Sud*, n° 77.

Doc. 2 Les actions des associations humanitaires

En Somalie comme dans d'autres pays, l'eau potable manque dans les camps pour réfugiés ou migrants. Des actions sont alors mises en œuvre par des associations humanitaires :

– travaux et actions permettant aux populations d'avoir accès à de l'eau potable (construction et réhabilitation de puits, distribution de filtres en céramique, distribution d'eau par camion, création et maintenance d'un stock de plaquettes de chlore distribuées en cas d'urgence) ;

– travaux assurant aux populations une meilleure situation sanitaire (construction de latrines[1], organisation de séances de promotion à l'hygiène, distribution de kits de première nécessité non alimentaires).

1. Latrines : W.-C.

D'après www.solidarites.org/missions/Somalie/action-humanitaires.html

Doc. 3 Les maladies liées à l'eau

Dans la nature, l'eau n'est pas toujours source de vie, loin s'en faut. Elle véhicule en particulier nombre de micro-organismes, bactéries et virus en tout genre, qui y vivent et s'y développent, ainsi que nombre de parasites qui ont besoin d'eau pour vivre ou se reproduire. Or de tels organismes peuvent engendrer des maladies parfois graves lorsqu'ils pénètrent dans le corps humain. L'eau est ainsi le vecteur de transmission privilégié de ces maladies que l'on dit hydriques.

Les micro-organismes abondent dans les eaux souillées par les déjections animales et humaines, et leur transmission à l'Homme se fait par simple ingestion d'eau infectée. Ils se propagent donc rapidement dans les pays qui ne disposent pas de bonnes conditions d'hygiène. Certaines bactéries

déclenchent de fortes diarrhées. Aujourd'hui, ces épidémies sont surtout le drame des pays chauds qui ne disposent pas de latrines septiques, ni de traitements des eaux. Dans ces conditions en effet, les matières fécales des personnes malades contaminent rapidement les eaux de boisson consommées par les personnes saines [...].
Ces maladies hydriques sont à l'origine de la mortalité très élevée des populations des pays en voie de développement. Dans le monde, environ 6 millions d'enfants meurent chaque année des suites de gastro-entérites et 100 millions de personnes souffrent en permanence de gastro-entérites hydriques. La raison principale de cette situation catastrophique est la pauvreté. Nombre de populations ne disposent pas d'eau potable, les aménagements indispensables aux traitements des eaux usées et à la fabrication d'eau potable étant trop coûteux, ni même des soins que ces affections nécessitent, les infrastructures médicales n'étant pas suffisantes.

D'après http://www.cnrs.fr, CNRS : Centre national de recherches scientifiques

Doc. 4 Dispositifs de traitement de l'eau

Les filtres céramiques pour le traitement des eaux sont en usage depuis plusieurs siècles [...] Ils ont souvent la forme d'un pot de fleur ou d'un bol et sont imprégnés de fines particules colloïdales[1] en argent servant de désinfectant et empêchant la prolifération des bactéries dans le filtre. [...] Les tests en laboratoire ont montré que ces dispositifs, s'ils sont bien conçus et bien fabriqués, peuvent éliminer ou désactiver presque toutes les bactéries et parasites protozoaires. Leur efficacité contre les virus est inconnue.
Le nettoyage et la maintenance du filtre sont critiques : [...] il est recommandé d'y joindre un programme éducatif sur un stockage salubre, le nettoyage du filtre et d'autres actions recommandées.
Les avantages des filtres céramiques sont leur facilité d'emploi, leur longue durée de vie (s'ils ne se cassent pas) et leur coût relativement bas. Les inconvénients comprennent une possible recontamination de l'eau conservée sans chlore résiduel et un débit faible, en général un à deux litres par heure.

1. Colloïdale : solution liquide contenant un corps dispersé sous forme de particules minuscules en suspension.

D'après http://drinking-water.org, site Internet de l'Académie nationale des sciences, Washington, USA

ORAL

Doc. 5 Quelques paramètres de potabilité d'une eau

Pour être consommée, l'eau doit répondre à des critères de qualité très stricts :

Paramètres	Critères de qualité	Normes
Micro-biologiques	– Parasites – Virus – Bactéries	Présence non tolérée
Chimiques	– Sels minéraux – Substances chimiques toxiques	– Présence possible – Normes très sévères (quantités très limitées)
Physiques et gustatifs	– Aspects – Saveur, odeur	– Limpide – Non désagréables

D'après http://www.lesagencesdeleau.fr

Entretien avec les examinateurs

Voici des questions que pourrait vous poser le jury :

1. Où y a-t-il des camps pour réfugiés ou migrants ?
2. Pourquoi ne doit-il pas y avoir de parasites dans une eau potable ?
3. Pourquoi les filtres céramiques ne permettent-ils pas d'éliminer les virus ?

Sujet 1 Corrigé

Les clés pour réussir

L'essentiel à savoir

- Les **critères de potabilité** d'une eau portent sur les **paramètres micro-biologiques, chimiques, physiques et gustatifs** de cette eau.
- Les **micro-organismes** sont des organismes microscopiques, généralement unicellulaires, tels que les bactéries et les levures.
- Certains micro-organismes sont **pathogènes** et peuvent provoquer des maladies.
- Les **virus** sont de taille beaucoup plus petite que les micro-organismes.
- Un **parasite** vit aux dépens d'un individu chez lequel il provoque des troubles plus ou moins importants en consommant ses tissus et ses molécules.
- La **contamination** est l'envahissement d'un organisme vivant ou d'un milieu par des micro-organismes.

- Des **filtres céramiques** peuvent être employés pour traiter l'eau dans les pays en voie de développement. Ils permettent d'éliminer la plupart des parasites et des bactéries, mais leur efficacité sur la destruction des virus présents dans l'eau n'est pas démontrée.
- Des **pastilles de chlore** permettent d'éviter une **contamination** trop rapide de l'eau traitée.

Exploiter les documents

Doc. 1 : sa lecture permet de se rendre compte du nombre de réfugiés ou de migrants en 2015. Ce nombre a malheureusement augmenté aujourd'hui.

Doc. 2 : il précise quelques actions menées par des associations humanitaires dans des camps pour réfugiés ou migrants.

Doc. 3 : il décrit les maladies dues à l'eau polluée et donne des informations sur les modes de contamination de cette eau.

Doc. 4 : plusieurs dispositifs de traitement de l'eau adaptés aux pays en voie de développement sont détaillés dans ce document.

Doc. 5 : plusieurs paramètres de potabilité d'une eau sont donnés dans ce document.

Préparer un exposé

Exposer la problématique et la méthodologie suivie

Expliquez pourquoi vous avez choisi d'étudier l'accès à l'eau potable dans les camps pour réfugiés ou migrants, puis comment vous avez travaillé pour rechercher et analyser les documents présentés précédemment.

Répondre à la problématique

Le jury attend un exposé en deux parties :

I. Pourquoi l'accès à l'eau potable est-il une nécessité pour les êtres humains ?

II. Comment améliorer l'accès à l'eau potable dans les camps pour réfugiés ou migrants ?

Exposé

Comme vous le savez, **plus de douze millions de personnes**, traquées par la guerre, la misère ou les tragédies humanitaires, **doivent vivre dans des camps pour réfugiés ou migrants**. La **situation** de ces populations est **souvent préoccupante en matière d'accès à l'eau potable.** Nous avons donc décidé d'étudier l'importance de l'accès à l'eau potable pour les

L'astuce du prof

Prenez le temps de bien expliquer pourquoi vous avez choisi de présenter cet EPI.

êtres humains avant de nous intéresser à son acheminement dans les camps pour réfugiés ou migrants de certains pays du Sud notamment. Pour cela, nous avons recherché des documents portant sur ce sujet avant de les analyser et d'en faire une synthèse que nous vous présentons aujourd'hui.

La consommation d'eau non potable entraîne de très **nombreuses maladies graves** comme des gastro-entérites et des diarrhées qui **tuent** énormément de **personnes**, déjà affaiblies par la dénutrition. D'après un document du CNRS traitant des maladies liées à l'eau, environ **6 millions d'enfants meurent chaque année dans le monde suite à ces maladies hydriques**. En effet, les habitants de certains pays disposent de très peu de latrines septiques et ne sont pas en mesure de traiter l'eau, ce qui explique les micro-organismes, les parasites et les virus retrouvés dans l'eau consommée, en raison notamment de la présence dans l'eau de matières fécales de personnes malades.

Gagnez des points !

Reprenez dès que possible les données chiffrées des documents.

Malheureusement, dans les pays du Sud, comme la Somalie, l'eau potable manque souvent dans les camps pour réfugiés et migrants, et l'eau utilisée par les populations pour boire ou se laver peut être souillée. Les normes de potabilité ne sont pas respectées et des parasites, des virus et des bactéries sont présents dans l'eau. Il est donc indispensable de traiter cette eau souillée qui est un vecteur très important de maladies. Pour cela, **des filtres céramiques** peu coûteux et relativement simples d'utilisation permettent d'éliminer la plupart des parasites et des bactéries dans l'eau. Leur efficacité sur la destruction des virus présents dans l'eau n'est toutefois pas démontrée, et des intervenants doivent être formés pour éduquer la population à l'utilisation correcte de ce matériel. De plus, l'envoi de ce matériel doit être accompagné de **plaquettes de chlore** qui permettent de **mieux conserver l'eau déjà filtrée** et qui peuvent peut-être mieux traiter l'eau en éliminant éventuellement les virus (des tests devront être mis en place pour le vérifier). Cependant, si l'envoi de ce matériel pour traiter les eaux polluées est indispensable pour pallier les situations d'urgence, ce traitement des eaux avec des filtres à céramiques et du chlore n'est pas satisfaisant à long terme. En effet, l'eau traitée contient encore des virus et peut-être d'autres substances chimiques toxiques. Pour améliorer cette situation à plus long terme et pour éviter au maximum la pollution des eaux, il est alors nécessaire :

– de **construire des latrines** afin d'éviter que les déjections polluent l'eau et de limiter la propagation de germes d'origine fécale ;

– de **construire** ou de **réhabiliter des puits** pour augmenter le nombre d'accès directs

L'astuce du prof

Ne mélangez pas les différentes parties de votre argumentation : parlez d'abord des mesures d'urgence avant de développer les solutions plus pérennes.

à l'eau potable. Cela permettrait aussi de mieux irriguer les cultures afin d'améliorer le rendement des surfaces agricoles ;
– de **distribuer des notices d'éducation** à l'hygiène pour que les habitants comprennent mieux le lien entre les déjections dans l'environnement, la pollution des eaux et les maladies hydriques ;
– d'**augmenter le nombre de personnels** soignants et non soignants dans les camps pour réfugiés et migrants afin d'accompagner, de soigner et de former les populations.

En espérant vous avoir convaincu de l'urgence de la situation, nous vous remercions pour votre écoute attentive.

Entretien avec les examinateurs

Les réponses aux questions posées par les examinateurs peuvent être les suivantes :

1 Il y a malheureusement des camps de réfugiés ou migrants **partout dans le monde** : en Afrique, en Europe, en Asie, en Amérique...

2 Il ne doit pas y avoir de parasites dans une eau potable, car ils occasionnent des **troubles plus ou moins importants** dans les organismes des êtres vivants en consommant leurs tissus et leurs molécules.

3 Les filtres céramiques ne permettent pas d'éliminer les virus, car ces derniers sont **beaucoup plus petits** que les micro-organismes.

Sujet 2 Eras, *Rappeur entouré de crânes*

15-25 min

Sujet inédit

Exposé

Seul : 5 min En groupe : 10 min

Projet

Parmi les choix de parcours et les EPI que nous avons étudiés tout au long du cycle 4, nous avons choisi de vous présenter l'œuvre d'art *Rappeur entouré de crânes* d'Eras.

EPI Culture et création artistique
Discipline Français – Histoire des arts
Titre du projet Eras, *Rappeur entouré de crânes*
Objectif du projet Analyser une peinture murale éphémère

Document Eras, *Rappeur entouré de crânes*, 2008. Peinture murale éphémère, rue Ordener, Paris, XVIIe arrondissement

Entretien avec les examinateurs

Voici des questions que pourrait vous poser le jury :

1 Pourquoi avez-vous choisi de nous présenter cette œuvre ?

2 Dans quelle tradition de l'histoire de l'art peut-on inscrire cette œuvre ?

Sujet 2 Corrigé

Les clés pour réussir

Replacer l'œuvre dans son contexte

- **Le lieu d'exposition de l'œuvre** est important ici car il est indissociable de l'œuvre. Cette peinture murale a été réalisée dans le XVIIIe arrondissement de Paris sur un mur de la rue Ordener.
- Depuis 2003, c'est un mur d'expression libre qui accueille des fresques monumentales et éphémères, les œuvres étant vite recouvertes par de nouveaux graffitis.

Décrire la scène

- Demandez-vous ce que l'artiste a voulu représenter à travers sa peinture. Commencez par identifier qui est le personnage au centre de l'œuvre.
- Il peut également être utile de vous interroger sur **la mise en scène des relations entre les personnages** : ici, le pantin et la main du marionnettiste.
- Dans cette œuvre, **le décor fait partie intégrante de la scène.** Observez attentivement les crânes et décrivez les différents éléments qui les caractérisent.

Expliquer la signification de l'œuvre

- Pour expliquer une œuvre, il vous faut **identifier les symboles** présents dans l'œuvre et les interpréter. Par exemple ici, les crânes, les billets, la fumée ou encore le bijou autour du cou du pantin.
- Pensez à faire des liens entre les thèmes traités dans l'œuvre présentée et d'autres œuvres que vous connaissez.

Exposé

Cette œuvre intitulée ***Rappeur entouré de crânes*** est une **peinture murale réalisée par le graffeur Eras en 2008**. Elle se trouve sur le mur de la rue Ordener, dans le XVIIIe arrondissement de Paris.

L'auteur est un « graffeur » qui signe « Eras » et participe au street art ou art urbain, mouvement artistique contemporain qui existe depuis les années 1960. Le street art regroupe toutes les formes d'art réalisées dans la rue ou dans des endroits publics, et comprend diverses techniques telles que le graffiti, le pochoir ou les stickers. C'est un art éphémère vu par un très large public.

Sur la peinture, la main d'un **marionnettiste** aux doigts violets fait danser un **rappeur-pantin** de bois à la tête baissée, coiffé d'une casquette et tenant dans une main un micro et dans l'autre des **billets** de 500 euros. Son cou est orné d'un **lourd collier en or** et d'une médaille en forme d'euro.

À gauche, des **crânes** sont entassés et portent les marques de morts violentes : l'un est poignardé, l'autre présente un impact de balle en plein front, un troisième est transpercé par un os, et du dernier, ouvert en son sommet, sortent des billets de 500 euros. À droite, on voit d'autres crânes aux **allures menaçantes**, tous sont brisés et laissent s'échapper une fumée blanchâtre.

Pièges à éviter

La partie « décrire » ne doit pas être trop longue : ne faites pas une liste sans fin de chaque détail de l'œuvre, mais relevez les éléments les plus importants et que vous pourrez ensuite expliquer.

Le rappeur est manipulé par un marionnettiste dont les doigts ont tellement touché l'argent qu'ils ont la couleur des billets de 500 euros. Le chanteur en récupère quelques-uns pour se donner une **illusion de réussite** : celle-ci est symbolisée par un bijou *bling-bling,* signe extérieur de richesse ostentatoire et éloigné des véritables valeurs artistiques. On peut donc voir dans ce graff une **œuvre de contestation**, dénonçant les dérives du show-business qui oublie trop souvent le spectacle au profit du « business ».

Cependant, le rappeur devient vite **esclave de cette richesse qui l'enchaîne** et l'attire inexorablement vers le sol... et vers **la mort qui sera la véritable gagnante**, puisque c'est finalement dans le crâne que s'entassent les billets violets.

Cette peinture murale reprend ainsi tous les thèmes des tableaux baroques appelés **vanités**, qui suggèrent par de nombreux symboles que l'existence humaine est « vaine », c'est-à-dire vide, fragile et soumise aux apparences. Selon la devise latine *memento mori* (« souviens-toi que tu vas mourir »), l'homme ne doit pas oublier qu'il est mortel pour ne pas perdre son temps à de vaines activités. Les symboles usuels des vanités sont bien présents ici :

– l'argent et les bijoux : **vanité des richesses**,
– les crânes, la fumée, les armes : **fragilité de la vie humaine**,
– le micro (la musique) : **vanité des plaisirs**,
– enfin, le street art, par essence éphémère, puisque destiné à être bientôt recouvert, est une sorte de **mise en abyme du caractère transitoire de la vie humaine**, thème majeur des vanités.

Entretien avec les examinateurs

1 J'ai choisi cette œuvre parce que je suis sensible à toutes les formes d'art urbain (graffitis, slam, rap...) qui s'adressent de façon explicite à tout le monde. Ce sont des œuvres éphémères, mais qui auront un très large écho. J'aime aussi l'idée que l'art vienne à notre rencontre sans que l'on ait soi-même décidé du moment (à la différence de la visite d'un musée par exemple).

2 Cette œuvre s'inscrit dans un parcours culturel qui montre la permanence de certaines grandes questions humaines que l'on retrouve à travers différentes formes d'expression artistique. La tradition des vanités questionne sur le rapport de l'homme au temps et sur la meilleure façon d'en profiter. Cette œuvre invite à se recentrer sur l'essentiel, qui doit primer sur une certaine « tyrannie » des apparences. On retrouve d'ailleurs ce thème dans la poésie dès l'antiquité avec le *Carpe Diem* d'Horace, plus tard avec les sonnets de Ronsard et au XXe siècle sous la plume de R. Queneau dans sa chanson « Si tu t'imagines ».

Sujet 3 Les métiers de l'informatique

15-25 min

Sujet inédit

Exposé

Seul : 5 min En groupe : 10 min

Projet

Parmi les parcours et les EPI que nous avons étudiés tout au long du cycle 4, nous avons choisi de reprendre le travail que nous avons effectué dans le cadre des parcours Avenir en vous présentant différents métiers dans le domaine de l'informatique, ainsi que les compétences à acquérir au collège pour les exercer.

Parcours Avenir
Titre du projet Les métiers de l'informatique
Objectif du projet Connaître les compétences à acquérir pour travailler dans l'informatique

Doc. 1 Technicien(ne) de maintenance en informatique

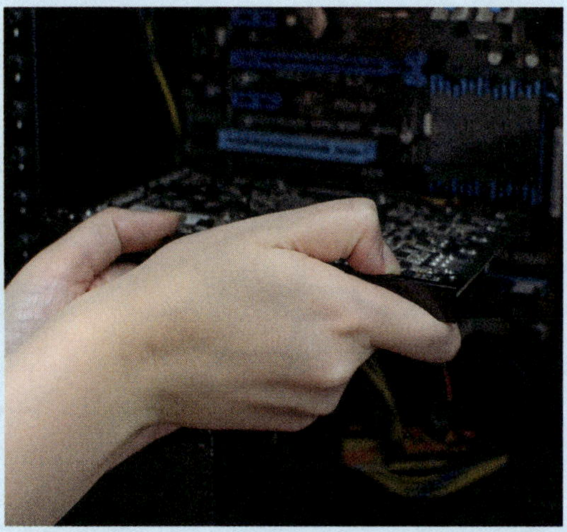

Une carte son à changer ? Un ordinateur à installer ? Un écran noir ? Polyvalent, le technicien de maintenance en informatique est capable de faire face à de nombreux problèmes. Et ce, avec le plus de rapidité et d'efficacité possible.

Pour devenir technicien de maintenance en informatique, un métier qui ne connaît pas la crise, les formations se situent à deux niveaux : bac professionnel et bac + 2. Actuellement, ce dernier a souvent la préférence des recruteurs. La maîtrise de l'anglais technique est requise.

Après la 3e : Bac pro SEN (systèmes électroniques numériques), spécialité télécommunications et réseaux.

Après le baccalauréat :
– BTS systèmes numériques ou services informatiques aux organisations ;
– DUT informatique, réseaux et télécommunications ou génie électrique et informatique industrielle ;
– DEUST maintenance et installation de réseaux ;
– Licence professionnelle, mention métiers de l'informatique.

D'après http://www.onisep.fr/Ressources/Univers-Metier/Metiers/technicien-technicienne-de-maintenance-en-informatique

Doc. 2 Entretien avec un ingénieur informatique dans le domaine du traitement d'images

Dans le domaine du traitement d'images, Pierre, ingénieur informatique en recherche et développement, est amené à développer des algorithmes, des applications et à concevoir des systèmes d'acquisition (éclairage, caméra). Les applications sont variées : réalité augmentée, robotique, biométrie, imagerie médicale, etc.

Quelles sont les compétences requises pour exercer le métier d'ingénieur informatique ?

L'informaticien résout des problèmes techniques et scientifiques tout en utilisant le travail réalisé par des millions d'autres informaticiens à travers le monde. L'évolution constante et l'émergence de nouvelles technologies imposent de se former en continu et d'acquérir de nouvelles compétences : nouveau langage informatique, nouveau système d'exploitation, etc.

Dans ce métier, il est également très important de savoir chercher de l'information sur Internet et de maîtriser l'anglais scientifique, qui est la langue d'échange dans ce milieu.

Quelle formation avez-vous suivie ?

Après un baccalauréat scientifique, j'ai continué mes études à l'université. J'y ai obtenu un Master en « Systèmes Intelligents et Communicants » recouvrant des domaines tels que l'informatique embarquée et le traitement du signal et de l'image.

En quoi vos connaissances scientifiques sont-elles utiles dans votre pratique quotidienne ?

Je travaille dans le secteur de la biométrie et plus particulièrement dans celui de la reconnaissance d'iris de l'œil. Le système d'acquisition utilisé pour la reconnaissance d'iris est constitué d'une caméra et d'un éclairage spécifique, ce qui permet de distinguer la texture de l'iris, même pour les gens ayant les yeux sombres. S'en suit une étape de détection de l'iris dans l'image, basée sur des algorithmes de traitement d'images. D'autres algorithmes permettent de comparer cet iris à un ou plusieurs millions d'autres iris sur un *smartphone*, un ordinateur ou un supercalculateur.

Qu'aimez-vous dans votre métier ?

La diversité : je peux travailler sur des sujets très variés, dans différents domaines d'application et pour différents supports (téléphones, robots, caméras, etc.). Au quotidien, je développe de nouvelles applications qui seront utilisées par des centaines de personnes.

Entretien avec les examinateurs

Voici des questions que pourrait vous poser le jury :

1. Faut-il forcément suivre des études scientifiques pour travailler dans l'informatique ?
2. Les métiers de l'informatique sont-ils réservés aux garçons ?
3. Qu'est-ce que la biométrie ?

Sujet 3 Corrigé

Les clés pour réussir

L'essentiel à savoir

- Une **carte son** est une carte d'extension d'un ordinateur. La principale fonction de cette carte est de gérer tous les sons reçus ou émis par l'ordinateur, pour les envoyer vers les haut-parleurs. Cette carte se présente sous la forme d'un périphérique que l'on peut connecter à l'ordinateur.
- Un **algorithme** est une suite d'opérations ou d'instructions qui permettent de résoudre un problème.
- Un **système d'exploitation** est un ensemble de programmes qui dirige l'utilisation des capacités d'un ordinateur. C'est l'intermédiaire entre le système informatique et les logiciels utilisés par les êtres humains.
- Un **œil** est constitué notamment d'un **iris**, qui limite la lumière pénétrant dans l'œil par la pupille.

Exploiter les documents

Doc. 1 : ce document de l'Onisep précise les différentes formations que l'on peut suivre pour devenir technicien(ne) de maintenance informatique.

Doc. 2 : l'entretien avec Pierre, ingénieur informatique, permet de mieux comprendre la réalité de son métier.

Préparer un exposé

Exposer la problématique et la méthodologie suivie

Expliquez pourquoi vous avez choisi d'étudier les métiers de l'informatique, puis comment vous avez travaillé dans votre parcours Avenir pour rechercher des documents et pour réaliser l'entretien avec Pierre, ingénieur informatique.

Répondre à la problématique

Pour cet exposé, le jury attend un exposé en deux parties :

I. Les différents métiers de l'informatique

II. Les compétences à acquérir au collège pour pouvoir travailler plus tard dans l'informatique

Exposé

L'informatique recrute ! Nous nous sommes donc intéressé(e)s à ce **secteur porté par des innovations constantes** : robots programmés en médecine, logiciels de commande d'avion, système de commerce électronique... Pour cela, nous avons recherché des documents au CDI avec le professeur documentaliste sur les métiers de l'informatique et nous avons également rencontré Pierre, un ingénieur informatique dans le domaine du traitement d'images.

Gagnez des points !

N'hésitez pas à insister sur les initiatives que vous avez prises en dehors du collège, par exemple la rencontre avec un ingénieur informatique.

Présent dans tous les domaines et porté par les innovations technologiques, le secteur informatique **génère de nombreux débouchés. Du niveau baccalauréat au niveau bac + 5**, les informaticiens sont recherchés pour leurs connaissances pointues dans un domaine en **perpétuelle évolution**. En effet, des bureaux d'étude aux services administratifs, en passant par les usines et les hôpitaux, les entreprises ne fonctionneraient plus sans l'informatique. Les logiciels interviennent pendant la conception et la fabrication des produits et gèrent également des flux d'information à travers le monde (achats de matières, stocks, ventes, congés, paies, etc.). Internet a également permis le développement du commerce électronique, du multimédia et des jeux vidéo. Ainsi, de nombreuses embauches sont attendues dans les années à venir, notamment dans le Web et le e-commerce. Aujourd'hui, près de la moitié des informaticiens travaillent pour des éditeurs de logiciels ou des sociétés de services. Les autres exercent pour des entreprises qui mettent l'informatique au service de leurs métiers, notamment le secteur public avec l'e-administration (déclaration sur Internet, dossier médical informatisé dans les hôpitaux...), la bancassurance, les transports, l'énergie... **Derrière le terme « informaticien » se cache donc aujourd'hui une multitude de métiers, au niveau technicien ou ingénieur.**

L'astuce du prof

Ne cherchez pas à être exhaustif. Le but n'est pas de faire la liste de tous les métiers existants liés à l'informatique.

Si l'on souhaite s'orienter vers les métiers de l'informatique, il faut **acquérir dès le collège de nombreuses compétences**. Par exemple, **en mathématiques et en technologie**, il est indispensable de comprendre toutes les parties du programme sur la **programmation informatique**. Il est nécessaire de **savoir écrire, mettre au point et exécuter un programme,** mais aussi de **comprendre le fonctionnement d'un réseau informatique**, c'est-à-dire d'être capable :

– d'analyser les composants et l'architecture d'un réseau ;

– d'**étudier les notions de protocole, d'organisation de protocoles en couche, d'algorithme de routage ;**

– de comprendre le fonctionnement d'Internet…

De plus, si l'acquisition de ces compétences scientifiques est indispensable, cela n'est pas suffisant. Il faut absolument **travailler le français mais aussi l'anglais** pour être **capable de communiquer** convenablement avec l'ensemble de ses interlocuteurs. Enfin, de façon générale, il est important de travailler l'ensemble des disciplines enseignées au collège, car il est nécessaire aujourd'hui d'avoir au minimum le baccalauréat ou un bac + 2 pour travailler dans le secteur informatique.

En conclusion, ce travail sur les métiers de l'informatique a conforté notre idée de travailler dans ce secteur plus tard, ce qui nous a motivé(e)s encore davantage pour obtenir de bons résultats au collège !

Entretien avec les examinateurs

Les réponses aux questions posées par les examinateurs peuvent être les suivantes :

1 Pour travailler dans l'informatique, il faut **suivre des études scientifiques** pour être ingénieur, technicien ou développeur informatique. Cependant, il existe des **exceptions** : une personne ayant fait des études artistiques peut travailler dans le domaine informatique pour rédiger un scénario ou pour créer les personnages d'un jeu vidéo par exemple.

2 Comme quasiment tous les métiers aujourd'hui, l'informatique n'est **pas réservée aux garçons.** Les filles peuvent réussir aussi bien que les garçons dans ce milieu.

3 La biométrie signifie « **mesure du vivant** » ; elle désigne dans un sens très large l'étude quantitative des êtres vivants. L'usage de ce terme se rapporte aujourd'hui de plus en plus à l'usage de techniques informatisées à des fins de **reconnaissance, d'authentification et d'identification,** comme par exemple la reconnaissance de l'iris d'un œil, tel que cela est expliqué par Pierre, l'ingénieur informatique.

Sujet 4 Aménagement des territoires français et engagement citoyen

15-25 min

Sujet inédit

Exposé

Seul : 5 min **En groupe : 10 min**

Projet

Dans le cadre du « Parcours citoyen » que nous avons suivi au collège, nous avons choisi de nous intéresser à la place et au rôle des citoyens dans la mise en œuvre des mesures prises en matière d'aménagement des territoires français.

Parcours Citoyen

Titre du projet Aménagement des territoires français et engagement citoyen

Objectif du projet Comprendre le rôle des citoyens dans l'aménagement des territoires

Document Manifestation contre le projet d'aéroport de Notre-Dame-des-Landes à Nantes en janvier 2016

Entretien avec les examinateurs

Voici des questions que pourrait vous poser le jury :

1 Quel est le principal mode d'expression de la citoyenneté dans la démocratie ?

2 À quelle liberté fondamentale peut-on associer le droit de manifester ?

Sujet 4 Corrigé

Les clés pour réussir

Présenter le sujet

- Le parcours Citoyen a pour double objectif de vous faire connaître les valeurs de la République et de vous conduire à devenir des citoyens responsables et libres : il faut donc montrer d'emblée aux examinateurs que votre sujet répond à ces deux exigences.
- Compte tenu de l'ampleur du sujet et du temps imparti, il convient de préciser au jury que vous ne pourrez pas multiplier les exemples dans le cadre de l'exposé (en prévoyant d'en citer d'autres au moment de l'entretien...).

Croiser les différentes approches disciplinaires

- La dimension géographique du sujet est essentielle. Elle relève principalement du Thème 2 du programme « Pourquoi et comment aménager le territoire ? ».
- Pour autant, n'oubliez pas que l'exposé et l'entretien doivent également mobiliser les connaissances et les compétences que vous avez construites dans d'autres champs disciplinaires (en histoire et en EMC notamment) tout au long de votre scolarité dans le cycle 4. Il s'agit donc d'employer certaines expressions-clés telles que « modèle social républicain », « liberté », « démocratie », « conquête des droits politiques »...

Exposé

Les inégalités sociales et économiques s'observent à toutes les échelles du territoire français. Ces disparités ont tendance à s'accentuer depuis quelques décennies sous l'effet de la métropolisation, de l'intégration européenne et de la mondialisation. Pour en atténuer la portée, l'État et les collectivités territoriales mettent en œuvre des **politiques d'aménagement du territoire**. Les mesures correspondantes ne sont pas toujours acceptées par les citoyens. Certains

Gagnez des points !

Inscrivez votre réflexion dans une perspective suffisamment large pour vous permettre d'apporter de nouvelles informations pendant l'entretien ; n'oubliez pas de « problématiser » l'exposé en terminant l'introduction par une question.

d'entre eux s'engagent alors dans une démarche de contestation parfois virulente... **Comment s'exerce la citoyenneté des Français en matière d'aménagement du territoire ?**

Envisageons l'exemple du projet de construction d'un nouvel aéroport international dans l'ouest de la France, à Notre-Dame-des-Landes. Le projet a été envisagé dès les années 1960 pour remplacer l'actuel aéroport de Nantes. Il a été relancé dans les années 2010 afin de répondre à la croissance attendue des flux aériens.

Depuis, ses détracteurs multiplient les initiatives pour que les autorités publiques renoncent à sa construction. Ils dénoncent en particulier les conséquences économiques et environnementales du projet. Privés de leurs terres et de leurs exploitations, les agriculteurs n'auraient en effet d'autre choix que de partir ; les paysages ruraux du territoire concerné en seraient profondément bouleversés.

Dans cette lutte, de simples citoyens unissent leurs efforts à ceux des militants de mouvements écologistes, de partis politiques ou d'organisations syndicales. Ils utilisent des moyens variés pour arriver à leurs fins : occupation de la ZAD (zone d'aménagement différé), pétitions, manifestations, blocages des voies de communication... En niant l'intérêt général et en refusant les nuisances subies par les riverains, les opposants sont accusés d'avoir un comportement de type « Nimby » ou « Banana ».

Gagnez des points !

Pour montrer l'étendue de vos connaissances et prendre appui sur l'actualité, vous pouvez établir des parallèles entre cette manifestation et d'autres mouvements d'opposition à des projets d'aménagement du territoire : installation de lignes à haute tension, construction du centre d'enfouissement des déchets nucléaires dans la Meuse...

Gagnez des points !

« Banana » (de l'anglais *build absolutely nothing anywhere near anyone*, soit « ne rien construire nulle part ni près de personne ») et « Nimby » (*not in my backyard*, soit « pas dans mon arrière-cour ») sont des acronymes qui désignent la résistance de la population locale face à des décisions d'aménagement de l'État.

L'expression de cette opposition est pourtant un signe de bonne santé de la démocratie en France : elle montre qu'un dialogue est possible entre citoyens et pouvoirs publics. L'exercice du débat contradictoire entre citoyens d'une part, et avec ceux qui les représentent d'autre part, garantit le respect des libertés fondamentales des Français.

Cette forme d'exercice de la citoyenneté se heurte à certaines limites comme en témoignent des actes de violence et de sabotage commis à l'occasion de manifestations récentes. C'est alors à la justice d'appliquer les règles de droit ; c'est également à elle de rendre un jugement quand les négociations entre l'État et ses opposants n'ont pas permis de trouver un compromis.

Entretien avec les examinateurs

1 Le vote au suffrage universel est un élément fondamental de la citoyenneté : c'est le fondement de la République française.

2 Manifester relève de la liberté d'expression, droit fondamental de tout citoyen français.

3 Cette question est l'occasion de démontrer que vous vous intéressez à la vie de votre commune, de votre département ou de votre région et que vous en serez bientôt un citoyen actif et éclairé. Vous pouvez en outre préciser de quelle manière les médias locaux ont rendu compte des arguments en présence pour aborder le rôle joué par la presse dans la vie sociale et politique du territoire concerné.

Sujet 5 Otto Dix, *Les Joueurs de skat*

15-25 min

Sujet inédit

Exposé

Seul : 5 min **En groupe : 10 min**

Projet

Dans le musée virtuel que nous avons élaboré dans notre Parcours Éducation culturelle et artistique, nous avons choisi *Les Joueurs de skat* d'Otto Dix. Nous vous présentons cette œuvre.

Parcours Éducation culturelle et artistique

Titre du projet Otto Dix, *Les Joueurs de skat*

Objectif du projet Savoir analyser une œuvre d'art

Document **Otto Dix, *Les Joueurs de skat*, 1920.**
Huile sur toile, 110 x 87 cm, Neue Nationalgalerie, Berlin

Entretien avec les examinateurs

Voici des questions que pourrait vous poser le jury :

1 Pourquoi avez-vous choisi de nous présenter cette œuvre ?

2 Pouvez-vous développer un peu plus la biographie d'Otto Dix et nous dire ce qui lui est arrivé quand Hitler est arrivé au pouvoir en Allemagne ?

3 Connaissez-vous d'autres tableaux qui ont le même thème que celui d'Otto Dix ?

4 Connaissez-vous d'autres tableaux qui concernent la Première Guerre mondiale ?

Sujet 5 Corrigé

Les clés pour réussir

Présenter le document

- Pour présenter un tableau, il vous faut relever le nom du peintre, le titre de l'œuvre, la date de sa création, ses dimensions, la technique utilisée et le type de support (ici, une peinture à l'huile sur une toile).
- Le lieu d'exposition de l'œuvre, indiqué ici, est moins indispensable.

Décrire les personnages et le décor

- Pour décrire les personnages, demandez-vous qui ils sont, ce qu'ils font et comment ils sont représentés.
- Il vous faut également vous demander comment le peintre place ses personnages dans le tableau, ce qu'il met dans la lumière et ce qu'il laisse dans l'ombre. Il faut donc s'interroger sur la « mise en scène », c'est-à-dire la composition du tableau choisie par le peintre.
- Vous pouvez essayer de repérer les lignes directrices du tableau, sa perspective, etc. Ici, il faut remarquer que l'espace est déformé.

Expliquer le tableau

- Pour expliquer un tableau, il faut se demander pourquoi le peintre a représenté cette scène et éventuellement si son tableau porte un message critique sur la société dans laquelle il vit.
- Pour *Les Joueurs de skat,* il existe un décalage entre le titre de l'œuvre qui semble nous présenter une scène conviviale de la vie quotidienne et son sens réel.
- Demand ez-vous pourquoi Otto Dix a peint ce tableau et faites le lien entre vos observations et vos connaissances personnelles tirées du cours.

Exposé

Ce tableau intitulé ***Les Joueurs de skat*** est **une peinture d'Otto Dix datant de 1920**. C'est une **huile sur toile**, dont les dimensions sont de **1 m 10 sur 87 cm** ; c'est donc une peinture relativement petite. Otto Dix est lui-même un ancien combattant allemand de la Première Guerre mondiale. On l'a rattaché au mouvement expressionniste allemand qui cherchait à provoquer l'émotion du spectateur en déformant la réalité.

Les personnages présents ici ont tout le **corps mutilé et déformé**. Ce sont **d'anciens combattants, des « gueules cassées »** qui jouent aux cartes (au skat). Par exemple, le personnage de gauche n'a plus d'œil ; un conduit auditif posé sur la table lui sert d'oreille ; il a une main mécanique et tient ses cartes avec son pied. **Les autres personnages sont tout aussi déformés** ; celui de droite est juste posé sur sa chaise, dépourvu de jambes. **La déformation des corps est accentuée par la déformation de l'espace** : les chaises s'entremêlent à la table et aux jambes artificielles ; **des journaux rappelant des événements de la guerre** semblent être affichés au-dessus des têtes. **La lumière d'une ampoule électrique éclaire fortement la scène et souligne encore davantage la déformation des corps.**

À travers cette scène, Otto Dix dénonce **la violence des combats et le traumatisme subi par les anciens combattants.** Les mutilations sont là pour rappeler l'horreur des combats et **la brutalisation qu'a entraînée l'armement moderne.** Ces « gueules cassées » sont exclus de la société : ils ne peuvent plus que jouer aux cartes. **Otto Dix dénonce donc la guerre, mais aussi ses conséquences sur la société d'après-guerre.** Le traumatisme est physique, mais aussi psychologique et ne s'effacera jamais.

Gagnez des points !

Mobilisez vos connaissances d'histoire des arts pour mieux présenter le tableau et son auteur. Si vous connaissez le courant artistique auquel il se rattache, n'hésitez pas à l'insérer dans votre réponse.

Pièges à éviter

La partie « décrire » ne doit pas être trop longue : ne faites pas une liste sans fin de chaque détail du tableau, mais relevez les éléments les plus importants et que vous pourrez ensuite expliquer.

Gagnez des points !

Pensez à utiliser un vocabulaire précis appris en cours : « mutilés », « gueules cassées », « traumatisme », « brutalisation », etc.

MIXTE
Papier issu de sources responsables
FSC® C022030

Nathan est un éditeur qui s'engage pour la préservation de son environnement et qui utilise du papier composé de fibres naturelles, renouvelables, fabriquées à partir de bois provenant de forêts gérées de manière responsable et contrôlée.

Dépôt légal : juin 2020 - N° de projet : 10259701
Imprimé en France par Maury-Imprimeur
45330 Malesherbes
N° d'imprimeur : 245183

IMPRIM'VERT Votre imprimeur agit pour l'environnement